Catherine Doyle
DANGEROUS BOYS
Wenn du mich findest

DIE AUTORIN

Catherine Doyle wurde 1990 in Irland geboren. Ihre Inspiration für ihr Debüt »Dangerous Boys« holte sie sich von Shakespeares Romeo & Julia und der Mafia. »Dangerous Boys« spielt im heutigen Chicago, wo ihre Mutter aufwuchs.

Von der Autorin ist ebenfalls bei cbt erschienen:
Dangerous Boys – Wenn ich dir vertraue (Band 1, 31315)

Mehr über cbt/cbj auf Instagram unter @hey_reader

CATHERINE DOYLE

DANGEROUS BOYS

WENN DU MICH FINDEST

Aus dem Englischen
von Doris Attwood

Dieses Buch ist auch als E-Book erhältlich.

Verlagsgruppe Random House FSC® N001967

1. Auflage 2019
Erstmals als cbt Taschenbuch Dezember 2019
© 2014 by Catherine Doyle
Die Originalausgabe erschien unter dem Titel
»Inferno« bei Chicken House UK, London
© 2019 für die deutschsprachige Ausgabe
cbj Kinder- und Jugendbuchverlag
in der Verlagsgruppe Random House GmbH,
Neumarkter Straße 28, 81673 München
Alle deutschsprachigen Rechte vorbehalten
Aus dem Englischen von Doris Attwood
Umschlaggestaltung: Suse Kopp, Hamburg
Umschlagmotive © Gallery Stock (Rainer Behrens);
Gettyimages (LJM Photo/Design Pics)
he · Herstellung: LW
Satz: KompetenzCenter, Mönchengladbach
Druck: GGP Media GmbH, Pößneck
ISBN 978-3-570-31316-9
Printed in Germany

www.cbj-verlag.de

Für meinen Dad

TEIL I

»Ich werde euch finden, Geheimnisse,
durch den Schmutz, den ihr hinterlasst,
und eure blutigen Fußspuren.«

Lola Ridge, *Geheimnisse*

1

Die Polizei

Die Polizisten bauten sich Schulter an Schulter am Fußende meines Bettes auf. Ich konnte förmlich spüren, wie sie die blauen Flecken begutachteten, die sich unter meinen Augen bildeten.

»Miss Gracewell, können Sie uns sagen, wie Sie zu diesen Verletzungen gekommen sind?«

Ich warf einen Seitenblick auf meine Mutter und machte mein subtilstes *Oh-Scheiße*-Gesicht. Was sollte ich ihnen denn sagen? Sollte ich auf den Korridor in Richtung der Falcones zeigen und rufen: »Die Mörder sind da lang!«?

Sanft legte sie eine Hand auf meine Schulter. Das Spiel hieß *omertà*, und das Ziel war es, nicht getötet zu werden, weil man jemanden verpfiffen hatte. Das Wort leuchtete vor meinem geistigen Auge auf wie eine Neonreklame: *omertà, omertà, omertà*. Der Kodex des Schweigens, und wir waren alle darin gefangen. *Nicht sterben, nicht sterben, nicht sterben.*

»Ich bin gestürzt«, log ich. »Ziemlich unglücklich.«

»Gestürzt«, wiederholte der erste Polizist, Detective Comisky, und sein Schnurrbart zuckte dabei wie eine große graue Raupe. Sein Partner Medina hatte dunkle Knopfaugen. Beide beugten sich hoffnungsvoll nach vorne. Ich konnte es beinahe riechen – ihr Bedürfnis, sich zu beweisen, indem sie einen Mafia-Killer schnappten, oder auch zwei. Oder zehn. Und sie waren auch ganz nah dran, in gewisser Weise: Eine schier endlose Flut von Mafiosi tummelte sich völlig frei auf den Krankenhausfluren, im Lagerhaus lagen Jacks tote Handlanger und ich war zusammen mit dem Vize-Boss der Falcones eingeliefert worden, der eine Schusswunde davongetragen hatte – all das war höchst verdächtig.

»Sind Sie sich da ganz sicher?«, hakte Comisky nach.

Ich presste die Lippen zusammen, nickte und versuchte, den entfernt sprudelnden Quell der Panik in mir zu ignorieren. Vielleicht wäre es ja wirklich das Richtige gewesen, mit der Polizei zu sprechen, aber wir wussten auch, dass sich die anderen nicht würden aufhalten lassen, falls wir versuchen sollten, ihnen ihre Freiheit zu nehmen, auch wenn Nic an meinem Bett saß und auf mich aufpasste. Sicher, ich hatte Luca gerettet, aber Valentino konnte es wohl kaum durchgehen lassen, wenn ich die heilige *omertà*-Regel brach.

»Na schön, Miss Gracewell«, fuhr Comisky in entschieden kälterem Ton fort. »Können Sie uns stattdessen vielleicht mitteilen, wie es dazu kam, dass Sie zusammen mit Gianluca Falcone in dieses Krankenhaus eingeliefert wurden?«

Ich täuschte ein verwundertes Stirnrunzeln vor. »Wurde ich das?«

Sein Stirnrunzeln war sehr viel überzeugender. »Miss Gracewell, haben Sie irgendwelche Informationen zu der Schießerei in dem Lagerhaus in Old Hegewisch vorgestern Nacht?«

»Ich weiß nicht, wovon Sie sprechen.«

»Miss Gracewell, können Sie uns erklären, in welcher Beziehung Sie zur Familie Falcone stehen?«

»Zu wem?«

»Miss Gracewell, können Sie uns sagen, was Sie über die Beziehungen Ihres Vaters zur Familie Falcone wissen?«

»Wie bitte?« Der verbale Schlag traf mich direkt an der Kehle. Meine Worte klangen ganz wackelig, und ich hatte Mühe, meine demonstrative Lässigkeit noch weiter aufrechtzuerhalten. Auch meine Mutter wurde neben mir wütend. Warum brachten sie das zur Sprache? Sie wollten mich aus der Fassung bringen und es funktionierte.

»Detectives, wenn Sie Sophies Vater aus dieser Sache heraushalten könnten, wäre ich Ihnen sehr verbunden«, ging sie dazwischen und verschaffte mir damit mehr Zeit, um meine Gedanken wieder zu ordnen. Einen Moment lang wirkte sie völlig gelassen. Manchmal vergaß ich, dass sie schon früher mit der Polizei zu tun gehabt hatte. Sie hatte zugesehen, wie sie ihren Mann mitgenommen hatten.

Ein unbehagliches Gefühl zwickte in meiner Brust. Ich wünschte mir, mein Vater wäre bei uns. Ich wünschte mir, wir würden uns ohne ihn nicht so ausgeliefert fühlen. Er hatte uns verlassen und wir hatten mit allem allein fertigwerden müssen und es hätte uns beinahe umgebracht. Trotzdem war ich wild entschlossen, mir vor den Detectives nicht anmerken zu lassen, wie sehr es mich mitnahm. Ich war entschlossen, ihnen meine Schwäche nicht zu zeigen.

Die Polizisten wandten ihre Aufmerksamkeit kurz meiner Mutter zu, bohrten dann jedoch weiter, vollkommen unbeeindruckt von ihrer Bitte. »Miss Gracewell, hatte Ihr Vater irgendetwas mit dieser Sache zu tun?«

Diesmal zögerte ich keine Sekunde. »Mein Vater sitzt im Gefängnis, Detectives.«

Ein herablassendes Lächeln hob den Raupenschnurrbart in Comiskys Gesicht. »Das habe ich nicht gefragt.«

Mit einem Mal war mir eiskalt, und meine Mutter, die noch vor ein paar Augenblicken so unerschütterlich gewirkt hatte, wurde totenstill. Wenn ich sie zu lange anschaute, konnte ich die aschfahle Haut unter ihrem spärlichen Make-up sehen. Ihre Fingernägel waren so dicht bis an ihre Haut abgekaut, dass sie blutete. Geheimnisse. Lügen. Sie hätten uns beinahe zerstört. Ich hob das Kinn und blickte den Detectives direkt ins Gesicht. »Tja, aber das ist Ihre Antwort.«

Detective Comisky blähte seine Brust auf und stieß ein tiefes, rasselndes Seufzen aus. Medina unterdrückte ein Gähnen. Er war ganz offensichtlich der Klügere der beiden, denn er machte den Anschein, als würde er lieber nach Hause gehen und ein Nickerchen machen, statt seine Zeit damit zu verschwenden, weiter auf dieser Sache herumzureiten. Ich empfand ihren Besuch schon jetzt als ermüdend. Reden ist sowieso schon ziemlich schwierig, wenn man verletzt ist, aber Lügen ist noch unendlich viel schwieriger. Vielleicht war es ja nur die restliche Wirkung des Morphiums, aber ich fand immer mehr, dass Detective Comisky auf verstörende Weise aussah wie Maurice aus *Die Schöne und das Biest.*

Er holte einen kleinen schwarzen Notizblock aus seiner Hemdtasche und klappte ihn auf. Dann zog er den Bleistift hervor, der hinter seinem Ohr steckte, und tippte damit auf das Papier. »Warum versuchen wir es nicht mal mit der Wahrheit, Miss Gracewell?«, fragte er und schaute mich wieder an. »Vielleicht sollte ich Ihnen erst mal genau erklären, warum es in Ihrem eigenen Interesse ist, mit der Polizei zusammenzuarbeiten …«

Meine Miene blieb starr. *Ich hab nichts gesehen. Ich weiß nichts. Sie werden nichts herausfinden.*

Aber wie sich herausstellte, musste ich mir gar keine Sorgen darüber machen, wie sie vorhatten, mich zum Reden zu bringen, weil sie im ganz großen Stil ausgebremst wurden, noch bevor sie es überhaupt versuchen konnten.

Die Tür meines Krankenzimmers schwang auf, und eine Gestalt platzte mit so unangebrachter, wenn auch authentischer Lässigkeit herein, dass man beinahe hätte meinen können, wir hätten ihn erwartet. Seine Kleidung war so makellos wie immer: ein hellgrauer Anzug, der im Neonlicht schimmerte, und Lackschuhe, die beim Gehen klapperten. Er hatte sein silbergraues Haar hinter die Ohren gegelt. Ich musste beinahe würgen, als der Honiggeruch in den Raum wehte und sich auf meiner Haut, meinem Haar und meinem Gehirn festsetzte.

Ich hatte ihn seit dem Lagerhaus nicht mehr gesehen, und eigentlich hatte ich gehofft, ihn auch nie wieder sehen zu müssen. Aber unglücklicherweise – für mich und meinen Puls – steckten wir gemeinsam in dieser Polizeiermittlung, und als *consigliere* der Falcones würde Felice nicht zulassen, dass sie noch länger ohne seine Aufsicht stattfand.

»*Buongiorno*, Detectives«, begrüßte er die Polizisten, rauschte in einem Bogen um sie herum und stellte sich mittig an die Seite meines Betts. Die grauenvolle Süße hing schwer in der Luft, und ich fragte mich, ob ich je wieder Honig würde riechen können, ohne sofort ein Gefühl des sicheren Todes zu haben.

Felice legte eine Hand auf meine Bettkante und schlang seine Finger um die Gitterstäbe. Ich spürte, wie ich in seiner Nähe ganz steif wurde. Sie brachte unwillkommene Erinnerungen daran zurück, wie ich in seiner riesigen, von Bienen befallenen Villa gefesselt gewesen war, kurz bevor mir sein Bruder, Calvino, die Seele aus dem Leib geprügelt hatte. Ich wandte mich von ihm ab. Auf der anderen Seite des Betts drückte meine Mutter meine Schulter.

»Es ist alles gut, mein Schatz«, flüsterte sie, aber in ihrer Stimme lag kein Hauch von Überzeugung. Das letzte Mal, als sie Felice Falcone gesehen hatte, hatte er eine Pistole auf ihren Kopf gerichtet. Falls sie glaubte, ich könnte nicht spüren, wie ihre Hand auf meiner Schulter zitterte, irrte sie sich.

»Mr Falcone«, krächzte Detective Comisky, und seine Wangen wurden rot. »Ich muss Sie bitten, wieder zu gehen. Wir führen hier eine private Befragung mit Miss Gracewell durch.«

»Warum das denn, Detective Comisky?« Felices Lächeln war zwar falsch, aber viel geübter als das seiner beiden Gegenüber.

»Na ja, wir ...«, stammelte Detective Comisky. Er klappte den Notizblock wieder zu und steckte ihn zurück in seine Hemdtasche, krallte seine Hand jedoch weiter um den Bleistift. »Ich kann mich nicht erinnern, Ihnen meinen Namen genannt zu haben, Mr Falcone.«

Felice hob seine beinahe unsichtbaren Augenbrauen. »Sie kennen doch auch *meinen* Namen, Detective. Ist es da wirklich so seltsam, wenn ich auch Ihren kenne?«

Detective Comisky wurde kreidebleich. Felice heuchelte Überraschung und machte einen Schritt auf ihn zu. »Walter

Comisky«, verkündete er. »342 Sycamore Drive, glaube ich. Wunderschöne Wohngegend. Diese altmodischen Ziegelhäuser, und dann dieser fabelhafte Park am Ende Ihrer Straße. Ich wette, den finden Ihre Mädchen großartig.«

Detective Comisky rollte die Schultern zurück und richtete sich ein wenig auf. Er war einen halben Kopf kleiner als Felice, aber er schob das Kinn ganz weit nach vorne, um diesen Unterschied wettzumachen. »Tun sie, Mr Falcone. Also, wenn Sie uns jetzt einfach wieder ...«

»Und Ihre Frau muss diesen Garten hinter Ihrem Haus ja *lieben*. So viel Platz für ihre Gärtnerleidenschaft. All diese wunderschönen Hortensien, und langstielige Gänseblümchen habe ich ja schon immer geliebt. Sie heißt Alma, richtig?« Er zeigte erneut ein Zweiunddreißig-Zähne-Grinsen.

»Nein«, entgegnete Detective Comisky mit offensichtlicher Erleichterung. Er zog seinen Gürtel nach oben und antwortete mit einem vorsichtigen, nicht ganz so einstudierten Lächeln, das unter seinem Schnurrbart aufblitzte: »Heißt sie nicht.«

Hinter ihm entglitten Detective Medina sämtliche Gesichtszüge.

»Nein, nein, nein.« Felice rieb sich die Schläfen, so als hätte ihm sein Gedächtnis einen Streich gespielt. »Das ist nicht Ihre Frau, Walter, das ist Detective *Medinas* Frau ... nicht wahr, Doug?« Er blickte an Comisky vorbei und stellte sein plötzliches Interesse an Detective Medina übertrieben theatralisch zur Schau.

Es dauerte mehrere lange Sekunden, bevor Detective Medina antwortete: »Ich weiß wirklich n-n-nicht, warum das bei einer p-p-polizeilichen Ermittlung eine Rolle spielen sollte, Mr Falcone.«

Meine Mutter drückte meine Schulter noch ein wenig fester, während ich unter der Bettdecke meine Finger in mein Bein krallte, damit es aufhörte zu zittern. Felice war ein Meister der Einschüchterung, und es war beinahe unmöglich, das Entsetzen in den Gesichtern der beiden Detectives nicht zu bemerken, als ihnen endgültig klar wurde, was hier gerade vor sich ging: Hier schärfte eine Katze ihre Krallen vor zwei zitternden Mäusen.

»Es spielt eine Rolle«, erklärte Felice, ohne die Augen von seiner Beute abzuwenden, »weil ich vielleicht ein Geschenk für Sie habe. Für Ihre beiden Frauen, um genau zu sei. Alma und ...« Er tippte sich gekünstelt und betont nachdenklich ans Kinn, aber es gab nicht einen Menschen im Raum, der nicht davon überzeugt gewesen wäre, dass er ganz genau wusste, wie Detective Comiskys Frau hieß. »Rose!«, triumphierte er mit gespielter Begeisterung über seinen vorgetäuschten *Aha!*-Moment. »Wie konnte ich das nur vergessen? Rose. Wunderschön, wie eine Blume. So wunderschön wie ihr Garten. Das passt doch perfekt zusammen.«

Detective Medina legte eine Hand auf seine Brust und rieb sie möglichst beiläufig und ganz langsam, aber es bestand durchaus die Möglichkeit, dass er tatsächlich gerade einen Herzinfarkt erlitt. Ich stellte mir vor, wie Felice über seine Leiche stieg und aufpasste, sich dabei keinen Kratzer an seinen Schuhen einzufangen. *Würg.*

Als Felice erneut das Wort ergriff, klang seine Stimme leiser. »Vielleicht hätten Ihre Frauen ja gern ein Glas von meinem hausgemachten Honig? Ich könnte es bei ihnen vorbeibringen lassen, das wäre überhaupt kein Problem ...« Er verstummte und ließ den Satz und alles, was ungesagt darin mitschwang, in der Luft hängen.

Der Bleistift in Detective Comiskys Faust zerbrach.

Felice grinste hämisch.

Ich versank noch tiefer unter meiner Bettdecke. Ich erinnerte mich noch sehr gut an das Honigglas, das Felice an Jack geschickt hatte, und ich erinnerte mich auch noch sehr genau daran, wohin es uns alle geführt hatte. Den Gesichtern der Detectives nach zu urteilen war es eindeutig, dass auch sie ganz genau wussten, was dieses Glas mit der schwarzen Schleife bedeutete. In der Unterwelt trug Felice den Spitznamen »Der Stich« und sein Honig brachte den Tod.

»Das ist schon in Ordnung, Mr Falcone«, erwiderte Detective Comisky und schob sich ein Stück zur Seite, bis er nicht mehr zwischen Felice und der Tür stand. Er deutete auf die Tür. »Wir wollen nichts von Ihnen. Wir möchten nur gern diese private Befragung fortsetzen. Wenn Sie uns also jetzt bitte allein lassen würden.«

Felice warf die Hände in die Luft und klatschte einmal. »Natürlich«, sagte er mit vergnügter Gleichgültigkeit. »Ich muss sowieso nach meinem Neffen sehen. Wie ich gehört habe, ist er von all Ihren Fragen heute Morgen noch völlig erschöpft. Ich will doch hoffen, Sie haben nicht vor, diesem armen Mädchen dasselbe anzutun. Ich bin mir ziemlich sicher, dass sie sehr viel Ruhe braucht. Und ich bin mir noch sicherer, dass diese ganze Ermittlung nur eine Verschwendung Ihrer wertvollen Zeit ist, die Sie andernorts viel produktiver einsetzen könnten.« Er verließ das Zimmer, ohne sich noch einmal umzublicken.

Meine Mutter löste ihren Griff um meine Schulter und atmete mit einem erstickten Keuchen aus. Meine Handflächen waren vor Schweiß ganz glitschig, obwohl Felice uns nicht ein einziges Mal angeschaut hatte, solange er im Raum gewesen war.

»Gut, dann«, begann Detective Comisky, »auf ein Neues.«

Die Befragung endete wenige Minuten später. Das war an Tag zwei. Zwei Tage war es her, seit mein Leben völlig auf den Kopf gestellt worden war und sich alles, was ich zu wissen geglaubt hatte, verändert hatte. Es gab so vieles, was mich verfolgte, so viele in Albträume verflochtene Fragen. Und so viele Menschen. Menschen, die ich niemals wiedersehen wollte; Menschen, denen ich niemals begegnen wollte. Und Menschen, die mir immer noch Antworten schuldeten. Und obwohl ich es damals noch nicht wusste, gab es jemanden, dem es genauso ging wie mir, der auf der anderen Seite dieser Welt gefangen war und versuchte, ihr zu entfliehen.

2

Die Mafia-Königin

Zunächst weigerte sich meine Mutter, mir von der Seite zu weichen. Sie betrachtete mich wie eine Statue von ihrem Stuhl aus, und ihre blutroten Augen fielen vor Müdigkeit halb zu, während sie meine Hand mit ihrer umklammerte und mir versicherte, dass bald alles besser werden würde. Ihre Stimme zitterte, als sie das sagte, und ich wunderte mich, dass sie sich so standhaft weigerte, sich von mir zu trennen. Hatte sie Angst, mich mit mir selbst allein zu lassen, oder eher davor, selbst allein zu sein?

Als sie vor Erschöpfung kaum noch die Augen offen halten oder etwas sagen konnte, ohne am Ende jedes Satzes zu gähnen, willigte sie aber doch ein, nach Hause zu fahren und ein bisschen zu schlafen. Es war fast vorbei. Am nächsten Tag würden sie mich entlassen. Und danach würde ich nie wieder ein Krankenhauszimmer betreten müssen.

Das Geräusch ihrer sich entfernenden Schritte wurde von Nics sichereren Tritten abgelöst. Er kam vom Krankenbett seines Bruders zurück, wo er die andere Hälfte seiner Zeit verbrachte, während ihn seine Schuldgefühle entzweirissen.

»Hey«, flüsterte er. Er beugte sich über mich und beurteilte möglichst unauffällig den Zustand meiner blauen Flecken, genauso, wie er es immer tat. Vielleicht wollte er nicht, dass ich mich deswegen unbehaglich fühlte, oder vielleicht wollte er mich auch nur nicht daran erinnern, wo sie herkamen.

»Hi.« Ich lag flach im Bett und spürte das Gewicht meiner Müdigkeit auf den Lidern. Er sah genauso erschöpft aus, wie ich mich fühlte. »Ich versuche, nicht einzuschlafen.«

»Schlaf ruhig, wenn du willst, Soph. Ich bin hier.«

Ich bemerkte gar nicht, dass er sich bewegte, bis ich die sanfte Berührung seiner Finger spürte, als er mir das Haar aus dem Gesicht strich.

Ich wollte nicht schlafen – schlafen bedeutete träumen, und träumen bedeutete Albträume, und ehe ich michs versah, wachte ich wieder einmal schreiend auf. Ich schüttelte den Kopf, konnte aber bereits fühlen, wie die Nervenverbindungen in meinem Gehirn ermatteten. »Du solltest besser wieder gehen«, sagte ich, und meine Zunge fühlte sich ganz dick in meinem Mund an. »Die Besuchszeit ist vorbei.«

Ich spürte, wie seine Lippen in einem Lächeln zuckten, als er sie auf meine Hand drückte. Er hatte null Respekt vor Besuchszeiten. Unter anderem. »Ich warte noch, bis du eingeschlafen bist.«

Als mich das Gefühl von Sicherheit umschloss, ließ ich meine Augen zufallen.

»Es tut mir leid«, sagte er zärtlich. »Verzeih mir, Sophie.«

Ich wollte es. In solchen Momenten war es ganz leicht, wenn ich zu müde war, um nachzudenken, zu abgelenkt, um mich zu erinnern. Es war leicht, ihm zuzuhören, wenn er mir etwas zuflüsterte und seine Finger meine streichelten.

Wenn ich zu sehr über diese Hände nachgedacht hätte – was sie tun konnten oder bereits getan hatten –, dann wäre ich nicht in der Lage gewesen, sie zu halten oder zuzulassen, dass sie ganz sanft über die blauen Flecken in meinem Gesicht strichen.

Wenn ein »Tut mir leid« alles hätte besser machen können, dann wäre ich geradewegs aus dem Krankenhaus spaziert, ohne je wieder zurückzublicken. Aber tief in meinem Inneren wusste ich, dass der Junge, der mit stiller Aufmerksamkeit über mich wachte, derselbe war, der im Lagerhaus eine Kugel in meinen Onkel versenkt hatte. Und trotzdem: Wenn Nic mich mit diesen goldgesprenkelten Augen anschaute, fiel es mir schwer, das Kribbeln in meinem Bauch zu ignorieren, oder die Schwäche in meinen Armen, wenn ich versuchte, ihn wegzustoßen.

Die Grenze zwischen richtig und falsch war eine dunkle, verschwommene Kluft, und ich war mitten hineingestürzt.

✳ ✳ ✳

Als ich schreiend aufwachte, schwebte etwas durch die Dunkelheit an den Wänden entlang, das aussah wie eine seltsame geflügelte Gestalt. Ich versuchte, sie wegzublinzeln, aber die Figur wurde immer klarer und größer. Real. Ich unterdrückte einen weiteren Schrei, setzte mich kerzengerade auf und krallte mich an den Kissen fest. »Wer zur Hölle ist da?«

Entweder war das die unheimlichste Krankenschwester der Geschichte oder man würde mich gleich umbringen. Sie schob sich näher an mich heran, bis das schwache Licht, das unter der Tür hereinströmte, ihre Silhouette flackernd erleuchtete. Ich hatte Elena Genovese-Falcone bisher erst zweimal gesehen – einmal auf Valentinos Porträt von ihr und einmal in einem Zeitungsartikel über die Beerdigung von Don Angelo Falcone, Nics Vater. Sie war noch in Europa gewesen, als Nic und seine Brüder nach Cedar Hill gezogen waren.

Live wirkte sie wie eine Statue. Sie hatte eine schmale, kantige Figur, die von ihrer eng anliegenden maßgeschneiderten Kleidung noch unterstrichen wurde. Ihre Nase zeigte spitz nach oben und ihr dunkles Haar war zu einem Dutt zusammengefasst. Sie hielt sich am Gitter am Ende meines Betts fest. Wenn wir in einem Superheldenfilm gewesen wären, hätte sie es wahrscheinlich einfach abgerissen, so angespannt krallten sich ihre Fäuste daran fest.

»Also«, sagte sie. »*Du* bist das Gracewell-Mädchen.«

Ihre Stimme klang vornehm, mit dem Anflug eines italienischen Akzents. Es war keine Frage, eher eine Anschuldigung, und ich hatte plötzlich das Gefühl, in der Falle zu sitzen. Was ziemlich dumm war, wenn man bedachte, dass das nun mal mein Name war und sie sich nicht gerade ein Bein hatte ausreißen müssen, um ihn in Erfahrung zu bringen.

»Ja«, erwiderte ich, und ein Zittern kroch in meine Stimme, während ich die Hand nach der Nachttischlampe ausstreckte. »Das bin ich.«

Als es im Zimmer hell wurde, fühlte ich mich einen Hauch selbstbewusster. Ich würde mich wahrscheinlich ducken und zur Seite rollen können, falls es nötig wäre, aber soweit ich sehen konnte, war sie nicht bewaffnet. Es sei denn, man zählte das herablassende Grinsen dazu. Die Lampe hüllte sie in harsches Licht und erhellte ein geschminktes Gesicht mit hohen Wangenknochen und spitzem Kinn. Über ihren strahlend blauen Augen hingen schwere Lider.

Ich strich mir einige klebrige Haarsträhnen aus dem Gesicht. Sollte sie ruhig einen ausführlichen Blick darauf werfen, was ihre Familie mir angetan hatte. Sollte sie ruhig die blauen Flecken sehen, die sich bereits gelb verfärbten, und meine geschwollenen Wangen. Ich würde meine Stellung behaupten – ich würde ihr zeigen, dass ich keine Angst hatte. Obwohl ich nichts als blanke Todesangst verspürte.

»Darf ich vielleicht erfahren, was Sie um diese Zeit in meinem Zimmer machen, Mrs Falcone?«

Falls es sie überraschte, dass ich wusste, wer sie war, ließ sie es sich nicht anmerken. Ich schätze, jeder Vollidiot könnte bei einer Runde im »Finde den Falcone«-Quiz Punkte sammeln – einfach nach dem Haar aus der Shampoo-Werbung oder diesem Ich-könnte-dich-umbringen-Blick Ausschau halten.

Ihre Lippen verzerrten sich zu einer dünnen Linie. »Du und ich haben ein Problem.«

»Und was für ein Problem soll das sein?«

Sie richtete sich noch gerader auf und verschränkte die Arme vor der Brust. *Okay.* Sie war groß. »Du hast *irgendetwas* mit meinen Söhnen gemacht.«

Gott. Wie war das noch gleich mit den selektiven Informationen? »Falls Sie damit Luca meinen, dann ja: Ich hab was mit ihm gemacht. Ich habe ihm das Leben gerettet.«

»Etwas *anderes*«, stellte sie mit kühler Entrüstung klar. »Versuch nicht, mir dumm zu kommen.«

Ich nahm an, dass es mir keine Bonuspunkte einbringen würde, dass ich ihren Sohn gerettet hatte. »Ich bin in das reinste *disastro* zurückgekehrt. Nicoli ist völlig geistesabwesend. Abgelenkt. Du bist in seinen Kopf gekrochen wie ein Wurm.«

Ich sah sie langsam blinzelnd an. »Haben Sie ... haben Sie mich gerade als *Wurm* bezeichnet?«

»Das bist du auch. Ein amerikanischer Wurm.«

»Ich bin kein Wurm.« Das war eine Wortfolge, von der ich niemals geglaubt hätte, dass ich sie tatsächlich irgendwann mal aussprechen würde. Beleidigten sich Mafiosi gegenseitig immer so? Wenn ich mutiger gewesen wäre, hätte ich sie vielleicht als Mistkäfer beschimpft und ihr die Zunge rausgestreckt. »Ich bin ein Mädchen«, fügte ich zur weiteren Klarstellung hinzu und kam mir dabei ein bisschen wie eine wütende Zweijährige vor.

»Ein *dummes* Mädchen«, fauchte sie. Sie war mir jetzt viel zu nah. Ich konnte sehen, wie ihre mit Botox aufgespritzte Stirn glänzte. »Du hättest dich um deine eigenen Angelegenheiten kümmern sollen.«

»Wissen Sie denn nicht, was passiert ist?«, fragte ich. »Haben Sie wirklich keine Ahnung?«

Sie starrte durch mich hindurch, völlig perplex. Meine Stimme wurde ein wenig kräftiger, und ich wagte mich noch weiter vor und versuchte, sie zur Vernunft zu bringen. »Glauben Sie, es macht mir Spaß, im Krankenhaus zu liegen? Glauben Sie, es gefällt mir, wenn mein Gesicht so gelb und violett aussieht? Ich wurde in diese völlig verdrehten Spielchen Ihrer Familie mit hineingezogen. Ich wollte niemals etwas damit zu tun haben.«

»Dann hättest du dich vielleicht von meinem Sohn fernhalten sollen.«

Ich konnte meinen Pulsschlag am äußersten Zipfel meiner Ohrläppchen spüren. *Beruhig dich, Sophie. Ganz ruhig.* »Vielleicht hätte er sich ja von mir fernhalten sollen.«

»Und Gianluca!« Sie warf die Hände in die Luft. »*Mio figlio!* So schwach ist er jetzt. *Cos'è successo?*«, fragte sie die Zimmerdecke. »Dieses Mädchen ... dieses Mädchen ...« Sie schüttelte den Kopf und runzelte die Stirn, während ihr saphirblauer Blick über mein Gesicht wanderte. »Ein wunderschönes Nichts. Du hast sie zerstört.«

Damit war sie geradewegs über meine Toleranzschwelle für unhöfliche Scheiße gerauscht. Ich musste mich schon mit genügend unausweichlichen, unangenehmen Dingen herumschlagen, wenn ich schlief, und ich würde nicht zulassen, dass mich auch noch jemand beschimpfte, wenn ich etwas dagegen unternehmen konnte.

»Ich hab sie *zerstört?*« Ich spürte, wie die Wut in mir hochkochte, und ließ zu, dass sie mich vereinnahmte und stark machte. »Ich habe Luca das Leben gerettet. Jede normale Mutter würde mir danken und nicht mitten in der Nacht in mein Zimmer einbrechen, noch dazu in dem *Krankenhaus*, in das mich *Ihre Familie* gebracht hat. Wo zur Hölle sind Ihre Manieren im Umgang mit Patienten?«

»Vorsicht«, warnte sie mich.

»Ich *bin* vorsichtig«, erwiderte ich. »Zumindest *war* ich das, bis ...« Ich unterbrach mich. Was würde es nützen, ihren engelsgleichen Söhnen die Schuld zu geben? Sie leugnete alles so rigoros, dass es sie vollkommen blind machte. »Wenn Sie nicht erkennen können, dass es bei allem, was ich je getan habe, darum ging, Ihren Söhnen zu helfen, und das trotz all der schlimmen Dinge, die sie getan haben, dann ist das *Ihr* Problem. Und jetzt verschwinden Sie aus meinem Zimmer, bevor ich die Schwester rufe!«

Elena Genovese-Falcone atmete zischend aus. Sie beugte sich über mich, genauso wie Nic es manchmal tat, aber die Wirkung war eine völlig andere. Sie schob ihr Gesicht so dicht vor meines, dass ich die Kapillargefäße in ihren Augen erkennen konnte. Ich zuckte vor ihr zurück und verfluchte meine Instinkte dafür, dass sie mich schwach aussehen ließen.

»Ich werde gehen, wenn ich alles gesagt habe, weswegen ich hergekommen bin. Vergiss nicht, *saccente*, dass du hier nur auf Befehl meines Sohns in Sicherheit liegst, das ist alles. Ich weiß *genau*, wer du bist – wer dein Vater ist, *was* für Ungeziefer dein Onkel ist und was ihr uns alles schuldig seid.«

»Wir sind Ihnen gar nichts mehr schuldig.«

»Diese Augen«, sagte sie und zog sich wieder von mir zurück, wobei ihre Stimme tödlich ruhig klang. Rebellische Falten tauchten auf ihrem Nasenrücken auf. »Sie sind seelenlos.«

»Bitte lassen Sie mich einfach allein.«

Sie starrte mich nur an, so als wäre ich ein Rätsel, das sie plötzlich lösen musste, und als stünde irgendetwas auf meine Pupillen geschrieben. Nach einem Augenblick der schweren Stille flüsterte sie mir zu, als wollte sie mir etwas anvertrauen: »Ich weiß, dass mehr hinter dir steckt, als du mich glauben machen willst.«

»Nein«, entgegnete ich entnervt und schüttelte ebenso vor Erschöpfung wie zur Verneinung den Kopf. »Was Sie sehen, ist alles, was hinter mir steckt.« *Im Gegensatz zu ... oh, ich weiß auch nicht ... jedem Mitglied Ihrer Familie.*

Ihre Lippen zuckten. »Irgendwie bezweifle ich das.«

»Warum sind Sie hergekommen?«, wollte ich wissen.

»Um mich zu beleidigen? Um zu Ende zu bringen, was Ihre Familie angefangen hat?«

»Ich bin hergekommen, um dir zu sagen, dass du dich von meinen Söhnen fernhalten sollst, sonst werde ich, wenn wir uns das nächste Mal begegnen, nicht so genau aufpassen, wohin ich meine Hände lege.«

»Sie würden mir nicht wehtun«, wagte ich mich vor. Valentino würde es ihr nicht erlauben. »Nicht nach dem, was ich im Lagerhaus getan habe.«

Ihr Lachen erstarb ebenso schnell in ihrer Kehle, wie es sich gebildet hatte. »Kindchen, ich würde sogar meiner Schwester eine Kugel in den Kopf jagen, wenn sie mir je ungeschützt begegnen würde, also was macht dich so sicher, dass ich es nicht auch bei jemandem tun würde, den ich erst einmal getroffen habe?«

Plötzlich sah ich sehr lebhaft vor mir, wie sie mich erwürgte. Bei der Vorstellung musste ich lauter schlucken, als ich es beabsichtigt hatte.

»Du bist nicht für diese Welt bestimmt«, fügte sie hinzu, als wäre es die schlimmstmögliche Beleidigung.

»Sie sagen das, als wäre es etwas Schlechtes.«

»Wir werden geboren, nicht gemacht. Unsere Dynastie und mein Ehrgeiz haben mich zu der gemacht, die ich bin. Sie haben mir das Leben ermöglicht, das ich immer wollte, den Status, der mir seit meiner Geburt zustand. Die Frauen der Genoveses sind Kämpferinnen. In unseren Adern fließt das Blut Siziliens und ganze Familien arbeiten unter uns. Für dich wird es niemals so sein. Du wirst niemals mehr sein als eine flüchtige Abwechslung für meinen Sohn.« Sie wandte sich von mir ab und blieb mit der Hand an der Tür noch einmal stehen. Sie stand in der Dunkelheit. Ich kam zu dem Schluss, dass ich sie jetzt, wo ich sie kennengelernt hatte, in dieser Form vorzog: als unerkennbaren Schatten. »Er würde dich nie über seine Familie stellen.«

Von einer Mischung aus Mut und Zorn erfasst, schleuderte ich ihr als Antwort entgegen: »Wer sagt Ihnen denn, dass ich ihn je über meine stellen würde?«

»Bitte«, warf sie über die Schulter zurück. »Die Familie, die du noch hast, ist kaum der Rede wert, und das wissen wir beide.«

Glühende Wut schoss durch meinen Körper, und ich stellte mir vor, wie ich aus dem Bett sprang und ihr das Haar direkt an den Wurzeln ausriss. »Sie wissen überhaupt nichts über meine Familie oder meine Loyalität«, spuckte ich aus. »Und jetzt verschwinden Sie!«

Sie ließ ein leises Lachen zurück und ich fiel keuchend auf mein Kopfkissen. Adrenalin durchflutete mich. Ich war völlig verängstigt, wütend und verwirrt – und ich wünschte mir, ich wäre mutiger gewesen. Ich wünschte mir, ich könnte mich gegen die Falcones behaupten, ohne dass mich sofort das Gefühl beschlich, dass mein Ende unmittelbar bevorstand. *Verdammt sollen sie sein. Verdammt soll sie sein.* In einer anderen Welt hätten wir uns vielleicht gut verstanden. Aber im grellen Licht des Tages, zwischen zwei Familien, die einander auf ewig hassen würden, war ich nichts weiter als eine lästige, störende *Americana* – und sie war die Mafia-Königin aus der Hölle.

3

Auf Wiedersehen

»Weißt du, als ich mich heute Morgen durch deinen Kleiderschrank gewühlt hab, hat mich eine schreckenerregende Erkenntnis getroffen: Vier Jogginghosen sind für einen Menschen allein mehr als genug für ein ganzes Leben.«

»Tja«, erwiderte ich, nahm Millie eine der besagten Jogginghosen ab und balancierte auf ihrem Arm gestützt, während ich die Hose unter dem Krankenhausnachthemd hochzog, »das kann ganz eindeutig auch nur jemand sagen, der noch nie eine komplette Pizza verdrückt hat und dabei von seiner Jeans verraten wurde. Man kann nie genügend Jogginghosen haben.«

»Jogginghosen sind im Prinzip nichts anderes als Schlafanzüge.«

Ich wackelte mit meinem Finger vor ihrer Nase hin und her. »Gesellschaftsfähige Schlafanzüge. *Gesellschaftsfähig.*«

Sie rümpfte angewidert die Nase, und ich musste das plötzliche Bedürfnis unterdrücken, sie in den Arm zu nehmen. Das passierte mir in letzter Zeit ziemlich häufig – diese verrückten Zuneigungsanfälle für meine beste Freundin, die seit der Sache im Lagerhaus noch mehr als sonst für mich da gewesen war. Außerdem war ich in annähernd guter Stimmung, weil ich gerade entlassen worden war, meine Mutter auf dem Parkplatz wartete, Millie mir beim Anziehen half und ich endlich nach Hause gehen konnte. Selbst wenn mein Leben nie wieder so sein würde wie früher, würde ich wenigstens meilenweit von Infusionsständern und überall lauernden Falcones entfernt sein. Vor allem von den weiblichen.

Ich streifte mein Krankenhausnachthemd ab und schlüpfte in ein Tanktop und Flip Flops. Mein Haar war so fettig, dass ich es zu einem Pferdeschwanz zusammenfasste und die abtrünnigen Strähnen aus meinem Gesicht strich. Ich beschloss jedoch, mein allgemeines Gefühl der Trostlosigkeit möglichst gering zu halten und daher nicht in den Spiegel zu schauen.

»Hier«, sagte Millie und reichte mir eine Dose Fettcreme mit Erdbeerduft. »Die hilft vielleicht.«

»Danke.« Es war zwar, als würde man versuchen, eine Schusswunde mit einem Hello-Kitty-Pflaster zu versorgen, aber ich schmierte sie mir trotzdem auf die Lippen.

Millie schnappte sich meine Reisetasche vom Nachttisch und strich das Laken ein letztes Mal glatt, um sicherzugehen, dass ich nichts vergessen hatte. »Bist du bereit?«

Ich ließ den Blick noch einmal flüchtig durch mein Krankenzimmer schweifen. *Hach, unsere gemeinsamen Zeiten.* »Ich bin so was von bereit.«

»Soph?« Mein Name fiel gleichzeitig mit einem Klopfen, und mein Herz pochte doppelt so schnell, als Nic das Zimmer betrat.

»Oh«, sagte Nic und sah gleichzeitig Millie und mich. Er fuhr sich mit der Hand durchs Haar und zerzauste, was ohnehin zerzaust war. »Hi, Millie. Ich wusste nicht, dass du schon so früh herkommen würdest.«

»Nic«, begrüßte sie ihn mit einem falschen Lächeln, bei dem jedes durchsichtige Glied ihrer Zahnspange zu sehen war. »Es ist mir ein Missvergnügen.«

Bis zu diesem Zeitpunkt war es mir wie durch ein Wunder gelungen, die beiden seit dem Lagerhaus voneinander fernzuhalten. Meine Gefühle für Nic mochten vielleicht das reinste Chaos sein, aber Millies Meinung über ihn und den Rest seiner Familie war glasklar.

»Okay«, erwiderte er und schien nicht mehr so recht zu wissen, wo er mit sich hinsollte. »Es ist toll von dir, dass du Sophie so hilfst.«

Millies Lachen klang kalt. »Danke für die positive Verstärkung, Nic. Ich bin überrascht, dass du es überhaupt erkennst, wenn jemand einem anderen Menschen hilft.«

Nic steckte die Hände in die Hosentaschen und ließ mit einem Seufzen die Schultern sinken. Er sah mich an. »Ich bin nur gekommen, um auf Wiedersehen zu sagen.«

»Und, ist dein blöder, erbärmlicher, arroganter Bruder hier auch irgendwo?«, warf Millie ein. Wenn ihre Wut auf Nic mit einem Sturm zu vergleichen war, dann glich ihre Haltung gegenüber Dom einem Orkan.

»Welcher?«, fragte Nic zurück.

Millie schnaubte. »Ich schätze, die Liste *ist* ziemlich lang. Ich spreche von Dom, dem König der Arschlöcher und Großmeister aller Vollidioten.«

»Oh …«

»Dem General der Scheißkerl-Armee«, unterbrach Millie ihn.

»Er ist …«

»Admiral der Deppen-Marine, Kapitän der …«

»Ich hab's kapiert«, schnitt diesmal Nic ihr das Wort ab, in seiner Stimme lag ein Anflug von Gereiztheit.

»Ich wollte nur sichergehen«, erwiderte Millie. »Ich weiß, dass wir beide auf *völlig* verschiedenen Planeten leben, mit völlig anderen Regeln, wer wen wahllos ermorden und in Gefahr bringen darf, deshalb dachte ich, ich drücke es für dich lieber ganz deutlich aus.«

Nic biss nicht an. »Dom ist am Ende des Flurs in Lucas Zimmer.«

»Gut, dann sag ihm, dass er nicht in unsere Nähe kommen soll. Ich würde nur ungern das Risiko eingehen, in seinem überschüssigen Haargel zu ertrinken.«

»Okay.«

»Und sag ihm auch, dass er ein Arschloch ist, weil er mich dazu benutzt hat, *die Familie meiner besten Freundin auszuspionieren.*«

»Ich werd's ihm ausrichten.«

»Mil«, ging ich dazwischen, »gibst du mir bitte eine Sekunde mit Nic, bevor wir gehen?« Wahrscheinlich die letzte Sekunde, die wir jemals miteinander haben würden.

»Na schön. Aber darf ich ihm zuerst noch eine allerletzte Frage stellen?«

Nic hielt als Geste der Kapitulation die Hände hoch. »Tu dir keinen Zwang an.«

»Wenn ich dir einen Schokoriegel anbieten würde, würdest du mir dann zum Dank ins Gesicht schlagen?«

»Was?«

Millie tat, als würde sie ernsthaft darüber nachdenken. »Ich hab mich nur gefragt, wie du dich normalerweise revanchierst. Du weißt schon, wie neulich, als Sophie das

Leben deines Bruders gerettet hat und du dafür auf ihren Onkel geschossen hast.«

Oh, was ist das denn? Ach ja, das bislang totgeschwiegene Problem.

Nics Blick huschte wieder mal zu meinem. Er schien zu sagen: *Bitte, erlöse mich aus meinem Elend.* »Ich versuche, das wiedergutzumachen«, antwortete er leise.

»Kann man es zurücknehmen, wenn man auf jemanden geschossen hat?«, fragte Millie. »Davon hab ich noch gar nichts gehört.«

»Oookay«, sagte ich und schob Millie Richtung Tür. »Nur eine Minute, Millie. Bitte.«

»Tut mir leid, aber das war echt ein gutes Gefühl«, seufzte sie. »Ich musste das tun.«

»Ich weiß«, versicherte ich ihr. Sie verschwand in den Flur hinaus und ich machte die Tür hinter ihr zu.

Das Zimmer fühlte sich mit einem Mal viel kleiner an. Ich musste mich aufs Bett setzen, um wieder zu Atem zu kommen. Das Blöde an gebrochenen Rippen ist, dass selbst das Stehen nach einer Weile problematisch wird.

»Also … das war ganz schön unangenehm«, begann er, kam zu mir und stellte sich vor mich, wobei seine Knie meine beinahe berührten. Die Anstrengung, die ihn diese Begegnung gekostet hatte, zeichnete sich über seinen Augenbrauen ab. »Ich schätze, sie hasst mich.«

»Sie passt nur auf mich auf«, beruhigte ich ihn, vermied es jedoch, ihm direkt in die Augen zu schauen, weil er sonst gesehen hätte, was es wirklich bedeutete: *O Mann, sie hasst dich mit dem Feuer von tausend Sonnen.*

»Und das ist ja das Komische«, sagte er, ohne zu lächeln. »Das tue ich auch.«

»Ich weiß.« Die Traurigkeit in seiner Stimme hallte in meiner wider. »Ich weiß, dass du das tust.«

Während sich die Stille zwischen uns ausdehnte, hielt uns die Hitze zwischen uns zusammen, wie bei zwei Magneten, die sich beinahe berührten.

»Okay«, sagte er leise, »dann sollte ich dich jetzt wohl besser allein lassen.«

Mir wurde ganz kribbelig unter der Hitze seines Blicks. Es war seltsam, dass er in mir selbst jetzt, nach alledem, noch diese Last der Gefühle auslösen konnte. Ich war mir nicht sicher, ob ich es liebte oder hasste, dass er mich so nervös machte. »Ja«, erwiderte ich, erhob mich wieder und keuchte überrascht, weil mich selbst das einige Anstrengung kostete. Er wich einen Schritt zurück, um mir Platz zu machen, streckte jedoch die Hände aus, für den Fall, dass ich sie brauchte. »Du solltest wahrscheinlich lieber verschwinden. Ich würde gern wenigstens bis zu meinem Abschlussball überleben.«

Er lächelte nicht. Ich auch nicht. Ich stand noch immer ein wenig vornübergebeugt, da es mir die andauernden Schmerzen schwer machten, mich ganz aufzurichten. Mein Gesicht glich einer Ansammlung miteinander verschmelzender Prellungen – leuchtendes Gelb vermischte sich mit verblassendem Violett, das dunkle Flecken unter meinen Augen und entlang meines Kiefers bildete. Ich konnte nie mehr als ein paar Sätze am Stück sagen. Und so würde er sich an mich erinnern.

Wir blieben auf halber Strecke zwischen der Tür und dem Bett stehen. Das hier war der Moment, auf den wir seit dem Tag zugerast waren, an dem ich herausgefunden hatte, wer er war – das war der Moment, in dem wir uns auf

Wiedersehen sagen würden. Und nun, als er da war, wollte ich ihn einfach nur noch hinter mich bringen.

»Okay«, sagte ich und wandte mich von ihm ab, »ich geh dann jetzt ...«

»Soph.« Nic zog mich am Arm und drehte mich zu sich um.

»Nicht«, sagte ich und hatte mit einem Mal Angst vor unserer Nähe, die wie ein Pfeil durch meinen einigermaßen aufgeräumten Gefühlshaushalt schoss. »Ich muss gehen.«

Seine Finger streiften mein Kinn. »Sieh mich an.«

Ich sah ihn an, durch seine dunklen Augen, die olivfarbene Haut und die sanfte Haartolle. Ich zwang mich, ihn anzusehen; ich zwang mich, ihn zu *sehen*. An seinen Händen klebte Blut. Der Nebel lichtete sich und ich konnte es nicht ignorieren.

Mein Handy vibrierte in meiner Hosentasche. Millie und meine Mutter warteten auf mich. Ich legte meine Hände auf Nics Brust und fühlte das hastige Pochen seines Herzens, als ich ihn von mir wegschob. »Hör mal, Nic, was du in dem Lagerhaus getan hast ...«

»Ich weiß«, unterbrach er mich und schloss die Augen. »Du wirst mir das niemals verzeihen.«

»Du wärst ein Narr, wenn du mich um Vergebung bitten würdest, obwohl du genau weißt, dass du weiter nach ihm suchen wirst.«

Er leugnete es nicht. Er sagte gar nichts. Er war mit Jack noch nicht fertig und seine Gefühle für mich würden daran nichts ändern. Er würde mich nie über seine Familie stellen.

»Na dann, auf Wiedersehen«, sagte ich.

»Auf Wiedersehen, Sophie«, flüsterte er mit zitternder Stimme. »*Bella mia.*«

Er löste sich von mir und ging zur Tür hinaus, und als ich es in den Flur geschafft hatte, verschwand er bereits wieder in Lucas Zimmer, zurück zu seinen Brüdern, zurück in ihre Welt.

4

Der Schnitt

Abgesehen von den offensichtlichen Verletzungen – einer geschwollenen Nase, ein paar angeknacksten Rippen und einem allgemeinen anhaltenden Bewusstsein der eigenen Sterblichkeit – schien mir Jacks Streit mit den Falcones noch ein weiteres Geschenk beschert zu haben, von dem ich jedoch erst erfuhr, als ich wieder zu Hause war.

Posttraumatische Belastungsstörung: Eine posttraumatische Belastungsstörung (PTBS) ist eine psychische Erkrankung, die durch ein schreckliches Ereignis ausgelöst wird, das man entweder selbst erlebt oder mit ansieht. Die Symptome können Flashbacks, Albträume und schlimme Angstattacken sowie unkontrollierbare Gedanken an das Ereignis einschließen.

Großartig.

Ich starrte auf mein blasses Spiegelbild im Bildschirm des Laptops, während mir die Bedeutung der Worte langsam bewusst wurde. Ich sah aus wie ein sehr trauriger Panda mit ganz üblem Schlafentzug.

Alles hatte sich verändert, und die Tatsache, dass ich jetzt wieder zu Hause war und in meinem eigenen Bett schlief, machte das nur umso deutlicher. Sophie Gracewell, ehemalige Expertin im Sachen-unter-den-Teppich-Kehren und herrschende Königin der Unwissenheit-ist-ein-Segen-Hypothese, war verschwunden. Oder ermordet worden, wenn man so wollte, unter den gegebenen Umständen.

Vor Nic, vor all den schlimmen Dingen, die geschehen waren, war ich einfach nur *da gewesen*, hatte existiert, aber nicht wirklich *gelebt*. Alle um mich herum hatten ihr Leben, ihre Hobbys, ihre Freunde und ihre Leidenschaften, und ich hatte einen aussichtslosen Job, eine aussichtslose Zukunft und eine Freundin, die es nach der Schule so viel weiter bringen würde als ich. Ich war Sophie, aber das war auch schon alles. Gelangweilt, ziellos, meistens allein. Und dann war ich es plötzlich nicht mehr. Ich war Teil von etwas Größerem, eine Figur in einer Welt, die von Leidenschaft und Gefahr lebte. Sie war falsch und Furcht einflößend, aber es war mehr, als nur zu existieren, und jetzt, da ich sie erlebt hatte, fiel es mir schwer, sie auszublenden. Es fiel mir schwer, sie zurückzulassen.

Jedes Geräusch ließ mich aufschrecken, jeder schreiende Albtraum malträtierte meine Kehle, jeder angenehme Augenblick wurde von zäheren, stärkeren Erinnerungen an dunklere Augenblicke zerquetscht. Ich konnte nicht einfach anhalten, um den Duft einer Blume zu riechen, ohne dass mein Gehirn sagte: *Hey, das ist eine hübsche Rose, aber erinnerst du dich noch, wie du mit angesehen hast, wie diesem Typen in die Brust geschossen wurde?* Ich konnte mir noch nicht mal mehr *Aladdin* anschauen. *Sicher, dieser Dschinni ist wirklich charismatisch, aber wo wir gerade nicht beim Thema sind: Glaubst du, Blut ist klebriger, wenn es warm und noch im Kör-*

per eines Menschen ist oder wenn es eine Stunde oder so später
an deinen Händen trocknet?

Wenn ich in meinem Zimmer zwischen all meinen alten
DVDs, Büchern und Klamotten und all den anderen An-
nehmlichkeiten meines alten Lebens stand, fühlte ich mich
kein bisschen mehr wie ich selbst. Irgendetwas Neues hatte
mich gepackt. Es begann als ein Jucken, ein unangenehmes
Zwicken in der Magengegend, das sich zu etwas Düstere-
rem verzerrte. Es waren nicht meine Rippen. Es war Angst.
Ich hatte Angst und diese Angst war unerbittlich.

Und die Lösung?

Falls Sie vermuten, unter PTBS zu leiden, raten wir Ihnen,
sich professionelle medizinische Hilfe zu suchen.

Die Lösung war, einem Therapeuten von der Nacht zu erzählen, in der meine Mutter und ich beinahe von einem
Haufen Mafiosi, bei denen der Finger ziemlich locker am
Abzug saß, in den Kopf geschossen worden wären, und von
dem anhaltenden irrationalen Drang, mit dem Jungen rum-
zumachen, der versucht hatte, meinen Onkel zu töten, kurz
nachdem ich meine Hände in den Brustkorb seines Bruders
gesteckt hatte, um ihm das Leben zu retten.

Ich hätte lieber mit Hitler ein Picknick gemacht.

Stattdessen ersetzte ich mein Lieblingshobby – Netflix
gucken und dabei asiatische Nudelsnacks essen – durch ein
paar neue Spiele: »Schatten beobachten«, und »Auf die
Straße starren«. Man bemerkt gar nicht, wie viele Schatten
es auf der Welt tatsächlich gibt, bis man Angst vor ihnen
hat. Ich verbrachte Stunden vor irgendwelchen Fenstern
und sah den vorbeiziehenden Gestalten nach oder beobach-

tete Passanten, um zu sehen, ob sie mich beobachteten. Ich studierte jedes Auto auf der Straße mit manischem Interesse. Nach einer Weile sah ich immer wieder dasselbe vorbeirollen – einen Mercedes mit getönten Fensterscheiben und schwarzen Felgen. Ich war überzeugt davon, dass mich jemand beobachtete. Wenn ich dann nach draußen ging, um nachzusehen, war der Wagen verschwunden, fuhr die Straße hinunter und verschwand aus meinem Blickfeld. Wer immer auch darin saß, sie lebten einfach ihr Leben weiter.

Ich vermisste meinen Vater mehr, als ich es je für möglich gehalten hätte. Ich spürte sein Fehlen wie einen körperlichen Schmerz in meiner Brust – diese quälende Traurigkeit, die ich nicht abschütteln konnte; dieses Gesicht, das sich niemals weit aus meinen Gedanken entfernte. Ich brauchte ihn und er war nicht da. Manchmal brach die Wut aus mir heraus und ich verfluchte ihn – wie hatte er uns nur verlassen können? Wie konnten wir das jemals ohne ihn durchstehen?

Ich fing an, von ihm zu träumen – von jenem schicksalhaften Abend des Valentinstags vor anderthalb Jahren. Die Schreie meiner Mutter drangen durch die Dielenbretter herauf, und bevor sie in mein Zimmer platzte und mir mitteilte, was er getan hatte, hörte ich, wie sie irgendwo in der Ferne, mit vor Hysterie ganz dünner Stimme, kreischte: »Er hat ihn getroffen! Er hat ihn getroffen!« Spielte mein Verstand mir nur einen Streich oder hob sich durch diesen ganz neuen Schrecken endlich der Schleier, der über all den anderen Dingen hing, die ich ganz unten in meinen Erinnerungen vergraben hatte? »Er hat ihn erschossen!« Und dann war es plötzlich meine Stimme, die in die Leere eines unfassbar weitläufigen Lagerhauses brüllte, während ich in der Dunkelheit nach Jack suchte, obwohl ich wusste, dass er gar nicht mehr da war.

Tagsüber rief ich jede Telefonnummer an, die ich je von meinem Onkel gehabt hatte. Ich hinterließ Nachrichten bei alten Bekannten. Aber nichts. Auch die Falcones waren verschwunden. Millie hatte mir erzählt, dass ihr Haus inzwischen verlassen war. Es gab keinerlei Anzeichen dafür, dass sie je in Cedar Hill gewohnt hatten, nichts außer den Erinnerungen, die sich in mein Hirn eingebrannt hatten.

Aber da war auch noch etwas anderes.

❋ ❋ ❋

Eines Morgens wachte ich vor Sonnenaufgang auf, ging in dem halbherzigen Versuch, es aufzuräumen, in meinem Zimmer auf und ab und fand dabei zufällig die kurze Hose, die ich in jener Nacht im Lagerhaus getragen hatte. Ich hob das ausgefranste Jeansteil hoch und Lucas Klappmesser fiel auf mein Bett.

Oh. Ich nahm es und fuhr mit dem Finger über die Inschrift. *Gianluca, 20. März.* Es fühlte sich schwer an, und der rote Falke breitete seine Schwingen über dem Griff aus, als wollte er sich davon lösen und losfliegen. Ich setzte mich auf mein Bett und starrte es an. Ich hatte sein Klappmesser. Den Beweis dafür, dass er mich entgegen des Wunsches seiner Familie freigelassen hatte – dass er, ausgerechnet er, in diesem einen Moment das Richtige getan hatte. Auf meiner Handfläche lag ein letztes Stück der Falcones.

Es fühlte sich gut an. Ich spürte, wie eine unerwartete Welle des Selbstvertrauens in mir aufstieg, während ich es hielt. Ich schätze, es erinnerte mich an das Vertrauen, das er

41

zu mir gehabt hatte. Außerdem war es eine Waffe und eine Waffe bedeutete Schutz. Ich fuhr mit der Kuppe meines Zeigefingers über die scharfe Klinge des Messers und genoss das Gefühl des Metalls auf meiner Haut, die Ruhe und Sicherheit, die es mir schenkte.

Von da an nahm ich das Klappmesser überall hin mit, als wäre es eine Art abartige Kuscheldecke. Wenn ich mit meiner Mutter in der Küche aß, steckte das Messer in meiner kurzen Hose, während sich der Griff gegen meine Hüfte presste. Nachts steckte ich es unter mein Kopfkissen, von meinen Fingern umschlossen. Wenn Millie mich besuchte, steckte ich das kantige Ding in meine Hosentasche. In gelangweilten Momenten klappte ich es auf und testete seine Schärfe an meiner Handfläche.

Ich dachte daran, wie ich es benutzen würde, und fragte mich, wie es sich wohl anfühlen würde, jemandes Fleisch zu durchbohren. Manchmal machte ich mir selbst richtig Angst. Früher hatte ich mir in meinen Tagträumen immer vorgestellt, wie ich aus Cedar Hill wegzog und ein neues Leben als unbekanntes Mädchen in einer Großstadt begann, an Filmsets arbeitete und ein Mikro an einer Tonangel hielt, die Einstellung einer Szene überprüfte oder mit Liam Hemsworth Texte lernte, wobei er sich hoffnungslos in mich verliebte. Jetzt stellte ich mir vor, wie ich Felice Falcones Finger abhackte und ihm dabei ins Gesicht lachte. *Gott.*

✳ ✳ ✳

Es passierte fast zehn Tage, nachdem ich das Krankenhaus verlassen hatte. Ich hatte aus dem Fenster geschaut – und die schwarzen Autos gezählt, die zu langsam durch meine

Straße rollten, wobei es vor meinen Augen bereits flimmerte, weil ich mich so angestrengt konzentrierte. Jetzt befand ich mich kurz vor der Bewusstlosigkeit und wusste, dass mich der Schlaf übermannen würde, egal, ob ich es wollte oder nicht.

Meine Mutter stand in der Tür zu meinem Zimmer, beide Hände um eine Tasse geschlossen. Sie hob sie hoch und bot sie mir an.

»Nein, danke.« Meine Worte klangen undeutlich.

»Hähnchen-Nudeltopf.« Sie biss sich auf die Lippe, damit ihr Lächeln nicht zitterte. »Du hast den ganzen Tag noch nichts gegessen.«

Hatte ich nicht? Hatte *sie?* »Zu müde.«

Sie schob sich ins Zimmer und stellte die Suppe auf dem Nachttisch ab. »Sophie, bitte. Ich mach mir Sorgen um dich.«

Ich schüttelte den Kopf und drückte die Wange auf mein Kopfkissen. »Musst du nicht.«

Es war schon fast ein Ritual: *Willst du nicht ein bisschen was essen, Sophie? Möchtest du nicht einen Happen davon? Möchtest du mit jemandem darüber reden? Du versuchst es ja gar nicht, Sophie. Bitte versuch es doch wenigstens.*

Ihre blauen Augen waren von roten Äderchen durchzogen. Sie wirkte ebenfalls müde. Ich spürte ihre Hand auf meinem Arm. »Willst du nicht wenigstens ein bisschen davon trinken? Das wird dir helfen, besser zu schlafen.«

»Iss du sie«, erwiderte ich und spürte, wie ich in Schlaf sank. »Bitte.«

Sie streichelte mein Haar und sagte mit leiser Stimme: »Das werde ich. Ich werde auch was davon essen.«

Ich hätte den Kopf nicht heben können, selbst wenn ich

es gewollt hätte. Meine Lider fielen zu, und ich fiel immer tiefer, tiefer, tiefer in die Schwärze, die bereits darauf wartete, mich zu umschließen. Schatten huschten hin und her, Pistolenschüsse knallten.

Ich schreckte aus dem Schlaf hoch. Draußen war es dunkel, aber die Vorhänge waren immer noch offen. Der Mond war voll und stand hoch am Himmel, und die Sterne warfen Lichtstrahlen in mein Zimmer. Alles war still. Ich schrie nicht. Ich schwitzte nicht. Ich hatte mich nicht selbst geweckt, und meine Mutter saß auch nicht an meinem Bett und machte sich Sorgen, wie sie es sonst immer tat.

Sie schläft, wurde mir mit einer solchen Woge der Erleichterung bewusst, dass es eine Sekunde lang dauerte, bevor ich den stechenden Schmerz in meiner Hand wahrnahm. Ich knipste das Licht an und starrte voller Entsetzen auf das Blut auf meinem Laken.

Das Klappmesser lag offen auf meinem Kopfkissen, die Klinge blutverklebt. Selbst der Griff war blutbefleckt, und dunklere, tiefrote Tropfen sanken in die Rillen der Inschrift. In meiner rechten Handfläche klaffte diagonal eine knapp acht Zentimeter lange Schnittwunde. Ich hatte mich im Schlaf geschnitten!

Es war schon schlimm genug, dass ich meine Laken durchtränkt hatte und aufgewacht war. Es war schon schlimm genug, dass ich meiner Mutter einen riesigen Schreck einjagen würde, wenn sie genau in diesem Moment in mein Zimmer kommen würde. Das war das einzige ununterbrochene bisschen Schlaf, das sie seit Wochen bekommen hatte, und ich würde ihr das ganz sicher nicht kaputt machen.

Ich schnappte mir ein T-Shirt und band es mit einem

Knoten um meine Hand. Dann klappte ich das Messer zu und legte es in eine Schublade. Ich drehte das Kopfkissen mit der unblutigen Seite nach oben und schlich mich nach unten. Jedes Treppenknarren kam einem winzigen Herzinfarkt gleich, aber im Zimmer meiner Mutter blieb alles still, als ich nach unten ging. Ich würde die Wunde desinfizieren, verbinden und mir morgen eine Ausrede für die Verletzung ausdenken.

Die Küchentür stand einen Spalt offen, und das Licht war noch an, aber erst als ich die Tür erreichte, hörte ich das Weinen. Ich lugte durch den Spalt. Meine Mutter saß am Tisch, die Füße um die Stuhlbeine geschlungen. Sie hatte ihren Schlafanzug an, aber man konnte sofort erkennen, dass sie nicht geschlafen hatte. Ihr Kopf lag in ihren Händen und ihre Atmung klang angestrengt und schluchzend.

Ich hatte das Gefühl, mein Herz würde mir in der Brust zerbröckeln.

Ich legte eine Hand an die Tür, hielt dann jedoch inne. Ich war voller Blut. Ich war so besessen davon gewesen, mich zu bewaffnen, selbst im Schlaf, dass ich mich am Ende selbst verletzt hatte. Und jetzt war mein Bett blutverschmiert, und hier saß meine Mutter und glaubte, sie hätte das Schlimmste bereits gesehen. Sie durfte mich so nicht sehen. Das hätte alles nur noch hundertmal schlimmer gemacht.

Ich schob mich wieder rückwärts.

Ich schlich mich zurück nach oben, wusch meine Hand im Waschbecken im Badezimmer sauber und wickelte sie in Wattestreifen. Aus dem Spiegel blickte mich ein grauäugiger Geist an. Wohin war das Blau verschwunden? Im schummrigen Licht konnte ich nicht anders, als wieder daran zu denken, was Elena Genovese-Falcone zu mir gesagt hatte. Ich nahm an, ich sah tatsächlich ein wenig seelenlos aus. Ich fühlte mich auch ein wenig seelenlos.

Im Wandschrank fand ich ein frisches Laken, breitete es auf meinem Bett aus und bedeckte damit den Blutfleck auf der Matratze. Ich schlüpfte unter meine Bettdecke, legte mich auf den Rücken und starrte an die Zimmerdecke, während meine Hand heftig pulsierte. Als die Müdigkeit kam, stopfte ich ein Stück Bettdecke in meinen Mund und betete, dass meine Mutter es nicht hören würde, wenn ich wieder schreiend aufwachte.

5

Die Delfin-Philosophie

»Hey, Paranoid Patty, kann ich reinkommen?«

Ich machte die Haustür auf, und Millie stürmte herein und sah mich kopfschüttelnd an, während sie die überdimensionierte Sonnenbrille aus dem Gesicht und in ihr Haar schob. »Du siehst aus wie aus 'nem schlechten Horrorfilm, wenn du so durch die Vorhänge im Wohnzimmer guckst. Es ist heller Nachmittag!«

»Da war so ein Auto …«, begann ich, gab es aber sofort wieder auf. »Vergiss es. Komm rein.«

Sie trottete mir hinterher ins Wohnzimmer, wo ich mir gerade alte Wiederholungen von *America's Next Top Model* anschaute. Tyra Banks war auf dem Bildschirm zu sehen, wo sie ein Model ausschimpfte, weil das Mädchen respektlos war und ihre Chance »nicht ernst genug nahm«. Sie war so wütend, dass es aussah, als würden ihr gleich die Augen aus dem Kopf fallen, aber das Model starrte einfach durch sie hindurch, völlig weggetreten. Irgendwie konnte ich dieses Gefühl nachvollziehen.

»Gott.« Naserümpfend blickte Millie auf den Fernseher und drehte sich dann langsam zu mir um. »Was ist denn hier los?«

»Tyra hat sich für sie *eingesetzt*«, antwortete ich und zeigte auf den Bildschirm. »Und jetzt ist sie sauer, weil Tiffany das alles im Prinzip einen Scheiß interessiert. Ein Riesendrama.«

Millie machte eine große Kreisbewegung mit ihrem Zeigefinger und schloss den kompletten Fernseher damit ein. »Soph, ich meinte, ganz all-ge-mein«, sagte sie und zog das Wort in die Länge, wodurch sie besonders britisch klang. »Du weißt, dass ich das ganz allgemein gemeint hab.«

»Weißt du, was ›smize‹ bedeutet? Das ist wie lächeln, aber nur mit den *Augen*. Das kommt von ›smile‹ und ›eyes‹.«

»A-ha … Weißt du, was ›Sonne‹ bedeutet? Das ist wie Feuer, nur in einem großen runden Ball am Himmel.«

»Außerdem gibt's noch den ›booty touch‹. Das macht man mit dem Po.«

Millie hielt mich auf, bevor ich es ihr vorführen konnte, hob die Hände und ließ ihr Haar mit einem energischen Kopfschütteln in ihr Gesicht fliegen. »Bitte. Du weißt doch, wie unangenehm ich Fremdschämen finde. Wo ist deine Mom? Wir müssen hier doch keine Intervention durchziehen, oder?«

»Sie ist im Garten … das ist ihr neues Hobby.« *Besessenheit* hätte vielleicht ein wenig hart geklungen, auch wenn es der Wahrheit entsprach. Meine Mutter pflanzte ununterbrochen neue Blumen. Manchmal blieb sie so lange im Garten, dass sie vergaß, etwas zu Abend zu essen. Sie vergaß auch zu arbeiten – vielleicht wollte sie ja auch gar nicht –, aber dafür erblühte unser Garten jetzt in allen möglichen Farben der seltsamsten Blumen und ungebändigten Sträucher, während ihre Auftragsarbeiten in unfertigen Stoffhaufen überall im Haus verteilt lagen. Ich glaube, sie hasste es genauso sehr, drinnen zu sein, wie ich es mit einem Mal hasste, nach draußen zu gehen. Ich glaube, sie hasste diese ruhigen Momente beim Sticken oder Zeichnen, wenn sie ihre Gedanken unwillkürlich zu dieser Nacht im Lagerhaus zurückführten, zum Geräusch der Pistolenkugeln und dem Geruch von Blut. Sie hatte den Garten, ich hatte das Klappmesser, und ich hatte kein Recht, über ihre Obsession zu urteilen.

»Wenigstens kriegt eine von euch so ein bisschen Vitamin D.« Millie riss die Vorhänge auf, und ich zuckte zusammen wie ein Vampir, der vor den aufdringlichen Strahlen der Sonne zurückweicht. »Du wirst noch ganz durchsichtig, wenn du noch blasser wirst.«

»Mir geht's gut.« Ich war überrascht, wie aufrichtig ich klang. Ich konnte mich nicht daran erinnern, wann ich das letzte Mal richtig geschlafen hatte. Die Schnittwunde von Lucas Messer war immer noch frisch und pulsierte, und alle paar Stunden krampfte sich mein Herz ganz seltsam zusammen, und dann ging meine Atmung schneller, und ich bekam plötzlich das Gefühl, dass ich sterben würde.

»Sehr glaubwürdig«, höhnte Millie. »Dir geht's *nicht* gut. Du steckst mitten in der Verleugnungsphase. Aber wenn du so tust, als würde diese Angst nicht existieren, dann bekämpfst du sie damit nicht, du machst sie nur noch schlimmer. Und das muss aufhören, klar?« Sie stemmte die Hände in die Hüften und zeigte mir definitiv kein Smize. »Es passieren nun mal schlimme Sachen. Und dann kommt man darüber hinweg. So funktioniert das. Ich weiß, dass diese ganze Angelegenheit ziemlich … unglücklich gelaufen ist.«

Ich beschloss, mir nicht die Mühe zu machen, noch mehr Lügen zu erfinden. Meine beste Freundin durchschaute mich sowieso immer – wenn sie es nicht in meiner Stimme hören konnte, dann erkannte sie es in meinem Gesicht. Ich ließ mich wieder auf die Couch sinken. »Weißt du, ich hab in letzter Zeit viel nachgedacht.« Das war so ziemlich *alles*, was ich getan hatte. »Meine ganze Familie ist vom Pech verfolgt. Wer sagt denn, dass es mir anders gehen sollte als ihnen? Wusstest du, dass mein Dad beide Eltern bei einem Autounfall verloren hat, als er erst sechzehn war? Sie waren nichtsnutzige Alkoholiker und eines Tages sind sie auf der Landstraße im Vollrausch in eine Leitplanke gerast. Jack und mein Dad sind dann zu ihrer Großmutter gezogen, und *sie* ist an Krebs gestorben, und damit saßen die beiden praktisch auf der Straße. Der Dad meiner Mom ist an ihrem Geburtstag gestorben und zwei Jahre später ist ihre Mom dann an gebrochenem Herzen gestorben. Genau das haben sie Mom erzählt. Ihr Herz hat einfach … aufgegeben. Mein einziger Onkel ist ein *verdammter Drogendealer*, der vielleicht sogar schon tot ist, was weiß ich, und mein Dad sitzt im Gefängnis, weil er jemanden *erschossen* hat … Manchmal hab ich das Gefühl, von etwas umgeben zu sein, das nur darauf wartet, dass ich einen Fuß über die Grenze setze. Es ist fast, als wäre es unausweichlich.«

Millie nahm die Hände von den Hüften und setzte sich neben mich. »Was ist unausweichlich?«

Ich zuckte mit den Schultern. »Mein Untergang?«

»Dein *Untergang*?« Ihre Augenbrauen waren ganz nach oben gebogen. »*Ist das dein Ernst?*«

»Okay, das war vielleicht ein bisschen theatralisch. Aber du weißt schon, was ich meine.«

»Das ist doch lächerlich. Ganz ehrlich. Dann hatte dein Dad eben beschissene Eltern. So was kommt vor. Und dass seine Oma an Krebs gestorben ist? Meine auch. Auch das ist ein beschissener Teil des Lebens. Er und Jack waren schon sehr früh ganz auf sich allein gestellt, was wahrscheinlich auch der Grund dafür ist, dass Jack zum Dealer geworden ist. Und wir wissen, warum dein Dad Angelo Falcone erschossen hat. Es war ein Unfall. Und wenn er ihn nicht erschossen hätte, wer weiß? Dann hätte Angelo wahrscheinlich Jack umgebracht. Es tut mir leid, dass du keine große Familie hast und dass all diese schlimmen Sachen passiert sind, aber das Universum ist nicht gegen dich. Du bist nicht, ich weiß nicht, dem Untergang geweiht oder was auch immer. Das hier ist keine Folge von *Game of Thrones*. Du bist doch ein guter Mensch, oder? Du stehst auf der richtigen Seite.«

»Ich wünschte nur, es würde sich auch so anfühlen.«

»Das wird es. Irgendwann. Du musst es einfach nur *versuchen*.«

»Ich weiß«, gab ich zu. Sie hatte recht. Natürlich hatte sie das. Ich hatte im Moment nur nicht wirklich was mit Logik am Hut, deshalb war es für mich schwierig zu erkennen.

»Gut«, fuhr sie fort und lehnte sich mit einem triumphierenden Grinsen zurück, als sie das Gefühl hatte, zu mir durchgedrungen zu sein. Ich ließ den Blick zum Fenster zurückwandern, da mir das Sonnenlicht endlich nicht mehr auf der Netzhaut brannte. »Mit alledem im Hinterkopf, ich hab ...«

»Mil«, kreischte ich, sprang von der Couch auf und drückte meine Nase ans Fenster. Draußen kroch schon wieder ein schwarzer Mercedes an unserem Haus vorbei. *Niemand* fährt so langsam. Nicht mal in einem Wohngebiet.

»Schwing deinen Hintern hier rüber und sag mir, dass dieses Auto nicht mit das Suspekteste ist, was du je gesehen …«

»Verdammt, Gracewell.« Sie packte mich hinten am T-Shirt und riss mich vom Fenster weg. »Du wirst mir jetzt sehr gut zuhören.«

»Kannst du mir nicht wenigstens den Gefallen tun und mal …«

»Persephone Elizabeth Gracewell, *hör* mir *zu!*«

»Schon gut«, sagte ich und fasste mich wieder. »Ich höre ja zu.«

Sie holte ganz tief Luft und blinzelte langsam. »Okay. Hast du Emily mal kennengelernt, die Freundin von meiner Mom?«

»Die Millionärin aus London?«

»Sie hat einen Millionär *geheiratet*«, korrigierte mich Millie. »Sie stammt aus derselben Gegend wie meine Mom.«

Ich versuchte, so zu tun, als würde das für mich auch einen Unterschied machen. »Okay, und was hat sie mit der ganzen Sache zu tun?«

»Vertrau mir«, erwiderte Millie und kam mir so nah, dass ich ihre Sommersprossen zählen konnte. »Emily hat alles mit dieser Sache zu tun.«

»Ich bin ganz Ohr.«

»Das Erste, was du wissen musst, ist, dass Emily eine Riesenschlampe ist. Und dass sie inzwischen sehr viel mehr Geld als Verstand hat.«

»Du solltest mich gleich lieber nicht mit Emily vergleichen«, warf ich ein.

»Nein, ich will bloß nicht, dass sie dir leidtut.«

»Das Ganze kommt mir schon jetzt ein bisschen einseitig vor.«

»Manche Leute sind eben einfach Arschlöcher, okay?«, gab Millie zurück. »Einmal hat Emily zum Beispiel auf einer Party versucht, was mit meinem Dad anzufangen, *vor den Augen* meiner Mom, die angeblich ihre Freundin ist. Als sie das letzte Mal bei uns zu Besuch war, hat sie sich an Alex rangemacht. Riesiges No-no. Verstehst du, was ich meine?«

»Ähm, in dem Fall schon, schätze ich«, antwortete ich. »Aber im weiteren Kontext? Nein. Überhaupt nicht.«

»Okay, Emily hat vor ein paar Jahren diese Kreuzfahrt gemacht«, fuhr Millie fort. »Sie demonstriert gern, wie megareich sie ist – wenn es ein Kreuzfahrtschiff aus Gold gäbe, dann wäre sie sofort an Bord. Wie dem auch sei, irgendwann während dieser Reise, von der ich annehme, dass sie unfassbar langweilig war, konnte sie auf einem Ausflug Delfine ganz aus der Nähe sehen. Eine Gruppe Passagiere ist mit einem kleinen Schnellboot rausgefahren, einfach drauflos, und die Delfine waren so begeistert, dass sie dem Boot nachgejagt sind. Nach einer Weile haben sie das Boot erreicht, sind mit derselben Geschwindigkeit nebenhergeschwommen und immer wieder aus dem Wasser gesprungen. Emily fand es großartig, hat Fotos geschossen und Instagram damit überflutet, und sie stand die ganze Zeit so dicht am Bootsrand, wie sie konnte. In ihren ganzen Bildunterschriften standen nur so Sachen wie: ›OMG! Bester Tag aller Zeiten‹, ›Oh, der hier lächelt mich eindeutig an. Ich glaub, der steht auf mich!‹, und ›Free Willy LOL‹, was echt total bescheuert ist, weil Willy ein verdammter Orca war. Und außerdem weißt du ja, wie sehr ich es hasse, wenn alte Leute zu viele Chat-Kürzel benutzen.«

Millie legte eine Pause ein, um meine Reaktion zu beurteilen.

»Okay«, sagte ich. »Aber ... das ist alles immer noch ziemlich vage ...«

»Na gut, aber du wirst nicht glauben, was als Nächstes passiert ist«, sagte sie und schüttelte den Kopf. »Einer der Delfine ist übers Ziel hinausgeschossen. Er ist aus dem Wasser gesprungen und hat ihr 'ne Kopfnuss mitten ins Gesicht verpasst. Er hat sie komplett ausgeknockt.«

»*Was?*«

Millies Augen wurden unfassbar groß. »Ja!«

»Wow«, gab ich zu. »Das Ende hab ich wirklich nicht kommen sehen.«

»Also«, sagte sie, machte einen Schritt zurück und verschränkte die Finger vor ihrem Körper. »Was denkst du?«

»War der Delfin okay?«

»Ja, er ist einfach weitergeschwommen.« Sie grinste, bevor sie hinzufügte: »Aber sie musste sich noch mal die Nase operieren lassen.«

»In Ordnung«, erwiderte ich und versuchte immer noch, hinter die Bedeutung dieser Geschichte zu kommen. Im Englischunterricht war ich nie besonders gut, wenn es um Metaphern ging, aber diese hier kam mir besonders verzwickt vor. »Und der Grund, warum du mir diese Geschichte erzählt hast, ist ...«

»Weil das Leben unvorhersehbar ist, Soph. In einer Minute schlürfst du Champagner an Deck eines Schiffs und lachst darüber, wie reich du bist, und in der nächsten haut dir ein Delfin ins Gesicht. Shit happens, okay? Ganz egal, wo du bist oder was du machst, du bist immer den Unsicherheiten des Lebens ausgeliefert. Du kannst dich nicht einfach in Bläschenfolie einwickeln und den Rest der Welt ausschließen. Mein *Punkt* ist, dass du deinen Arsch hochkriegen und wieder rausgehen musst, bevor der Sommer uns davonrennt und wir ganz von dem Vergessen verschlungen werden, das man auch das letzte Schuljahr nennt.«

»Tja«, erwiderte ich und hatte das Gefühl, man hätte mir gerade mächtig in den Arsch getreten. »Dagegen hab ich nicht wirklich ein Argument.«

»Nein, hast du nicht. Die Delfin-Philosophie überzeugt immer.« Sie hob eine Handfläche in die Luft. »Und jetzt machen wir wieder einen normalen Menschen aus dir, okay? Gib mir fünf.«

Ich schlug ein und sie packte mich am Handgelenk. »Hey, wo kommt denn dieser Verband her? Hast du dich geschnitten?«

Oh, ja. Das. »War ein Versehen …«, stammelte ich. »Ich bin irgendwie mit Lucas Klappmesser in der Hand eingeschlafen.«

»Wie man das eben so macht«, gab sie ganz trocken zurück und ließ ihren misstrauischen Blick von meiner Hand zu meinem Gesicht wandern. »Du musst das wirklich loswerden.«

»Das werde ich«, log ich. Beim Gedanken daran, es aufzugeben, spürte ich ein unangenehmes Zwicken am Ende meiner Wirbelsäule. Es steckte sogar jetzt in meiner Hosentasche und schmiegte sich schwer und sicher an meinen Oberschenkel. Ich mochte es. Ich brauchte es.

»Je eher wir dich aus diesem Haus kriegen, desto besser. Morgen Abend, okay? Wie klingt Bowling?«

»Nach der Hölle auf Erden.« Ich befreite meine Hand aus ihrem Griff und zog meinen Ärmel darüber. »Da lass ich mir lieber von einem Delfin ins Gesicht schlagen.«

»Das hättest du wohl gern«, konterte sie. »Dann lieber ins Kino?«

»Nur wenn wir uns diesen Film mit dem Roboter anschauen, der sich in den Menschen verliebt, der ihn gebaut hat.«

»Sophie«, winselte sie. »Du weißt, dass ich mit nichtmenschlichen Liebesgeschichten nichts anfangen kann. Deshalb war *Küss den Frosch* auch so problematisch für mich. Die haben viel zu viel Zeit als Frösche verbracht.«

»Mil, wenn ich wieder in die Gesellschaft eingeführt werden soll, dann will ich verdammt sein, wenn es nicht vor dem Hintergrund einer futuristischen Romanze passiert, die sowohl wissenschaftliche Ingenieurskunst als auch die Biologie überwindet und sich gegen alle Widerstände als wahre Liebe behauptet.«

»Na schön«, gab sie nach und rollte mit den Augen. »In diesem Fall werde ich für dich leiden.«

»Oh, komm schon. Das wird ein Spaß.« Ich tätschelte ihren Arm und versuchte, ihr ein wenig Begeisterung zu entlocken. »Smize mal.«

6

Das Mädchen mit den lila Haaren

Millie fuhr uns in ihrem neuen Auto zum Kino, einem gebrauchten Toyota Matrix, auf den sie schon den ganzen Sommer sabbernd gespart hatte. Obwohl sie an mehreren Kreuzungen beinahe einen Unfall baute und keinen Respekt vor der Geschwindigkeitsbegrenzung hatte, kamen wir in einem Stück an. Ich stieg aus und fühlte mich durch das Gefühl, dass das Schicksal wohl wieder auf meiner Seite war, marginal gestärkt.

Freitagabend war nicht unbedingt der beste Zeitpunkt für einen Kinobesuch. Der Laden war gerammelt voll, und jedes Mal, wenn sich jemand an mir vorbeiquetschte, zuckte ich ein wenig zusammen. Ich tat mein Bestes, mich zu entspannen, aber es fiel mir schwer, mich völlig gehen zu lassen, ohne alle paar Minuten unsere Umgebung zu scannen.

Millie und ich stellten uns an der Schlange an der Snacktheke an.

»Kaufst du dir Popcorn?«, fragte sie.

Ich blickte über die Schulter. Ich fühlte mich zittrig und hatte das Gefühl, dass irgendetwas nicht stimmte. Ich versuchte, mich zu entspannen, war mir meines Herzschlags aber viel zu bewusst, und meine Handflächen waren vor Schweiß ganz glitschig. *Reiß dich zusammen. Beruhig dich.*

Millie stupste mich an. »Halloooo.«

»Was?« Ich strich über das Klappmesser in meiner Hosentasche. Eigentlich hatte ich es gar nicht mitbringen wollen, aber die Vorstellung, ins Kino zu gehen, war vorhin einfach so überwältigend gewesen. Ich brauchte es, um meine Angst unter Kontrolle zu halten.

»Popcorn«, sagte Millie und schnipste vor meinem Gesicht mit den Fingern. »Ich spreche ganz offen: Auf meinem Popcorn werden wahre Butterströme fließen. Ganze Seen, um genau zu sein. Ich kaufe mir Popcorn mit Butter, okay? Ist es das, was du hören wolltest? Ich werde in einem Fass meiner eigenen buttrigen Schande ertrinken. Und wage es nicht, mich so verurteilend anzuschauen, Sophie Gracewell – wage es nicht, mich zu verurteilen.«

»*Moi?*«, protestierte ich, ballte meine Faust um das Messer, löste sie wieder und bedachte Millie mit einem fröhlichen Lächeln. »Das würde ich *nie*. Tatsächlich halte ich diese Entscheidung für sehr inspiriert. Vielleicht werde ich dir das sogar nachmachen.«

Millie wirbelte mit ihren Zeigerfingern in der Luft herum. »Und *darum* bin ich auch die Trendsetterin.«

Ich erschrak, als die Frau hinter mir meinen Rücken streifte, richtete mich ein wenig gerader auf und warf einen Blick über die Schulter. Keine Bedrohung. »Und was bin ich?«, fragte ich Millie und hielt die Unterhaltung aufrecht, obwohl mir der Kopf schwirrte.

»Du bist die Sarkastische.«

»Ach, du bist also die ›Trendsetterin‹ und ich bin die ›*Sarkastische*‹?«

»Na schön, dann bist du die mit den kleinen Dellen im Gesicht.«

»Ich bevorzuge den Begriff ›Grübchen‹. Und das ist immer noch grauenvoll.«

»Na gut.« Sie betrachtete mich mit aufmerksamem Schweigen. »Du bist ...«

»Die Idiotin, die sich immer selbst in Gefahr bringt?«

»Du bist die Idiotin, die sich immer selbst *außer* Gefahr bringt!« Feierlich klatschte sie in die Hände. »Das ist echt gut. Du bist gerissen.«

Ich warf einen Blick über ihre Schulter. Eine Frau mit pflaumenfarbenem Haar stand am anderen Ende des Foyers. Es war kurz geschnitten und mit dem geradesten Pony, den ich je gesehen hatte, zu einem strengen Pagenkopf gestylt. Dank meiner jüngsten Vorliebe für *America's Next Top Model* war ich irgendwie auf Frisuren geeicht, und was dramatische Haarschnitte anging, war dieser nur schwer zu übersehen. Er bedeckte ihre Augenbrauen und hing tief über ihr dramatisches Augen-Make-up.

Millie bemerkte, dass ich abgelenkt war. »Süßer Typ?« Sie folgte meinem Blick. »Du bist so bedauernswert offensichtlich.«

»Siehst du das Mädchen mit den lila Haaren?«

Millie drehte sich ganz um. »Wen? Lego-Kopf da drüben?«

Ich kniff sie. »Hör auf, nicht so auffällig. Ich könnte schwören, dass sie uns beobachtet.«

»Sie kann uns durch ihren Pony wahrscheinlich noch nicht mal sehen.«

»Ich mein's ernst. Mit der stimmt irgendwas nicht.«

Millie verdrehte die Augen. »*Komm schon*, Soph. Wir

haben das doch schon hundertmal besprochen. Niemand ist hinter dir her. Du bist in Sicherheit.«

Wir schoben uns ein Stück weiter Richtung Theke. »Hör mir doch einfach mal zu«, beharrte ich und behielt das Mädchen mit den lila Haaren weiter im Auge. Sie ging auf und ab und drehte im Foyer des Kinos ihre Kreise. Falls sie versuchte, auf cool zu machen, gelang es ihr nicht: Ich hatte sie durchschaut. »Sie war zur selben Zeit auf dem Parkplatz wie wir. Die hat so zu uns rübergeglotzt, dass ich dachte, sie wollte dich anbaggern. Und dann stand sie die ganze Zeit hinter uns, als wir unsere Tickets gekauft haben, und jetzt lauert sie hier rum, hat aber noch nichts gekauft.«

Millie starrte mich mit offenem Mund an. »Soph, ist es wirklich schon so schlimm …?«

»Ich weiß, was du mir sagen willst. Du willst mir sagen, dass wir hier im Kino sind und dass eine Menge Leute hier sind, dass das ganz normal ist und dass ich paranoid bin …«

Sie nickte, während ich redete.

»Aber Mil, je mehr ich darüber nachdenke, desto sicherer bin ich mir, dass sie auf dem Parkplatz einen schwarzen Mercedes gefahren hat. Und genau so ein Auto fährt auch ständig an unserem Haus vorbei!«

Millie machte den Mund auf, als wollte sie etwas erwidern. Sie hielt inne, klappte den Mund wieder zu und schluckte. Dann seufzte sie. »Okay, na schön, und was willst du jetzt deswegen unternehmen? Willst du, dass ich zu ihr rübergehe und mal mit ihr rede? Würdest du dich dann besser fühlen?«

Ich fuhr mit dem Daumen über das geschlossene Messer in meiner Hosentasche. »Beobachte sie einfach. Schauen wir mal, was sie macht.«

»Okay«, lenkte Millie ein und blickte sich um. »Ich weiß aber gar nicht, wo sie jetzt hin ist.«

»Sie ist da drüben bei den Fenstern. Guck jetzt nicht hin. Sie macht irgendwas mit ihrem Handy.«

»Schön, okay, vergiss sie einfach für den Moment. Ich wette, sie wartet nur auf ihre Verabredung oder auf einen vernünftigen Frisör.«

Das Pärchen vor uns entfernte sich. Wir stellten uns an die Theke. Millie bestellte für uns, und dann gingen wir zu unseren Plätzen im Kinosaal, beladen mit unverschämt riesigen Eimern voll Popcorn.

Ich erwartete, dass Lila Haar uns folgte, aber das tat sie nicht. Ich ließ meine andere Hand in meiner Hosentasche, um das geschlossene Klappmesser gekrallt. Langsam breitete sich Ruhe in mir aus. In meinem tiefsten Inneren wusste ich, dass ich nur paranoid war, aber Unternehmungen wie diese würden mir im Laufe der Zeit dabei helfen, darüber hinwegzukommen. Ich musste mich einfach nur dazu zwingen. Nach einer Weile verfiel mein Herzschlag wieder in einen gleichmäßigen Rhythmus. Ich stopfte mir eine Handvoll Popcorn in den Mund und genoss den Buttergeschmack auf meiner Zunge. Die Lichter wurden gedimmt und die Leinwand erwachte zum Leben.

* * *

Anschließend gingen wir auf die Toilette, weil es der Film – allen Erwartungen zum Trotz – tatsächlich geschafft hatte, Millie emotional auszulaugen.

»Du musst deswegen gar nicht so selbstgefällig dreinschauen«, beschwerte sie sich bei meinem Spiegelbild, als sie sich die Mascara-Spuren von den Wangen wischte.

»Du hast geweint«, erwiderte ich, und ein triumphierender Ausdruck breitete sich auf meinem Gesicht aus. »Du hast geweint wie ein *Baby*.«

»Oh, entschuldige bitte, dass ich mit der Liebesgeschichte mitfühlen konnte. Du hast mir nicht gesagt, dass sie ihn am Ende umbringen muss.« Sie schniefte. »Ich meine, sie hat ihn *zerlegt*.«

»Ja, na ja, manchmal werden Roboter böse. Außerdem dachte ich, du hättest gesagt, dass du mit nicht-menschlichen Liebesgeschichten sowieso nichts anfangen kannst, also warum heulst du dann wie ein Schlosshund?«

»Du hast mir nicht gesagt, dass er ein *heißer* Roboter ist! Ich hab mir den goldenen Typen aus *Star Wars* vorgestellt.«

Ich lachte und spürte dabei ein leichtes Kitzeln in meiner Brust – etwas, das ich seit einer ganzen Weile nicht mehr gespürt hatte. Ich dachte nicht an das Klappmesser, das Lagerhaus oder die Paranoia. Ich dachte nur an meine beste Freundin und wie lustig sie war, ohne es überhaupt zu wollen, und ich hätte vielleicht noch weitergelacht, wenn wir nicht sofort wieder das Mädchen mit den lila Haaren gesehen hätten, als wir aus der Toilette kamen.

Sie lungerte im Foyer herum, als hätte sie es niemals verlassen. Ein Verdacht stieg in mir auf – unangenehm und erstickend. Meine Kehle krampfte sich zusammen. Sie stand an den Fenstern, lässig gegen die Wand gelehnt, ihr Telefon in der Hand, während sie den Blick durch den Raum schweifen ließ.

»Ich sehe sie«, sagte Millie leise. »Also bevor du jetzt ausflippst: Tu's nicht. Ihr Film ist ganz offensichtlich gerade zu Ende, und wir gehen jetzt sowieso zum Auto, also ignorier sie einfach.«

Gott, war ich wirklich so offensichtlich?

Ich warf ihr einen Seitenblick zu, als wir an ihr vorbeischlichen. Aus der Nähe fand ich, dass sie nicht besonders Furcht einflößend aussah. Sie war jung und klein – ungefähr so groß wie ich – und kaute so verlegen auf ihrer Lippe herum, dass sie mir nicht gerade Todesangst einjagte. Sie telefonierte, und wie es aussah, stritt sie sich mit jemandem.

Vielleicht war sie ja versetzt worden. Vielleicht hatte sie die ganze Zeit auf ihr Date oder eine Freundin gewartet. Gott, sie war so *jung*. Mit einem Mal war mir meine Schreckhaftigkeit furchtbar peinlich. Ich konnte spüren, wie sich auf meiner Haut rote Flecken bildeten. Was zum Teufel war bloß los mit mir? Das war noch schlimmer, als mich vor meinem eigenen Schatten zu fürchten. *Sie* hatte mittlerweile wahrscheinlich mehr Angst vor *mir*. Ich hatte sie den Großteil des Abends mehr oder weniger ununterbrochen angestarrt. Und ich war diejenige, die ein Messer in der Tasche hatte.

»Ich glaube, *ich* mache *ihr* Angst«, flüsterte ich Millie zu.

»Oh, das tust du definitiv.«

Auf dem Parkplatz musste Millie in ihrer Handtasche nach dem Autoschlüssel graben. »Warum sind die auch immer so gemacht, dass man sie da drin so leicht verliert?«, schnaubte sie. »Ganz ehrlich, wenn das nicht das Allernervigste am Autofahren ist, dann weiß ich auch nicht.«

»Tu deinen Schlüssel doch einfach in eine Innentasche oder so.«

»Großartige Idee. Wenn du das mal eben an vor zwei Stunden schicken könntest, wäre das phänomenal.« Sie ließ ihre Tasche fallen, ging neben ihr in die Hocke und durchwühlte sie.

Der Parkplatz war inzwischen leer. Unser Film war als letzter aus gewesen, und die verbleibenden Autos wurden immer weniger und hinterließen leere Parklücken, auf die die Lichtkreise der Straßenlaternen fielen.

Lila Haar eilte zu ihrem Auto. Als sie stehen blieb, drehte sie sich in meine Richtung. Wir starrten einander eine Sekunde lang an, bevor sie sich wieder abwandte. Sie lehnte sich gegen ihr Auto, genau wie ich, und begann, ihre Fingernägel zu inspizieren. Ich beobachtete sie mit mürrischem Schweigen. Ihr Mercedes hatte schwarze Felgen. Nach ein paar Sekunden hob sie den Blick und begann, auf mich zuzugehen. Ich spürte, wie sich mein ganzer Körper anspannte. Entweder würde sie mich anbrüllen, weil ich sie so angestarrt hatte, oder sie würde zugeben, dass sie mich stalkte.

Millie sprang auf, den Schlüssel in der Hand. »Nimm das, Universum!«

Lila Haar, die nur noch gut sechs Meter entfernt war, erstarrte mitten im Schritt, wirbelte abrupt wieder herum und marschierte zu ihrem Wagen zurück. Sie riss die Tür auf und stieg ein.

Was zur Hölle? Verlor ich den Verstand? Sollte ich sie kennen?

War sie eine Falcone?

Ich schüttelte meine Wahnvorstellungen ab, bevor sie mich völlig überrollten. Das meiste spielte sich ganz allein in meinem Kopf ab. *Reiß dich zusammen. Atme.* Wir stiegen in den Wagen, und Millie ließ den Motor aufheulen und summte vor sich hin, während sie die Klimaanlage einstellte. Der schwarze Mercedes befand sich hinter uns, als wir vom Parkplatz fuhren, und ich beschloss, diesmal nichts zu sagen. Während der Fahrt hörten wir Radio und ich biss mir beinahe die Finger ab.

»Eigenartig«, sagte Millie schließlich, als wir fünfzehn Minuten später nach Cedar Hill abbogen. »Ich könnte schwören, dass dieser Mercedes schon die ganze Zeit hinter uns fährt.«

»Ich hab's dir doch gesagt!«, sprudelte es triumphierend aus mir heraus. »Sie stalkt uns!«

»Was?«, fragte sie und blickte mit zusammengekniffenen Augen in den Rückspiegel. »Ist das Lego-Kopf?«

»Sie ist schon die ganze Fahrt hinter uns.«

»Ha.« Millie setzte im letzten Moment den Blinker und bog in eine Seitenstraße ab. Der Mercedes folgte uns. »Weißt du, was? Ich glaub, du hast recht. Irgendwas stimmt mit dieser Tussi nicht. Wollen doch mal sehen, ob wir sie abhängen können.«

»Mil, tu nichts …«

Millie trat auf die Bremse und bog mit einem ohrenbetäubenden Reifenquietschen in eine weitere Seitenstraße ab. Ich wurde gegen die Seite des Autos geschleudert und kreischte laut. Sie drückte das Gaspedal durch, und wir rasten die Straße hinunter, bogen in letzter Sekunde in eine andere Straße mit Reihenhäusern ab und fuhren im Zickzack durch die Nachbarschaft.

Nachdem wir zwanzig Minuten lang ›in geheimer Mission‹, wie Millie es nannte, durch Cedar Hill gefahren waren, kehrten wir um und hielten schließlich vor meinem Haus. Ich stieg aus und verspürte das flüchtige Bedürfnis, den Gehweg zu küssen.

»Hab dir doch gesagt, dass wir Lego-Kopf abschütteln können!« Sie kicherte vor sich hin, denn sie fühlte sich nicht wirklich bedroht. Argwöhnisch vielleicht, aber nur ein bisschen, und mir wurde bewusst, dass sie die Verfolgungsjagd nur mir zuliebe initiiert hatte. Sie schenkte mir ein breites Zahnspangenlächeln, während sie davonfuhr. »Wir sehen uns morgen, zu Phase zwei deines Rehabilitationsplans!«

Meine Mutter empfing mich an der Haustür. »Na, wie war's?« Ihr Ton war angespannt, aber ihre Miene bemühte sich um Begeisterung. »War's lustig? Hast du dich amüsiert?«

Ich verspürte das plötzliche Bedürfnis, sie zu umarmen, unterdrückte es jedoch. Ich wollte sie nicht beunruhigen. »Es war gut«, antwortete ich stattdessen. »Ich hatte Spaß.« Ich sorgte dafür, dass die Erinnerung an den schwarzen Mercedes nicht in meinem Gesicht zu erkennen war.

Sie lächelte und in ihrer Antwort lag ein Hauch von Erleichterung. »Das freut mich so sehr, Schatz.«

Ich fragte mich, wie lange sie die Einfahrt schon beobachtet und darauf gewartet hatte, dass ich nach Hause kam. »Was hast du gemacht?«, erkundigte ich mich. »Hast du dich mit den Mädels getroffen?«

Sie wedelte mit den Händen, während ich die Tür hinter uns schloss. »Ich hab's nicht geschafft«, sagte sie vage. »Ich hab stattdessen ein bisschen im Garten gearbeitet. Und ferngesehen. Hast du was gegessen?«

»Popcorn. Einen ganzen Berg.«

Sie lachte und wuschelte mir durchs Haar. »Na, dann bist du definitiv wieder ganz die Alte!«

Ich unterdrückte den Anflug von Panik in meiner Kehle. »Ja, ich fühl mich schon viel besser.«

Sie legte eine Hand auf meine Schulter und berührte

meinen Kopf mit ihrem. Sie roch nach Lavendel und Pfef-
ferminze. Wir gingen in die Küche, beide wie auf rohen
Eiern.

In dieser Nacht lag ich wach in meinem Bett und stellte
mir vor, wie ein Auto durch unsere Straße donnerte, jede
Stunde, als könnte man die Uhr danach stellen.

7

Der Schatten im Garten

Ich hatte mich im dichten Nebel eines Traums verloren, als Nics Stimme in mein Bewusstsein schwebte.

»Sophie?«

Ihr Klang durchdrang die Vision und erfüllte den endlosen Raum, der mich umgab.

»Bist du da?«

Der Nic in meinem Albtraum sprach nicht mit mir. Er stand, wie er es immer tat, über meinem sterbenden Onkel, während Blut den Boden unter ihm bedeckte. Ich war auf der anderen Seite der Dunkelheit, lehnte mich über Luca, meine Hände fest gegen seinen Oberkörper gepresst. Luca sah genauso aus wie immer, so wie ich mich nun selbst dann an ihn erinnerte, wenn ich wach war – kreideweiß und vollkommen still. Ich kannte jeden Schatten auf seinem Gesicht, die Form seiner Lippen und die langen Wimpern. Jede Nacht starrte ich ihn in diesem Traum an, während sein Blut über meine Hände floss. Wenn ich versuchte, etwas zu rufen, verpuffte meine Stimme jedes Mal im Nichts. Und Nic? Nic sprach nie mit mir. Er sprach auch jetzt nicht mit mir. Er sah mich noch nicht einmal an.

»Sophie? Es tut mir leid, ich weiß, dass es schon spät ist.«

Aber trotzdem, diese Stimme: so beharrlich, so vertraut ... Woher kam sie?

»Sophie?«

Ich setzte mich im Bett auf und erwartete beinahe, dass Nic aus meinem Kleiderschrank sprang. Ich griff nach meinem Handy, riss die Vorhänge auf und blickte in den Garten hinaus. Unter mir wurde Nic vom Sensorlicht über dem Küchenfenster angestrahlt. Er wartete mit all der Unschuld eines Menschen auf mich, der es einfach nicht besser wusste. Aber Nic wusste es besser, und die Tatsache, dass er um 01:12 Uhr morgens in meinem Garten stand, bedeutete, dass er eine Grenze überschritten hatte.

Mein Fenster war bereits offen. »Nic?«

Ich war vom Schlaf noch immer ganz benebelt, irgendwo zwischen Ungläubigkeit und Realität, und mein Herz und mein Kopf wurden tausendmal pro Minute hin- und hergerissen.

Er hob die Hände, die Handflächen nach außen. »Ich weiß«, sagte er. »Ich breche sämtliche Regeln.«

»Die einzige Regel«, zischte ich zurück und passte auf, nicht zu laut zu sprechen, um meine Mutter nicht zu wecken. Da sie ihn nicht bereits aus dem Garten verscheucht hatte, war sie ganz offensichtlich nicht unten.

»Kommst du runter?«, fragte er mit hochgezogenen Augenbrauen.

»Was ist denn passiert?«, fragte ich, während mich das letzte bisschen Schlaf langsam freigab. »Ist jemand verletzt worden?« Ein ganzes Meer der Möglichkeiten rauschte durch meinen Kopf.

»Nein«, antwortete er und senkte seine Stimme zu einem Flüstern. »Nichts dergleichen. Es ist niemand verletzt.«

Ich konnte das *noch nicht* in der Pause, die darauf folgte, beinahe hören.

»Oh.« Mir war gar nicht bewusst gewesen, wie wild mein Herz hämmerte, bis es sich wieder beruhigte. »Und was ist es dann? Was ist denn los?«

Er lächelte angestrengt. »Kannst du bitte einfach runterkommen? Langsam komme ich mir ein bisschen blöd vor.«

Ich wusste, dass ich es nicht tun sollte. Da gab es gar nichts nachzudenken. Aber es ist schwierig, etwas zu vermeiden, wenn es direkt vor deiner Nase ist …

»Hör auf, die Pros und Contras abzuwägen, Sophie. Komm einfach runter. Ich muss mit dir reden.«

Aus seinem Gesicht, das vom Mondlicht erhellt wurde, sprach eine Besorgnis, die ich bisher nicht mit Nic in Verbindung gebracht hätte. Er wirkte verunsichert. Irgendetwas war passiert.

»Na schön«, gab ich nach, als meine Neugier, verbunden mit etwas anderem – etwas Aufmüpfigem – die Oberhand gewann und ich mich vom Fenster entfernte. »Aber nur, um mich zu vergewissern, dass es dir gut geht.«

Ich schnappte mir das Klappmesser und steckte es in die Tasche meiner Jogginghose. Es beruhigte mich, und als ich mit leisen Schritten die Treppe hinunterging und spürte, wie es dabei sanft gegen mein Bein schlug, entspannte ich mich ein wenig.

Die Nacht war überraschend kalt. Jetzt, da ich Nic aus der Nähe sah, erkannte ich, wie nervös er wirklich war. Unter seinen Augen zeichneten sich dunkle Ringe ab, und er verlagerte das Gewicht verlegen von einem Fuß auf den anderen, während wir einander gegenüberstanden.

»Was ist denn los?«, wollte ich wissen.

»Ich vermisse dich«, begann er mit einem langen, schweren Seufzen. »Ich hasse es, nicht zu wissen, was du machst oder ob es dir gut geht… nach allem, was passiert ist. Das fühlt sich nicht richtig an.«

Je länger ich ihn anschaute, desto derangierter wirkte er. Sein Haar war ungepflegt, nicht nur zerzaust, wobei ein paar lockige Strähnen über seine Stirn strichen und ihm in die Augen fielen. Sein Kiefer war von Drei-Tage-Stoppeln bedeckt. »Wir waren uns doch einig«, sagte ich leise. »Dass es das Richtige ist.«

Das einzig Richtige.

»Aber es gefällt mir nicht, Sophie«, entgegnete er. »Es muss noch einen anderen Weg geben.«

Wie leicht es ihm doch fiel, alles in Schubladen zu packen – das Mädchen, das er wollte, von der Familie zu trennen, aus der es kam. Für mich war alles ein einziges großes Durcheinander. »Es gibt keinen anderen Weg«, erklärte ich ihm. »Und wenn es einen gäbe, dann wäre es wahrscheinlich nicht der richtige. Du kannst nicht einfach so hier auftauchen, Nic. Das macht es für uns beide nur noch schwerer.«

Er betrachtete mich von oben bis unten. Schließlich ließ er die Schultern hängen und seine Fäuste hingen schlaff an den Seiten hinab. »Dann ist das also wirklich das, was du willst?«

Ich wusste, dass ich hätte »ja« sagen sollen, aber irgendwie konnte ich es nicht. »Ich weiß es nicht«, antwortete ich wahrheitsgemäß. »Ich weiß nur, dass ich keine Angst mehr haben will. Und ich will auch nicht, dass meine Mutter Angst hat…«

Er nickte, verzerrte jedoch die Lippen. »Aber du hast keine Angst vor mir.«

»Vielleicht nicht vor dir«, erwiderte ich und tastete mich langsam vor. »Aber ich habe Angst vor dem, was du getan hast. Woher du kommst. Und das weißt du auch.«

Er fuhr sich mit den Händen durchs Haar. Er wirkte so neben sich, so müde.

»So hab ich dich noch nie gesehen«, gestand ich und wich ein Stück zurück.

»Stress«, behauptete er, und seine Stimme klang ganz weich vor Erschöpfung. »Ich bin gestresst.«

»Stress?«, wiederholte ich und betrachtete ihn genauer.

Er hob das Gesicht Richtung Himmel und zu der Sternendecke, die sich über unseren Köpfen ausbreitete. »Ja«, sagte er. »Familiengeschichten.«

»Und du denkst nie darüber nach, das alles hinter dir zu lassen? Fürs College? Für Normalität?« *Für immer?*

Er schüttelte nur den Kopf. Ich erinnerte mich wieder an die Worte seiner Mutter: *Er würde dich nie über seine Familie stellen.* Es stimmte, und ich wusste das. Nic würde seine Familie niemals verlassen. Nicht für mich, nicht für sich selbst, nicht für irgendetwas anderes. Der einzige Ausweg war der in einen Sarg.

Als er weitersprach, blickte er nicht länger zu den Sternen hinauf und seine Stimme war kaum mehr als ein Flüstern. »Erinnerst du dich noch an das letzte Mal, als wir hier zusammen waren?«

»Damals war alles anders.«

»Du hast zugelassen, dass ich dich küsse«, sagte er mit unerschütterlichem Blick.

»Obwohl du es nicht hättest tun sollen.«

Ich spürte die Wärme seines Atems. »Ich konnte mich nie an die Regeln halten, wenn es um dich ging, Sophie.«

»Wir hätten sie aber befolgen sollen, Nic.«

Er kniff die Augen ganz fest zusammen und schnappte scharf nach Luft. »Sag das nicht. Bitte.«

»Es ist die Wahrheit.«

Er verfiel in Schweigen, und ich verspürte das Bedürfnis, die Leere zu füllen.

»Ihr seid umgezogen«, wechselte ich das Thema und versuchte, das Gefühl der Intimität zu ignorieren, das noch immer zwischen uns lauerte. Versuchte, mich selbst daran zu erinnern, warum ich oben in meinem Bett liegen sollte, weg von ihm.

»Überrascht dich das?«

»Nein, das ist es nicht. Es ist nur schwer, sich vorzustellen, dass die Priestly-Villa wieder leer steht, nachdem sie so … voller Leben war.«

»Ja«, sagte er und räusperte sich. Er steckte die Hände in die Hosentaschen, und im nächsten Moment wirkte er wieder ganz jungenhaft, und sein Grinsen breitete sich bis zu seinen Wangenknochen aus. »Vermisst du mich, Sophie?«

Ich wandte den Blick von ihm ab, zu den neuen Blumenbeeten, die in der Dunkelheit erblühten – der Anker meiner Mutter, damit sie nicht den Verstand verlor. Ein Anker, den sie wegen dieses Jungen und seiner Familie brauchte. »Ich will nicht darüber sprechen«, antwortete ich leise. »Bitte, Nic.«

Er zuckte zusammen. »Okay«, sagte er, und seine Stimme klang nun ganz leise und zart und war vor dem Rascheln der Zweige um uns kaum noch zu hören. »Hör mal, ich weiß, dass ich heute Nacht nicht hätte herkommen sollen, aber ich hab mir Sorgen um dich gemacht. Ich wollte dich sehen, und manchmal, wenn ich einen Gedanken im

Kopf habe, muss ich ihm auch freien Lauf lassen. Das bedeutet aber nicht, dass mir nicht immer noch bewusst wäre, was alles passiert ist, all das Leid, das du meinetwegen ertragen musstest. Wegen meiner Schwäche.«

Ich konnte es beinahe festhalten – dieses Gefühl, mich bei ihm wieder vollkommen fallen zu lassen. Ich war bereits ein Stück näher zu ihm gerückt und konnte spüren, wie sich seine Wärme in der Luft ausbreitete. Seine Augen waren das Einzige, worauf ich mich konzentrieren konnte. Es war gefährlich. Es war das Gegenteil von dem, was ich hätte tun sollen. »Wenn wir nur nachts zusammen sein können, so versteckt wie hier, und flüstern müssen, damit uns niemand hört, dann sollten wir überhaupt nicht zusammen sein.«

»Aber es gibt immer noch die Zukunft.« Seine Lippen teilten sich, und sein Atem ging schneller, als die Vorstellung von ihm Besitz ergriff.

Ich drückte mir die Daumen in die Handfläche, spürte das dumpfe Stechen der Schnittwunde und versuchte, wieder einen klaren Kopf zu bekommen. »Es wird niemals eine Zukunft geben, in der mein Vater deinen Vater nicht umgebracht hat. In der du nicht versucht hast, meinen Onkel umzubringen.« Meine Stimme wurde fester. »Nachdem ich dich angeschrien habe, es nicht zu tun.«

Wütend schüttelte er den Kopf. »Es wird eine Zukunft geben, wenn all das endlich hinter uns liegt.«

»Hinter *dir* vielleicht«, entgegnete ich und machte einen Schritt zurück, wobei ich mit dem Rücken einige abtrünnige Zweige eines Buschs streifte. »Aber nicht hinter mir.«

Er kam auf mich zu und ließ die Wärme zurück in die Luft fließen. »Willst du darüber reden, ja? Ich werde darüber reden, bis ich keine Stimme mehr habe. Willst du, dass ich dir noch tausendmal sage, wie leid es mir tut? Es *tut* mir leid, dass ich dir wehgetan habe und dass es verändert hat, wie du mich ansiehst. Ich hasse es, dass du wegsiehst, wenn ich versuche, deine Aufmerksamkeit zu erregen. Ich hasse es, dass du vor mir zurückweichst, wenn ich mich dir nähere. Ich hasse es, dass ich sehen kann, wenn du dich an deinen Onkel erinnerst, und dass deine Stimme dann ganz kalt wird. Ich hasse es, dass das, wofür meine Familie steht, einen Keil zwischen uns getrieben hat. Ich hasse es, dass wir so zusammengekommen sind. Ich hasse es, dass ich mich andauernd frage, ob es funktioniert hätte, wenn wir aus derselben Welt stammen würden. Ich hasse es, dass ich dir wehgetan habe, aber ich habe getan, was ich tun musste. Ich kann mich dafür nicht entschuldigen. Jack hätte Luca getötet. Er hätte mich getötet. Es ging um meine Familie. Es ging darum, sie zu beschützen. Das ist auch nichts anderes als das, was dein Dad getan hat.«

»Was zur Hölle soll das denn heißen?«, schleuderte ich ihm entgegen. »Du kannst das nicht miteinander vergleichen und glauben, du wärst damit aus dem Schneider. Du weißt, dass das, was mein Dad getan hat, ein Unfall war. Das war etwas völlig anderes.«

»War es das?«

Hatte der Wind aufgehört zu wehen? Mit einem Mal war ich wieder in Felices Haus, starrte in Valentinos kalte himmelblaue Augen und hörte zu, wie er alles infrage stellte, was ich über meinen Vater wusste, über seine Absichten, über seine *Seele*.

Gift spritzte aus meinen Worten, als ich fragte: »Was soll das bedeuten?«

Ein Schatten huschte über Nics Gesicht und grub sich

noch tiefer in die Ringe unter seinen Augen. Er mahlte mit dem Kiefer und schluckte die Worte hinunter, die sich in seiner Kehle bildeten.

Meine Stimme klang nun tödlich ruhig. »Hast du mir irgendwas zu sagen?«

»Vergiss es.« Er schüttelte den Kopf. »Ich bin nur müde. Ich wollte das nicht an dir auslassen.«

»Du bist nicht der Einzige, der müde ist, Nic.«

»Ich weiß«, sagte er und verwandelte sich wieder in den Nic, an den ich gewöhnt war. Ruhig, gelassen, konzentriert. Er hob seinen Arm, so als wollte er mich berühren, aber dann hielt er mitten in der Luft inne und ballte wieder die Faust. »Es war hart, dich zu sehen und zu wissen, dass es nicht von Dauer sein kann. Ich hab nur … ich musste es tun.«

»Ja.«

»Ich schätze, wir können nicht weiterhin so tun, als wäre die Sache im Lagerhaus nie passiert.«

Ich zuckte mit den Schultern. »Er hat überlebt. Ihr alle habt überlebt. Zumindest dafür bin ich dankbar.«

Nic entspannte den Kiefer. »Weißt du, wo er ist?«

»Was?«

»Weißt du, wo sich Jack versteckt?«, wiederholte er mit leiserer Stimme. Honigweich. Als könnte diese Weichheit jemals seine Absichten verschleiern.

Ich wurde kreideweiß. »Darüber werde ich mit dir ganz sicher niemals sprechen, Nic.«

Irgendetwas passierte – so schnell, dass es mir beinahe entging –, aber sein Kinn schob sich nach vorne, und in seinen Augen blitzte etwas auf. »Gib mir einfach irgendwas, Soph, damit wir uns vorbereiten können. Bitte.«

»Nein«, erwiderte ich. »Bring mich nicht in diese Lage.«

»Ist er bei den Marinos? Das denkt Valentino jedenfalls. Aber ich hab ihm gesagt, dass die ihn niemals bei sich aufnehmen würden. Es ist Eric Cain, oder? Er hat Verbindungen zur irischen Mafia in Boston. Oder sind da noch mehr? Hat sich das Goldene Dreieck neu formiert?«

»Bist du deswegen hergekommen?«, fragte ich. »Um mir zu schmeicheln und mich dazu zu bringen, das Versteck meines Onkels zu verraten?«

»Nein«, versicherte er hastig. »Natürlich nicht.«

»Und warum fragst du mich dann, wenn du genau weißt, dass ich deswegen sauer auf dich werde?«

»Weil wir nicht wissen, wer uns angreifen wird, wenn wir nicht wissen, wer ihn versteckt.«

»Ist deine Familie mir gefolgt?«, fragte ich ihn, als mir das Mädchen mit den lila Haaren wieder einfiel. »Glaubt ihr, dass ich euch zu ihm führen werde, oder so?«

»Wovon sprichst du denn da?«, fragte er zurück und legte vollkommen verwirrt die Stirn in Falten. »Natürlich sind wir dir nicht gefolgt. Ich hab dir doch versprochen, dass wir das nie wieder tun werden.«

»Und trotzdem bist du hier und versuchst, Informationen aus mir herauszukitzeln!«

Nic murmelte einen italienischen Fluch. »Komm schon, Sophie. Ich hab doch nur gefragt.«

Ich wandte mich von ihm ab. »Ich geh jetzt wieder rein.«

»Warte.« Er ging um mich herum und seine Gestalt wirkte im Türrahmen auf einmal viel breiter und größer. »Das ist ein bisschen aus dem Ruder gelaufen.«

»Ist es das?«, fragte ich und verschränkte die Arme vor

der Brust. »Oder bist du die Sache diesmal nur ein bisschen weniger offensichtlich angegangen?«

Er machte einen Schritt auf mich zu, und bevor ich michs versah, lagen seine Hände auf meinen Armen. Niedergeschlagen ließ er die Schultern hängen. »Ich bin ein Idiot. Ich bin der größte Idiot der Welt. Ich wollte dich einfach nur sehen.«

Ich wusste, wenn ich nur noch eine Minute so dicht in seiner Nähe blieb, wenn ich meine Abwehr nur noch ein kleines bisschen vernachlässigte, dann wäre *ich* die größte Idiotin der Welt. »Gute Nacht«, sagte ich und löste mich aus seinem Griff.

Als ich die Küchentür hinter mir zugezogen und abgeschlossen hatte, war er verschwunden, und das Sensorlicht war wieder erloschen. Ich drückte die Stirn gegen das Fenster und fragte mich, wie sehr er mich heute Nacht wirklich hatte sehen wollen und wie dringend er wissen wollte, wo Jack war. War es Verzweiflung oder Sehnsucht gewesen, die ihn zu mir geführt hatte?

8

Die Villa

Für die nächste Phase meiner gelinde erfolgreichen sozialen Rehabilitation traf ich Millie nach dem Ende ihrer Frühschicht im Diner. Ich hatte ihr direkt nach Nics Besuch in unserem Garten eine Nachricht geschickt. Die komplette Aktion war laut der gemäßigten Reaktion meiner besten Freundin ein »gigantisches No-no«, ein Fehler, der einer »sofortigen Gegenmaßnahme« bedurfte. Ich war mir zwar nicht sicher, wie ich die Falcones je wieder aus meinem Kopf kriegen sollte, aber ich war froh, dass sie mir dabei helfen wollte.

Es fiel mir überraschend schwer, durch die Straßen von Cedar Hill zu gehen, und ich zählte dabei meine keuchenden Atemzüge und versuchte, mich zu zwingen, nach vorne zu schauen statt auf den Boden.

Ich umklammerte das Klappmesser und versuchte, nicht an meine Mutter zu denken, die immer noch zu Hause saß, praktisch an unser Haus gefesselt. Ich versuchte, mir nicht immer wieder ihr wässriges Lächeln und ihre verhuschten Blicke in Erinnerung zu rufen, oder wie sie ständig an mir vorbeischaute und nach möglichen Gefahren Ausschau hielt.

Am Ende der Lockwood Avenue blieb ich stehen und blickte zu den Türmchen des alten Priestly-Hauses hinauf. Die Einfahrt war leer und die Torflügel waren mit einer Kette verschlossen. Ich schob sie so weit wie möglich auseinander und schlüpfte hindurch. Ich hatte noch ein bisschen Zeit, und selbst jetzt, nach all dieser Zeit, übte das Haus noch immer eine gewisse Anziehungskraft auf mich aus. Es war Zeit, mich ein für alle Mal von ihm zu verabschieden.

Vereinzelte Blätter bedeckten die Veranda. Ich musste mich zurückhalten, sie nicht beiseitezufegen. Es würden sich sowieso wieder neue sammeln. Der Garten hinter dem Haus sah noch genauso aus wie bei meinem letzten Besuch. Das Gras reichte mir fast bis zu den Knien und die Überreste des Springbrunnens und einiger Holztische waren über die Wiese verstreut. Ich presste die Nase gegen die Terrassentür und betrachtete die Küche. Als ich das letzte Mal hier gewesen war, hatte Valentino am Tisch gezeichnet, Felice hatte sich wortreich über einen italienischen Mörder ausgelassen, und ich hatte mitten in einer tödlichen Familienfehde gesteckt, ohne es überhaupt zu wissen. Das Familienwappen hing nun woanders.

Ich stolperte rückwärts. Meine Kehle war wie zugeschnürt und aus purer Gewohnheit legte ich die Hände an meine Rippen. Ich wusste nicht, ob mir mein Besuch hier geholfen hatte oder nicht, aber das plötzliche Gefühl, einen Schlussstrich gezogen zu haben, war überwältigend.

Ich ging um das Haus herum zurück. In der Einfahrt starrte ich erneut zu den alten Türmchen hinauf und verspürte eine brennende Traurigkeit, die bis in meine Knochen drang. Es war seltsam, allein auf dem Anwesen eines

Hauses zu stehen, das so tiefe Leidenschaft und so große Gefahr in mein Leben gebracht hatte. Jacks Geschäfte mit den Falcones hatten vor langer Zeit in der Unterwelt Chicagos ihren Anfang genommen, aber meine Zeit mit den Falcones hatte ihre Wurzeln hier, in der Einfahrt dieser einsamen alten Villa.

Ich holte Lucas Klappmesser aus der Hosentasche und drehte es in meiner Hand hin und her. Darunter schimmerte die zackige Schnittwunde in der Mitte meiner Handfläche leuchtend rot. Dieses Messer war das Letzte, was ich von ihnen besaß. Ich hätte es mit dem Rest meiner Erinnerungen hier zurücklassen können, aber irgendwie erschien mir das nicht richtig. Es an einem Ort zurückzulassen, den sie nie wieder aufsuchen würden, kam mir wie Betrug vor. Ich würde es Luca zurückgeben oder es wenigstens irgendwo zurücklassen, wo er es finden würde.

Ich steckte es zurück in die Tasche meiner Shorts und drehte mich um, um zum Diner weiterzugehen, wobei ich mit den Fingern über die Baumrinde fuhr, während ich die Einfahrt hinunterging.

Und dann sah ich ihn. Vor den schwarzen Toren, auf der anderen Straßenseite, stand der schwarze Mercedes. Ich streckte den Hals und stellte mich auf Zehenspitzen. Schwarze Felgen! Kein Irrtum möglich: Das Auto war zurück, und es wurde mutiger und folgte mir nun schon mitten am Tag.

Ich marschierte zum Ende der Einfahrt. Auf der Straße schwang die Autotür auf und das Mädchen mit den lila Haaren erschien auf dem Gehweg. Sie war sehnig, aber klein, trug eine tief sitzende Jeans und ein schwarzes Tanktop. *Eine Falcone*, dachte ich. An ihr waren eindeutige Züge von Elena Genovese-Falcone zu erkennen. Sie musste eine von ihnen sein, eine Spionin wahrscheinlich, was nur eine weitere Lüge auf dem Stapel bedeutete, den Nic bereits aufgetürmt hatte.

Das hier dauerte nun schon lange genug.

Ich schob mich wieder durch die Lücke zwischen den zusammengeketteten Torflügeln. Diesmal fiel es mir schwerer, weil ich Publikum hatte, und außerdem waren mir meine zusammengequetschten Wangen ein bisschen peinlich, als ich mich durch das Eisentor drückte. Meinen Versuchen, sie einzuschüchtern, würde es nicht unbedingt zuträglich sein, dass ich ihr bereits meine dicken Eichhörnchenbacken präsentiert hatte. Sie wartete, gegen den Wagen gelehnt, während ich auf sie zustürmte. Ich mochte vielleicht kein richtiges Karatetraining genossen haben, aber ich war verdammt rauflustig – wenn es sein musste, konnte ich ihr wahrscheinlich zumindest einen Tritt ins Gesicht verpassen, falls sie auf mich losging.

»Persephone!«, rief jemand hinter mir. Ich wäre beinahe stehen geblieben, aber ich erkannte die Stimme gerade noch rechtzeitig. Mrs Bailey, Cedar Hills hauseigene Gerüchteküche, würde mir meinen Showdown mit dieser neugierigen Mercedes-Tussi – wer auch immer sie war – ganz sicher nicht versauen.

Lila Haar sah tatsächlich ein wenig erschrocken aus, als ich auf sie zustürmte, aber sie machte dennoch keinerlei Anstalten, sich mir zu nähern. Sie wartete nur und diese Arroganz machte mich nur umso wütender. *Verschwinde aus meinem Leben,* wollte ich sie anbrüllen. Es würde leichter sein, es zu ihr zu sagen als zu Nic, weil ich ihn nicht anschauen konnte, ohne daran zu denken, wie intensiv er mich geküsst hatte oder wie er mich immer ansah. Aber dieses Mädchen war nichts weiter als wahnsinnig lästig, und es würde mir auch keine Probleme bereiten, ihr zu sagen, wohin sie sich verziehen sollte.

Ich konnte hören, wie Mrs Bailey hinter mir die Straße entlangeilte.

»Persephone Gracewell!« Diesmal klang ihr Kreischen noch schriller – halb Autoalarm, halb sterbende Katze – und irgendwie, *irgendwie*, brachte es mich dazu, doch anzuhalten.

Schlitternd kam ich zum Stehen.

Lila Haar schaute zu mir herüber, zu dem kleinen Tumult. Von ihrem Standpunkt aus konnte sie Mrs Bailey nicht sehen und Mrs Bailey konnte sie nicht sehen – und ich steckte zwischen den beiden fest und fragte mich, welche wohl das größere Ärgernis in meinem Leben war.

»Mrs Bailey«, presste ich hervor und drehte mich um. »Ich bin im Moment ein wenig beschäftigt.«

Mrs Bailey trippelte die Straße hinunter, so schnell sie konnte. Sie glänzte vor Schweiß. Ihr relativ kurz geschnittenes Haar hüpfte vor ihren Augen hin und her, und ihr Kleid flatterte um ihre Knöchel herum und drohte, sie zu Fall zu bringen.

Sie packte mich am Arm und schnappte nach Luft, als sei sie kurz vor dem Ertrinken. »Da. Bist. Du. Ja.«

Im Kopf ging ich schnell die Checkliste für eine Mund-zu-Mund-Beatmung durch, nur für den Fall. Ich mochte Mrs Bailey nicht besonders, aber ich war mir auch nicht zu schade dafür, sie wiederzubeleben, falls sie vor meinen Füßen kollabierte. »Ist alles in Ordnung?«

Sie ließ mich wieder los und krallte eine Hand um ihr

Herz. »Ich. Hab. Dich. Überall. Gesucht. Schon. Seit. Wochen!«

Ich war mir des Mädchens hinter mir immer noch sehr bewusst. Die Zeit drängte. Ich war kurz davor, jemandem eine Lektion in unangemessener Schnüffelei zu erteilen. Immerhin war ich darin Expertin. »Können Sie eine Sekunde warten, Mrs Bailey?«

»Warum? Wo gehst du denn hin?«

Als ich mich umdrehte, saß Lila Haar wieder in ihrem Auto, während Mrs Bailey über meine Schulter in offensichtliches Nichts blinzelte.

Scheiße. Entschlossen marschierte ich auf den Mercedes zu. »Hey!«, rief ich. »Warte!«

Sie ließ den Motor aufheulen und fuhr vom Straßenrand weg. Ich versuchte, ihr nachzurennen, konnte aber nicht mithalten und fiel keuchend und stolpernd zurück. »Anhalten! Ich will mit dir reden!«

Der Wagen raste davon und bog mit quietschenden Reifen um eine Kurve, und ich musste die Reihe von Flüchen hinunterschlucken, die aus meinem Mund sprudeln wollten.

Ich kehrte wieder zu Mrs Bailey zurück und hatte ihre Gesellschaft jetzt schon satt. Sie hatte wirklich das *mieseste* Timing.

»Wer war denn das in dem Auto?«, wollte sie wissen.

Zähl bis fünf. Beruhig dich. Hau ihr keine rein. »Ich weiß es nicht.«

Sie verzog das Gesicht, aber dann fiel ihr wieder ein, warum sie mich aufgehalten hatte. »Du warst seit Wochen nicht bei der Arbeit, Persephone. Deine Mutter hab ich auch kaum gesehen. Ich dachte schon, du wärst eine Erscheinung, als ich dich eben entdeckt habe.«

»Na ja, ich hatte einen Unfall«, erklärte ich ihr. »Ich bin mir sicher, dass Sie davon gehört haben?«

Sie neigte den Kopf zur Seite, ließ den Blick über meinen angespannten Körper wandern und dann auf den leichten Schwellungen um meine Augen ruhen. Sie starrte zu lange auf die verblassten blauen Flecken an meinem Kiefer. »Du siehst furchtbar aus«, teilte sie mir mit.

»Das habe ich wirklich vermisst.«

»Du siehst aus, als hättest du Gelbsucht.«

»Ja, na ja, Sie wissen ja, wie das ist …« Ich verstummte, zeigte auf mich und suchte nach den richtigen Worten. »In der einen Minute steht man oben an der Treppe und spielt mit seinem Handy, und in der nächsten purzelt man runter, kopfüber … und knallt überall … mit dem Gesicht dagegen … immer wieder … bis es ganz blau aussieht … komplett …« Ich schenkte ihr ein betretenes Lächeln. *Das sollte genügen.*

Mrs Bailey ignorierte meine fadenscheinige Lüge und wedelte sie mit einem Winken in den Wind. »Wie furchtbar, Persephone.«

Ich zuckte unglücklich mit den Schultern. »Ich krieg so schnell Prellungen wie ein Pfirsich.«

»Allerdings«, murmelte sie.

»War sonst noch was?«, wollte ich wissen.

Sie starrte mich an – auf die alten blauen Flecken an der Seite meines Kinns. Ich hatte versucht, sie mit Make-up abzudecken, ganz offensichtlich jedoch erfolglos. Meine Haut sah immer noch ziemlich Simpsons-mäßig aus. Ich strich mein Haar glatt und legte es über meine Ohren, sodass es mir ins Gesicht fiel – wie bei einem modebewussten Yeti.

»Hast du dich die ganze Zeit eingeigelt, Persephone?«

»Ich sollte jetzt gehen«, wich ich ihrer Frage aus. »Ich bin mit Millie verabredet.« Ich ging um sie herum, aber sie zerrte an meinem Arm und zog mich zurück.

»Ich wollte dir etwas sagen.« Sie begann, an den Falten ihres Kleids herumzuzupfen. »Ich wollte dir sagen ... wenn du, wenn du dir Sorgen machst ... ganz egal, worüber ... dass ich dir vielleicht helfen kann. Ich gehe morgen früh in die Kirche. Das ist ein guter Ort, wenn man nach Trost sucht.«

Ich war tatsächlich überrascht. »Danke«, erwiderte ich und hoffte, dass es höflich klang. »Ich denk drüber nach.«

✳ ✳ ✳

Ich hatte das Diner schon fast erreicht, als Millie mich anrief. »Hey, ich dachte, wir könnten uns doch auch einfach bei dir treffen. Dann musst du nicht extra ins Diner kommen.«

»Ich bin sowieso schon fast da«, erwiderte ich. Ich überquerte die Straße, ließ die Bibliothek hinter mir und blickte mich auf dem Parkplatz vor dem Diner um. Sie stand draußen, die Handtasche über der Schulter, ihr Handy ans Ohr gepresst. »Ich kann dich sehen!«

»Oh.« Ich sah, wie ihr die Gesichtszüge entgleisten. »Okay, dann ... hör mal, bevor du ausrastest ...«

»Mil«, unterbrach ich sie. »Ist das das, was ich denke?«

Inzwischen hatte ich die andere Straßenseite erreicht, und Millie starrte mich an, während ich auf die Ecke des Parkplatzes starrte, in der ein schwarzer Geländewagen mit Blick auf das Diner geparkt stand.

»Ähhh.« Sie folgte meinem Blick – nicht dass sie das

hätte tun müssen, da sie ganz offensichtlich bereits wusste, dass er dort stand. »Nein?«

»Das kann ja wohl nicht wahr sein.«

»Ignorier sie einfach, Soph. Ehrlich. Das Ziel ist es, den Kontakt abzubrechen, weißt du noch?«

»Sie sind vor meinem Diner!«

Millie hatte ihr Auto entriegelt und gestikulierte in meine Richtung, zu ihr zu kommen. Aber ich steuerte stattdessen auf den Geländewagen zu. Das Fenster wurde heruntergelassen, bevor ich die Chance hatte, mit der Faust dagegenzudonnern. Dom streckte den Kopf heraus. Im Gegensatz zu Nic war er ein Paradebeispiel für gesundes Aussehen. Sein dichtes, glänzendes Haar war nach hinten gegelt, und seine Haut war glatt und olivfarben, so als wäre er gerade erst von einem erholsamen zweiwöchigen Urlaub in der Karibik zurückgekehrt.

»Gracewell. Schöner Tag, nicht wahr?«

»Was zur Hölle machst du hier?«

Hinter Dom bewegte sich etwas Verschwommenes. Gino schob sich an seinem Bruder vorbei und winkte mir weiter wie ein Irrer zu. »Hi, Sophie. Wie geht's den Rippen?«

Ich spannte den Kiefer an. Es war schwer zu beurteilen, ob er mit seiner Frage nur unhöflich sein wollte oder sich aufrichtig erkundigte, aber wie auch immer: Sie beeindruckte mich herzlich wenig. »Gut, Gino. Und jetzt beantwortet meine Frage.«

»Das kann ich nicht«, erwiderte Dom. »Aber keine Angst, es hat nichts mit dir zu tun.«

»Dieses Diner gehört meiner Familie.«

»Okay«, sagte Dom und neigte den Kopf zur Seite. »In

dem Fall nehme ich an, dass es ein bisschen was mit dir zu tun hat. Aber nicht direkt.«

Tja. In dem Fall waren der Zeitpunkt und die Absicht von Nics Besuch nur umso fragwürdiger. Es fiel mir immer schwerer zu glauben, dass er mich einfach nur hatte sehen wollen.

Gino trommelte mit den Fingern einen Rhythmus auf dem Armaturenbrett, aber ich konnte aus dem Inneren des Wagens keine Musik hören.

»Mach dir deswegen keinen Kopf«, fügte Dom hinzu. Er schenkte mir bereits keine Aufmerksamkeit mehr, holte sein Handy heraus und begann, irgendein Spiel darauf zu spielen. Wink verstanden. Ich versuchte, an ihnen vorbei in den hinteren Teil des Wagens zu schauen, um zu sehen, ob sie Waffen dabeihatten, oder wenigstens einen Hinweis darauf zu finden, was zur Hölle sie hier machten. Es konnte auf keinen Fall etwas mit Jack zu tun haben. Er würde ganz sicher nicht am helllichten Tag ins Gracewell's spazieren. Mein Onkel war zwar dämlich, aber *so* dämlich war schließlich niemand. »Sofern du Jack Gracewell nicht in deiner Hosentasche dabeihast«, tönte Dom, ohne aufzublicken, »kannst du wieder abziehen.«

»Solltest du nicht irgendjemandem Drogen einflößen und ihn kidnappen, Dom? Ich weiß doch, wie gern du das machst.« Ich stellte mir vor, wie ich ihn erwürgte, und bei dem Gedanken daran wurde mir innerlich ganz warm und wohlig.

Er zeigte mir seine Zähne. »Schön vorsichtig, Gracewell.«

Meine Wangen begannen zu glühen. Eine Hand strich über meine Schulter, und als ich mich umdrehte, stand Millie neben mir. »Sie sind schon die ganze Woche hier«, sagte sie. »Ich hab nur auf den richtigen Moment gewartet, um es dir zu sagen.«

Das erregte Doms Aufmerksamkeit. Er hob den Blick. »Millie«, begrüßte er sie mit einem knappen Kopfnicken. Gino trommelte noch immer auf dem Armaturenbrett und schob sein Kinn passend zum Rhythmus nach vorne.

»Dom«, fauchte sie. »Du siehst genauso schleimig aus wie immer.«

»Noch immer so kindisch, wie ich sehe«, schoss er zurück. Er blickte auf sein Handy, strich mit dem Finger über das Display und wischte bei seinem Spiel irgendetwas beiseite.

»Halt die Klappe, Dom«, fuhr ich ihn an, um Millie in Schutz zu nehmen.

»Sie ist so zickig, seit sie weiß, dass wir ihr nichts antun können«, murmelte er Gino zu.

»Lass uns einfach gehen. Sollen sie ihre Geheimnisse doch für sich behalten.« Millie zerrte mich weg. Ich ging freiwillig mit. Doms Aftershave war überwältigend und für sein Verhalten hätte ich ihm am liebsten eine verpasst. »Oh, und, Jungs?«, rief Millie über die Schulter zurück. Das Fenster schloss sich bereits wieder mit einem Brummen, aber sie konnten sie definitiv noch hören, als sie schrie: »*Vaffanculo!*«

»Hast du dein Italienisch ein bisschen aufgefrischt, Mil?«

»Ich hab 'ne App«, erwiderte sie, öffnete ihre Autotür und stieg lächelnd ein. »Ich wusste, dass die irgendwann mal nützlich sein wird.«

Wir fuhren vom Parkplatz, und ich sah auf den Geländewagen, der reglos vor dem Diner lauerte und auf irgendetwas wartete. Dann hatten sie also einen Wagen vor dem Diner und einen, der mich verfolgte. Und einen Jungen, der unangemeldet in meinem Garten auftauchte. *Was zur Hölle haben die bloß vor? Was glauben die denn, was ich für Geheimnisse habe?*

»Also, bist du bereit für die nächste Phase?«, wollte Millie wissen. »Hast du das Klappmesser dabei?«

»Ja …« Anfangs noch zögerlich, holte ich es aus meiner Hosentasche.

»Okay, ich hab mich ein bisschen über so was schlau gemacht, und wir müssen das Ding loswerden, aber auf symbolische Art. Das Klappmesser ist wirklich das Allerletzte, was dich noch mit den Falcones verbindet, richtig? Also wenn du dich davon trennst, dann distanzierst du dich auch emotional von all den Schmerzen, die sie dir zugefügt haben.«

»A-ha …«

»Okay, traditionell werden solche Sachen verbrannt, also im Rahmen eines Rituals oder so, aber ich hab das mal gegoogelt, und ein Messer kann man nicht wirklich verbrennen.«

»Musstest du das wirklich erst googeln?«

»Was du aber tun *kannst*«, fuhr sie fort und ignorierte mich, »ist, es in einen See zu werfen, wo es nie wieder jemand finden wird. Und wenn es erst mal weg ist, werden hoffentlich auch ein Teil der Erinnerungen und so mit ihm verschwinden. Ich weiß, dass das ein bisschen weit hergeholt ist, aber für manche Leute funktioniert das, und da du ja nicht wirklich riskieren kannst, eine Therapie zu machen oder so, ist es den Versuch wert, finde ich.«

Ich starrte auf das Klappmesser, auf die Gravuren und Verzierungen, die mir inzwischen so vertraut waren. Auf den Namen, den ich jeden Tag mindestens zehnmal las.

»Ich will es aber nicht in einen See werfen, Mil.«

Millie trat das Bremspedal durch und das Auto kam leicht schlingernd zum Stehen. »Ist das dein Ernst? Komm schon, Soph. Du weißt, dass du dich davon trennen musst. Du hast dich damit geschnitten. Du bist schon viel zu abhängig davon.«

»Das ist es nicht«, behauptete ich. »Ich finde einfach nur, dass ich es wieder zurückgeben sollte. Es hat einen Wert. Sentimentalen Wert.«

»Pfff, du denkst also, Luca Falcone sei sentimental?«

Ich hielt es ins Sonnenlicht und sah zu, wie es in hundert Richtungen reflektiert wurde. »Das tue ich tatsächlich.«

»Na schön«, erwiderte sie und vollführte die illegalste 180-Grad-Drehung überhaupt. »Dann fahren wir zurück und geben es seinen idiotischen Brüdern.«

»Nein! Bist du verrückt? Dann wissen sie doch, dass er mich freigelassen hat.«

»Oh, stimmt.« Sie begann das nächste Wendemanöver mit dem Wagen und nutzte die leere Straße für die zweite dramatische Richtungsänderung. »Und was dann?«

»Das Mausoleum«, sagte ich. »Mrs Bailey hat vorhin erwähnt, dass sie immer zur Kirche geht, und da musste ich an die Falcones und ihre Religiosität denken. Ihr Vater wurde auf dem Graceland Cemetery beerdigt. Wenn ich es dort zurücklasse, wird es irgendwann einer von ihnen finden.

»Ah«, sagte Millie, und ein Lächeln erhellte ihr Gesicht. »Wir lassen es in einem Grab zurück. Das gefällt mir.«

»Tut es?« Erleichterung breitete sich in mir aus. Manchmal fiel es mir schwer zu beurteilen, ob meine Gedanken vernünftig oder vollkommen wahnsinnig waren.

»Und«, fügte sie hinzu, »während wir über den Friedhof schlendern, können wir uns ganz genau anschauen, wo du enden wirst, wenn du Nic und seine Familie nicht ein für alle Mal *aus deinem Leben verbannst!*«

»Kann ich dich was fragen, Mil?«

»Klar.« Sie fuhr aus Cedar Hill hinaus und wir steuerten auf die Landstraße zu.

»Aber bitte sei ehrlich.«

»Ich bin eine wahre Säule der Integrität.«

»Liest du gerade ein Buch von diesem Talkshow-Papst, Dr. Phil? Ja oder nein?«

»Der Mann ist ein Heiliger, Sophie Gracewell. Ein verdammter Heiliger.«

Ich brach in Gelächter aus. »Was du nicht alles für mich tust.«

»Das kannst du laut sagen«, seufzte sie. Sie ließ den Motor aufheulen und der Wagen raste mit direktem Kurs auf den Friedhof davon.

9

Der Friedhof

Der Graceland Cemetery war riesig: beinahe fünfzig Hektar angelegter Landschaft, die sich seit 1860 immer weiter ausdehnte. Heute war er so etwas wie das Who's who von Chicagos bedeutendsten Persönlichkeiten. Am Hauptbüro erfuhren wir, wo sich das Mausoleum der Falcones befand, und wählten den direktesten Weg zum See am Nordende des Friedhofs. Er wurde von mehreren Buschhecken und Trauerweiden begrenzt. Am Ufer des Wassers standen vereinzelte aufwendig dekorierte steinerne Mausoleen, die gravierte Bronzeplatten zierten. Einige der Namen klangen vertraut, daher wusste ich auch, dass wir ganz in der Nähe waren. Mitten in kriminellem Gebiet verirrten wir uns jedoch zwischen den Marinos und den Genoveses, und ich holte die Karte noch einmal heraus.

»Verbrechen zahlt sich tatsächlich aus«, bemerkte Millie. »Die Frage ist nur, in welche dieser Mafia-Familien ich einheiraten müsste, um einen Sarkophag zu bekommen.«

Wir hielten an der Stelle an, die auf der Karte mit einem Tintenstift eingekreist war, und Millie zeigte in Richtung der Bäume. »Ich wette, es steht direkt am See. Beste Friedhofsimmobilie. Klassischer Falcone, was?«

Wir folgten dem versteckten Pfad. Als die Äste der überwuchernden Bäume ausdünnten und der Weg wieder breiter wurde, befanden wir uns plötzlich am Ufer des Sees. Dort, abgeschirmt von den umliegenden Bäumen, stand friedlich und direkt am Wasser das Mausoleum der Falcones.

»Heilige Scheiße«, murmelte Millie. »Wie viele Gangster liegen denn in dem Ding?«

Das Mausoleum war ein gigantischer Bau aus makellosem weißem Stein. Auf jeder Seite der Hauptkammer säumten dekorative römische Säulen einen kleinen quadratischen Innenhof, der mit Hunderten langstieliger roter Rosen gefüllt war.

Zwei weinende Engel bewachten den Eingang des Mausoleums und über der bronzenen Doppeltür hing das Familienwappen der Falcones. In dicken Blockbuchstaben stand in den Stein gemeißelt:

CASA DI FALCONE
LA FAMIGLIA PRIMA DI TUTTO

Wir standen davor und kamen uns ganz winzig vor.

Ich zog das Klappmesser aus meiner Hosentasche. »Soll ich es auf der Treppe liegen lassen?«

»Schätze schon.« Millie runzelte die Stirn. »Aber da könnte es auch jemand klauen.«

»Wir können nicht einbrechen«, erwiderte ich. »Schau dir nur mal diese Türen an.«

Sie ging die Stufen hinauf und wackelte an den hufeisenförmigen Klinken herum. Mit einem ohrenbetäubenden Knarren gab die Tür nach, und sie schob sie auf, während sich ihr Mund zu einem perfekten O verzog, als sie sich schwankend wieder zu mir umdrehte.

Ich rannte die Treppe hinauf. »O mein Gott!«

»Wir brechen ein!«

»Wir kriegen dermaßen Ärger!«

»Okay, warte.« Millie sammelte sich wieder. »Vielleicht solltest du zuerst mit dem Klappmesser reingehen und es irgendwo hinlegen. Ich halte solange Wache, und wenn du wieder rauskommst, tauschen wir, damit ich sehen kann, wie es da drinnen aussieht.«

Ich schlüpfte bereits durch die Tür. Mein Puls raste, ich konnte einfach nicht länger warten. Die Dunkelheit zog mich magisch an.

Millie schloss die Tür hinter mir. Sie knallte gegen den Stein und schottete mich von der Welt dort draußen ab. Mit einem Mal war sämtliche Wärme verschwunden und es lag ein schaler Geruch in der Luft. Ich kam mir seltsam vor, so als würde ich nicht nur ein Grab betreten, sondern auch die Vergangenheit.

10

Das Mausoleum

Ich wartete, bis sich meine Augen an die Dunkelheit gewöhnt hatten. Am Ende des Durchgangs fielen durch ein halbmondförmiges Buntglasfenster Sonnenstrahlen auf den Boden. Zu meinen Füßen schillerten Blau-, Grün- und Rottöne zu mir herauf. Links und rechts von mir waren Gräber wie Schubladen in den Marmor eingelassen, mit stattlichen schwarzen Griffen auf beiden Seiten. Sie waren alle mit einer schlichten Plakette beschriftet, die mit goldenen Buchstaben graviert war. Eine römische Zahl begleitete jeden Namen in einer separaten Zeile.

Ich strich mit den Fingern über die Inschriften, während ich mich langsam vorwärtsschob und meinen Schritten auf dem Steinfußboden lauschte.

Am Ende des Durchgangs stand eine Bronzetür offen. Der Raum dahinter war düster und wurde nur von ein paar Sonnenstrahlen erhellt, die durch das Fenster hereinfielen.

Ich blieb wie angewurzelt in der Tür stehen.

Jemand saß auf einer Marmorbank in der Mitte des Raums. Er hatte mir den Rücken zugekehrt und blickte auf eine weitere Wand aus Gräbern, in der Angelo Falcones Inschrift heller zu leuchten schien als alle anderen.

Wie eine zum Leben verdammte Statue drehte sich Luca zu mir um.

»Oh.« Das war alles, was ich herausbrachte. Ihn wiederzusehen, lebendig und aus nächster Nähe, während seine blauen Augen in der Dunkelheit glänzten, erwischte mich komplett auf dem falschen Fuß. Irgendetwas schlängelte sich in meinen Bauch und verkrampfte und entkrampfte sich immer wieder, als die Erinnerungen an unsere letzten gemeinsamen Momente über mich hereinbrachen.

»Sophie«, sagte er mit unerwarteter Beiläufigkeit. »Was führt dich zum Grab meiner Familie?«

Er blieb sitzen und seine Hände ruhten auf seiner schwarzen Jeans. Sein Gesicht war noch immer blasser, als es hätte sein sollen, aber er saß aufrecht und mit geraden Schultern da, was ihn so groß und stark wirken ließ, wie er es vorher gewesen war. *Bevor ich meine Hände auf die Wunde in seiner Seite gepresst habe.*

Ich räusperte mich. »Ähm, hallo.«

Er ließ die Stille zwischen uns in der Luft schweben und betrachtete mich. Ich richtete meine Aufmerksamkeit auf seine Stiefel – glänzende silberne Schnallen leuchteten vor schwarzem Leder. Die Stiefel eines Soldaten.

»Ich war nur …« Was war ich nur? »Ich dachte, ich komm mal vorbei und …«

Ich riss den Kopf hoch und suchte in seinem Gesicht nach einer Antwort.

Er hob die Augenbrauen und sie verschwanden unter seinen schwarzen Haarsträhnen. »Du hast nur …?«, hakte er nach.

Ich riss mich aus meinen Erinnerungen los, aus der Vergangenheit. War das nicht genau der Grund, warum ich hier war? Um zu vergessen? *Das Klappmesser.* Ich fischte es aus meiner Hosentasche und hielt es zwischen uns hoch. »Ich bin hergekommen, um dir das zu geben.«

Er ließ den Blick darüberwandern, langsam, abschätzend, dann kniff er die Augenbrauen zusammen. »Woher wusstest du, dass ich hier sein würde?«

»Wusste ich nicht«, antwortete ich. »Ich wollte es eigentlich nur irgendwo draußen liegen lassen, damit du es findest. Aber dann war die Tür nicht verschlossen und ich dachte ...«

»Du dachtest, du dringst einfach mal ins innerste Heiligtum meiner Familie ein.«

Meine Wangen wurden ganz heiß. Ich strich mein Haar nach vorne, um sie zu verdecken. »So was in der Art ...«

Er erhob sich und kam auf mich zu. Er trug seine Verletzung mit Würde, aber sie veränderte seine Haltung, und er ging ein wenig zur Seite geneigt. Ich konnte sein Aftershave riechen und die kleinen Falten unter seinen Augen erkennen. Wusste er, wie gut ich sein Gesicht nun kannte? Seit jener Nacht war es in mein Hirn eingebrannt. Ich wusste, wie lang und dicht seine Wimpern waren. Ich wusste, dass die in seinen Augenwinkeln blass waren, alle anderen aber rabenschwarz. Ich wusste, welche Form seine Wangenknochen hatten und wo sie sich zu seinem Kiefer hinbogen. Ich wusste zu viel.

Luca legte die Finger an seine Lippen und zog meine Aufmerksamkeit auf die kleine Narbe darüber. »Du willst mir also erzählen, dass du den weiten Weg bis zum Graceland Cemetery gemacht hast, nur um mir mein Messer zurückzugeben?« Er versuchte, die Lüge in meinen Worten aufzudecken.

»Das Messer hat eine Bedeutung.«

98

»Hat es.«

»Und ich sollte es eigentlich gar nicht haben.«

Er nahm mir das Messer aus der Hand und drehte es hin und her. Dann hob er stirnrunzelnd den Blick. »Da ist Blut dran.«

»Ach ja?« Ich lehnte mich nach vorne, bis meine Nase beinahe seine Brust berührte. Ich konnte kein Blut erkennen.

»Hier.« Er drückte mit dem Fingernagel auf den Griff und ich starrte darauf, bis sich ein winziger brauner Fleck abzeichnete. Er befand sich direkt im *L* der Gravur.

Ich zog mich zurück und verzog das Gesicht. »Ich dachte, ich hätte alles abgewaschen.«

Als ich ihn wieder ansah, wirkte seine Miene besorgt. Ich machte einen Schritt zurück, als mir mit einem Mal bewusst wurde, wie nah wir beieinander gestanden hatten.

»Was hast du damit gemacht, Sophie? Hast du jemanden verletzt?«

»Findest du nicht, dass das ein bisschen heuchlerisch ist, wenn man bedenkt, dass du ein Mörder bist?«

»Das ist was anderes. Ich wurde dazu ausgebildet. Du bist ... du.«

Ich warf ihm einen vernichtenden Blick zu. »Ich weiß, dass du denkst, das sei eine Beleidigung, aber ich werde es als Kompliment auffassen.«

»Fass es auf, wie du willst.« Er sprach leiser weiter. »Wen hast du damit verletzt?«

»*Na schön*«, gab ich nach. »Wenn du es unbedingt wissen *musst*: Ich hab mich möglicherweise aus Versehen selbst verletzt, als ich geschlafen hab.«

»Ah«, erwiderte er, als hätte ihm jemand die Lösung

eines großen Rätsels enthüllt. Seine Miene entspannte sich wieder und er fügte blinzelnd hinzu: »*Das* passt schon besser.« Er klappte das Messer zu und steckte es in seine Hosentasche. »Keine Klappmesser mehr für dich.«

»Ich wollte es sowieso nicht«, versicherte ich ihm in gereiztem Ton. »Ich befreie mein Leben von allem, was mir nicht gutgetan hat.«

»Dann bist du also *deshalb* hergekommen«, erwiderte er, umkreiste mich, wandte sich dann wieder ab und blickte auf die Wände. »Um dich ein für alle Mal von den Mördern zu befreien. *Symbolisch.*«

»Ja«, bestätigte ich seinem Hinterkopf. »Wenn du es genau wissen willst, ist das eine Form des therapeutischen Heilungsprozesses.« Sein Haar war gewachsen, seit ich ihn das letzte Mal gesehen hatte. Es war immer noch ziemlich wirr, aber nun fielen auch vereinzelte schwarze Strähnen in seinen Nacken. Er trug ein graues T-Shirt, und von hinten konnte ich einen Blick auf eine silberne Halskette erhaschen, die sich darunter versteckte. Ich fragte mich, was daranhing. Und ich fragte mich, warum es mich interessierte.

Er warf mir einen Blick über die Schulter zu. »Und ich hab gedacht, du wolltest mich wiedersehen.«

Mein ganzer Körper explodierte förmlich. »*Was? Warum* sollte ich dich wiedersehen wollen? Wir sind ja noch nicht mal Freunde. Ganz ehrlich, Luca, du bist so eingebildet.«

Er drehte sich auf dem Absatz seines Stiefels um und erwiderte mit amüsiertem Unterton: »Ich mache nur Witze, Sophie. Du musst nicht gleich 'nen Herzinfarkt kriegen.«

»Du hast einen grauenvollen Sinn für Humor.«

»Vielleicht ist er einfach nur zu komplex für dich.«

»Du solltest mich lieber nicht so weit bringen, dass ich es

bereue, dir das Leben gerettet zu haben«, neckte ich ihn, wischte ihm damit sein hämisches Grinsen aus dem Gesicht und brachte das große Thema zur Sprache, das wir bislang beide so meisterhaft umschifft hatten.

»Oh, ja«, sagte er und tat, als hätte er genau in diesem Augenblick einen Flashback. »Das.« Er knibbelte ein wenig verlegen an seinen Fingern herum. »Ich weiß gar nicht, ob ich mich dafür schon bei dir bedankt habe.«

Ich hob erwartungsvoll die Augenbrauen.

»Danke«, sagte er erschreckend ernsthaft, bevor er seinen Akzent in italienischen Singsang verwandelte und hinzufügte: »*Grazie, sinceramente.*«

»Schon okay«, winkte ich ab. »Ich hab ja deine Blumen gekriegt.«

Luca verzog das Gesicht. »Was? Ich hab dir keine Blumen geschickt.«

»Oh, stimmt ja«, konterte ich trocken. »Du hast mir *gar nichts* geschickt.«

»Ah«, erwiderte er, »schon kapiert. Vielleicht denk ich ja noch mal drüber nach.«

»Ich schätze, es wird eher die Hölle zufrieren, bevor Luca Falcone jemandem einen Blumenstrauß schenkt.«

Seine Mundwinkel zuckten. »Das ist nicht unbedingt der Stil der Falcones.«

»Ich schätze, es ist eben nichts so süß wie Honig«, sagte ich, und auch das letzte bisschen Heiterkeit verschwand aus meiner Stimme.

Das brachte ihn wirklich zum Schweigen. Er drehte sich um und widmete seine Aufmerksamkeit wieder der Wand. Er gab mir nicht zu verstehen, dass ich gehen sollte, und obwohl ich es hätte tun sollen, tat ich es nicht. Ich blieb, ohne selbst wirklich zu wissen, warum ich noch weiter in diesem finsteren Grab mit einem Haufen toter Mörder und einem Typen herumhängen wollte, den ich einmal so gehasst hatte, dass ich das Brennen am ganzen Körper gespürt hatte. Einem Typen, vor dem ich einmal Angst gehabt hatte. Ich schätze, ich spürte von alledem nichts mehr. Als ich meine Hände in dem Lagerhaus auf seinen Körper gepresst und sein Blut gespürt hatte, warm und klebrig auf meinen Fingern, war er für mich zu etwas anderem geworden … menschlich, zerbrechlich.

»Tja … nette Hütte habt ihr hier …« Ich stellte mich neben ihn. Wir blickten auf die Wand und ich las die Plakette direkt vor uns.

Gianluca Falcone

7. Dezember 1923 – 20. März 1995

CXIII

»Dein Namensvetter«, sagte ich.

»Mein Großvater.«

»Er ist an dem Tag gestorben, an dem du geboren wurdest?«

Er drehte sich zu mir um. »Du bist echt gruselig.«

»Es steht auf deinem Messer!«

»Okay, Stalker. Entspann dich.«

»Du bist so unglaublich nervtötend.«

Er zuckte mit den Schultern. »Das hör ich öfter.«

»Du solltest ab und zu mal von deinem hohen Ross runterkommen.«

Er schnitt eine Grimasse. »Aber ich mag mein hohes Ross. Von da oben kann ich alles sehen.«

»Ich wette, von deinem Elfenbeinturm aus ist die Aussicht sogar noch besser.«

»Ist sie«, bestätigte er ernsthaft. »Ich würde dich ja mal nach da oben einladen, aber der ist nur für hochintelligente Leute mit einem großartigen Sinn für Humor.«

»Dann musst du wohl ein Hausbesetzer sein.« Ich wandte mich wieder der Plakette zu und betrachtete sie mit neu aufflammender Neugier. »Hat dein Großvater dich noch gesehen?«, fragte ich. »Bevor er an dem Tag gestorben ist?«

»Ja. Valentino und ich wurden früh morgens geboren.« Lucas Stimme hatte sich verändert und den arroganten Unterton verloren, durch die sie so hochmütig klang. »Mein Großvater hat mich eine Stunde lang auf dem Arm gehalten. An Valentino war er nicht so interessiert. Ich weiß nicht, ob das an seiner Behinderung lag, oder daran, dass ich von uns beiden einfach weniger gekreischt habe, aber mein Großvater hat meine Eltern davon überzeugt, dass er und ich verwandte Seelen seien. Er behauptete, er hätte es *gespürt*. Ich bin mir da nicht so sicher. Wie verwandt kann man sich einem zerknitterten Baby schon fühlen, das noch nicht mal richtig sehen kann? Wie dem auch sei, nachdem er mich meiner Mutter zurückgegeben hat, hat er das Krankenhaus verlassen und ist mitten auf der Straße tot zusammengebrochen.«

»Oh«, rief ich aus und spürte, wie mir meine Gesichtszüge entgleisten. *Die Geschichte hat aber mal eine düstere Wendung genommen.* »War es ein Herzinfarkt?«

Lucas Lächeln wirkte reumütig. »Sophie Gracewell, naiv wie eh und je. Sie haben ihn zweimal getroffen: einmal in den Kopf, einmal ins Herz. Zwillingskugeln – die standen für Valentino und mich.«

Ich krallte mich an meinem Bauch fest. Trotz meiner größten Bemühungen, die Fassung zu wahren, wurde mir ein wenig übel. Ich konzentrierte mich auf die Buchstaben vor mir und folgte ihren aufwendigen Kurven. »Wer hat ihn erschossen?«

Ich konnte spüren, dass Luca mich beobachtete. »Die Marinos.« Aus seinem Mund klang der Name *Marino* wie ein Schimpfwort. Nic hatte im selben Ton von ihnen gesprochen, als er mich im Garten nach Jack gefragt hatte. »Wir nennen sie die Schwarze Hand. Man könnte sagen, dass uns mit ihnen eine … turbulente Geschichte verbindet.« Er unterbrach sich und fügte dann hinzu: »Es hatte sich schon lange abgezeichnet.«

»Was genau meinst du mit *turbulent?*«

Luca zuckte mit den Schultern und starrte weiter auf dieselbe Stelle. »Das wir uns immer gegenseitig umbringen.«

»Ah«, erwiderte ich und versuchte zu verstecken, wie entsetzt ich war. »Natürlich …«

»Damals herrschte zwischen uns Waffenstillstand … oder zumindest sollte es das. Aber sie hegten noch immer Groll gegen uns, wegen etwas, das Jahre vorher passiert war. Und dann die Zwillingssache … Ich schätze, die Symbolkraft war einfach zu groß, um sie zu ignorieren.«

»Die Zwillingssache?«

»Ja«, sagte Luca und blickte wieder auf, wenn auch nicht zu mir. Er ließ den Blick durch den Raum und über die Gräber seiner Vorfahren schweifen. »In den Achtzigern, während der zweiten Blutfehde zwischen unseren Familien, gab mein Großvater die Order aus, Don Vincenzo Marino und seine Familie zu töten. Es war ein drastischer Schritt, aber er dachte, die Marino-Dynastie würde dadurch so schwer angeschlagen sein, dass die Blutfehde ein für alle Mal ein Ende nehmen würde. Die Falcones haben Vincenzo und seine Frau erwischt, aber ihre Söhne waren nicht da. Sie waren Zwillinge. Niemand wusste, wohin sie verschwunden waren – wie es schien, hatten sie sich einfach in Luft aufgelöst. Danach wurde Vincenzos jüngerer Bruder Cesare das Oberhaupt der Familie, aber er war ein inkompetenter Boss. Die Familie respektierte ihn nicht auf dieselbe Weise, wie sie Vincenzo respektiert hatte. Genau wie mein Großvater es geplant hatte, waren die Marinos ohne eine starke Führung geschwächt, und Cesare stimmte einem Waffenstillstand zu.« Er stieß ein Seufzen aus. Es war so schwer und so voller Bedauern, als sei er selbst dabei gewesen und hätte alles miterlebt.

»Aber die Blutfehde nahm trotzdem kein Ende, richtig?«, fragte ich leise.

»Die Marinos hielten sich zunächst an die Abmachung, aber ganz offensichtlich meinten sie es nicht ernst – vielleicht schenkte ihnen die Tatsache, dass die Zwillinge überlebt hatten, neuen Mut, aber vielleicht war es auch die Schwester meiner Mutter, Donata, die alles verändert hat. Sie hat Cesare Marino geheiratet, als sie gerade mal zwanzig war. Er war fast doppelt so alt wie sie, aber das war ihr egal. Donata gierte nach Geld, nach der Macht, die sie in ihrer eigenen Familie nie bekommen konnte.« Seine Miene verfinsterte sich, als er an seine Tante dachte. »Die Geneveses waren auf dem Weg nach unten, und ich schätze, man könnte sagen, dass bei den Marinos ein Platz frei wurde.«

»Und sie hat ihn eingenommen«, endete ich für ihn. Ich dachte darüber nach, wie es wohl wäre, für Geld und Macht irgendeinen vierzig Jahre alten Mafia-Boss zu heiraten, aber allein bei der Vorstellung stellten sich mir die Haare zu Berge. Von welch fehlgeleitetem Ehrgeiz musste man getrieben sein, um so etwas zu wollen? Ich erinnerte mich wieder an die Worte, die Lucas Mutter in meinem Krankenzimmer zu mir gesagt hatte: *Die Frauen der Genoveses sind Kämpferinnen. In unseren Adern fließt das Blut Siziliens, und ganze Familien arbeiten unter uns.*

Luca nickte. »Donata entwickelte sich zu einem besseren Boss als ihr Mann. Schon nach wenigen Jahren führte sie sämtliche Geschäfte. An dem Tag, an dem Valentino und ich geboren wurden, schickte Donata ihre Marino-*soldati* nach meinen Eltern aus, getrieben von einem kranken, verspäteten Rachedurst.«

Ich sah ihn nur verwirrt an. »Soldaten?«, wiederholte ich, und meine Stimme klang viel höher als gewöhnlich. In meinem Kopf stellte ich mir eine Armee aus Mafiosi vor, die Richtung Krankenhaus marschierte und den Tod mitbrachte. Ich schluckte schwer. »Aber warum?«

»Donata wollte Valentino und mich zu Waisen machen, genauso, wie die Falcones die Marino-Zwillinge zu Waisen gemacht hatten. Sie wollte ihre eigene Schwester töten.«

Ein Ausdruck, den ich nicht deuten konnte, huschte über Lucas Gesicht. »Sie sind Genoveses«, endete er schließlich, als würde das alles erklären.

Tat es nicht, aber ich erwiderte trotzdem nichts, und nach einer Weile nahm er den Faden unserer Unterhaltung wieder auf.

»Mein Großvater hat einen Tipp bekommen, dass die Marinos einen Schlag gegen uns planten, deshalb hat er sich ihnen an jenem Tag auf der Straße vor dem Krankenhaus gestellt, und sie haben stattdessen ihn erschossen.«

106

»Mein Gott«, sagte ich.

»Ja«, erwiderte Luca. »Am Ende hat er den ultimativen Preis bezahlt.«

»Dafür, dass er den Marino-Boss und dessen Frau umgebracht hat?« Ich musste an die Frau denken. War sie wie ich gewesen und nur durch ihre Gefühle und Naivität in diese Familie geraten oder war sie genauso aufgewachsen wie Nics Mutter und ihre Schwester? Hatte sie Vincenzo Marino aus freien Stücken geheiratet, in dem Wissen, was eines Tages vielleicht mit ihnen passieren würde?

»Weil er den Auftrag dazu erteilt hat«, stellte Luca klar. »Den Anschlag auf Vincenzo Marino und seine Frau hat Felice ausgeführt. Es war sein erster. Na ja, sein erster und zweiter.« Ein bitteres Lächeln umspielte seine Lippen. »Wenn du Felice jemals richtig wütend machen willst, dann erwähn einfach die verschwundenen Marino-Zwillinge, und er wird so rot werden, dass du ihn nicht wiedererkennst. Sie sind davongekommen«, fügte Luca mit falscher Wehmut hinzu. »Nur Felice würde sich darüber beklagen, dass er zwei Kinder nicht umbringen konnte.«

»Er hat ihr Leben zerstört«, bemerkte ich. Bitterkeit überkam mich, als ich an Felices dämliches Gesicht dachte. An sein anzügliches Grinsen. An seine mörderischen Augen. »War das denn nicht genug?«

Luca schüttelte den Kopf. »Unsere Familien verbindet eine lange Geschichte, Sophie. Es läuft nicht nur auf zwei Morde hinaus, auf den an ihrem Boss und den an meinem Großvater. Wir befinden uns mit den Marinos schon seit Sizilien im Krieg. Es hat mit Land angefangen, und aus Land wurden Profit, Drogen und Waffen, und schließlich Hoheitsgebiete und Rache. Es gab auf beiden Seiten Verluste.«

»Ich wüsste nicht, inwiefern das irgendwas entschuldigt.«

Lucas Stimme wurde härter. »Das hab ich auch nie behauptet.«

»Nic hat mir mal erzählt, dass ihr nie Mitglieder der Mafia angreift, ganz egal, was sie getan haben.«

Lucas Lachen klang freudlos. »Nicoli sagt eine Menge Dinge. Das bedeutet aber nicht, dass sie auch wahr sind.«

»Dann hat er also gelogen.« Ich versuchte, mir meine Überraschung nicht durch meine Stimme anmerken zu lassen. Ich wusste, dass Nic durchaus zu Unehrlichkeit in der Lage war, aber als er in seinem Wohnzimmer neben mir gesessen und mir die Geheimnisse seiner Herkunft anvertraut hatte, hatte er so aufrichtig gewirkt.

Luca legte die Stirn in Falten. »Ich glaube, es geht weniger darum, dass er dich angelogen hat, als darum, dass er sich selbst anlügt. Die Marinos waren schon immer anders als die anderen Familien. Wir hatten noch nie denselben Respekt vor ihnen.«

»Dann seid ihr immer noch im Krieg … in dieser ›Blutfehde‹?«, fragte ich und wunderte mich über das Gefühl der Übelkeit in meiner Magengegend, und darüber, wie schon beim bloßen Gedanken daran Panik in mir aufflammte. Wie stark waren die Marinos heute noch? Wie nah waren sie den Falcones? Und wie blutig war eigentlich so eine Blutfehde?

»Nein. Schon seit einer Weile nicht mehr.« Lucas Gesicht war blass und angespannt. Er sah aus, als sei er erschöpft vom Stehen, erschöpft vom Reden. Er setzte sich, schob seine Stiefel unter die Bank und lehnte sich nach vorne. Er führte seine Fingerspitzen vor den Lippen zusammen und dachte nach. Ich wurde von einer Erinnerung an

Valentino überrascht – wie ähnlich sie sich in diesem Moment waren, der eine in meiner Erinnerung, der andere neben mir. Ich blieb stehen. Nun, da ich in ihre Geschichte eingeweiht war, war ich doch neugierig. Ich ging im Kreis durch den Raum und las flüchtig Namen, die ich nicht aussprechen konnte, und römische Zahlen, die keinen Sinn ergaben.

»Das ist doch gut, denke ich, dass jetzt Frieden herrscht«, bemerkte ich.

Ich konnte Lucas Gesicht nicht sehen, aber sein Hinterkopf bewegte sich, als er schnaubte: »Ein Waffenstillstand ist nur so gut, wie er aufrichtig gemeint ist. Sobald die Schwester meiner Mutter ihr Vermögen und die Mitglieder der Marinos wieder aufgebaut hat, wird sie wieder aus der Versenkung auftauchen.«

»Aber vielleicht wird sie das ja gar nicht. Vielleicht will sie ja auch Frieden. Das wollen schließlich die meisten Leute.« Na ja, die meisten geistig normalen Leute, jedenfalls.

»Frieden oder nicht, die Falcones haben ein Sprichwort: ›Kehre niemals einem Marino den Rücken zu‹.«

»Ah, ein Familiensprichwort«, erwiderte ich. »Ungefähr so wie: ›Ein Lannister zahlt stets seine Schulden‹.«

Er wirbelte herum, stellte die Füße ganz dicht neben mir ab und neigte den Kopf zur Seite. »Was?«

Ich hob meine Hand. »Jetzt tu bloß nicht so, als hättest du noch nie *Game of Thrones* gesehen, Luca. Niemand mag einen Lügner.«

Er verdrehte die Augen. »Auf dich ist eben Verlass, wenn man einer Unterhaltung die Ernsthaftigkeit nehmen will.«

»Ich wollte nur was dazu *beitragen*«, konterte ich. »Schließlich hab *ich* kein Familienmotto zu bieten.«

»Was für ein Jammer«, erwiderte er trocken.

»Wenn ich eins hätte, dann wäre es wahrscheinlich so was wie: ›Wenn alles andere schiefgeht, stell dich tot‹.«

»Das ist bescheuert.«

»Erzähl das mal Opossums. Die wissen schon, warum sie das machen.«

»Tja, ist jedenfalls schön zu wissen, dass ich mir um dich keine Sorgen machen muss, wenn du allein da draußen bist.« Ich konnte den Sarkasmus beinahe in der Luft schmecken.

Mein Lachen überraschte mich selbst. Sein Echo hallte um uns und ließ den Raum größer und kälter wirken.

Luca riss überrascht die Augen auf, wie zwei Saphire, die in der Finsternis glitzerten. »Was ist denn so lustig?«

»Nur der Gedanke, dass du dir Sorgen um mich machst. Oder, na ja, um irgendwas, eigentlich.«

Er kniff die Augen zusammen. »Was für eine niedere Meinung du doch von mir hast.«

Ich ging um die Bank herum und steuerte auf die Plakette seines Großvaters zu. Ich konnte spüren, dass er sich mit mir drehte und meinen Bewegungen folgte. Wie lange waren wir nun schon hier drinnen? Und warum war ich so scharf darauf, die Grenzen der Vergangenheit in seiner Gesellschaft zu überschreiten?

»Sie hatten gehofft, ich würde genauso sein wie er«, durchbrach er das Schweigen. Ich presste meine Lippen zusammen, überrascht über seine Bereitschaft, mir etwas anzuvertrauen und mit mir über etwas Echtes sprechen zu wollen, etwas Wichtiges. »Gianluca Falcone war der *capo di tutti i capi*, der Boss aller Bosse. Mein Großvater hat mich an jenem Tag im Krankenhaus auserwählt, bevor er gestorben ist.«

»Willst du denn so sein wie er?«, fragte ich und drehte mich um, um ihn anzusehen.

Ein subtiles Zucken des Kinns, gefolgt von einem leisen: »Ist die Antwort darauf nicht offensichtlich?«

»Er hat sich geopfert, damit du Eltern hast, die dich großziehen können.«

»Ein Recht wiegt nicht tausend Unrechte wieder auf.«

»Du solltest ein Buch mit Zitaten schreiben.«

Er lächelte nicht. Ich glaube, in dem Moment war es offensichtlich. Schreiend offensichtlich, wenn man wusste, wohin man schauen musste – Luca hatte sich von der Rolle losgesagt, die sein Vater ihm übertragen hatte, der Rolle, von der sie alle wollten, dass er sie einnahm. Er hatte sie abgegeben, aber nicht ganz. Er war immer noch der Vize-Boss. Hin- und hergerissen, voller Träume, aber letzten Endes gefangen. Was gab es da schon zu lächeln?

»Was bedeuten die ganzen Zahlen?« Ich las die römische Zahl seines Großvaters laut vor. »Einhundertdreizehn? Ist das eine Art Rangfolge?«

Luca stand auf, und die Erschöpfung von vorhin wich bereits wieder aus seinem Gesicht. »Du kannst römische Zahlen lesen?«

»Ich bin ziemlich schlau, wenn du's genau wissen willst«, antwortete ich. »Kein Streber, so wie du. Aber schlau, wenn's drauf ankommt.«

Er fuhr mit dem Zeigefinger über die Zahl. »So viele Menschen hat mein Großvater getötet.«

Der Raum schien sich plötzlich zu verdunkeln. Ich wich einen Schritt zurück und stolperte gegen die Bank. *Einhundertdreizehn Menschen. Einhundertdreizehn Beerdigungen. Einhundertdreizehn trauernde Familien.* Das bedeutete es also, der Boss aller Bosse zu sein. Mit einem Mal bekamen Lucas Worte ein völlig neues Gewicht. Er war Gianluca II, der Schützling seines Großvaters; der Erbe des Metzgers.

»Und deine Familie *will*, dass du genauso bist wie er?«

»Ja, tut sie«, war seine emotionslose Antwort.

»Und *wie* sehr bist du schon wie er?«

Luca warf mir einen Blick von der Seite zu und seine Lippen zuckten. »Glaubst du wirklich, dass ich dir diese Frage beantworte?«

Ich bewegte mich von ihm weg auf eine andere, kargere Wand zu, an der sich nur zwei Plaketten befanden und ich nicht über Lucas römische Zahl nachdenken musste. Oder über Nics. Das Schild auf der linken Seite war Felices, aber sein Todesdatum war noch offen. Auf der linken Tafel stand nur:

Evelina Falcone

»Wer ist das?«, fragte ich.

Luca stellte sich neben mich. Sein Arm streifte meinen. Ich konnte die elektrische Ladung auf meiner Haut spüren. »Das ist Felices Wand.«

Zwischen den Plaketten war ein in Silber eingefasster Rubin in den Stein eingelassen. In kalligrafischen Schnörkeln traten aus dem Silber die Buchstaben F auf der einen und E auf der anderen Seite hervor. Unter dem Rubin stand *Sempre*.

Luca fuhr mit dem Finger über die Worte und übersetzte: »Auf ewig.« Und dann fügte er mit leiserer Stimme hinzu: »Felice wollte neben seiner Frau begraben werden.« Er fuhr über den Rubin, ehrerbietig, sanft. »Er hat ihr Grab am sel-

112

ben Tag gravieren lassen wie ihren Ring. Jeder Cent, den er je verdient hat, ist in diese Rubine geflossen, und dann ist einer von ihnen mit ihr fortgegangen, und es hat ihm das Herz gebrochen.«

»Wohin?«, wollte ich wissen und suchte nach einem Datum, fand jedoch keins. Sie war nicht tot. Noch nicht.

»Sie ist verschwunden. Sie war im achten Monat schwanger mit ihrer Tochter, und eines Tages hat sie das Haus verlassen und ist nie wieder zurückgekehrt.«

»Warum?«, fragte ich, obwohl es mir nicht wirklich schwerfiel, es mir vorzustellen. Felice war immerhin ein grauenvoller Mensch.

»Das hat er nie gesagt.« Luca zuckte mit den Schultern. »Er glaubt immer noch, dass sie eines Tages zu ihm zurückkommen wird.«

»Du auch?«

Sein Mund verzog sich zu einer angespannten Linie. Es ließ seine Wangenknochen schärfer wirken, seine kantigen Kiefer härter. »Er ist ein Idiot.«

»Oder ein Romantiker, vielleicht«, versuchte ich es und fragte mich, wie schlimm das Leben für eine im achten Monat schwangere Frau werden musste, damit sie ihren Mann einfach so verließ. Aber schließlich war es nicht so leicht, mit einem Soziopathen verheiratet zu sein.

»Nein«, bekräftigte Luca. »Ein Idiot.«

Mich beschlich das Gefühl, dass das Thema damit beendet war. Ich ließ die Sache auf sich beruhen und dachte mit einem Hauch mehr Mitgefühl als zuvor an Felice. Mit der Betonung auf Hauch. Ich schätze, wir haben wohl jeder unsere zwei Seiten. Wir alle haben Licht und Schatten in uns, Schmerz und Leid, und einige von uns kommen darüber hinweg, während andere dadurch nur noch finsterer werden. *Evelina,* dachte ich, *wo immer du auch bist, du bist wahrscheinlich besser dran.*

Luca setzte sich wieder auf die Bank, streckte die Beine aus und schlug sie an den Knöcheln übereinander. Er betrachtete mich. »Du bist ganz blass.«

»Ich bin immer blass.«

»Du bist durchsichtig.«

»Das ist nur das Licht.«

»Du kannst jetzt gehen«, bot er in einem, wie ich vermutete, Versuch der Höflichkeit an. Daran musste er noch arbeiten. »Millie wird wahrscheinlich in die Luft gehen, wenn du sie noch länger allein da draußen lässt.«

»Woher weißt du, dass Millie da draußen ist?«

Sein Lachen klang tief und atemlos. »Du machst Witze, oder? Ich konnte euch schon aus einer Meile Entfernung kommen hören. Ihr gebt dem Ausdruck ›wenig subtil‹ eine ganz neue Bedeutung.«

Warum zögerte ich immer noch? Ich wich bis zur Tür zurück und studierte ihn mit demselben Blick wie er mich – schamlos. Aber wonach suchte er eigentlich genau? Ich beobachtete, wie er die Schultern hängen ließ, wie die Ellenbogen auf seinen Knien balancierten, wie seine dunklen Augenbrauen Schatten über seine hellen Augen warfen. In diesem Moment sah er genauso aus, wie ich mich die ganze Zeit gefühlt hatte: müde. Erschlagen. Allein. Aufgewühlt. »Verbringst du ... viel Zeit hier drin?«

Er neigte den Kopf zur Seite. »Warum? Machst du dir Sorgen um mich?«

»Nein!«, kreischte ich praktisch.

»Gut. Nicht auszudenken, dass du plötzlich weich wirst.«

»Niemals.« *Tja, das hat man davon, wenn man sich um andere kümmert.* Mit so viel Hochmut, wie ich zustande brachte, marschierte ich durch die Tür, aber irgendetwas hielt mich noch immer zurück, und ich grub meine Absätze erneut in den Boden. Ich konnte nicht anders: Ich musste es einfach wissen. Ich lugte um die Ecke, als meine Neugier einmal mehr die Oberhand gewann.

Er schaute noch immer in meine Richtung.

»Warum hast du mich nicht nach meinem Onkel gefragt?«

»Was?«

»Du hast mich nicht gefragt, ob ich weiß, wo Jack ist. Aber du musst dich das doch fragen. Vor allem ... du weißt schon ... nach dem, was passiert ist.«

Ohne auch nur mit der Wimper zu zucken, antwortete er: »Ich weiß bereits, wo er ist.«

Mir klappte die Kinnlade herunter. »Warum hast du mir das nicht gesagt?«

»Warum hast du nicht gefragt?«

Ich ging in den Raum zurück, inzwischen auf hundertachtzig. »Wo ist er?«

»Na ja, wir wissen nicht *genau*, wo er ist. Aber wir haben eine ziemlich genaue Vorstellung davon, bei wem er ist.«

»Bei wem?«

»Du solltest lieber nicht nach ihm suchen.«

»Natürlich nicht«, log ich.

»Du lügst. Das steht dir ins Gesicht geschrieben.«

»Ich lüge nicht, ich bin nur gestresst!«

Luca dachte einen Moment lang darüber nach. »Ist das nicht offensichtlich?«, fragte er dann, und seine Stimme klang halb seufzend, halb frustriert. »Welcher ist der einzige

Ort, an den Jack fliehen würde? Der einzige Ort, an dem er Zuflucht vor uns suchen würde?«

Oh. *Oh.* Nun, das erklärte auch die Geschichtsstunde von vorhin.

Luca sah zu, wie sich die Erkenntnis langsam festsetzte. Er zog seine Lippen zurück und enthüllte die gefährlichen Spitzen seiner Eckzähne. »Und falls er dort ist«, fuhr er fort, »falls sie *wirklich* einem bekannten Feind der Falcones helfen und ihm Zuflucht gewähren, dann ist der Waffenstillstand erneut gebrochen.«

»Scheiße.«

»Bleibt nur eine Frage«, fügte Luca hinzu, lehnte sich auf seine Handflächen gestützt nach hinten und ließ die Schultern sinken. »Falls wir mit unserer Vermutung, wo sich Jack versteckt, tatsächlich recht haben: Was hat Donata Marina von diesem Arrangement?«

»Dann seid ihr mir also wirklich nicht gefolgt«, murmelte ich. Lila Haar erwähnte ich allerdings nicht. Falls sie zu seinen Feinden gehörte, würde ihn diese Neuigkeit nur aufwühlen. Es gab schon genügend, worüber ich mir Sorgen machen konnte, ohne dass ich ihm bestätigte, dass die Marinos den Waffenstillstand, den sie mit den Falcones vereinbart hatten, längst mit Füßen getreten hatten.

Luca riss die Augen auf. »Was?« Er erhob sich. »Warum sagst du das?«

Ich wich ein Stück vor ihm zurück. Das war jetzt nicht der richtige Moment, Öl ins Feuer zu gießen – diese alte Wunde aufzubrechen, bevor ich überhaupt wusste, was das alles bedeutete. Außerdem konnte ich mich ja auch irren – es war *möglich*. Lila Haar konnte schließlich irgendjemand sein. »Es ist nur … Seit Nic neulich Nacht bei mir im Garten aufgetaucht ist, hab ich mich gefragt, ob ihr vielleicht irgendeinen Plan habt oder so …« Ich verstummte wieder.

Jap. Das sollte die Wogen erst mal glätten.

Wut blitzte in Lucas Gesicht auf, als er einen Schritt auf mich zumachte. »Nic ist was?«

Oder auch nicht.

»Ähm, vergiss es einfach«, stammelte ich und drehte mich wieder Richtung Ausgang. »Ich muss mal nach Millie suchen.«

Luca schnitt mir den Weg ab. »Du musst mir erzählen, was hier los ist.«

»Warum?«

Er blinzelte mich an. »Was meinst du damit: ›Warum?‹«

»Warum interessiert dich das?«

»Mich interessiert, was mein Bruder so treibt, wenn er sich damit ausdrücklichen Anweisungen der Familie widersetzt *und* andere in Gefahr bringt. Sei nicht so selbstgefällig, Sophie. Das hier ist ernst.«

»Oh, *ich* bin also selbstgefällig, weil ich dir nichts von meinen persönlichen Angelegenheiten erzählen will? Ich bitte vielmals um Entschuldigung.«

»Das hier ist kein Spiel«, warnte mich Luca. Ich erkannte, dass er alle Mühe hatte, seine Stimme ruhig klingen zu lassen. »Sei nicht so dumm.«

Dumm. Dumm. *Dumm.* Warum zum Teufel bezeichnete er mich andauernd als dumm?

»Oh, das hier ist also kein Spiel, nein?«, wiederholte ich und sah rot. »Glaubst du, das wüsste ich nicht? Hast du vergessen, wer sonst noch mit dir in diesem Lagerhaus war? Ich erinnere mich an jede verdammte Sekunde dieser Nacht!«

»Dann nimm das hier ernst!«

»Ich könnte das unmöglich noch ernster nehmen, selbst wenn ich es versuchen würde«, fauchte ich und hob meine Handfläche, damit er die ausgefranste Schnittwunde sehen konnte. »Ich hab seit Wochen nicht geschlafen. Meine Mutter ist ein Zombie. Wag es ja nicht, mir zu predigen, wie ernst das alles ist. Du hast doch keine Ahnung, was deine Familie mir angetan hat. Und es ist mir egal, wer du bist, du hast kein Recht, mich nach meinen persönlichen Angelegenheiten zu fragen!«

Er kam näher auf mich zu und vibrierte beinahe vor Anspannung. »Ich hab ein Recht darauf, wenn sie meine Familie betreffen.«

Ich musste den Kopf in den Nacken legen, um ihn ansehen zu können. »Du bist nicht *mein* Vize-Boss, Luca. Ich bin dir gar nichts schuldig.«

Ich ging um ihn herum und erwartete Widerstand, aber er ließ mich ziehen, und sein Gesicht verzerrte sich zu einem Ausdruck, den ich nicht einordnen konnte.

»Oh, du brüllst also *mich* wegen allem an, was passiert ist?«, schrie er mir nach. »Und dann triffst du dich mit ihm in deinem Garten, wie in einer erbärmlichen Version von *Romeo und Julia*?«

Ich tat seine Worte mit einem Winken über meinem Kopf ab, als ich von ihm wegmarschierte.

»Und falls du es noch nicht wusstest, Sophie, das Stück ist eine *Satire!* Du solltest nicht unbedingt danach streben!«

»So wie du dich gerade aufführst, strebst du nach meiner Faust in deinem Gesicht!«, brüllte ich über meine Schulter zurück. Ich erreichte die Tür, aber schon im nächsten Moment war er bei mir und schob sich mir erneut in den Weg.

Er war so groß. So breit. So unbeweglich. »Beweg dich«, zischte ich. »Oder ich schwöre bei allen Göttern und Galaxien, dass ich dir mitten in deine arrogante Fresse hauen werde.«

»Sophie«, sagte er. Seine Stimme klang so trügerisch gefasst, aber seine funkelnden Augen erzählten eine ganz andere Geschichte. »Du hast mir das Leben gerettet. Du hast dich auf mich geworfen, um Jack davon abzuhalten, mich zu töten. Also denk bitte nicht, dass ich dir dafür nicht dankbar bin oder nicht zu schätzen wüsste, was du für mich getan hast, wenn ich dir jetzt sage, dass du dich in diesem Moment wie eine komplette *Vollidiotin* aufführst.«

Er packte mein Handgelenk, bevor meine Hand seine Wange traf.

»Nicht«, knurrte er.

»Lass mich los«, schnaubte ich.

Er ließ mich los und mein Arm fiel mit einem dumpfen Schlag an meine Seite. Erschrocken schnappte ich nach Luft.

Lucas funkelnde Augen wirkten hart. Ich hatte das Gefühl, unter seinem Blick zusammenzubrechen. Was immer er mir sagen wollte, ich wollte es ganz sicher nicht hören. Ich drängte mich an ihm vorbei, stieß die Tür auf und stampfte die Treppe hinunter.

Millie lag am See im Gras und knipste ein Selfie. »Na *endlich*«, stöhnte sie und rappelte sich auf. »Warum zur Hölle hat das so lange … Heilige Scheiße, Soph! Pass auf! Luca Falcone ist hinter dir!«

»Ich weiß.«

»Oh.« Sie umkreiste uns. »Moment mal … Was ist hier los? Was habt ihr zwei so lange da drin gemacht?«

Ich ging durch die Bäume davon und Millie trottete hinter mir her.

Luca folgte uns. »Ich weiß wirklich nicht, wie oft ich es noch sagen muss, bevor es endlich in deinen Schädel reingeht!«, presste er hervor. »Er ist nicht gut für dich, Sophie!«

»Hey, hey, hey!« Millie machte einen Satz vor mich. Ich blieb stehen und hinter mir tat Luca schlitternd dasselbe. »Ist hier irgendein … *Eifersuchts*drama am Start?«

Luca verdrehte die Augen. »*Per l'amor di Dio.* Mach dich nicht lächerlich.«

Ich setzte mich wieder in Bewegung. »Vielleicht ist es ja in Ordnung, dass einem jemand etwas bedeutet, dem man auch etwas bedeutet«, blaffte ich ihn an. »Vielleicht ist das ja nicht das Ende der Welt. Aber nicht, dass du das verstehen würdest, weil du schließlich niemanden brauchst, solange du dein ach so wertvolles, arrogantes Selbst hast!«

»Ja, das muss es sein. Ich bin verbittert und einsam und weiß nicht, was Liebe ist. Und du lebst in deiner kleinen Welt der Verleugnung, und am Ende wird dich das unter die Erde bringen, weil ich dir nämlich eins garantieren kann: Ganz egal, wie lange du bei ihm bleibst, wenn es hart auf hart kommt, wird er seine Familie dir immer vorziehen.«

»Heiliger Jesus.« Millie schnaufte neben mir. »Was zur Hölle ist bitte zwischen euch beiden passiert?«

Lucas italienische Flüche verwandelten sich langsam wieder in hastiges Englisch. »Die Idiotie meines Bruders hat, wieder einmal, auf deine beste Freundin abgefärbt.« Er keuchte noch nicht mal, ganz im Gegensatz zu Millie und mir. Wir marschierten inzwischen so schnell, dass ich gegen den Drang ankämpfte, eine Hand auf meine Rippen zu legen und mich vornüberzubeugen. »Aber vielleicht ist es ja auch genau andersrum.«

»Okay, das reicht!« Abrupt blieb ich stehen, schloss die Lücke zwischen uns und bohrte ihm einen Finger in die Brust. »Luca Falcone, wenn du auch nur noch ein Wort über mich ...«

»Was?« Er schlug meinen Finger weg. »Was willst du dann mit mir machen?«

All die Wut, die in mir brodelte, überschlug sich förmlich. Ich unterdrückte sie dennoch und sprach kontrolliert und ganz langsam weiter, während ich auf die türkisen Flecken in seinen Augen starrte. Dann war ich eben dumm, naiv und eine Vollidiotin – das hatte er mir schon tausendmal gesagt –, aber wenigstens hatte ich ein reines Gewissen, und er hatte kein Recht, mich deswegen zu verurteilen, nur weil *seins* es nicht war. »Ich bin keine Närrin, Luca«, sagte ich und verzerrte die Lippen. »Also behandle mich auch nicht wie eine. Wenn du mich hättest ausreden lassen, anstatt gleich durchzudrehen, dann wüsstest du jetzt, dass ich deinen Bruder weggeschickt habe, als er zu mir gekommen ist. Ganz egal, was ich für ihn empfinde oder *irgendwann* mal für ihn empfunden habe – er betrachtet die Welt und sieht nur Mord und Blutvergießen, und ich habe ein Leben voller Liebe und Frieden verdient. Ich hab schon *genug* durchgemacht. Ich hab schon *genug* gesehen.« Ich konnte spüren, wie meine Stimme brach, deshalb zwang ich mich weiter, damit er es nicht hörte: »Die Wahrheit ist, dass er völlig gebrochen ist«, schloss ich. »Ihr alle seid das.«

Luca taumelte ein Stück rückwärts. Es erinnerte mich einen entsetzlichen Augenblick lang an den Moment im Lagerhaus, als er angeschossen worden war. Er ließ die

Schultern hängen, seine Arme wurden ganz schlaff, und er starrte mich einfach nur an. Ich hatte ihm sein höhnisches Grinsen aus dem Gesicht gewischt, aber mein Kinn zitterte immer noch. Tränen sammelten sich in meinen Augen.

Millie schlüpfte auf Zehenspitzen in die Lücke zwischen uns. »Oookay«, sagte sie. »Aus Gründen, die sich meiner Kenntnis entziehen, ist das Ganze hier ein bisschen hitzig geworden. Wir schalten jetzt alle mal einen Gang runter und diskutieren das wie erwachsene Leute zu Ende.«

Mir war gar nicht bewusst gewesen, wie heftig ich keuchte, bis ich versuchte, wieder zu Atem zu kommen.

»Vergiss es«, spuckte Luca aus und wandte sich von uns ab. »Ich bin hier fertig. Du bist auf dich allein gestellt, Gracewell.«

»Prima. Gut.«

Er verschwand durch eine Lücke zwischen den Bäumen.

»Sophie.« Millie senkte ihre Stimme. »Ich glaube, du hast ein Problem.«

Ich schluckte ein weiteres kränkendes Zittern hinunter und quetschte meine Worte hervor. »Ich weiß. Ich bin mir ziemlich sicher, dass mir die Marinos gefolgt sind, diese andere Mafia-Familie.«

»Ich spreche von einem anderen Problem.«

Eine einzelne Träne rann kalt und schnell über meine Wange. Ich wischte sie weg. »Das Klappmesser ist weg«, sagte ich. »Es ist also erledigt.«

Sie starrte immer noch auf die Bäume. »Das war nicht gerade das, was ich mit einem Schlussstrich gemeint habe.«

TEIL II

»Wenn sie kommen,
dann nehmen sie dir weg,
was du liebst.«

Mario Puzo, *Der Pate – Teil III*

11

Die Schwarze Hand

Ich verbrachte den Rest des Nachmittags bei Millie zu Hause, wo wir explizit nicht darüber sprachen, was auf dem Friedhof passiert war. Das Klappmesser war weg, und ich versuchte, die Leere zu ignorieren, die es hinterlassen hatte. Wir backten Kekse und schauten uns einen Harry-Potter-Film nach dem anderen an, bis die Schuldgefühle, weil ich meine Mutter in der allgemeinen Düsternis unseres Hauses ganz allein gelassen hatte, langsam an mir zu nagen begannen. Zu Hause wartete das wahre Leben auf mich – die Schatten an den Wänden, die Schreie in der Nacht, die gähnende Lücke, die mein Vater hätte ausfüllen sollen. Ich ging, als der Abend bereits hereinbrach, und zwang mich aus Millies angenehmer Ablenkungsblase. Ich verspürte den plötzlichen Drang, mir die Beine zu vertreten und wenigstens einen Teil des ganzen Zuckers wieder abzuarbeiten, mit dem ich mich vollgestopft hatte, damit ich zumindest versuchen konnte, heute Nacht ein bisschen zu schlafen.

Die Sonne ging bereits unter und färbte den Himmel mit rosa- und orangefarbenen Streifen. Erst als ich am Diner vorbeikam, bemerkte ich den schwarzen Mercedes, der mich verfolgte. Der Verkehr auf der Main Street war ziemlich ausgedünnt und es fuhren nur noch vereinzelte Autos an mir vorbei.

Ich bog auf den Parkplatz ab und blieb stehen. Der Mercedes hielt ein paar Parklücken entfernt an. Der Motor erstarb und das Mädchen mit den lila Haaren stieg aus. Sie warf sich das Haar aus dem Gesicht, aber ihr Pony blieb, wo er war, und fiel über ihre Augen. Ihre Haltung hatte etwas gezwungen Lässiges an sich – die Arme hingen schlaff an ihren Seiten herunter, aber sie hatte die Hände zu Fäusten geballt.

Sie ging um den Wagen herum und kam auf mich zu. Ich spannte die Schultern an und versuchte, größer zu wirken, als ich tatsächlich war. Wir waren beinahe gleich groß und sie war ebenfalls schlank. Als sie ein wenig zu nah vor mir stehen blieb, wich ich einen Schritt vor ihrem Parfum mit Zitrusduft zurück. Es dauerte einen Moment, bis ich ihre Augen unter ihrem Pony und dem schwarzen Eyeliner entdeckte, mit dem sie sie viel zu dick umrandet hatte.

»Sophie Gracewell«, begann sie und taxierte mich mit unverschämter Dreistigkeit. Ihre Stimme war viel weicher, als ich erwartet hatte. Wieder einmal erstaunte mich, wie jung sie noch war – sie konnte nicht viel älter sein als ich. Sie wedelte mit den Händen vor ihrem Körper herum, als würde sie mich einem unsichtbaren Publikum präsentieren. »Gott, ich hab das Gefühl, als würde ich schon … mein ganzes Leben lang versuchen, dich mal allein zu erwischen.« Sie lächelte strahlend und enthüllte zwei so tiefe Grübchen, dass es mir auf einmal völlig unmöglich erschien, mich von ihr einschüchtern zu lassen, was ich als ebenso nervig wie irreführend empfand.

»Das ist ja komisch«, erwiderte ich, lachte jedoch nicht. »Ich hab das Gefühl, dass ich schon ungefähr genauso lange versuche, dir aus dem Weg zu gehen.«

Sie nickte, und ihr Lächeln erstarb, als sie einen tiefen Seufzer ausstieß. »Ich hab dir Angst gemacht, ich weiß. Tut mir leid.«

Ihre Reue entwaffnete mich sofort, und ich entgegnete sanfter, als ich eigentlich beabsichtigt hatte: »Es gibt eine richtige und eine falsche Art, sich jemandem zu nähern, weißt du?«

Sie begann, im Mundwinkel auf ihrer Lippe herumzukauen, und verschmierte dabei den pinkfarbenen Lippenstift auf ihren Zähnen. Sie stand händeringend vor mir, und mir wurde bewusst, dass sie genauso nervös war wie ich.

»Ich nehme an, du bist eine Marino«, sagte ich.

Ihre Augen weiteten sich. »Dann hast du also von uns gehört?«

»Ein bisschen.«

»Nur Gutes, da bin ich mir sicher.« Sie schenkte mir ein schüchternes, rehäugiges Lächeln und zeigte mir erneut ihre tiefen Grübchen. Zwischen ihren Vorderzähnen befand sich eine kleine Lücke.

»Also, hat mein Onkel dich geschickt?«

Ich ballte die Hände zu Fäusten und spürte den Schweiß auf meinen Fingerspitzen.

Sie schüttelte den Kopf. »Ich hätte nicht gedacht, dass du das rausfindest.«

Puff! Da ist er dahin, der Waffenstillstand.

Gott sei Dank hatte ich Luca nichts davon erzählt.

Aus dem Lächeln des Mädchens sprach eine gewisse Leichtigkeit, die jedoch unter dem dramatischen Make-up und ernsten Haarschnitt verborgen lag. »Woher wusstest du das?«

»Ich hab geraten«, log ich.

Sie brach in schallendes Gelächter aus. »Er hat mir gesagt, dass du clever bist, aber ich glaube, du hast mich neulich im Kino durchschaut. Tut mir leid, falls ich dir Angst eingejagt hab. Ich hab nur versucht, dich für eine Minute allein zu erwischen, um mit dir zu reden. Niemand sonst soll davon wissen.«

Es war schwierig, sie nicht sympathisch zu finden – was Mafiatypen anging, war sie überraschend normal. Ich hätte womöglich meine Vorsicht fallen lassen, wenn ich ihren Nachnamen nicht gekannt hätte. »Wie heißt du?«, fragte ich sie. »Darf ich wenigstens das wissen?« Alles, um mich von dem pulsierenden *Marino* in meinem Kopf abzulenken.

»Sara.« Sie deutete einen Knicks an, und ich musste laut lachen, klatschte mir aber sofort eine Hand vor den Mund. Gott, seltsam war sie also auch noch. Warum zur Hölle erledigte sie irgendwelche Botendienste für meinen Onkel? Sie sollte einfach ein Teenager sein und ihr Leben genießen.

»Tut mir leid«, sagte sie, als sie die verwirrte Neugier auf meinem Gesicht sah. »Ich bin irgendwie neu, was dieses Botending angeht.« Ihr Blick wirkte verlegen. »Ich sollte dir nur was geben«, fuhr sie fort. »Eigentlich soll ich noch nicht mal mit dir reden.«

»Warum denn nicht?« Mein Puls schaltete in den höchsten Gang.

»Oh, ich weiß auch nicht.« Sie lächelte. »Für den Fall, dass ich umkippe und sämtliche Familiengeheimnisse aus mir rauspurzeln.«

»Richtig«, sagte ich und verstand genau, was sie meinte.

»Wie dem auch sei, dein Onkel möchte dich sehen.«

»Ich will ja nicht unhöflich sein«, erwiderte ich, »aber er hätte mich auch einfach anrufen und dir diese ganze Rumfahrerei ersparen können ...« *Und das unheimliche Stalking.*

Sara verdrehte so heftig die Augen, dass ihre Iris praktisch verschwanden. »Das hab *ich* auch gesagt. Das Letzte, was ich wollte, war, dir Angst zu machen, aber dein Onkel wollte besonders vorsichtig sein, jetzt, wo er ... na ja ... zu einer wandelnden Zielscheibe geworden ist. Er wollte wirklich sicher sein, dass du nicht mit irgendwelchen ...« Sie unterbrach sich und ein finsterer Schatten huschte über ihr Gesicht. »... Leuten abhängst, mit denen du nicht abhängen solltest«, endete sie dann. »Es ist wichtig, dass du diese Nachricht bekommst. Und nur du. Es darf nichts nach draußen dringen. Zumindest noch nicht. Ich schätze, das hier war die einzige Möglichkeit, das sicherzustellen.«

»Verstehe.« Das Ganze kam mir so angespannt vor, so geheimnisvoll ... so gefährlich. Sie wollten den Waffenstillstand noch nicht brechen. Ganz offensichtlich wussten sie nicht, dass er ohnehin bereits am seidenen Faden hing. Ich schluckte schwer. Ich hatte das Gefühl, mit einem einzigen Finger den Damm zu stützen, der ein Geheimnis in Schach hielt, das immer weiter anschwoll. »Und, wo ist er?«

»Ich sollte jetzt gehen.« Sara holte eine Visitenkarte aus ihrer Hosentasche und hielt sie mir vor die Nase. »Nimm die«, sagte sie. »Bevor sie mich feuern!« Sie setzte ein ebenso tiefes wie unechtes Stirnrunzeln auf, das sich bis zu ihren Wangen ausdehnte und ihre rasiermesserscharfen Wangenknochen enthüllte. Ihre Augenbrauen sanken tief über ihre Augen, und mit einem Mal traf mich die Erkenntnis, dass sie mir vertraut vorkam. Dieser Gesichtsausdruck – ich hatte ihn schon einmal gesehen.

Mit offenem Mund starrte ich sie an und vergaß die Visitenkarte, die sie zwischen uns hochhielt.

»Was ist denn los?« Ihr Lächeln zeigte mir ihre spitzen Eckzähne, bevor es noch großzügiger wurde und auch ihre anderen strahlend weißen Zähne zur Schau stellte.

»Du siehst …« Ich schüttelte den Kopf. »Du erinnerst mich an jemanden, das ist alles.«

All die Freundlichkeit, die sie ausgestrahlt hatte, verpuffte in diesem Moment. Sie setzte eine säuerliche Miene auf und entfernte sich einen Schritt von mir, die Karte noch immer in der Hand.

»Du beleidigst mich«, sagte sie und ließ ihre Hand sinken.

»Ich hab doch gar nichts gesagt.«

»Der Vergleich war impliziert«, entgegnete sie. »Ich weiß genau, wen du meinst.«

Unschuldig hob ich die Handflächen. »Es tut mir leid, wenn ich dich beleidigt habe.«

Sie hielt die Visitenkarte noch einmal hoch und diesmal nahm ich sie ihr ab.

»Hör mal«, sagte sie, »du solltest die Marinos und die Falcones nicht in ein und demselben Satz nennen. Wenn du sonst schon nichts lernst, dann lerne wenigstens das, bevor du einen Fuß in Donatas Club setzt. Und was immer du auch tust, erwähne *niemals* ihre Schwester.«

»Ein Club?« Ich strich mit den Fingern über die glänzende Karte und stellte mir vor, wie lächerlich es wäre, wenn ich in irgendeinen Mafia-Club in der Stadt spazieren würde, umgeben von einer *ganz anderen* Mafia-Familie. Als ob eine nicht schon genug wäre. »Wer sagt denn, dass ich da überhaupt hingehe?« Ich schüttelte den Kopf. »Ich bin mir nicht sicher, ob ich meinen Onkel überhaupt jemals wiedersehen will. Er hat meine Mom und mich hintergangen. Er hat es nicht verdient«, sagte ich und war selbst überrascht, dass ich mich freiwillig jemandem anvertraute, der mich bisher so schamlos gestalkt hatte.

Sara hob eine Hand, um sie auf meine Schulter zu legen, hielt dann jedoch mitten in der Luft inne und überlegte es sich anders. »Ich verstehe das, weißt du? Es ist schwer, wenn man in eine Richtung gezerrt wird, in die man gar nicht gehen will. Und sogar noch schwerer, wenn die eigene Familie die Fäden in der Hand hält. Aber dir wird alles klar werden, wenn du es nur zulässt.«

Ähm, was? Ein Teil von mir war neugierig. Ich konnte nicht anders. Da war dieses nagende, kribbelnde Gefühl in meiner Magengegend. »Ich sollte da nicht hingehen«, sagte ich. »Das ist nicht meine Welt.«

Sie erwiderte mit leiser Stimme, obwohl sie außer mir niemand hören konnte: »Du wirst ihn irgendwann treffen müssen, Sophie. Und es ist besser, wenn du es aus freien Stücken tust.«

Eine Warnung – eine leise Andeutung. »Was soll das denn bitte heißen?«

Sie stieß ein erschöpftes Seufzen aus. »Es soll heißen, dass gerade einige sehr entscheidende Dinge passieren und dass er dich sehen muss, so oder so, und zwar schon bald. Du solltest zu ihm gehen, weil er sonst zu dir kommen wird, und dieser Ort ist im Augenblick für niemanden sicher. Nicht mal für mich.«

»Bei dir klingt das, als hätte ich keine andere Wahl«, erwiderte ich und spürte, wie sich die Kälte ihrer Worte um mich legte.

Sie schenkte mir ein halbes Lächeln. »Du hast zumindest die Illusion einer Wahl. Das ist mehr, als ich jemals hatte.« Ein weiteres gescheitertes Lächeln, und dann: »Bitte, zwing mich nicht, etwas zu tun, das ich nicht tun will ...«

Bevor ich etwas erwidern konnte, marschierte sie zu ihrem Wagen zurück. Ich stand da, vollkommen sprachlos, während sie vom Parkplatz raste und mich allein mit meinen Gedanken über die leise Drohung in ihren letzten Worten zurückließ.

Ich betrachtete die Visitenkarte in meiner Hand – sie war dunkelrot. In der Mitte war in schwarzer Tinte ein Baum mit verwirbelten Ästen aufgedruckt. Darunter stand das Wort EDEN in verschnörkelten Buchstaben. Ich drehte die Karte um. Auf der Rückseite befand sich eine Adresse, zusammen mit den Worten »Lass dich gehen«. Am oberen Rand stand in der Handschrift meines Onkels eine schlichte Notiz: »Sophie. Dienstag 23 Uhr.«

Ich sollte nicht hingehen. Jack hatte mir schon genügend Ärger eingebrockt. Aber wenn ich nicht zu ihm ging, dann würde er zu mir kommen. Er würde *wegen mir* kommen, was immer das auch bedeuten mochte. Und je weiter ich ihn von Cedar Hill – und von meiner Mutter – fernhalten konnte, desto besser.

Irgendetwas ging hier vor sich, und wenn ich ihn schon treffen musste, dann würde ich ganz sicher versuchen, herauszufinden, was das war. Ich hatte es satt, im Dunkeln zu tappen – so dicht an den Dingen, die um mich herum passierten, und die trotzdem außerhalb meiner Reichweite blieben. Genug war genug. Um meines Vaters und meiner selbst willen: Es gab ein paar Fragen, auf die ich eine Antwort wollte, und ich musste wissen, was mein Onkel als Nächstes vorhatte – mit Nic, mit Luca, mit ihnen allen, jetzt, da er bei den Marinos Zuflucht gefunden hatte und der Waffenstillstand um sie herum zu bröckeln begann. Ich würde die Illusion meines freien Willens akzeptieren und zumindest versuchen, sie in irgendeiner Weise zu meinem Vorteil zu nutzen. Jack war schon einmal aufgetaucht, um mich zu beschützen, und vielleicht würde er ja auch auf mich hören, was den Waffenstillstand anging. Wenn er jetzt abhaute, bevor es zum nächsten Blutvergießen kam – wenn er jetzt die Stadt verließ –, konnte er einen Krieg verhindern. Und ganz sicher wollte niemand, nicht mal mein verrückter, moralisch aus dem Gleichgewicht geratener Onkel, einen Krieg.

12

Abgefangen

Das Donnern von Schritten auf dem Gehweg riss mich aus meinen Gedanken. Ich hob den Kopf gerade noch rechtzeitig, um zu sehen, dass Nic auf mich zurannte. Ich steckte die Visitenkarte in die Gesäßtasche meiner Jeans.

Er blieb direkt vor mir stehen. In seinen Augen lag ein wilder, rasender Ausdruck. »Worum ging es da gerade?«

Die Überraschung, ihn zu sehen, wurde sofort von der bitteren Erinnerung an meinen Streit mit Luca abgelöst, und an all die Dinge, die wir ausgesprochen hatten. Nic sollte nicht hier sein. Und trotzdem war er es, aber diesmal ganz eindeutig nicht meinetwegen. Ich verschränkte die Arme vor der Brust und schaute mich um. »Hmm? Worum ging es bei *was?*«

Nic runzelte mit einem offenen Ich-weiß-dass-du-lügst-Blick die Stirn. »Ich hab gesehen, dass du gerade mit Sara Marino gesprochen hast.«

»Du meinst deine Cousine?« Ihre Knochenstruktur war identisch und außerdem hatte sie Nics Wangenknochen und Lucas Mund.

Nic schaute mich mit finsterem Blick an, der lustigerweise fast genauso aussah wie der, den Sara mir gerade unter ganz ähnlichen Umständen zugeworfen hatte. »Nenn sie nicht so. Sie ist Abschaum, genau wie der Rest von ihnen.«

Bei dieser ganzen Familienpolitik konnte man wirklich das Gefühl bekommen, jemand würde einem sämtliches Mark aus den Knochen saugen – vor allem, wenn man es *irgendwie* schaffte, zwischen die Fronten zu geraten. Ich kam mir vor wie ein Goldfisch, der versuchte, durch zwei gegnerische Haischwärme zu navigieren. »Wo bist du denn jetzt hergekommen?«, wollte ich wissen und änderte meinen Kurs.

Er gestikulierte hinter sich, in Richtung der Seitenstraße neben der Bibliothek auf der anderen Straßenseite. Viel subtiler als Doms und Ginos Observation neulich. Aber andererseits waren die beiden auch Vollidioten. »Calvino und ich haben das Diner beobachtet.«

»Warum?«

Nic kniff die Augen ein wenig zusammen. »Wir glauben, dass etwas dort drin ist«, antwortete er ausweichend. »Etwas, das dein Onkel braucht.«

»Was?«

Nic machte den Mund zu und runzelte die Stirn.

»Warum schaust du mich denn so finster an?«, fragte ich ihn.

»Wie lange weißt du schon, dass er bei den Marinos ist?«

»Ich mische mich in diese Sache nicht ein«, fauchte ich ihn scharf an. »Ich weiß über niemanden irgendetwas.«

»Weißt du, was das bedeutet?«, erwiderte er, aber ich hatte den Eindruck, als würde er mich gar nicht wirklich fragen. Er fragte sich selbst. Die Folgen waren übermächtig. Sie standen ihm ins Gesicht geschrieben.

»Es bedeutet gar nichts«, antwortete ich trotzdem. »Ihr

wisst doch überhaupt nichts mit Sicherheit. Dieses Mädchen hat Jack gar nicht erwähnt.« Es war eine dreiste Lüge, aber immer noch besser, als der Wut freien Lauf zu lassen – immer noch besser, als Öl ins Feuer zu kippen.

Er fuhr sich mit der Hand durchs Haar und ließ sie in seinem Nacken ruhen. »Musst du so schwierig sein?«, murmelte er.

»Macht ihr eigentlich auch irgendwann mal frei?«, konterte ich. »Ich meine, wacht irgendeiner von euch manchmal morgens auf und denkt: ›Heute mach ich einen Gammeltag im Schlafanzug?‹ Oder denkt ihr immer nur: ›Heute ist ein guter Tag zum Morden und Stalken?‹ Ganz ehrlich, Nic. *Ganz ehrlich.*«

Er kam näher, bis ich die Wärme seines Körpers spüren konnte.

»Ganz ehrlich«, wiederholte er mit angespannter Stimme.

Ich starrte auf seine Brust. Ich wollte ihm nicht in die Augen schauen. »Du bist so … frustrierend.«

Nic atmete vielsagend aus, und ich ertappte ihn bei einem angedeuteten Lächeln, als ich aus Versehen in sein Gesicht blickte. *Schau ihn nicht an.*

»Das Gefühl kenne ich«, erwiderte er, und seine murmelnde Stimme wärmte meine Ohrmuschel.

Ich wollte schreien, weinen, ihn wegstoßen und anschließend vielleicht ein bisschen mit ihm rummachen. *Verdammt noch mal.* Es kam mir vor, als stünde mein ganzer Körper in Flammen. Mir wurde bewusst, dass ich mitten auf dem Parkplatz des Gracewell's am Rande eines Nervenzusammenbruchs stand. Mit einem Mal beschlich mich das Gefühl, dass viel zu viel auf dem Spiel stand.

Was machte er hier? Was zur *Hölle* hatte Jack vor? Was

war in diesem Diner? Und *wo?* Ich kannte jeden Quadrat-zentimeter in diesem Laden.

»Sophie, *ti prego*.« Nics Worte glichen einem sanften Stups in die Seite. Er schlang seine Arme um mich und zog mich zu sich heran.

Ich legte meine Finger auf seine Brust und spürte das schnell *Poch-poch* seines Herzens. Menschlich, fehlbar. *Ver-ängstigt*, erkannte ich. Voller Angst vor dem, was auf ihn zukam.

Zärtlich legte er seine Stirn an meine. »Es wird alles gut werden«, flüsterte er, und sein Herzschlag galoppierte förm-lich unter meinen Fingerspitzen. »Erzähl mir einfach, was sie zu dir gesagt hat.«

Ich machte den Fehler, ihn anzusehen. Ich konnte einen schwachen, erdig-frischen Duft riechen und das berau-schende Glück unseres letzten Kusses beinahe spüren. Ich schluckte. »Sie hat gar nichts gesagt.«

Er schnappte scharf nach Luft. »Na schön, dann lass uns über was anderes reden.«

»Über was denn?«

Sein Blick war auf meine Lippen gerichtet. Eine seiner Hände wanderte auf meinen unteren Rücken, während er die andere um meinen Nacken legte und mich noch näher zu sich heranzog. »Das«, sagte er mit rauer Stimme.

Er presste seine Lippen auf meine, fest, suchend. Ich drückte mich bebend an ihn, während sein Kuss immer in-tensiver und drängender wurde. *Nein.* Ich zwang mich, nachzudenken. Ich zwang mich, mich zu erinnern. Er strich mit seiner Hand an meinem Rücken hinunter und fuhr mit den Fingern über den Hosenbund meiner Jeans. *Nein.* Ich riss mich genau in dem Augenblick von seinen Lippen los, in dem er seine Hand in meine Gesäßtasche schob. Ich versuchte, ihn wegzuschieben, aber es war bereits zu spät – er hatte die Karte schon aus meiner Tasche gezogen.

Als ich nach ihm schlug, machte er einen Satz nach hinten und hob den Kopf, und meine Finger erwischten sein Kinn. Schnell, aber nicht schnell genug. Seine Hand flog an seinen Kiefer.

Er riss die Augen auf. »Sophie.«

»Wie konntest du nur?«, spuckte ich aus.

»Ich beschütze dich.« Er schüttelte den Schock aus seinem Gesicht und drehte die Karte um, und seine dunklen Augen wurden immer kleiner, als er Jacks handgeschriebene Nachricht an mich las. »Ich musste das tun.«

Ich funkelte ihn wütend an.

»Du hättest sie mir nicht gegeben«, sagte er.

»Es ist meine! Das musste ich nicht!«

»Du hast doch keine Ahnung, womit du es hier zu tun hast, Sophie.«

Ich musste meine Fingernägel in meine Handfläche bohren, um mich selbst davon abzuhalten, ihm eine zu knallen. »Mit diesem einen Kuss hast du gerade alles kaputt gemacht, was jemals zwischen uns war.«

Der Schock zeichnete sich auf seinem Gesicht ab. Er kehrte wieder in unsere intime kleine Blase zurück und streckte die Hände nach mir aus. »Ich habe nichts kaputt gemacht. Ich habe es getan, um dich zu beschützen.«

Ich wich vor ihm zurück. »Lass mich einfach in Ruhe.«

»Du kannst deinen Onkel nicht treffen, Sophie. Es ist mir egal, ob du wütend auf mich bist, aber du kannst nicht in diesen Club gehen. Das ist das Gebiet der Schwarzen Hand. Du bist dort nicht sicher.«

Ich wedelte mit den Armen in der Luft herum, als ich mich von ihm entfernte. »Ich bin nirgendwo sicher.«

Er hielt mühelos mit meinem schnellen Tempo Schritt. »Hör mir zu. Donata Marino interessiert sich nicht für Jack. Die Marinos lassen sich niemals mit jemandem außerhalb ihrer Familie ein. Sie benutzen ihn nur, und wenn du in ihre Welt mit hineingezogen wirst, dann werden sie dich auch benutzen. Ich – ich *flehe* dich an: Geh nicht in diesen Club.«

Ich drehte mich nicht zu ihm um. »Es geht dich gar nichts an, was ich tue oder auch nicht.«

»Dann geh ich einfach direkt nach dir da rein.«

Jetzt drehte ich mich doch zu ihm um. »Das würdest du nicht wagen!«

Er spannte den Kiefer an. »Willst du wetten?«

»Du kannst mich nicht einfach so manipulieren«, fauchte ich ihn an. Aber er konnte sehr wohl, und er würde. Ich wollte nicht, dass er mir in diesen Club folgte und meinen Onkel und all seine neuen Verbündeten herausforderte. Das würde nur zu Blutvergießen führen und es würde ewig auf meinem Gewissen lasten.

Ich setzte mich wieder in Bewegung. »Du solltest dich doch von mir fernhalten.«

Er folgte mir. »Das war vorher.«

»Vor was?«

»Bevor ich wusste, dass die Schwarze Hand in die Sache verwickelt ist.«

In meinem Kopf wirbelten die Gedanken durcheinander. Wie konnte ich Nic loswerden und aus dieser Sache heraushalten? Wie konnte ich ihn davon überzeugen, nicht mit mir in diesen Club zu kommen? Er würde nicht freiwillig aufgeben.

»Okay, treffen wir eine Abmachung«, sagte ich und wirbelte herum. Ich setzte eine möglichst unlesbare Miene auf und sah ihm direkt ins Gesicht. Ich machte meine Augen so groß wie möglich und knabberte auf meiner Unterlippe herum.

Er schaute mich an, ohne ein einziges Mal zu blinzeln.

Ich holte tief Luft und teilte ihm mit all der Ernsthaftigkeit, die ich aufbringen konnte, meinen Vorschlag mit: »Ich gehe nicht ins Eden, wenn du versprichst, auch nicht ins Eden zu gehen.«

Er schaute an mir vorbei und dachte offensichtlich darüber nach, wobei er mit den Fingern an sein Kinn trommelte. »Versprichst du es?«

»Ich verspreche es«, log ich.

»Okay, dann …«, willigte er ein. »Ich auch.«

✳ ✳ ✳

Als ich durch die Haustür trat, quietschte in der Küche ein Stuhl, und meine Mutter eilte zu mir in den Flur. Ihre Miene wirkte angespannt.

Mir schnürte sich die Kehle zu. »Mom? Was ist denn los?«

Sie hielt mir mein Kopfkissen hin, mit der blutigen Seite nach oben.

Scheiße.

»Sophie?« Sie kam vorsichtig näher. »Was ist passiert?«

Die Schnittwunde in meiner Handfläche fing bei der Erinnerung an zu brennen. Das Bild meiner Mutter, die nachts ganz allein in der Küche saß und weinte, hatte sich in mein Gehirn eingebrannt – und das Bild wirkte genauso echt wie die reale Version meiner Mutter, die nun auf mich zukam und in meinem Gesicht nach Hinweisen suche. Schuld-

140

gefühle stiegen in mir hoch. Ich blinzelte einmal, ganz langsam, und verbannte die Erinnerungen.

»Oh, ja.« Ich nahm ihr das Kopfkissen ab, hielt es an einer Ecke fest und drehte es mit gezwungener Beiläufigkeit um. »Ich hatte vor einer Weile nachts Nasenbluten.« Ich ließ den Blick über ihr Gesicht huschen und betete, dass sie mir die Lüge abkaufen würde. »Der Arzt meinte, dass das wahrscheinlich ein- zweimal passieren wird, solange meine Nase noch heilt. Ist keine große Sache.«

Sie kniff die Augenbrauen zusammen und legte die Stirn in Falten. »Warum hast du mich denn nicht geweckt, als es passiert ist?«

Weil du nicht geschlafen hast. Ich zuckte mit den Schultern. »Es war schon spät. Ich hätte nicht gewusst, warum.«

»Warum?« Meine Mutter schüttelte den Kopf. »Du hättest zu mir kommen sollen, Sophie. Du weißt doch, dass du immer zu mir kommen kannst.«

»Es war nur Nasenbluten. Es war schon fast wieder vorbei, als ich aufgewacht bin.«

»Trotzdem«, beharrte sie. »Ich bin deine Mutter. Dafür bin ich doch da.«

Ich schenkte ihr in der Dunkelheit ein vorsichtiges Lächeln. »Bitte mach dir deswegen keine Sorgen.«

»Schatz«, erwiderte sie mein Lächeln und neigte den Kopf ein wenig zur Seite, »es ist die Aufgabe einer Mutter, sich Sorgen zu machen.«

Ich musste den übermächtigen Drang unterdrücken, sie zu umarmen. Es lag irgendetwas Seltsames in der Luft, und ich hatte das Gefühl, dass ich deswegen jede Sekunde in Tränen ausbrechen würde. Sie war so klein und so müde, aber selbst jetzt strahlte sie noch immer diese ständige

Energie und Kraft aus. Kraft für mich. Kraft, von der ich mir wünschte, dass sie sie für sich selbst behielt.

Reiß dich zusammen, Soph.

»Mir geht's gut, Mom.« Es folgte ein kurzer Moment der Stille. Das Kopfkissen hing schlaff an meiner Seite. Ich spielte mit dem Gedanken, es wie ein Jongleur durch die Luft zu wirbeln, kam dann aber zu dem Schluss, dass das ein bisschen zu viel des Guten wäre. Stattdessen fügte ich mit leichter Stimme hinzu: »Alles ist gut ... abgesehen natürlich von diesem Kopfkissen, das leider nicht mehr so gut aussieht. Ich glaube, es ist an der Zeit, dass wir ihm sein Gnadenbrot geben.«

Sie sah das Kissen mit einem aufgesetzten Stirnrunzeln an. »Armes altes Ding.«

Ich hielt es hoch, um es zu betrachten. »Ich werde es vermissen.«

»Wir besorgen dir ein besseres«, flüsterte sie theatralisch und hielt sich spielerisch eine Hand vor den Mund. »Ein größeres *und* flauschigeres.«

Ich riss die Augen auf. »Mutter«, schimpfte ich. »Zeig ein bisschen *Respekt*. Es kann dich *hören*.«

Wir lachten, und einen Moment lang fühlte es sich richtig echt an. Sie folgte mir in die Küche, wo ich das Kissen in den Müll warf. »Sayonara«, verabschiedete ich mich und stopfte es in den Eimer. Dann drehte ich mich wieder zu meiner Mutter um. »Ich finde, im Namen der Ehrlichkeit sollte ich dir mitteilen, dass ich gedenke, innerhalb der nächsten drei Minuten oder so ein Kopfkissen aus deinem Zimmer zu klauen.«

Diesmal lächelte sie mich noch strahlender an. »Was mein ist, ist auch dein.«

»In dem Fall würde ich vielleicht auch gleich noch die Halskette mit dem Smaragdanhänger in Tränenform annektieren.«

»Abgesehen von meinem Schmuck, meinen Klamotten, meinem Make-up und allem anderen, was ich als Wertsachen betrachte«, fügte sie mit einem Augenzwinkern hinzu. »Du darfst dir aber eine Handvoll Potpourri nehmen.«

Sie griff nach einer Tasse, die auf dem Tisch stand. Der Moment war so wunderbar normal, dass ich mir wünschte, ich hätte mich darin einwickeln und alles andere aus meinem Kopf verbannen können, aber wie alles Schöne verging er viel zu schnell wieder. Ich wandte mich zum Gehen, aber sie packte mich direkt über dem Ellenbogen am Arm und sah mich über den Rand ihrer Tasse hinweg an. Ich konnte Pfefferminz in ihrem Atem riechen, als sie zärtlich sagte: »Du weißt, dass du nichts vortäuschen musst, Schatz. Nicht vor mir.«

Wir sahen einander schweigend an, das blutige Kissen nur wenige Meter entfernt, während die Abwesenheit meines Vaters den Raum zwischen uns ausfüllte.

»Du auch nicht«, erwiderte ich leise.

Sie sah mich fragend an, hielt die Tasse aber weiter oben. »Ich täusche nichts vor.«

»Okay«, entgegnete ich. »Wie du meinst.«

Ich ließ sie zurück, während sie an ihrem Tee nippte und etwas anstarrte, das sich weit hinter dem Küchenfenster befand. Ein anderes Leben, vielleicht. Ein Leben vor meinem Vater, vor mir, als sie noch eine aufstrebende Designerin in einer weit entfernten Stadt gewesen war, mit großen Hoffnungen und großen Träumen. Nicht in dieser Kleinstadt, in

diesem erstickten Leben, mit diesen blutroten Erinnerungen, die uns zu erdrücken drohten.

13

Eden

Als ich meiner Mutter erzählte, dass ich bei Millie übernachten würde, kippte sie vor Erleichterung beinahe um. Jeder Schritt, den ich vor unsere Haustür setzte, war wie ein kleiner Sieg für sie, und dass ich eine ganze Nacht mit meiner besten Freundin verbringen wollte, war Musik in ihren Ohren. In ihren Augen kehrte ich langsam in die Normalität zurück, und es spielte keine Rolle, dass ich sie deswegen alleinließ. Sie drückte mir einen Zwanziger in die Hand, »für Pizza, ein Eis oder was immer ihr Mädchen so braucht. Geht auf mich«. Ich versuchte, ihn ihr zurückzugeben, aber sie verschränkte die Hände hinter dem Rücken und schüttelte den Kopf. »Du hast es verdient, dir mal was zu gönnen!«

Oh, wenn sie nur wüsste … Ich schluckte meine Schuldgefühle hinunter – in letzter Zeit waren sie immer leichter zu verdauen. Ich tröstete mich mit dem Wissen, dass Jack wenigstens nicht irgendwann unangemeldet bei uns zu Hause auftauchen würde, wenn ich mich jetzt mit ihm traf, was für uns beide sehr viel schlimmer gewesen wäre.

»Bist du sicher, dass du allein zurechtkommst?«, fragte ich stattdessen.

Ihr Lachen klang hell. »Natürlich, Schatz. Ich habe jede Menge, womit ich mich beschäftigen kann. Ich will dieses neue Rankgitter hinten im Garten aufstellen. Und ich möchte ein bisschen Goldlack pflanzen!«

Ich musste an ihre unvollendeten Schneidereiprojekte denken, die inzwischen längst überfällig waren. »Ein Rankgitter, ja? Cool …«

Sie schlug mir auf den Arm. »Ich hocke nicht einfach nur da und starre reglos ins Leere, wenn du nicht hier bist, weiß du?«

»*Was?* Dann verbringst du also nicht deine ganze Freizeit damit, daran zu denken, wie sehr du mich vermisst?«

»Ich ersetze meine Liebe zu dir durch meine wunderschönen neuen Blumen«, erwiderte sie mit neckischem Unterton. »Die sind viel weniger sarkastisch.«

»Warte nur ab, bis sie Teenager sind.«

»Viel Spaß«, wünschte sie mir und drückte mich an sich. »Quatscht über Jungs. Heckt ein paar Abenteuer aus!«

Als sie sich von mir löste, strahlte sie so heftig, dass ihre Lippen zitterten. Ich schnappte mir meine Handtasche und versuchte, so zu wirken, als würde ich tatsächlich zu einer unschuldigen Übernachtungsparty zu meiner besten Freundin gehen, und nicht in einen Mafia-Schuppen mitten in der Stadt.

❊ ❊ ❊

Ich hatte Zweifel, was das Eden anging – große Zweifel –, aber letzten Endes überzeugte Millie mich doch.

»Was immer dein Onkel auch vorhat, Soph, du solltest dem ein Ende bereiten, bevor es zu spät ist.«

»Irgendwas sagt mir, dass es sowieso schon zu spät ist.«

»Irgendwann, irgendwie musst du ihm gegenübertreten. Hat das nicht auch Lego-Kopf gesagt?«

»Ihr Name ist Sara.«

»Schon gut, schon gut«, erwiderte Millie und wedelte mit der Hand in der Luft herum. »Du musst nicht gleich so tun, als wärt ihr seelenverwandt oder so. Sie hat dich immerhin gestalkt, vergiss das nicht.«

Sie googelte den Nachtclub. Es gab haufenweise Seiten mit Paparazzi-Skandalen, Lokalberühmtheiten und angeblichen Gestalten aus der Unterwelt. Donata wurde in fast jedem Artikel erwähnt, manchmal mit ihrem Mädchennamen, Genovese, manchmal mit dem Namen Marino. Sie war ein Liebling der Klatschpresse und in jedem Bericht schwang ein Unterton der Angst mit. Niemand wagte es, schlecht von der »Königin der Genoveses« zu sprechen, wie sie eine der Zeitungen nannte. Sie war die große, Furcht einflößende Femme fatale von Chicago.

Ihr Reichtum spiegelte sich in ihren teuren Stolas und Designerkleidern wider. Ihr dunkles Haar war eine mächtige Mähne aus den edelsten Haarverlängerungen der Welt und ihr dramatisches Make-up unverkennbar professionell. Unter all dem Pomp und Glamour verbarg sich jedoch ein dürres Skelett mit dünnem Hals und ernsten Zügen. Sie strömte diese unverwechselbare eisige Genovese-Kälte aus – dieselbe Kälte, die auch Elena Genovese-Falcone in mein Krankenzimmer gebracht hatte. Die Schwestern waren Kopien der jeweils anderen: Im Schoße rivalisierender Mafia-Familien warteten sie nur darauf, die andere ins Visier zu nehmen. Nur dass Donata über einen eigenen glitzernden Palast der Nacht verfügte, in dem sie ihre Pläne schmieden konnte.

Millie legte die Spitze ihres Zeigefingers auf den Bildschirm und deutete auf eine Innenaufnahme des Eden, auf der der ganze Laden unter einer Decke voller Kronleuchter in Weiß gehüllt war. »Wir müssen da hin«, verkündete sie schließlich. »Wir *müssen* einfach.«

»Und was, wenn mir nicht gefällt, was er mir zu sagen hat?«, hielt ich dagegen. Ich hatte keinerlei Zweifel daran, dass es mir nicht gefallen würde.

»Dann können wir schließlich einfach wieder verschwinden. Aber dann ist die Sache erledigt, Sophie. Dann hast du dir wenigstens angehört, was er zu sagen hat.«

Ich biss ein Muster in meine Lippe und starrte auf den Bildschirm, während ich im Geiste sämtliche Möglichkeiten durchging, wie diese Sache enden konnte. Wie wütend würde ich werden, wenn ich ihn sah? Wie wütend würde *er* werden? Und Donata? Welche Rolle spielte sie bei dieser ganzen Geschichte? Wenn ich Elena als Maßstab nehmen konnte, dann hatte ich von den Genovese-Frauen eigentlich schon genug für ein ganzes Leben gesehen.

»*Guck* mal, Sophie.« Millie tippte mit dem Fingernagel auf das nächste Foto, das eine andere Ebene des Clubs zeigte, auf der alles in Bambus gehalten war und Feuerlampen rund um eine wogende Tanzfläche flackerten. »Das ist der exklusivste Club der ganzen Stadt. Wir *müssen* da hin.«

Unser Plan, wie genau wir in den Laden reinkommen wollten, war allerdings noch immer ein wenig vage. Millie hatte einen ziemlich guten gefälschten Ausweis. Ich nicht. Falls diese dunkelrote Visitenkarte mein Ticket ins Eden war, dann steckte ich in ziemlichen Schwierigkeiten, weil sie sich inzwischen in Nics Hosentasche befand.

Blöder Nic.

Wir verbarrikadierten uns in Millies Zimmer und wühlten uns durch ihre komplette Garderobe. »Wenn wir an den Türstehern vorbeiwollen, müssen wir sexy aussehen, aber nicht nuttig. Das ist ein sehr schmaler Grat«, erklärte Millie, griff nach einem geblümten Kleid und verwarf es sofort wieder. Ich betrachtete eine cremefarbene Chiffon-Bluse. Millie riss sie mir aus der Hand und warf sie auf den Boden. »Ich hab sexy gesagt, nicht Politikerin!«

Nach einer knappen Stunde der Entscheidungsfindung wählte Millie ein königsblaues trägerloses Kleid, eine dicke Silberkette und Kreolen. Ich legte mich auf ein schwarzes, eng anliegendes Kleid mit Spaghettiträgern und Spitzensaum fest. Außerdem pumpte ich mir eine schlichte goldene Halskette und Ohrstecker und rundete das Outfit mit Millies schwarzen Lackstiefeletten ab. Millie bestand darauf, sich um meine Haare und mein Make-up zu kümmern. »Voilà!«, triumphierte sie und drehte mich Richtung Spiegel.

Ich glotzte mit offenem Mund auf mein Spiegelbild. Sie hatte mich barbiefiziert. Das Kleid war sehr knapp und so eng, dass es förmlich an meinem Körper klebte. Mein Haar verlieh dem Wort »Volumen« eine ganz neue Bedeutung und das viele Haarspray schien es in einen glitzernden blonden Stein verwandelt zu haben. Meine Augen waren so tiefschwarz umrandet, dass das Blau in ihnen kaum noch zu erkennen war, und sie hatte meine Lippen mit so viel Lipliner und Lipgloss bearbeitet, dass sie in meinem mit Bronze-Puder und Rouge geschminkten Gesicht doppelt so groß glänzten wie normalerweise.

»Und?« Millie wackelte mit ihren extrem definierten Augenbrauen und sah mich erwartungsvoll im Spiegel an.

»Ich seh aus wie 'ne Nutte.«

Sie stellte sich neben mich.

»Und du siehst auch aus wie 'ne Nutte.«

»Eine einundzwanzig Jahre alte Nutte?«, fragte sie mit großen, hoffnungsvollen Augen.

✳ ✳ ✳

Das Eden war ein edles, dreistöckiges Gebäude an der Ecke der West Grand Avenue. Es ragte in einer übertriebenen Zurschaustellung von Schwarz und getönten Scheiben in den Himmel empor. An der Ecke bewachten zwei Türsteher und eine Frau mit Klemmbrett und ernster Miene einen mit einem Samtseil abgesperrten Eingang. Über ihnen erstrahlte der Schriftzug »EDEN« in roten Leuchtbuchstaben und erhellte auch die Straße darunter. Das spiralförmige Baumsymbol der dunkelroten Visitenkarte erstreckte sich über die gesamte zweite Etage.

In Gedanken schweifte ich zu Luca und seiner verächtlichen Meinung über meine Intelligenz. Oh, wenn er mich jetzt nur hätte sehen können. »Ich hab mich nie für eine Vollidiotin gehalten, bis zu diesem Moment«, gestand ich und starrte mit großen Augen auf das Eden, während wir uns dem Club langsam näherten.

»Ehrlich?«, fragte Millie und blinzelte heftig. »Aber du hast doch schon *so* viele total idiotische Sachen gemacht.«

Ich zuckte zusammen.

»Wenn überhaupt, dann ist das hier die am wenigsten idiotische, weil du dich an einen öffentlichen Ort begibst und – am allerwichtigsten – weil ich bei dir bin!« Sie fuchtelte mit den Händen in der Luft herum. »Das ist echt cool, weißt du? Manche Leute warten nur darauf, dass die Gefahr sie findet, aber nicht du – du jagst ihr regelrecht nach. Du sagst: ›Hey, Gefahr, ich wette, du hast mich nicht erwartet. Nimm das!‹ Du wartest nicht auf den Delfin.«

»Hä?«

»Den *Delfin*«, wiederholte sie. »Du wartest nicht darauf, dass dir der Delfin eine verpasst.«

»Oh.« Ich lehnte meinen Kopf an ihren, als wir das Eden erreichten, und musste trotz allem lächeln, weil ich eine Freundin gefunden hatte, die genauso so seltsam war wie ich. Und ich lächelte, weil ich mir alle Mühe gab, nicht durchzudrehen.

Vor dem Eingang hatten sich zwei Schlangen gebildet. Die erste war ziemlich kurz und bewegte sich schnell. Die zweite Schlange reichte ganz um das Gebäude herum bis auf die Straße und kam nur im Schneckentempo voran.

Millie warf ihr Haar über ihre Schultern und stolzierte mit wackelndem Hintern auf die kürzere VIP-Schlange zu. Ich folgte ihr, schürzte die Lippen und versuchte, schmollend und wichtig auszusehen. Die Frau mit dem Klemmbrett ließ den Blick über unsere Outfits wandern. Ein arrogantes Grinsen zuckte um ihre dünnen roten Lippen. »Name?«

Millie hatte bereits ihren Ausweis aus ihrer Handtasche geholt.

Die Frau schaute weder auf den Ausweis noch auf ihr Klemmbrett. »Tut mir leid, Mädels. Ihr steht hier nicht drauf. Ihr müsst euch hinten anstellen.«

Millie empörte sich: »Sie haben ja noch nicht mal nachgesehen.«

Ihr Grinsen kehrte zurück. »Da muss ich nicht nachschauen, Schätzchen.«

Millie stieß ein lautes Lachen aus. »Wie bitte? Vielleicht

brauchen Sie ja einen kleinen Auffrischungskurs, wenn Sie nicht wissen, wer wir sind?«

Das Grinsen verschwand wieder aus dem Gesicht der Frau. Sie richtete ihren Blick auf mich. »Dein Name?«, fragte sie.

»Sophie Gracewell«, antwortete ich. »Ich hab ... einen Termin mit meinem Onkel.«

Einen Termin?

Souverän. Echt souverän.

Sie schaute wieder auf ihre Liste. »Sophie«, murmelte sie und blätterte zur nächsten Seite weiter.

Millie streckte den Kopf so weit nach vorne, dass er beinahe auf dem Klemmbrett lag. »Er ist ein enger Freund von Donata Marino.«

Sie sank regelrecht vor uns zusammen. »Miss Gracewell«, sagte sie, öffnete die Seilabsperrung und wich einen Schritt zurück, um mich durchzulassen. »Bitte entschuldigen Sie. Wir erwarten Sie bereits.« Sie betrachtete Millie mit schlecht versteckter Verachtung.

»Ich glaube, Sie meinten, Sie erwarten *uns* bereits«, korrigierte Millie sie. Ihr Lächeln war wunderbar falsch. »Wir wollen doch kein zweites Missgeschick, oder?«

Mit einem Seufzen machte die Klemmbrett-Tante einen weiteren Schritt nach hinten, um auch Platz für Millie zu machen. »Meine Damen«, sagte sie, »willkommen im Eden.«

14

Der Hinterhalt

Auf den ersten beiden Etagen ließen wir die Blicke über die Tanzflächen schweifen und huschten zwischen Sitznischen und Vorhängen hindurch. Wir versuchten, keine Gläser mit Moët-Champagner umzuwerfen, als wir uns an Tischen voller Models, It-Girls und Männern in glänzenden Anzügen vorbeidrängten. Wir tranken uns mit zwei Wodka Sodas Mut an, bevor wir uns die letzte Treppe hinaufwagten.

Die dritte Etage war kleiner als die anderen. Sie war komplett in dunklem Holz und mit dicken Bambusmöbeln eingerichtet, während goldene Flammen Streifen auf die Wände malten. Eine Reihe von Bäumen ragte aus im Boden versenkten Töpfen bis zur Decke hinauf, während ihre dünnen Äste über unseren Köpfen ein dichtes Blätterdach bildeten. Wir kamen uns vor wie auf einer glamourösen Safari, nur dass wir die Tiere waren.

Am Ende des Raums befand sich eine kleine Bühne, auf der ein Mädchen mit kurzem schwarzen Haar in unfassbar knappen Pailletten-Shorts in ein Mikrofon grölte. Es war schwer, sie nicht anzustarren. Sie war vollkommen fertig, taumelte über die Bühne und klammerte sich an dem Mikrofon fest, als sei es ihr Rettungsring. Die dritte Etage war entschieden ruhiger als die anderen beiden, höchstwahr-scheinlich dank ihr.

Direkt hinter der hemmungslosen Sängerin befand sich ein abgeschiedener Bereich mit Tischen. Er war durch Vor-hänge abgetrennt, vor denen ein stämmiger Türsteher stand, der die kleine Gästeschar im Auge behielt. Dies war ein-deutig der am schwersten zugängliche Teil des Clubs, und darum wusste ich auch, dass sich Jack genau dort aufhalten musste.

Wir durchquerten die leere Tanzfläche und wurden so-fort von dem Türsteher aufgehalten. »Privatbereich, Ladys.«

Ich schaute an ihm vorbei. Dort, umgeben von einer Gruppe von Leuten, die sich ein paar Drinks gönnten und angeregt unterhielten, saß Onkel Jack. Mein Blick wurde sofort von Eric Cain neben ihm angezogen, der mit seinem flammend roten Haar leicht zu erkennen war. Er war der-jenige, der auf Luca geschossen hatte. Auf dem Tisch lagen mehrere Linien mit weißem Puder, und er beugte sich da-rüber, einen zusammengerollten Geldschein in der Hand, und zuckte wie ein Kaninchen mit der Nase.

Jack warf den Kopf in den Nacken und hatte vor lauter Amüsement Tränen in den Augen. Als ich meinen Onkel das letzte Mal gesehen hatte, war er auf einem dreckigen Boden beinahe verblutet, und jetzt hielt er in der einen Hand eine Zigarre und in der anderen einen Drink und lachte so herzlich, als hätte er überhaupt keine Sorgen.

Ich zeigte für den Türsteher auf ihn. »Das ist mein Onkel. Ich bin hier mit ihm verabredet.«

Als würde er sich in dem Moment an eine Anweisung erinnern, machte er einen Schritt zur Seite und bat uns herein. Sara war die Erste, die mich bemerkte. Sie stand ein

Stück vom Großteil der Gruppe entfernt, als sei sie in seltsamer Lauerstellung, und unter ihrem dicken Make-up strahlte sie ein gewisses Unbehagen aus. Sie sah genauso aus, wie ich mich fühlte. Direkt hinter ihr wachte ein sehr großer, dünner Mann über sie. Er war viel älter und hatte grau meliertes Haar, das in dichten Wellen an seinem Kopf klebte. Seine katzenartigen Augen huschten immer wieder nach oben und glänzten im spärlichen Licht bernsteinfarben. Sein rasiermesserscharfes Grinsen wirkte übertrieben breit und vollkommen freudlos. Er beobachtete mich.

Ich wandte den Blick ab. *Konzentrier dich.* Sara ging zu den anderen hinüber und legte sanft eine Hand auf die Schulter meines Onkels. Er riss den Blick von der Meute los und bemerkte erst dann, dass ich ihn mit meinen Augen durchbohrte.

Jack sprang auf, und noch bevor ich ihn aufhalten konnte, drückte er mich ganz fest an seine Brust. Sein Drink schwappte auf meine Schultern und seine Zigarre glühte gefährlich nah an meinem Haar. »Ich bin so froh, dass du gekommen bist, Sophie. Ich hab mir solche Sorgen um dich gemacht.«

Ich schob ihn weg.

Jack zeigte auf eine weitere Couch ganz in der Nähe und setzte sich wieder. Er drückte die Zigarre aus und klopfte einladend auf den freien Platz neben sich. »Bitte setz dich doch. Wir haben so viel zu besprechen.«

Die Untertreibung des Jahrhunderts.

Er sah besser aus, als ich erwartet hatte, wenn man bedachte, dass er bei unserer letzten Begegnung beinahe gestorben wäre. Er war schlank und trug einen schicken dunkelgrauen Anzug. Sein graubraunes Haar war kurz geschnitten. Außerdem hatte er sich rasiert, was sein Gesicht jünger wirken ließ. Er war blasser als gewöhnlich und seine Wangen hatten ihre rosige Farbe verloren, aber seine Augen strahlten.

Die Frau auf Jacks Couch saß direkt an der Kante, ihre knochigen Finger in ihrem Schoß gefaltet. Sie erinnerte mich an einen Vogel mit großen, schwarz umrandeten Augen und lila Lidschatten. Donata Marino. Donata Marino starrte mich an.

Ich ging langsam auf die Couch zu. Millie blieb am Eingang stehen, unsicher, wo sie hinsollte. *Ich finde dich später wieder,* formte ich mit den Lippen stumm in ihre Richtung. Ich wusste, dass sie bei mir bleiben wollte, aus Solidarität, aber ich musste ohne sie mit Jack sprechen. Er hätte sicher gezögert, mir seine Pläne zu verraten, wenn sie dabei gewesen wäre, und ich war entschlossen, mir sämtliche Antworten zu holen, die ich kriegen konnte.

Millie drückte sich wieder an dem Türsteher vorbei und verschwand in der paradiesischen Szenerie hinter uns, während ich mich auf der Couch niederließ, näher bei Jack als bei Donata, die links von mir saß, das größere zweier Übel. Ich spürte die Kälte ihres Blicks auf meiner Wange.

Jack legte einen Arm um mich und hüllte mich in eine Duftwolke aus Cocktails und Schweiß. »Danke, dass du gekommen bist.« Er wirkte so aufrichtig, so ernst ... so sehr wie er selbst, wie der freundliche Onkel, an den ich mich aus meiner Kindheit erinnerte. Und trotzdem – wenn ich mir seine Umgebung anschaute, verschwamm all das wieder. Seine beiden Seiten schienen irgendwie nicht zusammenzupassen, und die Version, die dieses Lagerhaus betreten hatte, war diejenige, die ich hier zur Rede stellen wollte.

»Ich wäre beinahe nicht gekommen«, sagte ich und duckte mich aus seiner Umarmung. »Und das hier wird auch keine fröhliche Wiedersehensfeier.«

Jack besaß die Unverschämtheit zu lachen. »Bist du nicht wenigstens froh, dass ich noch am Leben bin?«

»Ich wollte nie, dass du stirbst. So denke ich nicht.«

»Ich weiß«, erwiderte er. »Sonst hättest du in dem Lagerhaus meine Deckung auffliegen lassen. Aber du hast dieses Falcone-Arschloch von mir weggelotst und deshalb verdanke ich dir mein Leben. Du bist loyal, Sophie, und es tut mir leid, dass ich dich in solche Gefahr gebracht habe. Wenn ich gewusst hätte, was passieren würde, hätte ich dich irgendwohin geschickt, wo du in Sicherheit gewesen wärst. Vertrau mir, den Fehler mach ich nicht noch mal.«

Ich presste die Lippen aufeinander und wartete.

»Wir haben eine Menge zu besprechen«, fuhr er fort. »Ich hoffe, dass du meine Ansicht verstehen wirst und mich deswegen nicht hasst.«

Bei ihm klang es so einfach, als würde nicht das Leben mehrerer Menschen um uns herum am seidenen Faden hängen. Als hätte ihm nicht eine der skrupellosesten Familien in Chicago Unterschlupf gewährt. Ich wusste gar nicht, was ich ihn zuerst fragen sollte. Es gab so viel zu sagen, aber trotzdem: Jetzt, da ich hier war, neben ihm saß und ihn anschaute, fehlten mir plötzlich die Worte. »Jack«, begann ich und stieß ein angestautes Seufzen aus. »Wie ist es bloß so weit gekommen?«

Ich sah ihn eindringlich an, wie ein Kind, das fragt, ob es den Weihnachtsmann wirklich gibt, die Wahrheit aber gar nicht hören will.

»Ich wollte ein besseres Leben.« Seine Antwort war trü-

157

gerisch simpel und überhaupt nicht das, was ich erwartet hatte. »Ich wollte einfach was Besseres sein.«

»*Das hier*, Jack«, sagte ich und versuchte, eindeutiger zu werden, da seine Antwort so schmerzlich vage gewesen war. Es sollte nicht so einfach sein – das, was er getan hatte: die Drogendeals, die Morde. »Wie bist du *hier* gelandet?«

»Hier bin ich in Sicherheit, Sophie ...«

»Ist dir klar, dass das wahrscheinlich einen Krieg auslösen wird? Willst du das?«

Jack zögerte, und zum allerersten Mal wirkte er unsicher. Ich hatte jedoch das Gefühl, dass es nicht an meiner Frage lag, sondern daran, dass ich über den Waffenstillstand Bescheid wusste, was ich ihm mit meiner Frage verraten hatte. Ich hatte gar nicht darüber nachgedacht, ob ich irgendetwas vor ihm verstecken wollte – ich war zu wild entschlossen, ihn dazu zu bringen, nichts mehr vor mir zu verstecken.

Er warf einen Seitenblick auf Donata. Irgendetwas spielte sich zwischen den beiden ab, ein amüsiertes Blinzeln, ein stilles Einvernehmen. Ihr Lächeln wirkte spinnenartig. »Deine Nichte weiß mehr, als ich dachte.«

Ich presste meine Hände im Schoß zusammen, während meine Wangen zu glühen begannen. »Ist das nicht allgemein bekannt?«

Donata schaute noch immer Jack an. Sie nickte, nur einmal, und ihre Augen verengten sich zu schmalen Schlitzen, als sie erwiderte: »*Fidelitate Coniuncti*.«

»Noch nicht«, sagte er und blickte sich um.

Irgendetwas ging definitiv zwischen den beiden vor, und allmählich wurde mir mit leisem Abscheu bewusst, was es war. Ich erhob mich und fühlte mich plötzlich ganz heiß und klebrig.

Jack sprang auf. »Lass mich erklären, was passiert ist, Soph.«

Ich drehte mich zu ihm um und versuchte, Donatas eisigen Blick zu ignorieren, die uns genau beobachtete. »Wie *kannst* du das erklären?« Meine mit einem Mal furchtbar schrille Stimme ließ ein paar der anderen Unterhaltungen verstummen. »Du hast dich mit Drogen und der Mafia eingelassen, und du schmeißt dich an sie ran, um deinen Arsch zu retten, obwohl du *weißt*, wie gefährlich das ist und wie viele Menschen sterben könnten, wenn der Waffenstillstand gebrochen wird. Was könntest du *bitteschön* sagen, das diese ganze Sache wieder in Ordnung bringen würde?«

Jacks Brust fiel unter einem tiefen Seufzen ein und ließ ihn kleiner wirken. »Am Ende geht es nur um Geld, Sophie. Als junger Mann hab ich mich gefragt: Wie kann ich meine Talente einsetzen, um sicherzugehen, dass ich nicht auf der untersten Stufe der Gesellschaft ende und mein ganzes Leben versuchen muss, der Armut zu entfliehen? Dein Vater und ich hatten nie die Chance eines normalen Starts ins Leben. Alles, was wir je hatten, waren unser Grips und der Ehrgeiz, etwas mit …«

Ich schnaubte vor Wut: »Zieh meinen Vater da nicht mit rein. Er hat mit deinen kranken Drogengeschichten nichts zu tun!«

Jack legte eine Hand auf meine Schulter und drückte sie. »Beruhig dich. Mach hier keine Szene.«

»Diese ganze Sache ist doch schon längst eine Szene!«, fauchte ich und zeigte ganz offen auf das Kokain, keinen Meter von uns entfernt, auf Eric mit seinem malmenden Kiefer und schallenden Gelächter und auf die Mädchen, die sich in der Ecke gegenseitig mit Champagner überschütteten und laut kreischten. »Du solltest nicht hier sein! Du solltest ganz weit weg von hier sein.«

Jacks Kiefer spannte sich an. »Ich lass dich nicht allein.«

»Ich bestehe aber darauf, dass du mich allein lässt.« Ich schob mich näher zu ihm, grenzte Donata aus unserer Unterhaltung aus und senkte die Stimme. »Und du solltest auch diese Leute hinter dir lassen, bevor es zu spät ist.«

Jack schüttelte den Kopf und aus seiner Miene war plötzlich sämtliche Fröhlichkeit verschwunden. »Wir stecken gemeinsam da drin, Sophie.«

»Meine Familie steckt nicht mit dir da drin, Jack«, presste ich zwischen zusammengebissenen Zähnen hervor. »Wann kriegst du das endlich in deinen Schädel rein?«

»Dein Vater hat sein ganzes Leben und seine Familie mit dem Geld aufgebaut, das *ich* ihm für das Diner gegeben habe. Das Gracewell's mag vielleicht Mickeys Lebenswerk sein, aber es ist auf meinen Geschäften aufgebaut ...«

»Nein«, spuckte ich aus. »Hör auf!« Ich hatte es so satt, von irgendwelchen Leuten mit korrupter Moral hin- und hergerissen zu werden. Ich hatte es satt, irgendwelchen Leuten zuzuhören und von ihrer Unschuld auszugehen, nur damit es mir am Ende wieder ins Gesicht geschleudert wurde. Deshalb war ich nicht hierhergekommen: damit Donata und ihre Spießgesellen mich anglotzten, mein Onkel mich anlog und mir die Vorstellung eine Todesangst einjagte, dass ich an ihn gebunden war – das jemand wie er mein Anker war.

Ich wandte mich von ihm ab und blickte zum Ausgang. Sara sah mich an. Der Mann mit dem scharfen Grinsen stand immer noch ganz in der Nähe und beobachtete sie. Ein unangenehmer Schauer jagte mir über den Rücken. Sie neigte den Kopf zur Seite und lächelte mich mitfühlend an. Hatte sie auch einen überfürsorglichen Onkel? War sie auf dieselbe Weise zu diesem Leben gezwungen worden wie die Falcones, deren Erziehung auf eine und nur eine Sache ausgerichtet gewesen war? Schämte sie sich ebenso für ihre Familie wie ich mich für meine? Wir waren im selben Alter, mehr oder weniger. Aber sie war hier und steckte fest, und ich war wild entschlossen, nicht so zu enden.

Jack stellte sich zwischen uns und schob sein Gesicht ganz dicht vor meines. Unsere Augen – die gleichen Augen – bohrten sich in die des anderen. »Sophie, wir sind eine Familie, du und ich, und ich will, dass du an meiner Seite bist, damit ich weiß, dass du in Sicherheit bist. Hier gehörst du hin.«

Ich wurde kreideweiß. »Ich habe eine Mutter«, fauchte ich ihn an. »Eine Mutter, die deinetwegen beinahe getötet worden wäre, und glaub mir, das werde ich sicher niemals vergessen.« Wut kochte in mir hoch, zischend und brodelnd. »Ich bin hierhergekommen, um dich anzuhören, aber das war ein Fehler. Ich bin froh, dass du in Sicherheit bist. Ich bin froh, dass mein Vater nicht im Gefängnis um seinen kleinen Bruder trauern muss, aber ich will nichts mit dir zu tun haben. Nicht jetzt, und auch sonst nie wieder. Ich sage dir Lebwohl. *Für immer.*«

Ich machte einen Schritt zurück, aber er kam mir nach. Seine Wangen glänzten rosig. »Sophie«, begann er überraschend sanft, aber trotzdem einschüchternd. Er schien wegen irgendetwas zu schwanken, und seine Augen huschten ständig hin und her, zu Donata, zu seinen Kumpanen. »Es gibt keinen Ausweg mehr.«

Ich hob das Kinn und ein stahlharter Blick traf den anderen. »Für mich schon, Jack. Du hast hier vielleicht eine Allianz geschmiedet«, ich zeigte direkt auf Donata und machte dann eine Geste, die den ganzen Club, seine Genusssucht und dieses ganze falsche Leben einschloss, »aber ich stehe zu meiner Mutter, und *nur zu ihr.*«

Zorn blitzte in Jacks Gesicht auf und seine Miene verhärtete sich wieder. »*Nur zu ihr?*«, fragte er und kniff die Augen zusammen. »Und was ist mit den Falcones?« Er spuckte das Wort förmlich aus.

Irgendwo hinter seiner Schulter war ein italienischer Fluch zu hören. Donata.

»Ich habe nichts mit den Falcones zu tun«, beharrte ich.

Jack hob eine Augenbraue. »Ich war auch in diesem Lagerhaus, Sophie. Du bist der Schlüssel zu ihrem Untergang. Du bist mein Weg in die Freiheit. Und mit den Marinos können wir es schaffen.« Seine Stimme wurde immer höher, und seine Augen wirkten beinahe manisch, sein Blick bohrend. »Wir können Chicago endlich ein für alle Mal von dieser eiternden Wunde, von diesen selbstgerechten Idioten befreien. Ihnen jedes Leid heimzahlen, das sie dir zugefügt haben, Auge um Auge. Wir werden Valentino in seinem Stuhl erhängen. Wir werden Felice in seinem eigenen Honig ertränken. Wir werden Luca Falcones Kopf von seinem Körper abhacken.«

Mir drehte sich der Magen um und ich klatschte mir eine Hand vor den Mund. Dann *wollte* er also einen Krieg. Er plante ihn bereits.

Ich wirbelte herum und ließ meinen Blick über die Menge schweifen – über die schiere Anzahl an Marinos, die sich um uns tummelten. Zuvor, als der Waffenstillstand begonnen hatte, mochten sie vielleicht noch nicht bereit gewesen sein, aber nun waren sie es ganz sicher. Waren die verschwundenen Marino-Zwillinge ebenfalls hier? Dürsteten sie alle nach Rache, vereint in ihrem Hass?

Donata lachte – es war ein kreischendes, amüsiertes Lachen. Ich hasste sie. Ich hasste sie. Ich hasste sie. Und mir war übel, so übel, dass ich es keine weitere Minute mehr in ihrer Gegenwart aushielt.

»Ich gehe jetzt.« Ich wandte mich ab. »Das hier war ein Fehler.«

Ich schob mich an dem Türsteher vorbei und marschierte in den Hauptsaal auf dieser Etage. Nach wenigen Schritten wurde ich jedoch erneut aufgehalten, diesmal von Sara. Ich wäre beinahe mit ihr zusammengestoßen. Sie hob die Hände. »Warte«, sagte sie. »Bitte.«

»Ich dachte, ich würde ihm etwas bedeuten, aber das tue ich nicht. Ich bin nur eine Spielfigur.« Ich unterdrückte meine Tränen und schluckte mit einiger Mühe den Kloß hinunter, der sich in meiner Kehle bildete. »Ich will nach Hause, Sara.«

»Ich weiß«, erwiderte sie und zog mich zur Seite, wo uns diejenigen, die hinter uns lauerten, nicht belauschen konnten. Selbst Rasiermessergrinsen war außer Hörweite, und er war ganz und gar nicht glücklich darüber. »Aber das hier ist nicht der richtige Weg. Sie wird dich nicht gehen lassen, wenn sie glaubt, dass du noch nicht mal darüber nachdenken wirst, ihr zu helfen.«

Ich blickte über die Schulter. Donata stand wie eine Statue am Rand der Tanzfläche und beobachtete uns. »Und was soll ich deiner Meinung nach tun?«

Saras Seufzen schwebte durch die Luft. »Stimm einfach allem zu, was sie will.«

»Bist du verrückt?«

Sie lehnte sich noch näher zu mir, damit die anderen noch nicht einmal mehr ihre pinkfarbenen Lippen lesen konnten, als sie fortfuhr: »Ich meine damit ja nicht, dass du die Wahrheit sagen sollst. Sag einfach, dass du darüber nachdenken wirst, oder was auch immer. Meine Mutter mag das Wort ›nein‹ nicht. Du wirst hier ganz sicher nicht mit einem Lächeln rausgehen, wenn du nicht wenigstens so tust, als würdest du ihr den Respekt entgegenbringen, den sie ihrer Meinung nach verdient hat.«

»Warum hilfst du mir?«

Sara senkte den Blick, und als sie weitersprach, war sie nur noch ein kleines Mädchen in einem dröhnend lauten, schillernden Club, in den sie nicht gehörte. In dem Moment traf es mich wie ein Schlag, und ich verspürte das ebenso aufdringliche wie seltsame Bedürfnis, sie in den Arm zu nehmen.

»Weil ich genauso war wie du, Sophie«, antwortete sie und blickte über ihre Schulter. »Ich wollte Musik studieren, die Welt sehen, mich mit meinen Freunden treffen, *Gutes* tun und ein guter Mensch sein. In vielerlei Hinsicht *bin* ich auch noch genauso wie du, deshalb verstehe ich dich. Aber wir haben dieses Blut in uns – und Menschen, die denken, sie könnten für uns sprechen.«

Sie fuhr sich mit den Fingernägeln über die Arme, als könnte sie all das aus sich herauskratzen, wenn sie es nur fest genug versuchte. Ich nahm ihre Hände und schob sie von ihren Armen, damit sie aufhörte. Sie fielen schlaff an ihren Seiten herunter. »Du hast Glück. Für dich gibt es ein anderes Leben. Du musst nur clever genug sein, es festzuhalten und wieder in dieses Leben zurückzukehren. Auch wenn das vielleicht bedeutet, dass du ihr Spiel mitspielen musst...«

Ich ließ mich von dem Mädchen mit dem guten Herzen und den großen Träumen wegzerren. Dann schlossen sich plötzlich fünf dürre Finger um mein Handgelenk und lange rote Nägel bohrten sich in meine Haut wie Krallen. Ich wurde herumgewirbelt, bis Donatas Gesicht nur noch wenige Zentimeter von meinem entfernt und Sara irgendwo in der Menge hinter mir verschwunden war. Donatas Lippen verzerrten sich zuckend zu einem Ausdruck, von dem ich annahm, dass er ihr Versuch eines Lächelns war. »Du und ich sind noch nicht fertig.«

Ihre Augen mit den schweren Lidern waren starr auf meine gerichtet, und ich hatte das Gefühl, unter ihrem Blick zu ersticken. Trotz Saras Sanftmütigkeit, ihrer freundlichen Art zu sprechen und ihres unaufdringlichen Wesens – *das hier* war die wahre Familie Marino, und ich konnte einfach nicht so tun, als würde ich sie mögen.

Jack lauerte hinter Donata. Sein Gesicht war verzerrt und zum ersten Mal schien ihm unbehaglich zumute zu sein. Trotzdem ließ er zu, dass sie mich so gepackt hielt und sich ihre Nägel in meine Haut gruben, bis ich spürte, wie Blut floss.

Donata warf den Kopf in den Nacken. »Antony«, rief sie, ihre Stimme so hoch wie das Pfeifen eines Vogels. »Antony, es ist Zeit!«

Ich beobachtete die Gesichter hinter ihr, deren Augen sich sofort auf ihren Hinterkopf richteten, aber wer immer Antony auch war – ihr Sohn? Ein Möchtegern-Folterer à la Calvino Falcone? –, er hatte entweder zu große Angst, auf ihren Ruf zu reagieren, oder er war gar nicht hier. »Marco!

Libero!«, rief sie, aber es kam ihr noch immer niemand zu Hilfe. Die Musik war zu laut.

Mit ruhiger Stimme sagte ich: »Ich kann im Augenblick nichts für Sie tun. Mir dröhnt der Kopf vor Schmerzen und ich muss nach Hause. Ich kann ja ein andermal wiederkommen«, fügte ich hinzu und folgte Saras Rat.

Hinter uns jammerte sich die Sängerin durch einen Popsong aus den Neunzigern.

Donata Marino fuhr mich an: »Du kannst gehen, wenn du eingewilligt hast, uns zu helfen.«

Jack kam näher und stellte sich neben sie, blieb jedoch ein wenig auf Abstand, so als sei sie radioaktiv. »Donata«, warnte er sie. »Du machst ihr Angst.«

Sie verdrehte die Augen, aber er hatte sie damit immerhin zum Schweigen gebracht. Er sprach mit weicherer Stimme weiter, verlieh ihr jedoch einen sanften Nachdruck, so als wollte er damit Donatas Aggressivität wieder wettmachen. »Im Diner ist etwas, das mir gehört, Soph, aber die Falcones beobachten den Laden Tag und Nacht. Für uns ist es zu gefährlich, dort hinzugehen. Aber nicht für dich. Du könntest es holen. Du könntest dich unbeschadet hineinschleichen und es zu uns bringen.«

»Hol es dir selbst.« Die Worte waren über meine Lippen, bevor die Bedeutung seiner Bitte überhaupt richtig bei mir angekommen war.

»Da drin ist ein Safe«, fuhr Jack fort. »Und wir …«

»Nein«, zischte ich. »Auf keinen Fall.«

Ich hätte am liebsten laut losgelacht. Für wie verrückt hielten sie mich eigentlich? Sie starrten mich beide an und warteten darauf, dass ich meine Antwort änderte. Mein Kopf fühlte sich so schwer an. Plötzlich kam es mir vor, als sei der Club dreimal so groß. Die Tanzfläche hinter mir füllte sich. Immer wieder wurde ich von hinten angerempelt. Die Sängerin schrie die nächste Strophe.

Ich konnte Millie in der Menschenmenge erkennen; sie versuchte, sich zu mir durchzukämpfen. »Wir sollten gehen«, rief sie mir zu und schob sich langsam näher. »Hier geht irgendwas vor.«

Jack war sofort bei mir und versperrte mir den direkten Weg nach draußen. »Sophie, ich weiß, dass die Situation nicht ideal ist, aber es steht eine Menge Geld auf dem Spiel. Wenn wir uns nur mal zusammensetzen und in aller Ruhe darüber reden könnten … Dein Dad würde wollen, dass ich dir helfe. Er würde wollen, dass ich dafür sorge, dass du in Sicherheit bist.«

»Du bist es doch, der mich in Gefahr bringt.« Ich stolperte rückwärts in die Menschenmenge. Sie wurde immer dichter und erdrückte mich beinahe.

Irgendetwas rammte sich in meinen Rücken und ich fiel mit der Nase voran auf die Brust meines Onkels. Rasiermessergrinsen und Eric Cain standen neben ihm, brüllten irgendetwas und zogen ihn von mir fort. Aber Jack wehrte sich gegen sie. Er brüllte zurück und sein Gesicht war vor neuer Wut leuchtend rot. »Wie konntest du mich verraten? Wie konntest du uns das antun?« Ich brauchte noch eine Sekunde, um zu begreifen, dass ich diejenige war, die er anbrüllte. Aber ich hatte nichts getan. Ich taumelte rückwärts aus seiner Umarmung und versank in einem Haufen drängelnder Körper.

Ich konnte Millie schreien hören, aber da waren auch noch andere Schreie – männliche Stimmen. Stimmen, die ich wiedererkannte. Ich wurde nach hinten gerissen. Körper pressten sich gegen mich. Ich fiel auf irgendjemanden und knallte mit dem Hinterkopf auf. Ein Schuh trat gegen meinen Knöchel, ich verlor das Gleichgewicht und knickte auf meinen Absätzen um.

Alles passierte innerhalb weniger Sekunden. Ich landete mit einem dumpfen Knall auf dem Boden, der sämtliche Luft aus meiner Lunge presste, und dann tauchte Nic plötzlich schwankend über mir auf. Er stürzte sich auf Eric Cain, der wie ein verschwommener Blitz aus rotem Haar und blasser Haut an mir vorbeirauschte. Nic packte ihn an der Kehle, riss ihn nach unten und rammte ihm sein Knie mitten ins Gesicht. Ich konnte beinahe hören, wie Erics Nase in tausend Teile zerbrach, als er auf den Boden fiel. Nic trat mit einem Fuß kräftig in seinen Rücken und Erics Körper wölbte sich unter der schieren Wucht des Tritts wie ein S. Er trat erneut zu, und Erics schmale Gestalt krampfte sich zusammen und wand sich aus meinem Blickfeld. Dann zog Nic sein Messer. Ein wenig benebelt und voller Entsetzen dachte ich: *Gleich werde ich Zeuge, wie Nic jemanden umbringt.*

Plötzlich tauchte Jack auf und Nics Aufmerksamkeit richtete sich auf ihn. Er wandte sich nach links und verschwand auf der Jagd nach meinem Onkel in einer gesichtslosen Menschenmenge. Felice Falcones Stimme dröhnte in meinen Ohren. Er war irgendwo ganz in der Nähe und brüllte Anweisungen, der ruhige Fels in der Brandung. Ich krabbelte über den Boden, und meine Absätze rutschten immer wieder ab, als ich versuchte, aufzustehen. Irgendjemand fuchtelte mit einer Pistole über mir herum, und ich duckte mich wieder nach unten und kauerte auf dem Boden.

Die Menge wurde immer dichter, bis über mir nur noch

Dunkelheit war. Ich konnte Millie nirgends mehr sehen, konnte weder Nic noch Jack entdecken. Ich rief laut, aber niemand hörte mich; niemand hörte mir zu. Ich kroch rückwärts und versuchte erneut, mich aufzurappeln, aber irgendjemand versetzte mir einen Schlag und brachte mich wieder zu Boden. Dann hörte ich eine raue Stimme: Calvino Falcone, dessen glänzender Glatzkopf im Schein der Lichter schimmerte. Er stürmte über mich hinweg und riss meinen Knöchel mit seinem Schuh auf. Ich krabbelte in seine Richtung und versuchte, mich aus dem Meer der Beine zu befreien, die mich am Boden hielten, aber dann blieb er abrupt stehen und stolperte rückwärts.

Ich warf mich nach rechts und er fiel direkt neben mir auf die Knie. Ich streckte eine Hand aus, um mich an seiner Schulter abzustützen, aber er war zu schnell. Ungeschickt sprang er wieder auf und stürzte sich auf irgendjemand. Ich wurde einmal mehr nach hinten geworfen. Die Dunkelheit über mir umhüllte mich. Gino rannte an mir vorbei, die Pistole auf jemanden gerichtet, den ich nicht sehen konnte. Dann war da diese Gestalt – breit und groß taumelte sie rückwärts. Calvino fiel auf mich und quetschte mich auf den Boden. Ich wand mich hin und her, mit ausgestreckten Armen und Beinen unter seinem Körper gefangen.

Irgendjemand schrie meinen Namen. Ich konnte nicht mehr richtig sehen. Alles war rot. Es bedeckte den ganzen Boden, und meine Hände waren damit getränkt. Es tropfte von meinen Ohren. Es klebte zwischen meinen Fingern und hing in Klumpen in meinem Haar. Meine Schuhe rutschten immer wieder auf der dicken, warmen Flüssigkeit aus, und die schiere Menge flimmerte vor meinen Augen. Ich schnappte nach Luft, aber alles roch so seltsam, nach

Rost und Salz, und ich hatte diesen metallischen Geschmack im Mund. Ich musste würgen, als ich versuchte,
mich von Calvinos mächtigem Körper zu befreien. Warum
war er noch nicht wieder aufgestanden?

Und dann traf es mich wie ein Schlag. Er war tot.

15

Die Flucht

Ich stemmte mich gegen Calvinos leblosen Körper und versuchte, einen Meter achtzig Muskelmasse beiseitezuschieben. Er rollte von mir herunter und landete mit einem dumpfen Schlag mit dem Gesicht nach unten auf dem Boden. Seine Hand wurde unter seinem Körper zerquetscht und seine Beine standen in einem seltsamen Winkel zur Seite ab. Blut sammelte sich um uns herum. Es war überall – auf meinen Armen und Beinen, auf seinem ganzen Körper. In seinem Rücken erkannte ich mehrere Stichwunden.

Mir drehte sich der Magen um und ich spuckte Wodka über den Fußboden. Er vermischte sich mit dem Blut und schillerte unter den Lichtern. Immer noch voller Panik krabbelte ich vorwärts und rappelte mich wackelig auf.

Alle rannten durcheinander. Ein verschwommenes Meer aus Gesichtern strömte an mir vorbei, ihre Mienen vor Entsetzen verzerrt. Millie war verschwunden – sie waren alle verschwunden, die Falcones, die Marinos und Jack, und ich war ganz allein und über und über mit Calvinos Blut getränkt. Ich taumelte Richtung Treppe und versuchte, den Schreien zu entfliehen, die in meinen Ohren schrillten. Es dauerte eine Weile, bis ich begriff, dass sie von mir selbst stammten.

Ich stürzte die Stufen hinunter und stolperte über meine eigenen Absätze. Als ich das Erdgeschoss erreichte, wurde ich von einer Stampede mitgerissen, die lärmend Richtung Ausgang stürmte. Ich rief nach Millie, aber ich war in dem Schwarm gefangen und sie war nicht da. Ich drückte mich zwischen Schultern und Armen hindurch und drängte mich nach vorne. Wenn ihr irgendetwas passiert war, dann würde ich mir das niemals verzeihen. Ich hätte sie nicht mitnehmen sollen – ich hätte niemals hierherkommen sollen. Ich war eine miese Freundin, die *mieseste*, und je mehr Menschen gegen mich prallten, desto weiter stieg meine Panik.

Draußen lag alles in Dunst. Die Luft war viel zu dicht und feucht. Sirenen heulten in der Ferne. Ich taumelte über die Straße. Die Schmerzen in meinen Rippen meldeten sich wieder und mein ganzer Körper krampfte sich zusammen. Ich drückte die Hände auf meine Seiten und versuchte, mich so weit wie möglich von dem Club zu entfernen.

Auf der anderen Straßenseite versuchte ich, mich zu der Stelle durchzuschlagen, an der Millie vorhin geparkt hatte, aber ich war vollkommen orientierungslos. Ich konnte mich nicht mehr erinnern. Wie viel Zeit war seitdem vergangen? Eine Stunde? Zwei?

Das Blut in meinem Haar strömte über mein Gesicht, tropfte in meine Augen und vermischte sich mit den Tränen, die ich hinunterzuschlucken versuchte. Ich angelte mein Handy aus der Tasche und klappte zusammen, als die nächste Schmerzwelle durch meinen Körper schoss. Das Display war schwarz – entweder war es kaputt oder die

Batterie war leer. Ich schüttelte es und versuchte es noch mal, aber es leuchtete nicht auf. *Scheiße.*

»Millie!«, schrie ich, blinzelte durch das Rot und brüllte Richtung Himmel. »Millie!«

Dann wurde ich plötzlich heulend und schreiend fortgerissen, in eine Gasse und gegen eine Wand geschleudert.

Lucas Augen durchbohrten die Dunkelheit, als er sein Gesicht ganz dicht vor meines schob.

Dann waren seine Hände auf mir, und seine Finger fuhren an meinem Rücken auf und ab, während ich zitternd vor ihm stand. Es dauerte eine Sekunde, bevor ich verstand, was er rief.

»Wo haben sie dich erwischt? Wo bist du verletzt?«

Meine Zähne klapperten so heftig, dass ich kaum sprechen konnte. Ich schaute auf meine Hände hinunter, die sich gegen meinen Bauch drückten. Ich war blutüberströmt. Jeder Zentimeter meines Kleids war durchtränkt. Luca ließ mich los und meine Beine gaben unter mir nach. Ich klappte zusammen wie eine Puppe, kippte an der Taille vornüber und keuchte schwer.

Er nahm mein Gesicht zwischen seine Hände und verschmierte mit den Daumen das Blut und die Tränen auf meinen Wangen miteinander, als er meinen Kopf anhob. »Sophie, du musst dich konzentrieren. Ich muss die Wunde finden.«

Ich blinzelte einen frischen Tränenstrom auf meine Wangen. »Mir geht's gut«, sagte ich und verkrampfte mich. »Mir geht's gut.«

»Komm schon«, drängte er. Er presste seinen Körper gegen meinen und hielt mich aufrecht, während er mit den Fingern über meinen Hals und zurück in mein Haar fuhr und hektisch weitersuchte. »Komm schon«, keuchte er. »Hilf mir. Ich brauch deine Hilfe.«

»Es ist nicht mein Blut«, schrie ich, packte seine Hände und zerquetschte sie in meinen. »Es ist nicht mein Blut!«

Luca schwankte hin und her, als meine Worte allmählich bei ihm ankamen. Als er ihre Bedeutung erfasst hatte, verschwand die Panik langsam aus seinem Gesicht. Er ließ die Hände fallen und wich einen Schritt zurück. »Ich dachte …«

Nic kam in die Gasse gestürmt und zog Millie hinter sich her. Er prallte gegen Luca und brachte ihn aus dem Gleichgewicht. »Ich hab sie«, sagte er. »Hast du …« Als er mich sah, verstummte er. Seine Augen weiteten sich, und er fluchte so laut, dass Millie zu schreien begann.

Luca packte Nic am Kragen und zerrte ihn noch weiter in die Gasse. »*Calmati! Calmati!*«

Nic brüllte immer noch.

Luca knallte ihn gegen die Wand. »Es ist nicht ihr Blut! Es ist nicht ihr Blut!«

Millie brach neben mir zusammen und schlang ihre Arme um meinen Hals. »Soph. Ich. Hab. Mir. Solche. Sorgen. Gemacht. Ich. Konnte. Dich. Nirgends. Sehen …« Sie stammelte nur noch, und ihre Worte verwandelten sich in Schluchzen, während ich auch sie mit Calvinos Blut befleckte.

Die Sirenen kamen immer näher und Nic riss mich fort. Ich zog Millie mit mir. »Wir müssen von hier verschwinden. Sofort!«

»Mein Auto steht da drüben!« Sie zeigte in Richtung des Clubs, der Menschenmenge, der Sirenen, des Chaos. Ihre Gesichtszüge entgleisten, als ihr bewusst wurde, dass es unmöglich war. »Scheiße.«

»Kommt jetzt«, sagte Nic und zerrte uns mit sich.

Wir folgten den Falcone-Brüdern durch die Gasse und humpelten beide auf unseren Absätzen. Die Sirenen zerrissen die Nachtluft, während sie immer näher und näher kamen. Am Ende der Gasse taumelten wir auf einen Parkplatz.

Luca sprang in seinen Geländewagen und ließ den Motor an. Bevor ich wusste, was ich eigentlich tat, kletterte ich auf den Rücksitz, quetschte mich neben Millie und verschmierte Blut auf den Ledersitzen. Wir mussten einfach nur weg von hier. Nic setzte sich auf den Beifahrersitz und Luca fuhr davon.

»Nimm die Nebenstraßen«, sagte Nic.

»Schon klar«, blaffte Luca ihn an. »Hast du ihn erwischt?«

»Er war zu schnell.«

Luca fluchte. »Ich hab Valentino gleich gesagt, dass das keine gute Idee ist.«

»Immer noch besser, als wenn sie uns zuerst angreifen.«

»Es war die falsche Umgebung.«

Ein Schrei von draußen riss mich aus ihrer Unterhaltung. Ich drückte mich gegen das Fenster und starrte auf den Parkplatz zurück, als wir herausfuhren. Felice und Dom zerrten jemanden auf einen anderen Geländewagen zu. Ein Streifen aus lila Haaren huschte durch mein Blickfeld. Felice warf sie auf seine Rückbank und Dom stieg hinter ihr ein und legte eine Hand auf ihren Mund.

Wir bogen in eine Seitenstraße ab und ich verlor sie aus den Augen.

»Was machen sie denn da?«, fragte ich, presste mich gegen das Fenster und hinterließ blutige Handabdrücke auf dem Glas.

Niemand antwortete mir. Millie weinte. Nic und Luca stritten sich auf Italienisch. Jack war Gott weiß wo. Wir rasten durch die Nacht, weit weg von Cedar Hill und den Sirenen vor dem Club. Und in der plötzlichen Stille des Autos explodierte eine wichtige Erkenntnis in meinem Kopf.

»Calvino ist tot!« Die Erinnerung sank wie eine schwarze Wolke auf mich nieder. »Er ist auf mich draufgefallen. Das hier ist sein Blut!«

Mein Hals begann zu brennen. Millie beugte sich über ihre Knie und erbrach sich.

Luca und Nic waren auf den Vordersitzen verstummt. Sie wechselten einen unbehaglichen Blick, und dann drehte sich Nic zu mir um und stützte sich auf die Armlehne.

»Dein Onkel ist tot«, sagte ich und konnte hören, wie meine Stimme vor Entsetzen ganz schrill wurde. »Er ist tot. Er ist tot.«

Nic war so ruhig, dass es mich völlig aus der Bahn warf.

»Hast du mich gehört?«, presste ich hervor. »Verstehst du, was ich sage?«

»Das wissen wir«, erwiderte Nic. Schlicht, emotionslos. Aber seine Miene war zu gelassen. Er blinzelte kaum, und ich sah, wie ein Muskel in seinem Kiefer zuckte. Lucas Fingerknöchel leuchteten vor dem Lenkrad ganz weiß. Millie würgte immer noch.

Warum hatten sie herkommen müssen? Sie hatten alles zerstört. Jetzt war jemand tot, und alles würde nur noch schlimmer werden. Alles war ein einziges gewalttätiges, brodelndes Durcheinander. Diese blöde rote Visitenkarte. Dieser blöde Kerl.

Nic beobachtete mich.

»Du hast dein Versprechen gebrochen.«

»Und du deins«, konterte er.

In seinen Worten lag kein Vorwurf, aber sie taten trotzdem weh. Mit jeder Sekunde schien er sich weiter von dem Jungen zu entfernen, für den ich ihn gehalten hatte, und ich fragte mich allmählich, ob ich mir selbst etwas vorgemacht hatte – ob das Gefühl, jemanden zu brauchen, der Wunsch, dass mich jemand auf dieser Welt wollte, in der sich alle von mir abgewandt hatten, die Wahrheit völlig verdeckt hatte.

»Hast du es ernst gemeint – zumindest, als du es gesagt hast?«, wollte ich wissen, und meine Stimme klang täuschend ruhig, obwohl in mir das reinste Chaos herrschte. *Zeig mir, wer du bist.*

Jetzt fiel es mir schwer, die Wärme in seinen dunklen Augen zu erkennen. Sie hatten sich verhärtet und die goldenen Sprenkel waren verschwunden. »Nein«, antwortete er. »Ich hab es nie ernst gemeint.«

Endlich Ehrlichkeit. Auch wenn sie mir einen Stich versetzte. Tja, wenigstens das konnten wir einander geben.

»Ich hab's auch nie ernst gemeint«, erwiderte ich. Ich wollte nicht, dass er glaubte, er hätte die Oberhand gewonnen, noch nicht einmal jetzt, inmitten all des Blutvergießens und des Schreckens. Mein Stolz war mir zu wichtig und sein Verrat ärgerte mich.

»Ich dachte, das hättest du«, gab er stirnrunzelnd zu. »Aber als ich es Luca erzählt habe, war er sich sicher, dass du gelogen hast.«

Ich funkelte Lucas Hinterkopf böse an. So misstrauisch. So korrekt. Tränen strömten über mein Gesicht. Mein Blickfeld war an den Rändern ganz rot. Vor meinem geistigen Auge tauchte immer wieder das Bild von Calvino auf, der rückwärtstaumelte. Ich versuchte, es wegzublinzeln, aber es schlich sich jedes Mal wieder zurück, wenn meine Konzentration nachließ. Das hier war ein ganz neuer Albtraum, der nur darauf wartete, sich an den alten aus dem Lagerhaus zu hängen. Großartig. Aber wenigstens musste meine Mutter den hier nicht mit mir durchleiden. Die Welt steckte voller kleiner Gnaden – und ich beschloss, diese hier anzuerkennen.

Zu Nic sagte ich: »Aber ihr wärt so oder so gekommen.« Es war eine Feststellung, keine Frage. Ich wusste, dass er alles tun würde, um Jack zu erwischen. Und den ersten Schlag gegen die Marinos auszuführen, war offensichtlich keine schwere Entscheidung gewesen. Alles, was ich getan oder nicht getan hatte, spielte dabei kaum eine Rolle.

»Ja«, bestätigte er, »das wären wir.«

Ich wandte den Blick von ihm ab und sah aus dem Fenster, auch wenn ich mit jedem Molekül meines Körpers noch immer an diese Brüder dachte und mich fragte, was mit ihnen wohl als Nächstes passieren würde – und mit uns allen. Aber ich wollte nicht mehr über Nics Verrat sprechen. Wir waren beide nichts weiter als Lügner mit Blut an den Händen, und mit Absichten, die uns wichtiger waren als unser Vertrauen ineinander.

Es ist, wie es ist.

Wir verließen die Stadt in Richtung Westen und sahen zu, wie ihre Lichter allmählich hinter uns verblassten. Millie schmiegte sich auf dem Rücksitz an mich. »Ich hab solche Angst, Soph. Ich will heute Nacht wirklich nicht sterben.«

»Du wirst nicht sterben, Millie«, versicherte Luca mit nüchterner Stimme vom Fahrersitz aus. Seine Panik aus der Gasse war Millionen Meilen entfernt von seinem nun wieder bedächtigen, kontrollierten Verhalten. »Ich glaube, wir müssen uns alle ein bisschen beruhigen.«

»Ich bin ruhig«, bemerkte Nic. Es war Furcht einflößend, wie emotionslos sie sein konnten, wie pragmatisch sie in einer Situation wirkten, in der ich das Gefühl hatte, die ganze Welt würde aus den Fugen geraten. Nach allem, was ich wusste, hatten sie im Eden vielleicht sogar jemanden ermordet, aber ich hatte noch immer nicht den Mumm, sie danach zu fragen.

»Mit dir spreche ich nicht«, gab Luca zurück. »Wir können sie so nicht nach Cedar Hill zurückschicken. Sie stehen unter Schock. *Qualcuno chiamerà la polizia.*«

Ich schaute erst mich selbst an und dann Millie. Unsere Kleider waren ruiniert, unsere Arme und Beine blutverschmiert. »Wir sehen furchtbar aus. Unsere Eltern würden ausrasten.«

Luca nickte. Ruhig. Konzentriert. »Wir müssen euch beide erst mal wieder sauberkriegen.«

Nic drehte sich zu seinem Bruder um. »Das wird eine Weile dauern. *Guardali.*«

Luca umklammerte das Lenkrad noch fester und rote Adern tauchten in seinen weißknöcheligen Händen auf. Er hielt die Augen weiter auf die Straße gerichtet. »Ich kann nicht«, sagte er leise. »Das macht mich ganz krank.«

»Ich hab nicht gedacht, dass sie kommt«, erwiderte Nic.

Sie wechselten zu Italienisch, als der Streit hitziger wurde.

»Jetzt ist es zu spät«, sagte Nic und führte die Unterhaltung auf Englisch fort, zu erschöpft oder abgelenkt, um sich weiter zu streiten. »Wir müssen uns mit den Beweisen auseinandersetzen. Sophie ist komplett voll davon.« Er warf

mir einen Blick zu, der wahrscheinlich entschuldigend gemeint war, bei dem ich mir aber nur noch größere Sorgen
machte, was diese »Beweise« anging – und ob *ich* auch ein
Teil davon war.

Millie klammerte sich so verkrampft an meinen Händen
fest, dass meine Finger ganz lila wurden. Ich wollte nicht,
dass sie losließ. Ich wünschte mir, ich hätte die Stichwunden nicht gezählt. Sie waren auf die Innenseiten meiner
Augenlider eingebrannt: diese Flecken, die sich immer weiter ausdehnten.

Nics Telefon klingelte. Er wandte sich ab, und seine
Stimme veränderte sich, wurde leiser und gehetzter, als er
lange Zeit auf Italienisch weitersprach. Als er auflegte, stieß
er ein Seufzen aus. Bisher kam es einem Ausdruck seiner
Trauer am nächsten.

»Valentino?«, fragte Luca ihn.

»Ja.«

»Hast du's ihm gesagt?«

Nic nickte. »Der Boss ist sauer.«

»*Ci sarà del sangue*«, sagte Luca und schüttelte den Kopf.
Was auch immer das bedeutete, es klang nicht gut.

Millie kniff mich in den Arm. »Was ist denn los?«

Nic drehte sich wieder zu uns. »Valentino weiß, dass du
hier bist.«

»Ist er wütend über das, was passiert ist?«, wollte ich wissen.

Nic wandte seinen Blick von mir ab zum Fenster und
den vorbeiziehenden Bäumen. »Ja«, sagte er leise. »Er ist
wütend.«

Mich beschlich das Gefühl, dass das eine kolossale Untertreibung war.

»Wo fahren wir hin?«, fragte Millie verängstigt.

Nic sank mit plötzlicher Erschöpfung auf seinem Sitz zurück. »*Evelina.*«

Millie drehte sich zu mir, ihre Augen groß und schwer. »Was ist *Evelina?*«

Evelina war der Name von Felices davongelaufener Frau. Aber wenn Evelina auch ein Ort war, dann konnte es sich dabei nur um sein Haus handeln. Ich spielte mit dem Gedanken, meine Antwort zu beschönigen, aber das hatte keinen Sinn. Wir saßen in Calvino Falcones Blut und rauschten mit zwei Mördern durch die Dunkelheit zu jenem Ort, an dem die Falcones mich gefoltert und gegen meinen Willen festgehalten hatten.

Als ich die Worte schließlich aussprach, klangen sie seltsam distanziert, so als sei die Schwelle meines Entsetzens längst überschritten und ich hätte nichts mehr in mir als blanke Empfindungslosigkeit. Ich hatte aufgehört zu zittern. Ich war völlig taub. »Wir fahren zu Felices Haus.«

Millie bohrte ihre Fingernägel in meine Hände. »Nein, bitte. Sag ihnen, dass sie umkehren sollen. Ich will einfach nur nach Hause.«

Es gab nur eine Sache, die noch entsetzlicher war als die Vorstellung, Felices Haus noch einmal zu betreten, und das war der Gedanke zuzusehen, wie meine Mutter auf mein momentanes Aussehen reagierte. Sie würde zusammenbrechen. Sie würde ganz sicher nie wieder schlafen, und ich konnte einfach nicht länger mit ansehen, wie sie vor lauter Angst zugrunde ging. Und davon abgesehen stand vollkommen außer Frage, dass sie zulassen würden, dass zwei Mädchen, die von Kopf bis Fuß in Marino-gegen-Falcone-Beweise gehüllt waren, einfach so zurück nach Cedar Hill spazierten, warum also so tun, als hätten wir irgendeine Wahl?

»Es wird alles gut«, log ich und tätschelte Millies Arm.

»Scheiße«, sagte sie. »Wir fahren direkt in die Hölle.«

Und in diesem Moment, als vor lauter Angst alle Farbe aus ihrem Gesicht wich und unsere zitternden Hände mit Blut ineinander verschlungen waren, Blut, das nicht unseres war, fühlte es sich wirklich so an.

TEIL III

»Ja, es ist ein Gesetz, dass sterbend der Strom
Des vergossenen Blutes
Blut wieder verlangt.«

Aischylos, *Die Weihgussträgerinnen*

16

Evelina

Ich hatte Felices Haus bisher erst einmal gesehen – in der Nacht, als die Falcones mich entführt hatten. Wieder dorthin zurückzukehren, war, wie in einen Albtraum geschleudert zu werden. Es erhob sich am Ende einer geschwungenen Einfahrt, erleuchtet von eisernen Laternen – ein architektonisches Meisterwerk. Makelloser Stein stieg drei Stockwerke hoch empor und ragte in einem runden Balkon, der von einer Reihe römischer Säulen gestützt wurde, über die Rasenfläche vor dem Haus. Das Dach war kuppelförmig. Vier schwarze Geländewagen parkten vor dem Eingang. Seine geliebten Bienen befanden sich irgendwo hinter dem Haus, still versteckt in der Dunkelheit. Zumindest darüber war ich froh.

Ich hatte ein sehr vages Gefühl, dass wir sterben könnten, behielt es Millie gegenüber jedoch für mich. Wir hielten uns an den Händen, als wir durch die Einfahrt gingen. Der Kies knirschte unter unseren Absätzen. Ich erinnerte mich an dieses Knirschen. Ich hatte es schon einmal gehört, als ich dieses Haus verlassen hatte, aber nun kam es mir so vor, als sei das schon eine Ewigkeit her, obwohl meine blauen Flecken gerade erst zu verblassen begannen.

Erst als ich ein schwaches Brennen in den Augen spürte, wurde mir bewusst, dass ich weinte. Ich hatte es gar nicht bemerkt. Die Tränen fühlten sich an wie Regen, schienen gar nicht in mir selbst entstanden zu sein und weit außerhalb meiner unmittelbaren Wahrnehmung zu liegen.

Ein Kristallleuchter erhellte das große Foyer und auf dem Boden hieß uns das Falcone-Wappen willkommen: ein roter Falke, bereit zum Flug. Ich versuchte, es nicht anzusehen. Es brachte zu viele unangenehme Gefühle zurück und ich war ohnehin bereits ausgelastet. Vor uns teilte sich die Treppe in zwei und wand sich in gespiegelten Stufen in den ersten Stock empor.

Die Stille war unheimlich. Wussten sie über Calvino Bescheid? Hatten Luca oder Nic es ihnen erzählt? Ich konnte noch immer jeden Tropfen seines Bluts auf meiner Haut spüren. Wir stiegen die Stufen hinauf, und unsere Absätze klapperten über den Marmor, als wir den Jungs immer weiter nach oben folgten. Die Tür stand bereits einen Spalt offen. Ledercouches säumten zu beiden Seiten einen imposanten Kamin. Auf einem riesigen Fernseher liefen, ohne Ton, die Lokalnachrichten. Eine Schlagzeile leuchtete auf:

**EIN TOTER BEI MAFIA-STREIT IM EDEN
POLIZEI VOR ORT**

Valentino saß in seinem Rollstuhl am Kamin. Seine Aufmerksamkeit war auf den Fernseher gerichtet und ich konnte seinen Kopf nur von der Seite sehen – sein kurz geschnittenes schwarzes Haar und kantiges Profil. Neben ihm, dicht an dicht auf der Couch aneinandergereiht, saßen drei Jungen. Den ersten erkannte ich als C. J., Calvinos zwölfjährigen Sohn. Er war derjenige, der meine Folter gefilmt hatte, hungrig nach Anerkennung durch seinen Dad. Er starrte auf einen fixen Punkt auf dem Fußboden. Die beiden anderen Jungs waren jünger als er – nicht älter als neun oder zehn –, mit runderen Gesichtern und blondem Haar. Sie hatten jedoch dieselben Augen und auch ihre Lippen waren auf dieselbe Art geschwungen. Obwohl neben ihnen noch ein ganzer Meter Platz war, hatten sie sich nebeneinandergequetscht. Sie weinten. Ich fragte mich, wo ihre Mutter war. Ich fragte mich, ob sie eine hatten – oder ob sie, genau wie Evelina, davongerannt war, als sie es noch gekonnt hatte.

»Wartet hier draußen«, sagte Nic. »Wir sind gleich wieder da.«

Er ging vor Luca vorbei und betrat den Raum. Luca blieb zurück und betrachtete Millie und mich noch einen Augenblick. Er hob die Augenbrauen, und in der Stille wurde mir bewusst, dass meine Zähne klapperten. Ich schob den Kiefer nach vorne, damit sie aufhörten.

»Entspann dich.« Ein weiterer Herzschlag unter diesem azurblauen Blick. »Alles wird gut.«

Ich glaubte ihm, das war das Seltsame. Er war aufrichtig, zumindest in diesem Moment, und ich erinnerte mich wieder an die letzten richtigen Worte, die ich zu ihm gesagt hatte. *Er ist gebrochen. Ihr alle seid das.* Mir kam der Gedanke – während ich, vom Blut eines anderen Menschen bedeckt, am ganzen Körper zitterte –, dass ich mich selbst in Gefahr begeben hatte, nur wegen eines Hoffnungsfunkens für einen Onkel, von dem ich mir immer noch wünschte, dass er sich änderte, auch wenn er das niemals tun würde. In diesem Moment wurde mir bewusst, dass wir beide gebrochen waren, er und ich. Wir glichen zwei gerissenen Linien, die parallel zueinander verliefen – wir steckten in zwei Familien fest, die uns niemals wirklich gehen lassen würden. Und es tat mir leid, dass ich ihn verletzt hatte.

»Okay«, erwiderte ich leise. Millie sagte nichts, aber ich konnte spüren, wie sie neben mir zitterte und versuchte, sich zusammenzureißen. »Wir warten hier.«

Luca ging in den Raum, während Millie und ich vor der Tür stehen blieben und wie Außerirdische am Rand einer Szene schwebten, in die wir verwickelt waren, ohne wirklich ein Teil davon zu sein.

Die Brüder durchquerten das Zimmer und stellten sich vor die Couch. Valentino starrte noch immer auf die Schlagzeile. Sie hatte sich verändert:

DONATA MARINO VERHAFTET
MEHR IN KÜRZE

Luca legte seine Hände auf die Schultern der Jungen. »*Questo è un giorno triste*«, sagte er sanft. Seine Miene verfinsterte sich und zum ersten Mal konnte ich so etwas wie Trauer an der Oberfläche auftauchen sehen. Die Jungen sahen ihn mit glänzenden Augen an. Ein Augenblick verstrich zwischen ihnen, und ich hatte das überwältigende Gefühl, dass Luca für diese Kinder sehr wichtig war. Und das nicht nur im Sinne der Mafia.

Nic beugte sich zu C. J. hinunter. Seine Stimme klang hart. »Wir werden unsere Rache bekommen.«

Ohne seine Augen vom Boden abzuwenden, nickte C. J.

Luca riss seinen Bruder am Nacken wieder nach oben. »Können wir nicht wenigstens einen Moment Frieden finden, Nicoli?«

188

»Das ist nicht die Zeit für Frieden. Das ist jetzt nicht das Richtige.«

»Und was ist das Richtige für Sal und Aldo?«, wollte Luca wissen. »*Sono bambini.*«

Der jüngste der drei blinzelte ihn mit großen Augen an. »Sal und ich sind keine Babys mehr«, erwiderte er beleidigt. »Wir *wollen* über Rache sprechen.«

Ich warf Millie einen Blick von der Seite zu und unsere Gesichter spiegelten das Entsetzen der jeweils anderen. Wir hatten noch nie ein Kind so reden gehört. Nicht mal im Film. Es klang so falsch. Und dennoch, in diesem Zimmer wirkte es so … beiläufig.

Sal sah nicht ganz so überzeugt aus wie Aldo. Sein Gesicht war vor Tränen ganz verquollen und seine Lippe zitterte heftig.

»Siehst du?«, wandte sich Nic an Luca. »Es ist das Richtige.«

Luca schüttelte den Kopf.

Valentino wandte seine Aufmerksamkeit von den Nachrichten ab. Inzwischen zeigten sie Aufnahmen von der Straße vor dem Club. Es waren Feuerwehrautos und Krankenwagen zu sehen. Schaulustige hatten sich rundum versammelt und der Vordereingang war mit Polizeiband abgesperrt.

Er drehte sich zu seinen Brüdern um. »Könnt ihr nicht mal aufhören zu streiten? Ich versuche herauszufinden, was passiert ist.«

»Wir wissen, was passiert ist«, erwiderte Nic. »Wir waren dort.«

Valentino rollte auf seine Brüder zu. Dann nahm er die Hände von den Rädern seines Stuhls und ließ seine Knö-

189

chel knacken. »Oh, wart ihr das?«, fragte er giftig. »Dann könnt ihr mir ja vielleicht auch sagen, wie ihr diese Sache so spektakulär versauen und zulassen konntet, dass eines unserer wertvollsten Mitglieder getötet wurde? Vielleicht könnt ihr mir erklären, wie es sein kann, dass ihr in diesen Club marschiert seid, in dem sich bereits einer unserer Kontakte aufhielt, das Überraschungsmoment und fünf bewaffnete Killer auf eurer Seite, und es trotzdem *irgendwie* versaut habt, ein so leichtes Ziel zu erledigen?«

»Sie waren bewaffnet!«, verteidigte sich Nic. »Es waren zu viele Leute im Weg, und Calvino ist noch mal wegen Jack zurückgegangen, nachdem wir uns schon zurückgezogen hatten. Was hätte ich denn dagegen tun sollen?«

»Du hättest dir Donata schnappen können!«, blaffte Valentino ihn an. »Ihr hattet sie direkt vor eurer Nase und trotzdem sind sie beide entwischt!«

In Nic kochte dieselbe Wut hoch wie in seinem Bruder. »Du hast doch keine Ahnung, wie es war, Valentino. Du warst nicht dabei.«

»Es ist nicht meine Aufgabe, dabei zu sein! Das ist *deine* Aufgabe!« Valentino knallte die Hände auf die Armlehnen seines Stuhls, hievte sich hoch und balancierte auf seinem gesunden Bein, um sich noch näher zu Nic zu beugen. Ich war überrascht, wie groß er war. Er bohrte seinen Finger in die Brust seines Bruders. »*Du* hast behauptet, es würde funktionieren. *Du* hast den Ort auskundschaftet. Wir haben uns auf *deine* Informationen verlassen und sie haben versagt. Du hast mich schwach aussehen lassen, Nic. *Un pazzo incompetente!*«

»Du bist kein Narr, Valentino.«

»Erzähl das den Marinos!«, fauchte er.

Nic hob sein Kinn und erwiderte trotzig: »Wir sind trotzdem noch stärker als sie.«

»Sind wir das?« Valentinos Stimme wurde tödlich leise. Er fletschte die Zähne und seine scharfen Eckzähne bohrten sich in ein freudloses Lächeln. »Was macht dich da so sicher, Bruder? Wir wissen nicht, was Jack Gracewell ihnen im Tausch gegen seinen Schutz gegeben hat. Wir wissen nicht, über welche Waffen Donata Marino verfügt.«

Er lockerte seine Haltung, zog sich wieder zurück und landete schwer in seinem Stuhl. Es war eigenartig, ihn so verstört zu sehen.

Durch den heutigen Abend war seine Maske der Vorsicht und Gefühllosigkeit von seinem Gesicht verschwunden und der Anblick beunruhigte alle. Aldos Schluchzen verwandelte sich in einen Schluckauf. Er und Sal saßen so tief zusammengekauert, dass sie praktisch in der Couch verschwanden.

Valentino ließ die Schultern hängen, als er sich mit finsterem Blick von Nic abwandte. »Calvino ist tot und Jack Gracewell läuft immer noch frei herum. *È una disgrazia.*«

»Wir haben unser Bestes getan«, sagte Nic.

Valentino funkelte seinen Bruder böse an, und sein Ausdruck war genauso wild, wie ich es bei Luca schon so oft gesehen hatte. »Es war nicht gut genug, verstehst du? Euer Bestes war nicht gut genug.«

»Hör auf, mich anzubrüllen!«, erwiderte Nic. Er drehte sich mit flehendem Blick zu Luca um. »Sag ihm, dass er aufhören soll!«

»Valentino«, begann Luca ruhig. Er drückte die Schulter seines Zwillingsbruders, und Valentino setzte sich ein wenig gerader auf, gestärkt durch Lucas Geste. »Das hilft uns auch nicht. Was passiert ist, ist passiert. Wir müssen zusammenhalten, nicht uns gegenseitig auseinanderreißen.«

Mir fiel auf, dass ich die Falcone-Zwillinge noch nie Seite an Seite gesehen hatte. Oberflächlich betrachtet schienen sie sich so ähnlich zu sein – dieselben leuchtenden Augen und ernsten Mienen –, aber wenn sie sprachen, unterschieden sie sich. Diesmal war Luca derjenige, der sich unter Kontrolle hatte, ruhig und pragmatisch, während Valentino vor Wut und angesichts der Bedrohung, der sie sich gegenübersahen, gefährlich bebte. Zwischen ihnen lag eine ganze Welt der Unterschiede, aber ich wusste, was sie waren: die zwei Hälften eines Ganzen. Der Boss und der Vize-Boss, vereint in diesem Moment, in ihrem Verlust.

Nach einer kleinen Weile des schweren Schweigens winkte Valentino ab und lenkte ein. »Es ist, wie es ist«, schloss er. »Wir müssen jetzt nach vorne blicken.«

Millie und ich hatten uns inzwischen daran gewöhnt, unsichtbar zu sein. Wir schoben uns näher heran, ohne es eigentlich zu wollen, und lauschten mit spitzen Ohren ihrer weiteren Diskussion.

Es war Aldo, der uns entdeckte. Er wischte seine Nase an einem bereits ausführlich benutzten Taschentuch ab und zeigte auf die offene Tür. »Wer sind die?«, fragte er und zupfte seinen Bruder am Ärmel.

Sal neigte den Kopf zur Seite. »Ich weiß es nicht.«

Aldos Augen weiteten sich. »Ist das … ist das … Blut?«

Ich schaute an mir hinunter. *Oh-oh.*

Valentino folgte Aldos Finger und unsere Blicke trafen sich. Er vergrub das Gesicht in seinen Händen und seine Reaktion wurde von seinen Fingern gedämpft. Ich hatte zumindest einen milden Ausbruch erwartet, aber seine Worte

klangen erschöpft. »Luca, *warum* musstest du sie so hier-
herbringen?«

C. J. hob den Kopf. Er kippte nach vorne und beugte sich
über seine Knie. Ich dachte, er würde sich übergeben, aber
er kauerte sich nur zusammen, krallte sich an seinen Seiten
fest und starrte auf den Boden. Wahrscheinlich war er klug
genug, zu wissen, dass es nicht mein Blut war.

Luca warf mir einen scharfen Blick zu, und ich stellte
mir plötzlich vor, wie er mich erwürgte.

»Tut mir leid«, murmelte er und hob flehend die Hände.
Millie und ich wichen zurück, ins Halbdunkel des Flurs.
Wir warteten, mit den Rücken an die Wand gepresst, die
Hand der anderen fest umklammert, während sich die Un-
terhaltung im Raum mit wütendem italienischem Flüstern
fortsetzte.

In der Ferne, am Fußende der Marmortreppe, hörten
wir das zielstrebige Klappern von Absätzen. Vom Ende des
Flurs rauschte, wie ein Raubvogel, die straffe Gestalt von
Elena Genovese-Falcone auf uns zu. Ihr Gesicht war von
den Schatten der Dunkelheit umhüllt, aber sie schritt entschlossen voran, während ihr schwarzes Kleid um ihren
Körper wehte. Sie war Donata so ähnlich, und trotzdem
schien mir der Gedanke unmöglich, dass die beiden einmal
als Kinder zusammen gespielt hatten. Sie war von Kopf
bis Fuß die Königin der Falcones, die durch ihr dunkles
Schloss marschierte. Es war schwer zu entscheiden, wer
von den beiden schlimmer war – sie oder Donata –, aber
auf sie beide wartete definitiv ein Platz in den Abgründen
der Hölle.

Ich zog Millie zum Fenster am Ende des Flurs. Ein Teil
von mir hätte es am liebsten aufgerissen und wäre in den

Garten hinausgesprungen. Selbst tausend Bienen würde ich Luzifer jederzeit vorziehen.

Vor dem Zimmer blieb Elena abrupt stehen. Sie drehte sich auf dem Absatz ihres Stiefels um und durchbohrte uns schweigend mit ihren Augen. Dann verzog sie die Lippen und sagte mit ihrer affektierten Stimme: »Hab ich dir nicht gesagt, dass du dich so weit wie möglich von meinen Söhnen fernhalten sollst, Mädchen?«

Millie schluckte. Ich schluckte.

Sie zeigte auf Millie und zeichnete mit einem drahtigen Finger ihre Silhouette nach. »Und wie es aussieht, hast du dich jetzt sogar vermehrt.«

Ich spürte, wie eine unerwartete Woge der Entrüstung durch meinen Körper schwappte. »Ich *hab* mich von ihnen ferngehalten«, protestierte ich. »Vielleicht hätten Sie ihnen lieber sagen sollen, dass sie sich von mir fernhalten sollen.«

Millie zwickte mich. *Halt die Klappe.*

Elena zeigte uns ihre Zähne. »Glaubst du, das hätte ich nicht?«

»W-wir w-wollen gar nicht hier sein«, stammelte Millie. »Das war nicht unsere Entscheidung. Wir waren im Eden, als es passiert ist, und wir wurden mit hineingezogen … in das Chaos. Wir wollen einfach nur nach Hause, Mrs Falcone.«

Elena beugte sich nach vorne und schob sich praktisch direkt in mein Gesicht. »Hast dich ein bisschen mit meiner Schwester amüsiert, was, kleine Gracewell?«

Ich schüttelte den Kopf. »Natürlich nicht …«

»Habt ihr darüber gelacht, wie dein Vater meinen Mann getötet hat?«

»Was? Nein, ich war dort, um meinen Onkel zu treffen …«

»Und was genau hat dein Onkel mit meiner Schwester im Gegenzug für seinen Schutz ausgehandelt?«

»I-ich weiß es nicht«, stotterte ich.

»Wir wissen es nicht, ehrlich«, sprang Millie mir bei.

»Drogen? Geld?«, fuhr sie fort und beobachtete unsere Mienen genau, um jedes winzige Anzeichen einer Lüge zu erkennen. »Was hat dieser Mann in seinem Diner, das ihm die Tore zum Reich meiner Schwester öffnen würde?«

Meine Verzweiflung gewann die Oberhand, ich war zu erschöpft, um meinen Zorn noch weiter unter Kontrolle zu halten, und schrie sie daher beinahe an: »Ich weiß es nicht! Ich weiß überhaupt nichts!«

Ich blinzelte – und ihr Gesicht war höchstens noch zwei Zentimeter von meinem entfernt. »Ich glaube, du lügst.« Sie schob sich noch näher heran, bis Millie aus meinem Augenwinkel verschwand. »Ich glaube, aus diesen Augen sprechen Lügen.«

Ich blinzelte noch heftiger – um die Lügen zu verstecken? Vielleicht dachte sie ja genau das, aber in Wahrheit wurde ich von einer überwältigenden Welle der Wut gepackt und war *so* kurz davor, ihr direkt ins Gesicht zu schlagen, damit sie endlich wieder zurückwich.

»Geheimnisse«, zischte sie und zog sich endlich zurück. »Wir alle haben welche. Und ich werde auch deines aufspüren, Mädchen, und wenn ich es tue, werden dich meine Söhne ins nächste Leben befördern. Wenn du eine Spionin bist, werde ich dich enttarnen.«

»Ist sie nicht«, unterbrach Millie sie.

Elena blinzelte zweimal, als sie daran erinnert wurde, dass wir zu zweit waren.

Die Worte sprudelten nur so aus Millie heraus: »Wir

sind beide keine Spione. Um Ihnen die Wahrheit zu sagen, sind wir nicht so gut, was Subtilität angeht, deshalb hätten Sie uns längst überführt, wenn wir welche wären. Wir wollen einfach nur nach Hause, uns Filme anschauen und in ein paar Wochen wieder zur Schule gehen. Bitte töten Sie uns nicht oder heuern jemanden an, der uns tötet oder verletzt. Ihre Schwester ist uns egal, ich hab noch nicht mal mit ihr geredet in dem Club, der übrigens ziemlich überteuert und irgendwie unheimlich ist, und als ich sie in der Menge gesehen habe, fand ich, dass sie ziemlich ausgezehrt und überhaupt nicht so glamourös aussah wie Sie, aber andererseits ist sie wahrscheinlich auch mindestens zwanzig Jahre älter, und Sie haben ganz offensichtlich das gute Aussehen Ihrer Familie geerbt.«

Elena machte den Mund auf, um Millie zu unterbrechen, aber Millie plapperte einfach weiter, vollkommen ahnungslos, und sie blieb stumm.

»Sophie hat auch nicht wirklich mit ihr gesprochen, wissen Sie, weil sie nur mit Jack reden wollte, weil er ihr diese Visitenkarte gegeben hat, aber das wissen Sie ja wahrscheinlich, weil Ihr Sohn sie geklaut hat, was schon in Ordnung ist, weil er ja nach Jack gesucht hat, deshalb hat er natürlich jedes Recht dazu, aber Sophie ist nur in den Club gegangen, weil sie dachte, ihr Onkel wollte sich bei ihr entschuldigen und versuchen, alles wieder in Ordnung zu bringen, aber das wollte er ganz offensichtlich nicht, und er hat alles nur noch schlimmer gemacht, was bedeutet, dass er ein echt mieser Typ ist, und das wissen wir jetzt und werden nie wieder den Fehler machen, ihm zu vertrauen, das verspreche ich Ihnen, Mrs Genovese, ähm, Falcone, Eure Eminenz, Ma'am. Es tut uns leid. Wir sind keine Spione.«

Millies Keuchen erfüllte die Stille. Elenas Mund verzerrte sich zu einem jokerartigen Grinsen, voller Zähne und ohne Lippen, und etwas, das nach einem amüsierten Prusten klang, durchschnitt die Luft zwischen uns.

Sie hob einen Finger und zeigte auf Millies Stirn, und als ich schon dachte, sie würde ihr das Auge ausstechen, sagte sie: »Dich, dich mag ich viel lieber als sie. Dir glaube ich.«

In entsetztem Schweigen beobachtete ich, wie Elena ins Wohnzimmer ging, während ihr Kleid hinter ihr her wogte.

»Heilige Scheiße«, stieß Millie aus. »Heilige Scheiße, macht die einem Angst.«

»Ja«, sagte ich, und meine Ungläubigkeit mischte sich mit unendlicher Dankbarkeit für meine beste Freundin. »Und du hast es geschafft, sie zu entwaffnen.«

Im Zimmer wurden die Stimmen der Falcones wieder lauter.

Elena: »Felice ist zurück.«

Nic: »Ich kann das machen.«

Luca: »Nein.«

Valentino: »Es geht nicht darum, das Richtige zu tun. Es geht darum, das Klügste zu tun.«

Elena: »Sie haben den Waffenstillstand gebrochen.«

Valentino: »Es ist meine Entscheidung.«

Luca: »Mach die Situation nicht noch schlimmer, Valentino.«

Valentino: »Wir müssen jetzt unsere Solidarität beweisen.«

Die Unterhaltung ging wieder in italienisches Flüstern über.

Nach einer Weile verließ Elena das Zimmer wieder, zusammen mit C. J. Ihr Arm lag auf seiner Schulter, und sie zog ihn zu sich heran, als sie den Flur hinuntergingen. Luca und Nic tauchten als Nächste auf, ihre Gesichter aschfahl. Irgendetwas lief hier ganz eindeutig falsch. Noch falscher als ohnehin schon.

Luca ging uns voraus. »Kommt mit. Ihr könnt hier drin duschen und euch frisch machen.«

Er führte uns in ein Badezimmer in der Mitte des Flurs. Es verfügte über eine gigantische maßgefertigte Badewanne aus Marmor und goldene Wasserhähne. Das Mordgeschäft war definitiv sehr lukrativ. Nic verschwand in einem anderen Raum.

»Wo ist deine Mutter mit C. J. hingegangen?«, fragte ich Luca.

Er öffnete einen Schrank und warf zwei Badetücher auf die Ablage neben dem Waschbecken. »Duscht euch schnell und zieht euch an, dann bringen wir euch nach Hause. Je eher, desto besser.«

»Warum?«, fragte Millie, die nun ebenfalls misstrauisch wurde. »Was ist denn los?«

Nic kehrte mit einem Stapel Klamotten zurück. Er ließ sie vor unsere Füße fallen. »Die hier gehören unseren Cousinen. Ein paar davon müssten passen.«

Sie wechselten einen Blick, bevor sie die Tür hinter sich schlossen. Millie und ich drückten unsere Ohren dagegen, aber wir konnten nichts hören. Das Holz war zu dick.

»Was ist hier los?«, fragte sie. »Stecken wir in Schwierigkeiten?«

Ich drückte noch fester dagegen, bis mir mein Ohr wehtat. »Ich weiß es nicht.«

Sie holte ihr Handy heraus. »Sollen wir die Polizei rufen?«

»Und ihnen was sagen?« Ich blickte auf meinen blutverschmierten Körper. »Ich würde in die ganze Sache mit rein-gezogen werden, Mil. Wir beide. Meine Mom würde das nicht aushalten. Es würde sie zerstören. Wir haben es kaum durch das Lagerhaus geschafft.«

»Aber dann wären wir in Sicherheit«, sagte sie ganz leise. »Oder nicht?«

»Du meinst, wenn wir dafür sorgen würden, dass eine ganze Staffel Streifenwagen auf dem Anwesen der Falcones vorfährt ...?« Ich verstummte.

»Richtig«, murmelte sie zustimmend. »Das würde uns wohl nicht viel nützen.«

Wir duschten schnell, zuerst Millie, dann ich. Wir rub-belten unser Haar mit Handtüchern trocken und zogen uns an. Ich zwängte mich in eine schwarze Jeans und ein T-Shirt, das mir eine Nummer zu klein war. Die Tennisschuhe wa-ren auch zu klein, aber ich quetschte meine Füße trotzdem hinein, bis meine Zehen ganz verbogen waren.

Wir entriegelten die Tür, und als wir hindurchtraten, konnten wir entfernte Schreie hören.

Luca saß auf dem Boden, die Knie an die Brust gezogen. Er sprang sofort auf. »Seid ihr fertig?« Barscher Ton, die Schultern angespannt.

»Was zur Hölle ist hier los?«

»Macht euch deswegen keine Gedanken.« Er stellte sich hinter uns und schob uns nach unten, seine Hand auf mei-nem Rücken, drängend, beharrlich, während wir die Mar-morstufen hinunterstiegen. Nic wartete an der offenen Tür, aber sein Blick huschte immer wieder zur anderen Seite des Foyers. Luca führte uns zur Haustür und in die Dunkelheit dahinter. Wir wurden gehütet wie Schafe.

Ein weiteres Kreischen durchschnitt die Luft. Hier unten klang es noch lauter – es kam von irgendwo im hinteren Teil des Hauses. Es musste Sara sein, aber es fühlte sich alles so entsetzlich vertraut an, so als würde ich einer weit entfernten Erinnerung von mir selbst lauschen, in der ich genauso schrie wie sie und um mein Leben flehte.

Was Sara im Eden gesagt hatte, stimmte wirklich. Sie *war* wie ich, aber nicht auf eine gute Art.

Ich stellte mich vor die Falcones. »Das tut ihr also, ja? Ihr bringt wehrlose Mädchen hierher und foltert sie?«

Ich ging wieder zurück, in Richtung der Schreie, aber Nic zog mich zu sich und drückte mich an seine Seite. »Nicht, Sophie«, mahnte er mit leiser Stimme. »Wir bringen euch jetzt nach Hause.«

Millie zog mich am Arm. »Können wir bitte einfach gehen, Sophie?« Sie weinte wieder und die letzten Reste ihrer Wimperntusche verliefen unter ihren Augen. Gott, sie war völlig am Ende, und das war allein meine Schuld. Sie würde für sehr lange Zeit nicht mehr richtig schlafen. Aber wie konnte sie einfach so gehen? Wie konnte sie die Schuldgefühle ertragen, jemanden einfach so zurückzulassen? Sie wusste nicht, was passierte. Sie wusste nicht, was Sara noch vor sich hatte. Aber ich schon. Sara hatte das hier nicht verdient. Sie war ein *guter* Mensch.

»Wir können sie nicht einfach hierlassen!« Meine Zähne klapperten wieder. Wann war es bloß so kalt geworden? Auch von meinem feuchten Haar wurde mir ganz kalt.

Lucas Miene wirkte hart wie Stein, aber sein Kiefer war angespannt. Nic schien völlig ruhig zu sein, beide Füße fest auf dem Boden, bereit für Plan B – bereit, die beiden potenziellen Zeugen ganz weit von dem Ort wegzubringen, an dem sich das Verbrechen gerade abspielte.

Ein weiteres ohrenbetäubendes Kreischen schrillte durch die Nacht.

Ich schüttelte Nic ab und stieß Luca beiseite. Er versuchte, mir den Weg zu versperren, aber ich schubste ihn weg. Er geriet ins Stolpern, auf dem falschen Fuß erwischt, und ohne auch nur den Hauch eines Plans stürmte ich auf die Schreie zu.

17

Vergeltung

Ich fand meinen Weg in den hinteren Teil des Hauses und kam mir vor wie bei einer finsteren Schatzsuche: Folge den verzweifelten Schreien. Aber Nic und Luca waren beide schneller als ich und ich kannte mich in der Villa nicht aus. In der Küche holte mich Luca wieder ein. Er rannte an mir vorbei und versperrte mir den Weg.

Hinter ihm führte die Küche durch einen Türbogen in einen gläsernen Wintergarten, der mit der Terrasse verbunden war. Felices Bienenstöcke standen auf der Wiese dahinter verstreut. Ich konnte Bewegungen erkennen – Menschen –, und als der nächste Schrei ertönte, klang er unerträglich nah.

»Aus dem Weg«, sagte ich.

Luca schob mich rückwärts. »Das hier geht dich nichts an, Sophie.«

Sara schrie erneut.

Ich biss die Zähne zusammen. »Ich hab gesagt: *aus dem Weg*.«

»Was genau hast du denn vor?«, wollte Luca wissen, versuchte, Zeit zu schinden, und bewegte sich ein Stück zur Seite, um mir die Sicht zu versperren. »Du weißt doch, dass du dich nicht in Familienangelegenheit einmischen kannst.«

»Ich ruf die Polizei, Luca. Glaub ja nicht, dass ich das nicht mache.«

Er verzog das Gesicht. »Du weißt doch, wo du dadurch landen würdest.«

Ich wusste es. Unter der Erde. »Wie konntest du zulassen, dass das noch mal passiert?«

Nic machte einen Schritt auf mich zu und verdrängte Luca. Er wollte ganz offensichtlich versuchen, mich zur Vernunft zu bringen. Er ließ seine Stimme ganz weich klingen, mit einem Anflug von Intimität – ein Moment, der nur uns beiden gehörte. »Sophie, wir müssen euch beide in Sicherheit bringen, damit ihr diese ganze Sache endlich vergessen könnt. Wir hätten euch woanders hinbringen sollen, das weiß ich jetzt, aber es ist zu spät, das jetzt noch zu ändern.«

Seine Augen waren so dunkel wie geschmolzene Schokolade. Seine Lippen, leicht geöffnet, hauchten warme Luft in den Raum zwischen uns. Nic hatte mir mit dieser Masche auch schon die Visitenkarte aus dem Eden abgenommen. Dieses Spielchen konnte man auch zu zweit spielen.

Ich schaute auf meine Füße, biss mir auf die Lippe und tat, als würde ich nachdenken. »Ich weiß nicht …«, murmelte ich.

Er ließ die Schultern sinken und seine Haltung entspannte sich. Ich duckte mich an ihm vorbei und schoss auf die Doppeltür zu, dann stürmte ich in den Wintergarten. Draußen tauchte eine Sensorlampe den Garten in harsches weißes Licht. Ich war gerade nah genug, um einen Blick auf Sara Marinos lila Haar zu erhaschen, als sie den nächsten Schrei ausstieß.

Innerhalb einer Millisekunde sah ich das komplette Bild vor mir. Es war eine ganze Meute Falcones. Ich erkannte Dom, Gino und Elena, aber da waren auch noch andere – Frauen mit langen, dunklen Haaren, aalglatte Männer in Anzügen, Jugendliche und sogar ein alter Mann, der über einen Gehstock gebeugt stand.

Valentino saß in der Mitte und betrachtete die Szene mit zur Seite geneigtem Kopf, während seine Finger ein Drei-eck vor seinem Körper bildeten. Auf dem Gras sah ich Sara, auf den Knien. Ihre Hände waren hinter dem Rücken gefesselt. Ihr Kopf war nach vorne gekippt und von ihren Lippen strömte ein Rinnsal aus Blut.

C. J. stand auf der einen Seite neben ihr, Felice auf der anderen. Sie wirkten wie Aufpasser, aber ihr Verhalten hatte nichts Beschützendes an sich. Felice hatte eine Pistole in der Hand und hielt sie über Saras Kopf. Er gestikulierte in Richtung seines aufgebrachten Publikums, die Lippen zu einem comicartigen Grinsen verzerrt. Das hier war sein Theater und sie war seine Show.

Ich erreichte die Glastür und meine Finger schlossen sich um die Klinke. Ich drückte sie und die Tür schwang mit einem leisen Rauschen auf. Luca schlang einen Arm um meine Taille und klatschte die andere Hand auf meinen Mund, während er mich zu sich heranzog. In dieser Posi-tion erstarrten wir, halb in der Falcone-Villa, halb außer-halb.

Er schob seine Lippen ganz nah an mein Ohr. »Sag kein Wort.«

Sein Atem zitterte an meiner Wirbelsäule hinunter.

Felice tönte: »Für Calvino, unseren gefallenen Bruder, und für alles, wofür er stand … Gerechtigkeit, Ehre,

Moral ... Wir werden unsere Vergeltung bekommen. Wir werden dafür sorgen, dass Donata Marino genauso sehr leidet wie wir.« Er holte mit der Pistole aus und schlug Sara mit dem Griff ins Gesicht. Der Schlag warf sie zur Seite und sie kippte wimmernd ins Gras.

Lucas Hand unterdrückte meine Reaktion. Er versuchte, mich rückwärtszuziehen, aber ich wehrte mich gegen ihn. »Lass mich das machen«, mahnte er eindringlich. »Du machst alles nur noch schlimmer.«

Felice gab C. J. die Pistole, aber als er sprach, wandte er sich an die versammelten Falcones, die ihn beobachteten. »Mein Junge, es ist an der Zeit, dass du deinen Vater rächst. Du musst nun deine Pflicht erfüllen und zu dem Mann werden, zu dem er dich erzogen hat.« Er schob seine Lippen nach oben und seine Zähne glänzten wie Reißzähne im Mondlicht. »Und wie könntest du besser damit beginnen als auf diese Weise? Immerhin, *l'uccisione è personale.*«

Dom klatschte tatsächlich. Irgendwo am Ende der Menge ließ ein Mädchen ein zustimmendes Rufen hören. Die anderen standen nur schweigend da und warteten darauf, dass Calvino Junior etwas tat.

Ich wurde von der Szene weggerissen und versuchte, Millies Blick zu erhaschen. Sie war frei und konnte handeln; sie war frei und konnte irgendetwas unternehmen. Aber sie stand nur wie zur Statue erstarrt mit großen Augen da und glotzte stumm auf die Szene, die sich im Garten abspielte. Ihre Haut hatte einen eindeutig grünlichen Farbton angenommen, und es sah aus, als bestünde eine sehr gute Chance, dass sie tatsächlich vornüberkippte.

Komm schon, Mil. Wach auf.

Im Garten hielt C. J. die Waffe schlaff in der Hand. Er

blickte sich um, als würde er nach etwas in der Familie suchen. Niemand trat vor. Niemand sagte ihm, dass er nach oben gehen und mit seinen kleinen Brüdern trauern sollte. Sie standen einfach nur da und warteten. Das hier war seine Prüfung und er musste sie bestehen.

Saras Schreie verhallten in der Erde und ihre Fäuste krallten sich ins Gras. Sie war zu schwach, um aufzustehen; zu verängstigt, um die Falcones anzusehen.

Ich kämpfte noch immer mit Luca. Ich versuchte, ihm in die Hand zu beißen, aber ich erwischte einfach nicht den richtigen Winkel. Sie nur abzulecken, würde mir nicht viel nützen. Wir waren hier schließlich nicht in der Mittelstufe.

»Komm schon!«, spornte Felice C. J. an und packte ihn bei den Schultern. Er drückte Sara den Absatz seines Schuhs in die Seite und stieß sie an. Sie hatte keine Kraft mehr und fiel auf die Seite. »Ich war nur ein paar Jahre älter als du, als ich meinen ersten Mord verübt habe«, sagte Felice zu C. J., aber es war laut genug, dass alle es hören konnten, dass sich alle in seinem Ruhm sonnen konnten. »*Zwei* Morde«, korrigierte er sich. »Ich habe den Boss der Marinos und seine winselnde Frau mit zwei Kugeln erledigt. Und jetzt sind wir hier, in der nächsten Generation, der Waffenstillstand ein weiteres Mal gebrochen, mit einem weiteren Marino, der vor unseren Füßen kauert. Du kannst tun, was ich getan habe, dieser hinterhältigen Familie einen weiteren schweren Schlag versetzen und dem Boss das Schmuckstück ihrer Waffensammlung nehmen.« Er hob den Blick wieder in die Menge und ein faules Lächeln huschte über sein Gesicht. »Poetisch, nicht wahr?«

C. J., der Felice mit weiten, starren Augen beobachtet hatte, schüttelte den Kopf und riss sich aus seiner Trance.

Irgendetwas schien in ihm *Klick* zu machen. Er ging auf die Knie und beugte sich über das Mädchen. Sein Mund war verzerrt, grausam und hart, und ich konnte Ähnlichkeiten mit Felice darin erkennen – eine Andeutung des Mannes, zu dem er werden konnte, wenn er in dieser Nacht tat, was von ihm verlangt wurde. C. J. hob die Pistole über seinen Kopf, als wollte er in den Himmel schießen. Und gerade, als es Luca gelang, mich herumzudrehen, weg von der Szene, ließ er die Waffe mit voller Wucht niedersausen. Ein Krachen ertönte und diesmal klang Saras Schrei wie ein rohes, animalisches Kreischen.

»*Bel lavoro!*«, schrie jemand.

»Für Calvino!«

»*Tale padre tale figlio!*«

Felices Stimme: »Wir haben gerade erst angefangen.«

Meine Tränen fielen auf Lucas Hand. Er trug mich mehr oder weniger aus dem Raum. Aus dem Garten waren weitere Jubelschreie zu hören. Sie würden sie umbringen, hier und jetzt, in ihrem selbst gemachten Amphitheater.

Ich musste irgendetwas tun.

Ich machte mich ganz schlaff und schwer. Meine Beine streiften über den Boden und ich hing über Lucas Arm wie eine Stoffpuppe. Wir kippten gemeinsam Richtung Boden.

»Sophie?« Er versuchte, mich wieder aufzurichten.

Ich rührte mich nicht. Meine Finger streiften über den Boden und meine Beine wölbten sich wie ein O auseinander. In dem Moment machte Luca zwei entscheidende Fehler: Er glaubte mir und er setzte mich auf einen Stuhl.

Ich sprang hoch, rutschte über den Boden des Wintergartens und schrie aus vollem Hals.

Alle im Garten drehten sich zu mir um und im nächsten

Augenblick ertönte ein Durcheinander aus brummenden Stimmen. Sara lag im Gras: Eine Wange zeigte in den Himmel, und ihr Gesicht war so übel geschwollen, dass ich ihre Augen kaum noch erkennen konnte. C. J. stand immer noch genauso da und die Pistole baumelte an seiner Seite. Er funkelte mich böse an.

Felice trat von der Rasenfläche und stampfte auf mich zu. Valentino drehte sich um. Sein eiskalter Blick durchbohrte mich förmlich, und der Mut, den ich eben noch in mir gespürt hatte, war verpufft. Ich ballte die Hände zu Fäusten, damit die Falcones nicht sehen konnten, wie sehr sie zitterten.

Luca stellte sich vor mich und sah Valentino mit erhobenen Händen an. »Tut mir leid, Bruder«, sagte er. »Ich bringe sie jetzt nach Hause. Sie hat sich verlaufen.«

Luca wollte mich mit sich ziehen, aber ich rührte mich nicht. Schwierigkeiten oder nicht, ich war so weit gekommen, und ich war immer noch nicht tot. Ich stieß ihn zur Seite, und wir standen nebeneinander in der Tür. Ich zeigte auf Sara. »Ich bin hergekommen, um sie zu holen. Wir gehen alle gemeinsam nach Hause.«

Mit letzter Kraft hob Sara den Kopf, und ich sah, wie sie unter ihren geschwollenen Wangen die Augen aufriss. Sie sagte nichts – sie konnte nicht –, aber ich konnte die Verzweiflung in ihren Augen lesen. Ich konnte sie in der Angst spüren, die zwischen uns pulsierte, während wir einander ansahen.

Hilf mir.

Das werde ich.

Felice durchbrach das verblüffte Schweigen. Er warf den Kopf in den Nacken, blickte in den Himmel empor und stieß ein Lachen aus, das sich so angestrengt aus seiner Kehle zwang, als würde er ersticken. Theatralisch wischte er sich die Tränen aus den Augen, aber selbst in seiner manischen Erheiterung konnte ich seine Trauer spüren, als würde sie mir den Hals zudrücken. »Dieses Mädchen hat offensichtlich Todessehnsucht, Valentino. Sie scheint ständig den eisernen Wunsch zu verspüren, sich umbringen zu lassen.«

»Vielleicht sollten wir ihn ihr erfüllen«, warf Elena ein. »Da sie sich uns ständig in den Weg stellt.«

Ich konnte spüren, wie Nic hinter mir bebte. Er ging um uns herum und trat in den Garten hinaus zu seiner Mutter, die mit verschränkten Armen dastand. »Wir gehen«, sagte er. »Sag so etwas nicht. Sie wird uns keine Probleme machen.«

Sie schloss die Augen. »Oh, Nicoli«, erwiderte sie. »*Sei un pazzo in amore.*«

Felice spottete: »Unser Nicoli. Ich dachte wirklich, du hättest deine Angelegenheiten besser im Griff. Du bist so viel … effektiver, wenn sie nicht in der Nähe ist. Schau dich nur an – stehst am Rande einer Szene, bei der du *Regie* führen solltest. Dein Cousin braucht dich. Zeig ihm, wie man eine Pistole benutzt. Zeig ihm, was man damit für schöne Sachen machen kann.«

»*Basta!*« Valentino hob eine Hand in die Luft. »Das ist keine Situation, über die sich irgendeiner von uns lustig machen sollte, Felice. Ich möchte dich, *wieder einmal,* an deinen Platz in dieser Familie erinnern.«

Die Stimmung schlug um, sehr schnell, und das schneidende Gefühl der vereinten Trauer der Falcones durchdrang die Luft.

»Meinst du meinen Platz in diesem *Kindergarten,* den du führst? Das hier ist, *wieder einmal,* ein pubertäres Problem, um das man sich nicht professionell gekümmert hat. Ihr seid wie junge Vulkane – andauernd brechen diese lächerlichen Emotionen aus euch heraus. Wann haben wir zum letzten Mal zugelassen, dass sich ein *Americano* einfach so frei durch dieses Haus bewegt? *Giammai!*«

Valentinos Stimme klang tödlich ruhig. »Und was geht *dich* das an?«

Felice blieb unbeeindruckt. »Ich bringe nur meine Besorgnis in gewissen Angelegenheiten zum Ausdruck, die das Ansehen dieser Familie betreffen, Neffe.«

Es folgte ein kollektives Luftschnappen.

Valentino fletschte die Zähne. Einen Moment lang schien es, als würde er sich auf Felice stürzen und ihm die Kehle herausreißen.

Ein Mann mit dichtem, rabenschwarzem Haar trat nach vorne. Er war groß und breit gebaut, aber seine Bewegungen wirkten seltsam flüssig, beinahe wie die eines Tänzers. Er war die perfekte Mischung aus Angelo und Felice – geschmeidig und schlank, mit warmen, dunklen Augen. »Felice, vergiss nicht, mit wem du sprichst. Du solltest deinen Ton entsprechend anpassen.«

»Und deine Worte«, fügte Dom hinzu.

Felice fuhr den großen Mann mit giftiger Stimme an: »Ich brauche deinen Belehrungen nicht, Paulie. Ich habe es nicht vergessen. Er ist das *Kind* unseres Bruders.«

»Er ist unser Boss«, ging Luca dazwischen. Er schien mich vergessen zu haben und trat in den Garten hinaus zu den anderen. Neben Valentino blieb er stehen. Es war eine eindeutige Zurschaustellung der Solidarität: der Vize-Boss und der Boss, Seite an Seite, vereint gegen den *consigliere*. *Risse*, dachte ich. *Sie sind überall.* Kein Wunder, dass sich

Felices Frau aus dem Staub gemacht hatte. »Du würdest gut daran tun, dich an die Rangordnung der Falcones zu erinnern, Felice.«

Felices Lächeln war freudlos. »Wie könnte ich die jemals vergessen? Angelos Entscheidung …«

»Genug.« Valentino schnitt ihm das Wort ab. »Für einen Abend reicht es mir mit deiner Theatralik.«

»Du beleidigst mich«, sagte Felice und wurde gefährlich ruhig. »Ich habe heute Nacht meinen Bruder verloren. Seinen Tod zu rächen, solltest du nicht mit Theatralik vergleichen.«

Valentinos Ton war schneidend. »Wir werden uns später weiter unterhalten, privat, wenn du kein Publikum mehr hast.«

Ein unbehagliches Raunen schwappte durch die wartenden Falcones. Mit einem Mal breitete sich eine Kälte in unserer Mitte aus, und anstatt ihre misstrauischen Blicke auf mich zu richten, waren sie nach innen gekehrt, auf die Familie.

Sara Marino und C. J. schienen auf dem Gras völlig vergessen. Nun, da die Aufmerksamkeit nicht mehr auf ihn gerichtet war, schien C. J. kein Interesse mehr an dem Mädchen oder der Pistole zu haben. Er sah aus, als wäre er lieber an jedem anderen Ort der Welt.

»Das reicht jetzt«, sagte Elena und stellte sich neben Luca und Valentino. Sie waren ihr so ähnlich – dieselben leuchtend blauen Augen und hohen Wangenknochen, aber nichts von der goldenen Wärme, die Nic von seinem Vater geerbt hatte. »Regelt diesen Unsinn endlich, wir müssen unsere Vergeltung heute Nacht üben.«

Im Garten breitete sich zustimmendes Gemurmel aus.

»Sie können das Kind Ihrer Schwester nicht töten.«

Eine Sekunde lang dachte ich, es seien meine eigenen Worte gewesen und sie seien direkt aus meinem Kopf gesprungen, nachdem ich den Gedanken formuliert hatte. Und vielleicht hätte ich es sogar wirklich geglaubt, wenn da nicht dieser schwache britische Akzent gewesen wäre. Millie stellte sich an meine Seite und fädelte ihre Finger zwischen meine. Ich konnte spüren, wie sie zitterten. »Lassen Sie sie mit uns gehen.«

Elena verlor die Beherrschung. »Genug, Sohn! Du *musst* etwas unternehmen. Wenigstens gegen dieses Gracewell-Mädchen. Die Art, wie sie ...«

Es war Paulie, der ihr das Wort abschnitt. »Elena, du weißt, dass dieses Mädchen deinem Sohn das Leben gerettet hat. Lass uns heute Nacht nicht mehr Blut vergießen als nötig. Das wäre nicht in Angelos Sinne.«

Da war es. Mein Druckmittel. »Du schuldest mir ein Leben, Valentino«, rief ich und schaffte es, meinen Nervenzusammenbruch zu unterdrücken. Ich zeigte auf Sara. »Ihr Leben für Lucas im Lagerhaus. Lass sie gehen.«

Valentino hob die Augenbrauen und seine Lippen zuckten überrascht. »So funktioniert das eigentlich nicht.«

»Das ist hier der reinste Zirkus!« Felice hatte C. J. seine Waffe wieder abgenommen, stand auf dem Gras neben ihm und tippte ungeduldig mit dem Fuß auf. »Lass den Jungen einfach das Marino-Mädchen erschießen, dann ist die Sache erledigt.«

»Nein!«, riefen Millie und ich einstimmig. Millie hielt inzwischen ihr Telefon in der Hand. Auch die restlichen Falcones hatten das bemerkt. Selbst wenn sie sie schnappten, bevor sie jemanden in der Leitung hatte, reichte ein unterbrochener Notruf aus. Ihr Plan war entschieden mutiger als meiner, aber ich war nicht davon überzeugt, dass er auch cleverer war.

Paulie stürmte auf uns zu und wir stolperten ins Haus zurück.

Nic kam auf uns zu. »Nicht, Millie.«

Sie hielt sich das Handy ans Ohr. »Ich tue es, wenn ihr dieses Mädchen nicht gehen lasst.«

»Aber du weißt auch, dass du das bereuen wirst.« In seinen Worten schwang eine schreckliche Wahrheit mit. Wenn sie die *omertà* brach, war ihr Leben damit verwirkt, oder das von jemandem, der ihr nahestand.

Nic blieb in der Tür stehen. Paulie stellte sich neben ihn, während die anderen durch das Glas starrten. Es galt OPERATION: MÄDCHEN ENTWAFFNEN.

»Das Mädchen wird nicht sterben«, sagte Paulie.

»Sie lügen.«

Beschwichtigend hob er die Hände. »Valentino will den Marinos nur eine Botschaft schicken. Er wird Sara nicht töten. Sie ist seine Cousine, das wisst ihr doch. Mit Felice sind nur die Pferde durchgegangen – er ist in Trauer. Er hat euch einen etwas übertriebenen Eindruck davon vermittelt, was hier passiert.«

»Ich weiß, dass er will, dass C. J. sie tötet«, sagte ich. »Ich weiß, dass der Waffenstillstand gebrochen ist. Aber ich weiß auch, dass es diese ganze Situation nur schlimmer machen wird, wenn ihr Sara Marino tötet. Sie ist unschuldig und alle in diesem Garten wissen das.«

Darauf folgte ein einhelliges, nicht zustimmendes Murmeln, aber die unbehaglichen Blicke richteten sich wieder nach innen, während Schuhe beinahe verlegen im Gras

213

scharrten und sich bei den Falcones eine Art kollektives Stirnrunzeln ausbreitete.

Paulies Miene wirkte gelassen. »Du und ich wissen doch beide, dass das, was mit Sara passiert, nicht Felices Entscheidung ist. Valentino trifft die Entscheidungen. Felice hat übertrieben.«

»Hat er ihre Verletzungen auch übertrieben?«

»Sie sind nur oberflächlich.« Paulies Verhalten hatte etwas Beruhigendes an sich. Es lag daran, wie er sprach. Ich ertappte mich dabei, dass ich ihm glauben wollte. »Ihr wird nichts passieren.«

»Ihr ist aber schon was passiert«, widersprach Millie ihm. Sie klammerte sich immer noch an ihrem Handy fest, und die Falcones starrten es alle an, als sei es eine Bombe.

Ich ließ den Blick durch den Garten schweifen. Aus Valentinos Miene sprach wieder diese vorsichtige Gefühllosigkeit. »Ich gebe euch mein Wort«, sagte er. »Wenn ihr jetzt geht und versprecht, die Behörden nicht zu alarmieren, dann werden wir Sara gehen lassen. Ein Leben für ein Leben.«

»Und woher wissen wir das?«, wollte Millie wissen.

»Ihr werdet mir vertrauen müssen.«

»Wir haben aber nichts, worauf wir dieses Vertrauen stützen könnten.«

Ein freudloses Lächeln hob seine starren Mundwinkel. »Millie, du und ich führen diese Unterhaltung vor einer ganzen Schar von Mördern, die euer Leben auf der Stelle beenden würden, wenn ich sie darum bitten würde. Es gäbe keine Zeugen und eure Leichen würden niemals gefunden werden.« Er schnippte mit den Fingern. »Stützt euer Vertrauen darauf.«

»Dann lass sie mit uns nach Hause kommen«, wagte sich Millie erneut vor.

»Wir können sie nicht mit euch nach Hause gehen lassen. Sie muss Donatas Leuten mit einem Abgesandten der Falcones übergeben werden. Danach treten wir in strenge Verhandlungen ein.«

»So wie die im Lagerhaus?«, fragte ich.

Valentino legte Daumen und Zeigefinger an seine Nase. »Nein, nicht so wie die im Lagerhaus. So wie die traditionellen Verhandlungen in Sizilien.«

Ein Teil von mir wusste, wie diese Verhandlungen aussehen würden. Sie hatten jemanden, den die Marinos wollten, und die Marinos hatten jemanden, den die Falcones wollten. Jack. Aber ich konnte jetzt nicht an meinen Onkel denken – er kannte das Risiko, er hatte sich diese Grube selbst gegraben. Meine Sorge galt Sara und dafür zu sorgen, dass sie in Sicherheit war. Dass sie eine Chance bekam, das Leben zu leben, das sie sich wünschte, und einen Hauch der Freiheit zu erfahren, um die sie mich so sehr beneidete.

Millie und ich sahen einander an. Wie konnten wir mit Sicherheit wissen, ob sie wirklich bereit waren, sie freizulassen? Und was spielte das überhaupt für eine Rolle? Wir waren nicht in der Position zu verhandeln. Wir hatten ein Handy mit sechs Prozent Akku, Nics flatterhafte Zuneigung und Lucas unbeständige Dankbarkeit dafür, dass ich ihm das Leben gerettet hatte. Die anderen konnten uns töten, wenn sie wollten. Wir hatten unser Glück ohnehin bereits überstrapaziert.

»Mischt euch da nicht ein, Mädchen«, warnte Paulie. Er hatte die größten Augen, die ich je gesehen hatte. »Das ist nicht euer Kampf. Und das hier ist nicht eure Welt.«

Luca stand jetzt ebenfalls auf dem Gras. Er hob Sara hoch und schob seine Arme unter ihre Ellbogen. Sie stand auf wackeligen Beinen. Er strich ihr das verklebte Haar aus der Stirn und begann, mit ihr zu sprechen. Sie weinte. Er stützte sie und führte sie von den anderen weg.

Ich drehte mich zu Nic um. »Sagen sie die Wahrheit, Nic? Werden sie sie gehen lassen?«

Er schloss die Lücke zwischen uns und nahm meine Hand, direkt vor den Augen seiner ganzen Familie und seiner grauenvollen Mutter, und drückte sie ganz fest. Ich war so verblüfft, dass ich es zuließ. »Ja«, sagte er. »Valentino wird sie gehen lassen.«

In diesem Moment sah ich nur ihn – die goldenen Sprenkel in seinen Augen, die Ruhe und Gelassenheit, die seine Lippen umspielten, und all die Wärme, die er ausstrahlte. »Lass mich dich von hier fortbringen«, bat er. »Lass mich dich nach Hause fahren.«

Millie ließ ihr Handy sinken. Es baumelte an ihrer Seite wie eine im Holster steckende Waffe. Sie zuckte mit den Schultern und selbst aus ihren kleinsten Bewegungen sprach ihre Erschöpfung. »Ich denke, ich glaube ihm, Soph. Ich glaube Nic.«

Draußen hatte Luca angefangen, Saras Handfesseln zu lösen. Luca würde sich um sie kümmern. Luca würde sie freilassen, genauso, wie er es für mich getan hatte, als sie mich entführt hatten.

»Ja«, sagte ich, »das tue ich auch.«

18

Die Leiche

LEICHE VON MARINO-TEENAGER AUS DEM LAKE MICHIGAN GEZOGEN

DIE IM LAKE MICHIGAN GEFUNDENE LEICHE wurde als Sara Marino identifiziert, die neunzehnjährige Tochter des angeblichen Mafia-Bosses und Dauergasts in den Klatschspalten, Donata Marino, die von der heute nicht mehr bestehenden Syndikatsfamilie Genovese abstammt.

Die Behörden trafen gestern Morgen am Ort des Geschehens ein, nachdem sie von einem örtlichen Fischer alarmiert worden waren, der die Leiche kurz nach 08:00 Uhr morgens am Ufer des Sees entdeckt hatte.

Laut dem Gerichtsmedizinischen Institut von Cook County wird die Todesursache zurzeit untersucht. Man geht jedoch nicht von einem Unfall aus.

Ein Sprecher der Familie bestätigte den Verlust gestern Abend gegenüber der Presse mit den Worten: »Wir sind tieftraurig, dass wir unsere geliebte Sara verloren haben. Sie war ein äußerst kreativer und leidenschaftlicher Mensch und hatte eine strahlende Zukunft vor sich. Wir werden nicht eher ruhen, bis die Umstände ihres Todes vollständig aufgeklärt sind.«

Diese Stellungnahme erfolgte kaum eine Woche nach dem berüchtigten Streit im Nachtclub Eden, bei dem ein Mitglied einer rivalisierenden sizilianischen Mafiafamilie, Calvino Falcone, ums Leben kam. Donata Marino, die Eigentümerin des Clubs, wurde damals in Polizeigewahrsam genommen, später jedoch ohne Anklage wieder entlassen. Aufnahmen des Ereignisses durch Überwachungskameras liegen aufgrund eines Systemfehlers im Nachtclub nicht vor. Die Polizei ruft potenzielle Zeugen dazu auf, sich zu melden.

Keine der beiden Familien hat eine Stellungnahme abgegeben. Das FBI hält die Ermordung des inhaftierten verurteilten Mörders Rico Falcone im Stateville Correctional Center heute Morgen für einen möglichen Racheakt der Marinos, was als weiteres Indiz dafür gelten könnte, dass die kriminelle Unterwelt kurz vor dem Ausbruch eines Kriegs steht.

Die Syndikatsfamilie Marino, allgemein unter dem Namen »Die Schwarze Hand« bekannt, gehört zu den fünf größten Mafia-Familien in Chicago. Die Feindschaft zwischen den Falcones und den Marinos erlangte durch die Chicagoer Verbrechensserie von 1987 allgemeine Berühmtheit, die in der Ermordung von Don Vincenzo Marino, dem Boss der Familie Marino, und seiner Frau Linda Harris im eigenen Haus der Familie durch die Falcones gipfelte. Die Söhne des Paars, Vince jr. und Antony, verschwanden nach dem Angriff spurlos. Während der Dauer der Fehde verloren zahlreiche Falcones und Marinos ihr Leben, obwohl es nur zu drei Festnahmen kam. Mehrere Jahre später flammte die Blutfehde erneut auf, als die Marinos im Verdacht standen, Don Gianluca Falcone vor dem Northwestern Memorial Hospital ermordet zu haben. Wenngleich in jüngster Vergangenheit Frieden zwischen den bedeutendsten kriminellen Familien Chicagos herrschte, deutet alles darauf hin, dass durch die Ereignisse dieser Woche ihre gewalttätige Rivalität wieder aufleben könnte.

Sara Marino war das jüngste von fünf Geschwistern. Von ihren drei Brüdern, Marco, Libero und Franco Marino, sitzt Letzterer zurzeit eine lebenslange Haftstrafe wegen Mordes ab. Ihre Schwester, Zola Marino, wurde vor Kurzem aus dem Gefängnis entlassen, wo sie eine sechsjährige Haftstrafe wegen Totschlags verbüßte. Sara war häufig in der Clubszene des Eden zu sehen und verschob jüngst ihr Musikstudium an der University of Chicago. Sie hatte keinerlei Vorstrafen.

Einzelheiten zu ihrer Beerdigung wurden noch nicht bekannt.

19

Wut

Diese verlogenen Mistkerle.

Ich legte die Zeitung wieder auf den Tisch. Meine Mutter werkelte hinter mir am Herd. Fett brutzelte in der Pfanne und die ganze Küche roch nach Speck. Ich entschuldigte mich und eilte nach oben, immer zwei Stufen auf einmal nehmend. Ich schloss mich im Badezimmer ein und übergab mich.

Anschließend putzte ich mir die Zähne, band mein Haar wieder zu einem Zopf zusammen und blinzelte mein blasses Spiegelbild an.

Warum hast du ihm geglaubt?

Du dummes Mädchen.

In meinem Zimmer stopfte ich mir die Ecke meines Kopfkissens in den Mund und schrie und schrie und schrie.

Diese herzlosen, kaltblütigen Killer.

Ich hätte Nic am liebsten den Hals umgedreht. Wie hatte er mich so ungeniert anlügen können? Er war das reinste Gift; er und seine ganze Familie. Niemand war vor ihrer wahnsinnigen Jagd nach Vergeltung sicher.

Nach einer Weile kehrte ich zu meiner Mutter in die Küche zurück. Sie hatte zu dem Speck auch Eier gebraten.

Sie summte vor sich hin, und ihre Stimme folgte einer Melodie, die ich nicht kannte.

Mit zitternden Beinen setzte ich mich an den Tisch und konnte die Nachwirkungen meines Erbrechens und das Brennen auf meinen Wangen spüren. Ich versuchte, mir eine leere weiße Seite vorzustellen.

In der hinteren Ecke des Tischs rangen halb vernähte Stoffteile um den spärlichen Platz und ein aufgerissener Briefumschlag lugte unter dem Stapel hervor.

Meine Mutter stellte die Teller ab und setzte sich neben mich.

Ich zog den Brief zu mir heran und überflog ihn. »Unsere Hypothekenzahlung ist überfällig.«

Sie riss mir den Brief aus der Hand, faltete ihn wieder zusammen und steckte ihn zurück in den Umschlag. »Ich kümmere mich drum.«

»Haben wir kein Geld mehr?«, fragte ich und sah sie weiter von der Seite an, während sie einen Streifen Speck knusperte. »Ist das Diner in Schwierigkeiten?«

»Es ist nur ein Missverständnis«, versicherte sie mir und kaute langsam und sorgfältig. »Iss dein Frühstück. Und mach dir keine Sorgen wegen dieses langweiligen Erwachsenenkrams.«

Langweiliger Erwachsenenkram. Die Zeitung lag noch immer mit der Titelseite nach unten dort, wo ich sie hingelegt hatte, aber die Schlagzeile pulsierte weiter in meinem Kopf. Ich blinzelte die Worte weg und zauberte die leere weiße Seite wieder herauf. Ich zwang mich, eine Gabel voll Ei zu essen.

»Ich sollte wieder arbeiten gehen«, schlug ich vor.

Meine Mutter reichte mir den Salzstreuer. Sie lackierte

sich wieder die Nägel. Koralle: sommerlich und freundlich. Ihren kleinen Finger hatte sie allerdings vergessen. »Sei nicht albern. Du solltest draußen die Sonne genießen und dich amüsieren.« Ihre Miene entspannte sich mit einem gelassenen Lächeln, aber die Krähenfüße unter ihren Augen wirkten tiefer.

»Ich sollte auch was zu unseren Finanzen beisteuern«, fand ich. »Es macht mir nichts aus ...«

»Du musst dir nicht die Last der ganzen Welt auf die Schultern laden. Ich hab alles unter Kontrolle.«

Hast du das?, wollte ich fragen, tat es aber nicht. In mir tobten zu viel Wut und Angst. Ich hatte alle Mühe, sie nicht aus mir herausbrechen zu lassen.

Sie tippte auf den Rand meines Tellers. »Dein Frühstück wird kalt.«

Ich kaute auf einem Streifen Speck herum und versuchte, das unruhige Kribbeln in meinem Magen zu ignorieren, die Gedanken, die sich immer wieder in mein Hirn bohrten. Ich schluckte die Schlagzeile und das Bild von Sara Marinos leblosem Körper, den man aus dem See gezogen hatte, wieder hinunter und verkündete meiner Mutter, wie köstlich das Essen schmeckte.

Wir unterhielten uns über den Garten und das neue Holzgitter, das sie an der hinteren Mauer aufgestellt hatte. Wir redeten darüber, dass ich bald wieder in die Schule gehen würde. Wir sprachen nicht noch einmal über den Hypothekenbrief oder all ihre halb vollendeten Projekte. Wir sprachen auch nicht über Jack oder über meinen Vater. In letzter Zeit schienen unsere Unterhaltungen eher davon bestimmt zu werden, was wir dabei vermieden, als durch das, was wir tatsächlich besprachen. Das ist das Problem mit einem Trauma: Man trägt es wie einen Umhang mit sich herum, aber wenn man es anerkennt, wird es nur noch schlimmer.

Ich aß so viel, wie ich runterbrachte, aber in meinem Mund schmeckte alles wie Asche. Der Kaffee war zu bitter, der Saft zu rot. Meine Mutter stocherte noch immer auf ihrem Teller herum und zerteilte ihre Eier, als ich meinen bereits abräumte und mich erneut entschuldigte.

Draußen war es bewölkt, aber die Luftfeuchtigkeit war unerträglich. Selbst im Haus fühlte ich mich davon völlig erdrückt. Sie kräuselte meine Haarspitzen, die sich ganz klebrig an meinen Hals schmiegten. Sogar mein T-Shirt fühlte sich warm an und klebte an meinen Armen.

Am Nachmittag kam Millie vorbei.

»Soph!« Sie machte ein entsetztes Gesicht, stürmte auf mich zu, schlang ihre Arme um mich und warf mich rückwärts wieder in den Flur. »Ich kann nicht glauben, dass sie es wirklich getan haben. Ich kann nicht glauben, dass sie es wirklich durchgezogen haben.«

»Ich weiß.« Die Sache war nur: Ich konnte es.

Sie sah völlig fertig aus. *Ich* hatte ihr das angetan. Ich hatte sie mit mir runtergezogen, in diese düstere, gnadenlose Welt. Jetzt glichen wir nur noch einer Zombieversion von uns selbst und versuchten, wieder daraus emporzusteigen. Aber es war schwer, gewisse Dinge zu vergessen, die man bereits gesehen hatte. Es war schwer, nicht an die Menschen zu denken, die man zurückzulassen versuchte, wenn man sie erst einmal kennengelernt hatte. Wenn die Blutfehde von Neuem begonnen und bereits auf beiden Seiten Todesopfer gefordert hatte, wer wusste dann schon, wer als Nächster dran war? Es war schwer, das einfach zu ignorieren, selbst wenn sie Lügner waren. Selbst wenn sie Mörder waren.

Ich bugsierte Millie ins Wohnzimmer, wo wir uns auf die Couch fallen ließen. Sie zog die Beine hoch und versteckte ihre Füße unter ihrem Körper. »Ich kann einfach nicht aufhören, daran zu denken. Wir hätten noch mehr unternehmen sollen.«

»Ich hätte Nic nicht glauben sollen. Er hatte mich sowieso schon hintergangen, als er im Eden aufgetaucht ist.«

»Das ist doch nicht deine Schuld«, sagte sie leise. »Ich hab ihm auch geglaubt.«

»Ich hätte nicht zulassen sollen, dass er mir diese rote Karte abnimmt.« Und das war die schreckliche Wahrheit: Sie wären nicht aufgetaucht, wenn ich an jenem Abend auf dem Parkplatz nicht so unvorsichtig gewesen wäre.

»Nic hat sie dir geklaut«, sagte Millie.

»Und ich hab es zugelassen.« Ich dachte an unseren Kuss, die dunkle Leidenschaft, das übermächtige Gefühl, dass es falsch gewesen war. »Ich war eine Idiotin. Ich hab das Gefühl, dass ich mein ganzes Leben darauf gewartet hab, dass endlich etwas passiert, etwas, das mir einen solchen Schock versetzt, dass ich endlich zu leben anfange. Ich konnte es gar nicht erwarten, mich in jemanden zu verlieben, mich *geliebt* zu fühlen. Aber das hier ist nicht das, was ich erwartet hatte. Es ist nicht das, was ich wollte. Alles ist total verkorkst.«

Millie schwieg eine Weile und dachte über meine Worte nach. Sie lehnte sich ein Stück nach vorne und knetete die Hände. »Die wenigsten Leute bleiben für immer mit ihrer ersten großen Liebe zusammen. Das ist ... nur dieser blöde Märchenmythos, den sie uns in den Disney-Filmen immer auf die Nase binden wollen. Wusstest du, dass Schneewittchen ungefähr ... *vierzehn* war? Wenn ich den Typen heiraten würde, für den ich mit vierzehn geschwärmt habe, dann hätte ich für den Rest meines Lebens Tom Peterson und seinen blöden Wackeldackel an der Backe. Man darf auch mal Fehler machen.«

»Ich hab mich mit einem *Mörder* eingelassen. Und ich schätze, mir war einfach nie klar, wie kaputt er wirklich ist, bis er mir dieses Versprechen gegeben und Sara dann trotzdem getötet hat. Sie war seine Cousine, Mil. Ich krieg das einfach nicht in meinen Kopf. Wie konnte ich nur so blind sein?«

Millie zuckte mit den Schultern, die Augen auf einen Punkt auf dem Boden gerichtet. »Ich bin mit Dom ausgegangen. Ich hätte die Warnzeichen genauso erkennen müssen. Aber ich bereue es nicht, Soph. Ich hab daraus gelernt.«

Ich hob die Augenbrauen. »Und was hast du gelernt?«

Sie seufzte schnaubend. »Dass ich schmerzlich oberflächlich bin.«

Ihre Offenheit entlockte mir ein leises Lächeln, einen vergnügten Funken in der Düsternis, die uns umgab. »Ich wünschte, ich könnte dich deswegen aufziehen, aber wer im Glashaus sitzt ...«

»Soll nicht mit Steinen werfen, tut mir leid«, beendete sie meinen Satz, und ihr Lächeln wirkte genauso zaghaft wie meins.

Ich sank in die Couch zurück und blickte zu der fleckigen Farbe an der Decke empor, als ich schließlich die Erkenntnis aussprach, die schon länger in meinem Magen grummelte. »Ich glaube, ich habe Nic nie wirklich gekannt«, gestand ich leise. »Wenn ich ihn wirklich verstanden hätte, dann wäre ich nie aus diesem Haus gegangen und hätte Sara zurückgelassen. Ich hatte diese romantische Vorstellung von ihm«, gab ich zu, und die schmerzliche Wahrheit erstickte meine Worte beinahe. »Und das hat sie umgebracht.«

Millie zupfte an meinem Arm, damit ich sie ansah. »*Sie* haben sie umgebracht. Wenn wir versucht hätten, noch mehr zu unternehmen, dann hätten sie vielleicht drei Leichen aus diesem See gefischt und nicht nur eine, und das ist die nackte Wahrheit, Soph.«

»Vielleicht.«

Millies Tonfall wurde finsterer, ernster. »Aber da ist noch mehr.«

Ich konnte spüren, wie mein Gesicht ganz bleich wurde und das verblasste Kribbeln der Übelkeit von vorhin mit voller Wucht zurückkehrte. »Was?«

»Als ich vorhin bei der Arbeit war, hab ich den Safe gefunden. Nachdem du mir erzählt hast, was Jack im Eden zu dir gesagt hat, wusste ich, dass da noch mehr dahinterstecken muss. Also hab ich danach gesucht.«

»Aber wir hatten schon immer einen Safe.«

Millie schüttelte den Kopf. »Nicht diesen Safe. Das ist ein anderer. Ein *größerer*. Er ist in diesen riesigen Schränken über dem Herd in der Küche. Du weißt schon, in den ganz oberen?«

Ich nickte. Wir hatten sie nie benutzt – sie waren zu schwer zu erreichen.

»Ich hätte den eigentlichen Safe gar nicht bemerkt, wenn er nicht hinter einer Linoleumplatte im Schrank versteckt gewesen wäre. Sie war an einer Ecke schon abgebröckelt, deshalb hab ich sie rausgezogen. Er ist riesig, Soph, und *alt*.

Die Kanten sind total schick verziert, deshalb erkennt man sofort, dass er randvoll mit Sachen ist, die da eigentlich nicht drin sein sollten. Ich schätze, man braucht einen großen schicken Schlüssel, wenn man da ran will, den Schlüssel zum Schloss aller Schlösser. So einen haben wir im Diner aber nicht.«

»Er hat ihn wahrscheinlich immer bei sich.« In meinem Kopf drehte sich plötzlich alles, auch wenn ich nicht wirklich überrascht war. Jack hatte mir gesagt, dass sich dort ein Safe befand – nur dass ein kleiner, naiver Teil von mir geglaubt hatte, er hätte den gemeint, den wir immer benutzten. *Natürlich* gab es noch einen anderen – einen geheimen Safe, voll mit Dingen, von denen nur er wusste. »Darum beobachten die Falcones das Diner.«

Millie nickte. »Ich würde um alles mit dir wetten, dass das, was Jack braucht, immer noch da drin ist. Deshalb wollte er, dass du ihm hilfst. Das hat er Donata als Gegenleistung versprochen.«

»Ich hab den Schlüssel aber nicht … oder den Wunsch, ihm zu helfen«, fügte ich hinzu. »Er ist das reinste Gift.«

»Hast du noch mal was von ihm gehört?« Millie sah mich mit zaghafter Neugier an. Sie war ein wenig blasser als gewöhnlich und ihr Haar war ganz fettig. Millies Haar war sonst nie fettig.

»Nein.«

»Glaubst du, er meldet sich noch mal?«

Wir kannten beide die Antwort. Ich musste an die rote Visitenkarte denken und daran, was er mir im Eden an den Kopf geworfen hatte. Er wusste, dass ich diejenige gewesen war, die sein Versteck verraten hatte, aber wie hätte er wissen sollen, dass es nur ein Versehen gewesen war? »Ja«, erwiderte ich und presste meine Antwort durch ein tiefes Seufzen hervor. »Er wird zurückkommen.«

Millies Augen wurden vor Angst ganz groß. »Und was willst du dann tun?«

»Die Frage ist nicht, was *ich* tun werde. Die Frage ist, was *er* tun wird.«

Ich erinnerte mich wieder daran, wie sich Donata Marino an meinem Arm festgekrallt und ihre Fingernägel hineingebohrt hatte, als wollte sie mich nie wieder loslassen. Daran, wie Jacks Wut über meinen Verrat in jener Nacht über die Menge im Club hinweggefegt war. Ich erinnerte mich an Sara Marino, die vor Felices Villa mit der Nase ins Gras gepresst lag, das von ihrem Blut glänzte. Bilder ihrer vom Wasser ganz aufgedunsenen Leiche drängten sich in mein Gehirn und verlangten danach, gesehen zu werden. Ich wusste bereits, was ich tun würde, wenn Jack wieder zurückkam.

Leugnen, leugnen, leugnen.

20

Die Unterhaltung

Die Kardashians liefen in sinnbefreiter Endlosschleife im Hintergrund, während all die Dinge, die wir in der vergangenen Woche erlebt hatten, unsere Unterhaltung erstickten. Es würde noch mehr passieren, und trotzdem konnten wir nichts davon vorhersagen. Wir konnten uns nur so gut wie möglich fernhalten und die Hoffnung nicht verlieren, dass der Sturm an uns vorüberziehen würde.

Das Festnetztelefon klingelte und ich hörte die Schritte meiner Mutter im Flur hallen. Ich spitzte die Ohren, während mir bewusst wurde, dass das Telefon in diesen Tagen nur noch sehr selten klingelte. Eine neue Kundin? Ich hoffte es. Meine Mutter senkte ihre Stimme, deshalb stellte ich auch den Ton des Fernsehers leiser. Millie scrollte gedankenverloren auf ihrem Smartphone durch Instagram und schaute sich Fotos vom Essen anderer Leute an.

»…alles mir überlassen, und das ist nicht fair.«

Okay, also ganz eindeutig keine Kundin. Sie war ihren Kunden gegenüber niemals wirklich unhöflich. Eigentlich war meine Mutter, die unendlich Höfliche, nur zu einem einzigen Menschen unhöflich.

Ich stellte den Fernseher auf stumm.

»… einfach so verschwunden, als wäre nichts!«

Ihre Stimme war nun lauter und die Tonlage riss Millie aus ihrer Handywelt. Sie hob den Kopf und ich legte einen Finger an meine Lippen.

»Ich muss das wieder in Ordnung bringen, aber wie soll ich das bitteschön anstellen? Wir haben kein Geld.«

»Wer ist das?«, fragte Millie stumm.

Ich zuckte mit den Schultern und hielt den Finger auf meinen Lippen.

Meine Mutter sprach wieder leiser weiter, und die Worte, die mich erreichten, waren nur noch abgehackt und aus ihren Sätzen gerissen, sodass ich ihre Bedeutung nicht verstehen konnte.

»… seit dieser Nacht … normal … die Wahrheit … versprochen, als ich dachte … nicht mehr.«

Ich stand auf, ging zur Tür und öffnete sie vorsichtig einen Spalt. Ich musste mich immer noch anstrengen, aber jetzt ergaben die Worte wieder einen Zusammenhang. Ich hielt den Atem an, um alles zu hören.

»… nicht fair, für keine von uns. Ich muss das tun.«

Ich lugte hinaus. Meine Mutter stand im Flur. Sie lehnte sich gegen die Badezimmertür, eine Hand in ihrem Haar vergraben, die andere umklammerte das Telefon. »Na schön«, fauchte sie. »Aber das ist nicht richtig. Ich finde das nicht richtig!« Sie ließ den Kopf sinken, hob ihre freie Hand zu ihren Augen und rieb sie angespannt. »Ich schicke sie ja«, sagte sie. »Aber in dieser Sache ist das letzte Wort noch nicht gesprochen. Noch nicht mal annähernd.«

Als sie auflegte, stand ich bereits im Flur und durchbohrte ihren Nacken mit dem Blick. Sie drehte sich um, aber statt mit Überraschung reagierte sie mit Niedergeschlagenheit.

»Sophie.« Ihre Arme fielen schlaff an ihren Seiten hinunter. »Oh, Sophie, ich bin so müde.«

Vorsichtig machte ich einen Schritt auf sie zu. »War das Jack?«

Sie blinzelte ein wenig benebelt. »Das war dein Vater. Er will, dass du ihn morgen besuchen kommst.«

Ich war völlig überrascht. »Warum?«

»Weil er weiß, was mit den Falcones passiert ist«, antwortete sie tonlos, während sich Falten in ihre Stirn gruben und sie gestand: »Ich hab's ihm erzählt.«

»Warum?« Mein Entsetzen war meiner Stimme anzumerken. Warum hatte sie das getan, wenn sie genau wusste, dass er nichts tun konnte, um irgendetwas zu ändern? Warum ihm unnötig Sorgen machen, wenn sie sich selbst schon solche Sorgen machte? Und dann hätte ich mich selbst in den Hintern beißen können, als sich Schuldgefühle in mein Herz bohrten. Sie schaffte das alles nicht mehr, darum. Und es hatte einmal eine Zeit gegeben, in der er ihr Fels in der Brandung gewesen war. Vielleicht war er das sogar immer noch, obwohl nun diese Feindseligkeit zwischen ihnen herrschte. Vielleicht brauchte sie ihn immer noch genauso sehr, wie ich sie brauchte.

Sie kämmte sich mit den Fingern das Haar aus dem Gesicht. Ihre Mauer war eingestürzt, und sie war zu müde, um sie wieder aufzurichten. »Weil ich wollte, dass er es versteht.«

»Was versteht?«

Ihr Blick ging an mir vorbei zum Fenster, durch das die Sonne in den Flur schien. »Dass nicht alles in Ordnung ist«, erwiderte sie klar. »Dass es schon lange nicht mehr in Ordnung ist.«

»Nein«, sagte ich leise und verspürte eine seltsame

Erleichterung, weil wir nun endlich die Wahrheit aussprachen, die wir bisher so sorgfältig umschifft hatten. Mir war gar nicht bewusst gewesen, wie sehr ich mich danach gesehnt hatte. »Nein, es ist nicht alles in Ordnung.«

Aber warum, wunderte ich mich, wollte er dann mich sehen und nicht sie? Ich betrachtete die zusammengesunkene Gestalt meiner Mutter und sah darin, was er wahrscheinlich auch in ihrer Stimme gehört hatte – Schwäche. *Ich bin es,* dachte ich. *Ich bin diejenige, die das wieder in Ordnung bringen muss.*

Als hätte sich in ihrem Inneren ein Schalter umgelegt, riss meine Mutter plötzlich den Kopf hoch, und ihr Blick wurde ganz hart und glasig. »Weißt du, trotz allem, was passiert ist, liebe ich deinen Vater sehr«, sagte sie, und ihre Worte durchdrangen ein schweres Seufzen. »Ich liebe das Leben, das er für uns aufgebaut hat. Ich liebe die Tochter, die er mir geschenkt hat. Ich liebe unsere Familie.«

»Das ist gut ...«, erwiderte ich unbeholfen. Sie hatte seit langer Zeit nicht mehr so offen oder liebevoll von ihm gesprochen. Ihre Worte klangen warm, aber es schwang auch etwas in ihnen mit ... ein Stachel, eine Traurigkeit.

»Ich vermisse ihn, Sophie«, gab sie zu. »Ich vermisse ihn jeden Tag.«

Tränen brannten in meinen Augen, ihre plötzliche Offenheit tat weh. »Ich auch, Mom. Ich vermisse ihn auch.« *Ich vermisse uns. Ich vermisse unsere Familie.*

»Aber manchmal ...« Sie schüttelte den Kopf, ganz langsam, und richtete ihren Blick auf den Fußboden zwischen uns, auf eine andere Zeit, einen anderen Ort, irgendwohin, wo ich keinen Zugang hatte. »Manchmal hab ich das Gefühl, einfach zu explodieren.«

Abrupt wandte sie sich von mir ab und stürmte durch die Küche in den Garten hinaus, wo sie in ihren Blumen verschwand.

Ich sah ihr nach. Auch ich kannte dieses Gefühl inzwischen nur allzu gut.

21

Das Gefängnis

Im Bus zum Stateville Correctional Center gab es keine Luft und die Sitze waren ganz feucht von den jahrelang aufgesogenen Körpergerüchen. Ich kauerte mich im hinteren Teil neben einem Fenster zusammen und stöberte in den Playlisten auf meinem iPod. Ich lauschte Joshua Radin und sah zu, wie Chicago in der Ferne verblasste.

Ich traf am frühen Nachmittag ein. Mein Haar klebte platt an meinem Kopf, weil ich mich beim Schlafen gegen das Fenster gelehnt hatte. Ich fasste es zu einem Pferdeschwanz zusammen. Auch meine Klamotten waren ganz klebrig. Die Luftfeuchtigkeit war immer noch nicht gesunken und die Hitze draußen furchtbar erstickend. Der Himmel war bewölkt und eine Decke aus blendendem Weiß schien mich zu Boden zu drücken. Die Luft schien wie aufgeladen und meine Haarspitzen standen statisch nach allen Seiten ab.

Ein Sturm braute sich zusammen.

Im Stateville roch der Besucherraum nach Desinfektionsmittel. Drei Gefängniswärter säumten die Wände und beobachteten das Geschehen mit trister Gleichgültigkeit. Ich versuchte, ihnen nicht in die Augen zu sehen, aus Angst, sie könnten mich durchschauen und herausfinden, was ich wusste.

Mein Vater schlurfte durch den Raum auf mich zu. Er ging ein wenig vornübergebeugt, so als würde es ihn zu viel Energie kosten, den Kopf oben zu halten. Er war immer noch sehnig und dünn, und sein angegrautes Haar stand hinter seinen Ohren ab und zeigte in Richtung seiner großen grauen Augen. Früher waren sie viel blauer gewesen, wie der Ozean.

Er hob den Kopf und ein Lächeln ließ sein Gesicht erstrahlen. Für einen flüchtigen Augenblick gelang es ihm, sich in den Vater zu verwandeln, den ich außerhalb dieser Mauern gekannt hatte. »Sophie, es tut so gut, dich zu sehen.«

Es war mir nicht erlaubt, ihn zu umarmen, deshalb wusste ich nicht so recht, was ich mit meinen Händen tun sollte. Ich entschied mich schließlich für eine unbeholfene Mischung aus Winken und militärischem Gruß.

Wir setzten uns. Ich betrachtete sein Gesicht, seinen Hals, seine Hände – jeden Teil von ihm, den ich sehen konnte – und suchte nach irgendwelchen Anzeichen für Verletzungen. Er begutachtete mich ebenso ausführlich. Es brachte mich ein wenig aus der Fassung. Die blauen Flecken in meinem Gesicht waren inzwischen verblasst und die Schwellungen rund um meine Nase verschwunden. Ich war zwar blasser als sonst, aber davon abgesehen war ich von meinen Verletzungen äußerlich nicht mehr gezeichnet. Trotzdem wusste er jetzt davon, deshalb ergab es durchaus Sinn, dass er nach ihnen suchte.

In der Lehne meines Plastikstuhls befand sich eine Rille. Sie bohrte sich in meinen Rücken, und ich rutschte ein

Stück zur Seite und versuchte, eine bequemere Position zu finden. Es hatte keinen Zweck. Ich faltete die Hände in meinem Schoß und suchte nach den richtigen Worten. Wie sollte ich anfangen? Wie viel sollte ich ihm sagen?

Das Unbehagen in seinem Gesicht spiegelte meins wider, und ich musste beinahe darüber grinsen, wie ähnlich wir uns waren. Er senkte den Kopf und bedachte mich mit diesem *Blick*. Der Raum um uns herum verblasste, bis es nur noch uns beide gab, sicher in unserer eigenen kleinen Blase. Seine Fassade bröckelte und seine Gesichtszüge entgleisten.

Die Worte sprudelten nur so aus ihm heraus. »Ich weiß, was passiert ist, Soph. Deine Mom hat es mir erzählt.«

»Ja, na ja«, murmelte ich und verschränkte die Finger vor meinem Körper. »Jack ist ein Arschloch.«

Trauer grub sich in sein Gesicht und zog seine Wangen nach unten, bis er ganz alt und schwach aussah. »Es tut mir so leid. Ich weiß nicht, was ich sonst noch sagen kann. Es tut mir leid, dass dir das alles passiert ist. Es tut mir leid, dass dein Leben in Gefahr war und dass ich nicht da war, um dir zu helfen. Ich werde mir das nie verzeihen.«

Irgendetwas rührte sich tief in meinem Inneren, eine Art Brennen, und ich verspürte den plötzlichen Drang, mich in meinem Magen festzukrallen und es herauszureißen.

»Es muss dir nicht leidtun«, erwiderte ich und klang wütender, als ich es beabsichtigt hatte. Aber ich *war* wütend auf ihn – wegen dem, was passiert war, wegen dem Chaos, das er für uns alle angerichtet hatte. »Es hatte nichts mit dir zu tun.«

Er vergrub das Gesicht in den Händen. »Du hast viel zu viel durchgemacht. Und ich war nicht da. Ich bin nie da.«

Ich schaute auf seinen Scheitel, wo winzige weiße Härchen zwischen den grauen und braunen zu sprießen begannen. »Es geht mir gut, Dad.« *Wenn auch nicht dank dir.* Das sagte ich jedoch nicht, so grausam konnte ich nicht sein.

Er hob den Kopf wieder. »Dir geht's nicht gut. Und deiner Mutter auch nicht. Sie hat Todesangst und ich kann ihr deswegen keinen Vorwurf machen. Ich versuche ja, ihr Ratschläge zu geben, aber sie will nicht auf mich hören. Sie ist wütend auf mich, Soph, und sie hat auch jedes Recht dazu. Aber sie schafft das alles nicht mehr und ich mache mir Sorgen um sie.«

»Da sind wir schon zwei.«

Ich stellte ihm die Frage, die ich ihm stellen musste; die, die mir förmlich auf den Lippen brannte. »Hast du schon vom Mann der Stunde gehört?«

»Noch nicht.« Mein Vater atmete pfeifend durch die Nase aus, und als er weitersprach, bebten seine Worte vor Wut. »Was er getan hat ... die Lage, in die er dich und deine Mutter gebracht hat ... Er sollte dafür sorgen, dass ihr in Sicherheit seid, solange ich nicht da bin, und nicht euer Leben riskieren.«

»Wusstest du es?« Meine Fingernägel gruben sich in meine Hände und hinterließen Halbmonde auf meiner Haut. »Wusstest du, was er die ganze Zeit über getrieben hat?«

»Nein.« Ich hatte meine Frage kaum zu Ende gestellt, als er schon mit der Antwort herausplatzte. »Natürlich wusste ich das nicht.«

»Hat dir Mom denn jetzt alles erzählt?«

»So viel sie eben konnte«, erwiderte er. »Aber ich will jetzt nicht darüber sprechen. Ich möchte lieber über meine Mädchen sprechen.«

»Tja, ich will aber über die Drogen und das Goldene Dreieck und alles andere sprechen, das uns in solche Schwierigkeiten gebracht hat. Ich will über all das sprechen, was du verpasst hast.« Also sprach ich darüber. Ich erzählte meinem Vater alles, was bis zu der Schießerei im Lagerhaus passiert war – von Jacks zwielichtigen Geschäften, von den Drogen und von der Gang, zu der er gehört hatte, davon, wie er mit meiner Mutter ins Lagerhaus gekommen war, wie er über mir gestanden und wie er versucht hatte, den Vize-Boss der Falcones zu töten. Ich erzählte ihm alles, bis ich fast keine Stimme mehr hatte. Ich erzählte weiter, bis ich mir sicher war, dass ich es geschafft hatte und mein Vater Jack nun mit anderen Augen betrachtete, und bis ich mir sicher war, dass auch er die kalte, nackte Wahrheit über seinen kleinen Bruder erkannte.

Als ich schließlich fertig war, holte ich tief und lange Luft. Eine kleine Last löste sich in meinem Inneren und ich fühlte mich nicht mehr so gefangen wir zuvor.

Mein Vater, der mir aufmerksam zugehört und mich mit starrem Blick beobachtet hatte, richtete sich auf seinem Stuhl auf. »Soph, ich verspreche dir, dass ich dafür sorgen werde, dass er dafür bezahlt, dass er dich und deine Mom in Gefahr gebracht hat«, begann er. »Ich bin so enttäuscht von ihm – von seinen Entscheidungen, von dem Weg, den er gewählt hat. Ich hätte ihn schon vor langer Zeit aus unserem Leben verbannen sollen.« Verglichen mit all den Worten, die ich gerade in den Raum zwischen uns geschleudert hatte, fühlte sich seine Antwort nach gar nichts an, aber ich konnte sehen, dass sich sein Gesicht verändert und sich in seinem Kopf alles neu sortiert hatte. Er war vollkommen ausgelaugt. Er rieb sich mit beiden Händen die Stirn. »Aber ich kann ihn nicht erreichen. Ich weiß nicht, wo er ist oder was er gerade tut.«

Das war der Moment. Vor Unentschlossenheit war ich hin- und hergerissen. Es sagen oder nicht sagen. Ihn aufwühlen oder nicht aufwühlen. Aber ich brauchte Unterstützung. Einen Plan für den Tag, an dem Jack zurückkehrte – mein Vater musste etwas unternehmen, damit *ich* es nicht tun musste. Deshalb beschloss ich, ihm die Chance zu geben, das Richtige zu tun und uns zu beschützen, genauso, wie er es gesagt hatte. »Ich weiß, wo er ist«, sagte ich, ohne auch nur mit der Wimper zu zucken. Ich setzte mich auf meinem Stuhl zurück und zog mich instinktiv von ihm zurück, für den Fall, dass seine Reaktion zu heftig ausfiel. »Jack ist bei der anderen Mafia-Familie, den Marinos.«

»Nein«, platzte er sofort heraus. »Niemals.«

Tja, das beantwortete zumindest die Frage, ob er schon mal von den Marinos gehört hatte.

»Jack wäre niemals so dumm. Er würde sich niemals so offen auf die Seite der Marinos stellen.«

»Tut er aber«, bekräftigte ich.

Mein Vater schüttelte den Kopf.

Ich wagte mich noch weiter vor, wild entschlossen, Jack endgültig von dem Podest zu stürzen, auf das mein Vater ihn gehievt hatte. »Ich weiß zwar nicht, was er Donata Marino angeboten hat, aber er ist bei ihnen, das schwöre ich. Er verbirgt es noch nicht mal.«

»Gott«, stöhnte mein Vater. Er sah aus, als würde er gleich in Ohnmacht fallen, und fuhr sich mit den Fingern durch sein grau meliertes Haar. »Nach allem … etwas so Gefährliches zu tun. Was *denkt* er sich nur dabei?«

Ich hatte zwar nicht wirklich das Gefühl, dass er immer

noch mit mir sprach, aber da ich die Antwort schon mal kannte, fand ich, ich könnte sie ihm genauso gut geben.

»Schutz«, sagte ich. »So viel ist klar. Die Falcones wollen Jack tot sehen, deshalb versteckt er sich bei der einzigen Familie, die sich mit Freuden gegen sie stellt.«

Die Augenlider meines Vaters flatterten auf Halbmast. Er sah eher krank als wütend aus. Ich schob meine Hände über den Tisch, so nah zu ihm, wie ich konnte, ohne ihn zu berühren. Ich versuchte, meine Stärke auf ihn zu übertragen. »Wissen die Falcones ... wissen sie, wo Jack ist?«, fragte er.

»Ja.« Vor meinem geistigen Auge blitzten Szenen aus dem Eden auf. »Sie wissen es schon seit ungefähr einer Woche. Es gab einen ... eine Art Showdown ... Es war in den Nachrichten«, stammelte ich und kam zu dem Schluss, dass es der dümmste Fehler der Welt gewesen wäre, meinem Vater zu erzählen, dass ich selbst dabei gewesen war. Er würde nur durchdrehen, mehr als ohnehin schon. »Ich weiß aber, dass Jack dort war ... jemand hat ihn gesehen.«

Diese Information versetzte ihm einen weiteren Schlag und seine Augen wurden ganz groß. »Er war bei der Schießerei im Eden dabei?«

»Du hast davon gehört?«

Seine Augen huschten hin und her, völlig panisch, während er die Information verarbeitete, dass das einzige Mitglied seiner Familie, abgesehen von meiner Mutter und mir, nun mitten in der gefährlichsten Blutfehde der Stadt steckte. Jack hofierte Gewalttäter und Mörder, und mein Vater konnte ihn nicht erreichen – er konnte nicht der beschützende Bruder sein, der er immer gewesen war. Jack war auf sich allein gestellt.

»Natürlich hab ich davon gehört, Sophie. Donata Marinos *Teenager*-Tochter wurde eben erst von den Falcones ermordet.« Mein Vater gewann seine Fassung zurück und sein Mund wurde ganz hart. »Hör mir zu, Sophie. Du und deine Mutter müsst sofort aus Cedar Hill verschwinden.« Er warf sich nach vorne und seine Hände klatschten auf den Tisch. »Verlasst das Haus, verlasst das Diner und verschwindet einfach, so weit weg, wie ihr nur könnt.«

»Was?«, zischte ich. »Aber das ist unser Zuhause. *Unser* Zuhause. Ich kann das nicht einfach so verlassen.«

Er packte meine Hände und drückte sie ganz fest. »Sofort, Sophie. Ich will, dass ihr alles hinter euch lasst. Und ich will, dass ihr es noch heute Abend tut.«

Einer der Gefängniswärter brüllte uns an, wir sollten uns wieder loslassen. Ich riss meine Hände weg.

»Wenn du nach Hause kommst, packst du deine Sachen, packst die Sachen deiner Mom, und dann steigt ihr ins Auto und fahrt los.«

Ich hätte am liebsten den Tisch unter mir zertrümmert. Hier war der Vater, den ich brauchte, der Mann, der uns in Sicherheit bringen wollte, und er saß hinter Gittern fest und bellte mir Befehle ins Gesicht. Ich war so frustriert, so verängstigt. Und ich kam mir vollkommen allein vor. Mit einem Mal fühlte ich mich ganz wackelig, so als sei mein Kopf nicht richtig an meinem Hals angewachsen. Er hatte mich gerade gebeten, das Unmögliche zu tun. Wir hatten kein Geld, kein Ziel. Alles, was wir auf der ganzen Welt noch hatten, waren unser Haus und das Diner. Das war alles.

»Mom wird nicht gehen. Sie kriegt ihr Leben gerade erst wieder in den Griff.«

»Tut sie nicht.« Seine Miene verfinsterte sich. »Sie schläft nicht, sie isst nicht richtig. Sie erzählt oft unzusammenhängendes Zeug. Sie hat dauern Flashbacks. Sie hat Angst, das Haus zu verlassen. Sie schafft das alles nicht mehr, Soph.«

Jedes Wort fühlte sich an wie ein Eispickel in meinem Herzen. Wenn er erkannt hatte, wie sehr sie durch den Wind war, ohne sie überhaupt zu sehen, dann ging es ihr vielleicht noch schlimmer, als ich gedacht hatte. »Sie wird nicht auf mich hören«, entgegnete ich.

»Du bist der *einzige* Mensch, auf den sie hören wird. Du bist ihr einziger Grund, morgens aufzustehen.«

»Dad«, sagte ich, halb um ihn zu beruhigen. Ich konnte sehen, wie die Adern an seinen Schläfen hervortraten. »Du bist in Panik. Du musst dich beruhigen.«

»Du verstehst das nicht«, entgegnete er, ballte die Fäuste und öffnete sie wieder. »Du verstehst nicht, wie mächtig diese Familien sind und wie nah du an allem dran bist, jetzt, wo Jack darin verwickelt ist.«

»Das verstehe ich sehr gut«, versicherte ich ihm und ließ meine eigene Stimme hart klingen, um sie seiner anzupassen. »Vertrau mir, ich verstehe das.«

»Dann geh«, beharrte er. »Bevor es zu spät ist.«

»Und was ist mit dir?«, fragte ich, weil ich wusste, dass er im Gefängnis alles andere als sicher war. Selbst hier drin konnten sie sich gegenseitig umbringen, wenn sie es wollten. Ein toter Falcone bewies das. Und wenn Jack aus der Reihe tanzte, wen konnten sie da besser bestrafen als seinen einzigen Bruder?

»Ich halte den Kopf unten, Soph.« Er zog tatsächlich den Kopf ein, als er das sagte.

»Fünf Minuten!«, rief einer der Wärter.

Verdammt. Es war nie genug Zeit.

»Versprich es mir, Soph.« Er nahm meine Hände in seine.

Wir wurden wieder angebrüllt, weil wir uns berührten, und ich ballte die Hände zu Fäusten.

»Ich …« Ich verstummte. Ich musste an Millie denken, an das Diner, an mein Zimmer, an den Garten, der gerade erst anfing, wie ein Garten auszusehen, an meine Schule, an meinen Vater, der in diesen gefährlichen Mauern gefangen saß … »Ich versuch's.«

»Du wirst es nicht nur *versuchen*«, blaffte er mich an, und seine Verzweiflung gewann die Oberhand. »Du wirst das für mich tun, Soph. Dieser ganze beschissene Sturm hat eben erst angefangen. Wenn ihr in Cedar Hill bleibt, wird er euch mitreißen. Ihr müsst untertauchen, bis sie so ausgebrannt sind, dass sie sich nicht mehr gegenseitig jagen können. Bis einer der Bosse vom Thron gestürzt ist. Bis es Waffenruhe gibt. Bis sie verdammt noch mal wieder aus eurer Stadt verschwunden sind.«

Er hatte recht. Das war der Rat, wegen dem ich hergekommen war – den ich gebraucht hatte. Ich hatte mir die Illusion erlaubt, dieser ganzen Sache entkommen zu können, aber ich hatte nicht einen einzigen entsprechenden Schritt getan. Ich hatte einfach nur die Augen zugemacht. In Wahrheit steckte ich zwischen den zwei Seiten dieses Mafia-Kriegs fest, gefangen in ihren Morden, in ihren Plänen, in ihrer Wut, und mein Herz krampfte sich aus Angst für beide Seiten zusammen. Irgendetwas würde passieren. Ich konnte es spüren, so als würde die Erde unter meinen Zehen brodeln, und früher oder später würde sie explodieren.

»Okay.«

Einer der Wärter teilte uns lautstark mit, dass unsere Zeit abgelaufen war. Überall um uns herum wurden Stühle quietschend von Tischen geschoben. Auch wir standen auf. »Ich weiß nicht, wann ich wieder herkommen und dich besuchen kann, Dad.« Der plötzliche Gedanke daran, so weit von ihm weg zu sein, erfüllte mich mit tiefer Verzweiflung. Mein Atem stockte und ich spürte einen unbehaglichen Druck hinter meinen Augen.

Er zog mich zu sich heran und umarmte mich. »Ich liebe dich, Soph.«

»Ich liebe dich auch.« Sie rissen ihn von mir los und stießen ihn weg, und ich stolperte rückwärts. Ich bemerkte die Tränen erst, als sie über meinen Hals tropften. Meine Handflächen waren ganz klebrig, und ich hatte das Gefühl, nicht genügend Platz zum Atmen in meiner Lunge zu haben.

Irgendwann fand ich mich vor dem Gefängnis wieder, ohne überhaupt zu wissen, wie ich dort hingekommen war. Die Luftfeuchtigkeit umschloss mich und kroch in mein Haar und unter meine Kleidung. Meine Beine fühlten sich beim Gehen an wie Blei.

Ich setzte mich auf eine Bank und wartete auf den Bus. Die Luft war schwer, aber das lag nicht nur an der Aussicht auf Regen. Jack und Donata planten irgendetwas, und das bedeutete, dass ich das auch tun musste. Ich konnte nicht einfach wie ein unbewegliches Ziel dasitzen.

Ich war so in meiner Angst und Beklemmung verloren und versuchte so verzweifelt, das Richtige zu tun – selbst wenn wir es uns leisten *konnten,* was genau sollten wir dann eigentlich machen? – und den richtigen Weg zu fin-

den, es Millie zu sagen, dass ich gar nicht wirklich wahrnahm, wie die Bank unter mir knarrte und sich jemand neben mich setzte. Er schob einen Arm hinter meinen Rücken
und beugte sich ganz langsam zu mir, bis mich das schwarze Haar und die olivfarbene Haut, die plötzlich in meinem
Augenwinkel aufblitzten, gepaart mit dem vertrauten Duft
seines Aftershaves, hochschrecken ließen.

»Sophie Gracewell. Was für eine Überraschung, dich hier
zu sehen.«

22

Funken

»Tja«, sagte Luca, »glaubst du, wir beide werden uns jemals zufällig im Kino oder im Einkaufszentrum begegnen, oder werden es für uns immer Gefängnisse und Friedhöfe sein? Ist das unser Ding?«

Wo blieb dieser gottverdammte Bus?

Wut stieg in mir hoch, aber wenn ich den Mund aufgemacht und all die Dinge gesagt hätte, die ich wirklich sagen wollte, dann wäre ich explodiert, und in diesem Augenblick wollte ich einfach nur nach Hause zu meiner Mutter und mir einen Plan überlegen. Ich verschränkte die Arme, so als könnte ich damit alles in mir festhalten. »Ich will *nicht* mit dir reden, Luca.«

Ich konnte das kalte Kribbeln seines starren Blicks auf der Seite meines Gesichts spüren. Aus dem Augenwinkel beobachtete ich seine Hände, wie sie an einem losen Faden seiner dunklen Jeans zupften und sich immer wieder aus seinem Schoß hoben und senkten. »Ich hab sie nicht umgebracht, Sophie.«

Ich wandte mich von ihm ab und mein Pferdeschwanz wippte hinter mir und hätte ihn beinahe im Gesicht getroffen. »Das hättest du aber genauso gut tun können.«

»Nein.« Seine Stimme verhärtete sich, und ich stellte mir vor, wie er vor lauter Frustration die Augenbrauen zusammenzog. »Du kannst mich nicht einfach so als skrupelloses Ungeheuer abstempeln. Du kannst mir kein Etikett verpassen, das ich nicht verdient habe. Es gibt schon genügend, die zu Recht an mir kleben.«

Ich erwiderte nichts. Ein paar Sekunden später stand er auf, ging um die Bank herum und auf der anderen Seite neben mir in die Hocke, sodass ich ihn direkt anschauen musste. Seine Hände klammerten sich an das Holz neben meinem Oberschenkel. Jedes Mal, wenn ich versuchte, woanders hinzusehen, riss er den Kopf herum und hielt meinen Blick fest. »Sieh mich an. Hör mir zu.«

»Sag mir nicht, was ich tun soll«, blaffte ich ihn an. »Wie oft denn noch? Du hast mir überhaupt nichts zu sagen!«

»Es ist mir egal, wer dir was zu sagen hat oder nicht. Ich will nur, dass du mir zuhörst.« Er kämmte sich mit den Fingern durchs Haar. »Ich hab versucht, Sara freizulassen. Valentino wollte sie als Druckmittel, nicht als Kollateralschaden. Sie war schließlich noch ein Teenager.«

»Sie war unschuldig«, erwiderte ich und konnte ein leises Zittern in meiner Stimme hören.

»Ja«, gab er mir recht. »*Una innocente*. Sie sollte nicht sterben, okay? Das schwöre ich.« Seine Stimme verwandelte sich in ein Knurren. »*Ich schwöre es.*«

Ich schluckte schwer. In Lucas Schwur schwang etwas Aufrichtiges mit – etwas Echtes, das Nics Schwüren und Versprechen immer fehlte –, aber trotzdem: Wie konnte ich ihm glauben? Sara war tot und Luca war ein Mörder – überzeugend und gefährlich. Er war eine Rose mit Dornen, genau wie sein Bruder. Darauf war ich schon einmal hereingefallen.

»Ist sie vielleicht freiwillig in diesen See gesprungen, Luca?«

Er setzte sich nach hinten ab und ein Schatten huschte über sein Gesicht. »C. J. ist einfach durchgedreht. Verzögerte Trauer oder was auch immer. Felice hat ihn angestachelt, und dann hat er die Waffe auf ihren Kopf gerichtet, und sie war tot. Ich konnte ihr nicht helfen, und ihr Blut klebt an meinen Händen, das weiß ich. Ich *weiß*, was Sara in ihrem tiefsten Inneren war – sie war kein bisschen so wie der Rest von uns. Glaub mir, ich hasse mich selbst dafür, dass ich eine Rolle bei ihrem Tod gespielt habe, dass ich nicht in der Lage war, einen Zwölfjährigen mit einer Pistole aufzuhalten – einen Zwölf-jährigen, der überhaupt keine Pistole *haben* sollte –, genauso wenig, wie ich meine Brüder aufhalten konnte, als sie zwölf waren. Deshalb kannst du deinen ganzen Hass und deine Wut auf einen großen Haufen werfen und sie ganz oben auf meinen schmeißen, wenn du willst ... aber glaub nicht eine Sekunde lang, dass es mich innerlich nicht beinahe auffrisst.«

Er erhob sich wieder und ging zu der Stelle zurück, an der er gesessen hatte, aber diesmal schaute er mich nicht an, als er sich auf die Bank fallen ließ. Er ließ das Kinn auf seine Brust sinken und starrte auf seine Hände, und ich konnte den kleinen Jungen in ihm erkennen, den ich vor so langer Zeit in Valentinos Porträt gesehen hatte. Ich konnte den Menschen erkennen, der er wirklich war – einen Men-schen, der mit seinem eigenen Leben im Konflikt stand und in einer Familie gefangen war, die viel größer war als seine Träume und Sehnsüchte. Trauer umgab ihn, und das Einzi-ge, was er tun konnte, war, weiter zu töten, bis die Rechnung beglichen war. Aber das war genau der Punkt: Das würde sie niemals sein.

Ich lenkte ein, weil ich das Messer nicht noch weiter in seiner Wunde herumdrehen wollte, jetzt, da ich wusste, dass er es ohnehin selbst tat. »Du bist kein Ungeheuer.«

Ich sah, wie seine Lippe zuckte und er fest mit den Zähnen darauf herumkaute, so als wollte er sie zum Bluten bringen. »Was weißt du schon?«, fragte er leise.

»Ich weiß, dass du nett bist«, erwiderte ich und verspürte das seltsame Bedürfnis, ihn zu trösten und die Schmerzen der emotionalen Wunden zu lindern, die er sich selbst zugefügt hatte.

»Nur verglichen mit den anderen.«

»Nein«, widersprach ich und war mir mit einem Mal sicherer, dass das, was ich sagte, tatsächlich der Wahrheit entsprach. »Du bist wie sie.« Ich erinnerte mich wieder an die letzte Unterhaltung, die ich mit Sara geführt hatte, an die Art, wie ihre Augen geleuchtet hatten, als sie von einem anderen Leben gesprochen hatte, von einem anderen Weg, der ihr für immer verwehrt bleiben würde. Auch Luca musste das in ihr gesehen haben. Darum hatte er sie in jener Nacht vom Boden aufgehoben und darum hatte er sie freilassen wollen. »Du hast das gleiche gute Herz.«

Er riss den Kopf hoch, und seine Augen waren so blau, dass ich fast den Faden verlor. »Versuchst du, alles noch schlimmer zu machen, Sophie?«

Ich schenkte ihm ein schüchternes Lächeln. »Eigentlich versuche ich, es besser zu machen.«

»Das gelingt dir aber nicht besonders gut.«

Ich zuckte mit den Schultern. »Das ist auch nicht unbedingt mein Spezialgebiet. Aber ich bin gut darin, das Thema zu wechseln. Wo wir gerade davon sprechen: Was zur Hölle machst du hier?«

»Der Bruder meines Großvaters wurde gestern hier drin ermordet.« Er deutete hinter sich. »Papierkram. Ich hab das kurze Streichholz gezogen.«

»Davon hab ich gehört.« Ich versuchte festzustellen, wie tief seine Trauer reichte, aber er wirkte gelassen, sein Ausdruck nüchtern. »Tut mir leid.«

Er legte den Kopf in den Nacken. »Ich bin mir sicher, dass du erraten kannst, was ich gleich sagen werde.«

»Es ist, wie es ist«, erwiderte ich und unterdrückte den Drang, mit den Augen zu rollen. »Es ist ein Haufen Scheiße, das ist es.«

»Du bist so eloquent«, murmelte er.

»Du hattest recht, was den Krieg angeht«, sagte ich und wünschte mir, er hätte mich angesehen und den Ernst der Lage anerkannt, dass sein Tod möglicherweise unmittelbar bevorstand.

»Donata wird von Tag zu Tag stärker«, seufzte er. »Es kursieren Gerüchte, dass die verschollenen Marino-Zwillinge wieder aufgetaucht sind. Sie rotten sich zusammen.«

Ich spürte, wie ich blass wurde. »Was?«

»Die Moral der Marinos ist hoch.« Luca machte eine Pause und kaute wieder auf seiner Lippe herum, bevor er hinzufügte: »Und das bedeutet nie etwas Gutes.«

»Wo sind sie?«, wollte ich wissen und fragte mich, welches Ausmaß die Rache wohl annehmen würde, die sie zweifellos im Sinn hatten. Felice musste in seinen teuren Lederschuhen förmlich vor Aufregung beben.

Luca legte den Kopf noch weiter nach hinten, und ein frustriertes Stöhnen entwich stockend seiner Kehle, als er ausatmete. »Wenn ich das wüsste, dann würde ich jetzt nicht auf dieser Bank rumhocken, Sophie.«

»Machst du dir denn keine Sorgen?«, fragte ich und dachte an Donata und ihre Truppen, an all die Möglichkeiten, wie sie die Falcones verletzen konnte. »Wegen dieser … Blutfehde?«

»Doch, tue ich.« Er wandte seine Aufmerksamkeit wieder mir zu. »Aber ich mache mir keine Sorgen um meine Familie.«

»Um mich?«, stutzte ich.

»Ich weiß nicht, was du im Eden gemacht hast oder was dein Onkel von dir wollte. Ich nehme auch nicht an, dass du es mir sagen wirst, aber solange Donata Zugriff auf dich hat, solange sie der Ansicht ist, dass du ihr etwas schuldest, steckst du in Schwierigkeiten. Ich weiß nicht, womit dein Onkel seinen Schutz ausgehandelt hat, aber ich würde wetten, dass es etwas mit dir zu tun hatte.«

Die Luft schien uns zu erdrücken, und ich spürte, wie mein Rücken von der weiter ansteigenden Luftfeuchtigkeit ganz klebrig wurde. »Aber was hätte ich ihr schon zu bieten?«

Er spannte den Kiefer an und seine Wangen wurden ganz hohl. »Ich weiß es nicht.«

»Ich kann ihr nichts geben.«

Er schob sich ein Stück nach vorne, so subtil, dass ich es kaum bemerkte, bis ich die Narbe über seiner Lippe erkennen konnte. Er kniff die Augen zusammen und sagte: »Bist du dir da sicher?«

Hitze stieg in mir auf. Ich hatte das Gefühl, erwischt worden zu sein, obwohl ich gar nichts getan hatte. Ich wusste von dem Safe, aber es war ja nicht so, dass der irgendetwas mit mir zu tun hatte. Und ich würde deswegen auch nichts unternehmen. »Ja«, erwiderte ich. »Ich bin mir sicher.«

»Valentino holt ein paar Erkundigungen über dich ein, weißt du?«

Angst und Entsetzen breiteten sich auf meinem Gesicht aus. »Warum?«

Er wandte sich wieder um, ließ sich auf der Bank zurücksinken und atmete in den Himmel aus. »Meine Mutter hat ihm das eingeredet.«

»Oh.« *Was für ein Herzchen sie doch ist.* »Tja, er verschwendet nur seine Zeit.«

»Donata wird dich wieder ins Visier nehmen.« Er sagte das ganz beiläufig, so als führten wir eine Unterhaltung über das Wetter, aber seine Worte trafen einen Nerv, weil ich wusste, dass sie wahr waren. Ich schluckte schwer.

»Mir passiert schon nichts«, versicherte ich ihm. Ein Bild von meiner Mutter und mir, wie wir unser Auto mit allem möglichen Schnickschnack und unseren Bettdecken vollstopften, tauchte vor meinem geistigen Auge auf. »Ich habe einen Plan.«

»Was für einen Plan?«

»Einen geheimen Plan.«

Er setzte sich wieder auf. »Sophie …« Er unterbrach sich und suchte nach den richtigen Worten.

»Ja?«, drängte ich.

Er runzelte die Stirn, und seine Lippen zuckten, als er zu Boden schaute. Er dachte über irgendetwas nach.

»Was ist, Luca?«

Ich wollte ihn gerade anstupsen, als er seine Aufmerksamkeit wieder mir zuwandte. Zögerlich, so als würde die Idee erst noch in seinem Kopf Gestalt annehmen, sagte er: »Wenn du Hilfe brauchst, dann kannst du darum bitten.« Als ich vor lauter Überraschung nur schwieg, spreizte er die

Hände. »Ich meine, dass du zu uns kommen kannst, Sophie. Wenn es nötig ist.«

Vor Schreck kippte ich fast von der Bank. »Was?«, fragte ich, und meine Augen purzelten beinahe aus ihren Höhlen. »Machst du Witze?«

»Warum sollte ich über so etwas Witze machen?« Seine Miene war wie versteinert. »Ich weiß, was Donata Marino mit Leuten tut, die sich ihrem Willen nicht beugen wollen. Du nicht.«

»Vor einem Monat hat deine Familie noch versucht, mich umzubringen.«

»Ich weiß.« Er hielt inne und trommelte mit den Fingern auf seinem Kinn herum. »Aber jetzt liegen die Dinge anders ... Wir können euch beschützen.«

»Widerwillig«, stellte ich klar, als ich sein offensichtliches Zögern erkannte.

Er schüttelte den Kopf. »Der Prozess wird nicht ganz einfach sein«, verkündete er mir rundheraus. »Ich biete unseren Schutz nicht leichtfertig an. Aber ich biete ihn an.«

Mein Schreck legte sich ein wenig und wurde von Verblüffung abgelöst. Ich wusste nicht genau, was er mit »Prozess« meinte, aber ich konnte deutlich sehen, dass sein Angebot aufrichtig war. Und wichtig.

»Warum?«, wollte ich wissen. »Warum solltet ihr uns beschützen wollen? Es ist noch gar nicht so lange her, dass ihr mich gehasst habt.«

»Damals kannten wir dich noch nicht«, sagte er, bevor er beinahe widerstrebend hinzufügte: »Damals warst du uns noch *egal*.«

Ich faltete die Hände im Schoß und spürte, wie feucht

sie waren. Irgendetwas rührte sich in mir. »Dann bin ich dir jetzt also nicht mehr egal?«, fragte ich und meinte es eigentlich als Scherz, aber meine Stimme klang dabei so weich und tief und kehlig, dass es mir richtig peinlich war. »Warum?«

Wir wussten beide, was ich ihn wirklich fragte. *Was hat deine Meinung geändert?*

Luca neigte seinen Körper in meine Richtung und dachte still darüber nach. Wir waren uns so nah, dass ich mich direkt unter seinem Kinn befunden hätte, wenn ich mich nur ein Stück nach vorne gebeugt hätte. Aber warum sollte ich mich nach vorne beugen? Was war heute nur mit mir los? Als er antwortete, konnte ich seinen Atem auf meinen Wangen spüren, die einzige Luft in unserer Blase der erdrückenden Luftfeuchtigkeit. »Weil ich niemanden kenne, der so ist wie du. Du bist wie ... ein seltenes Artefakt. Und es wäre ein Jammer, wenn du zerbrichst.«

Erheiterung sprudelte ziemlich unattraktiv aus mir heraus. »Hast du mich wirklich gerade mit einer Antiquität verglichen? O mein Gott, du *Streber*-Freak.«

Er lachte, und die sorglose Melodie seines Lachens riss mich mit, bis ich ebenfalls lachte. Es war völlig absurd – unsere Familien wurden bedroht und ermordet, und wir saßen hier nebeneinander, bei vierzig Grad Hitze vor einem Hochsicherheitsgefängnis, und obwohl wir uns einst gehasst hatten, lachten wir jetzt so herzlich miteinander, dass ich Tränen in den Augen hatte.

Er gewann seine Fassung als Erster zurück, aber es dauerte eine Weile, und ich musste mein Lachen am Ende förmlich mit Gewalt ersticken.

»Was ich damit sagen wollte ...« Seine Miene verzog

sich zu einem leisen Lächeln, das geheim und tödlich wirkte. »Du bist ein leuchtender Funke, Sophie. Und ich will nicht, dass dich irgendjemand auslöscht.«

»Oh.« Tja, darüber konnte ich mich nicht lustig machen. Sollte ich darauf irgendetwas erwidern? Funktionierten Komplimente nicht so? Die Stille breitete sich immer weiter aus, und mit einem Mal fühlten sich seine Worte ganz schwer und wichtig an, und er war mir so nah, dass mir der Schweiß ausbrach, ich in Panik geriet ... und sagte: »Und du bist wie eine Schneeflocke.«

O du lieber Gott.

Er verbarg seine flüchtige Überraschung unter einer gehobenen Augenbraue. »Wie bitte?«

»Nichts«, sagte ich schnell. »Ich hab nichts gesagt.«

»Nein, nein«, beharrte er und drehte sich zu mir um. Sein Gesicht war viel zu nah, seine Augen viel zu strahlend, sein Lächeln viel zu verwirrend. »Ich bin also eine *Schneeflocke*, ja?«

»Halt die Klappe. Im Ernst.« Ich strich mir mehrere lose Haarsträhnen ins Gesicht. »Halt die Klappe.«

»Ich glaube, du hast gerade versucht, mir zu sagen, dass ich was Besonderes bin.«

»Eiskalt«, entgegnete ich. »Ich hab gemeint, du bist eiskalt.«

Ich konnte seine Schadenfreude praktisch riechen. Ich war ins Schwimmen geraten und er genoss es sichtlich.

»Und einzigartig, weil du einzigartig *nervtötend* bist«, fügte ich hinzu. »Gott, bist du nervtötend. Genau das hab ich gemeint.«

»Wenn ich nervtötend bin, dann haben sie noch kein Wort erfunden, dass dich beschreiben würde.«

»Halt die Klappe. Ich bin perfekt.« Ich streckte ihm die Zunge raus.

»Ich schätze, du bist nicht die Schlechteste.« Er wich aus meiner Distanzzone zurück und richtete den Blick wieder in den Himmel. Als er die Arme ausstreckte, streiften seine Finger meine Schulter, auch wenn er es gar nicht zu bemerken schien. »Aber gottverdammt, bist du dickköpfig, Sophie Gracewell.«

»Ich bin nicht dickköpfig. Ich bin beharrlich.«

»Nein. Du bist dickköpfig.« Sein Lächeln wirkte reumütig. »Und du triffst grauenvolle Entscheidungen. Besonders in Situationen auf Leben und Tod. Es ist, als würdest du dich immer dafür entscheiden, genau das zu tun, was du ganz eindeutig nicht tun solltest.«

»Tue ich nicht!«, protestierte ich.

»Kennst du das Sprichwort: ›Wenn alle von einer Klippe springen würden, würdest du dann auch springen?‹ Tja, ich glaube ernsthaft, dass du das tun würdest.«

»Dann willst du mir im Prinzip also sagen, dass ich dämlich bin, ist es das?«

»Nein«, antwortete er mit bedächtiger Stimme, so als würde er tatsächlich versuchen, mich nicht zu beleidigen. »Ich will damit sagen, dass du dich von deinen Gefühlen beherrschen lässt. Und ich fürchte, es wird der Moment kommen, in dem es klüger wäre, einfach aus einer gefährlichen Situation zu verschwinden, aber du wirst das nicht tun, weil dich deine Gefühle davon abhalten werden.«

Ich verdrehte die Augen. »Tja, *excusez-moi*, weil ich Gefühle habe. Es ist nicht meine Schuld, dass du in diesem Bereich Defizite aufweist.«

Er starrte mich an und mit einem Mal war sein Ausdruck unlesbar. »Ich habe Gefühle, Sophie, aber ich lasse nicht zu, dass sie mich beherrschen.«

»Was auch immer«, erwiderte ich hochnäsig. »Ich bin durchaus in der Lage, kluge Entscheidungen zu treffen, nur, dass du's weißt.«

Er sah mich stirnrunzelnd an. »Und warum bist du dann ins Eden gegangen?«

»Warum bist *du* hingegangen, Mr Zweierlei Maß?«

»Bei mir ist das was anderes.«

Langsam fing er an, mich zu nerven – diese Selbstgefälligkeitsschiene, die er andauernd fuhr. Er wandte seine Aufmerksamkeit wieder von mir ab und schien sich in seiner eigenen Welt zu verlieren. Zum allerersten Mal in dieser Woche dachte ich nicht an all die Gefahren, die um mich herum lauerten, oder an all die Dinge, die ich noch immer nicht wusste. Stattdessen dachte ich darüber nach, wie nervtötend Luca war. Ich dachte an seine überhebliche Haltung. Dieses arrogante Lächeln in seinem Gesicht. Sein seltsam musikalisches Lachen. Ich dachte darüber nach, wie sich sein Haar auf diese alberne Art hinter seinen Ohren wellte. Ich dachte an seine Augen und fragte mich, ob ihr intensives Blau ihn selbst jemals aus der Fassung brachte, wenn er in den Spiegel sah. Ich fragte mich, ob er eitel war. Er wirkte nicht eitel, aber ich hatte seinen Charakter nie wirklich durchschaut. Er schien sich jedes Mal wieder zu verändern, wenn ich dachte, ich wäre endlich aus ihm schlau geworden.

Er sah mich wieder an, und seine Lippen verzogen sich zu einem so breiten Lächeln, dass es nur aus Zähnen zu bestehen schien.

Ich blinzelte verwundert. »Was?«

»Dir ist schon klar, dass du mich die letzten fünf Minuten lang angestarrt hast?«

»Nein, hab ich nicht«, wehrte ich mich. »Ich hab ins Nichts gestarrt. Ich hab über ein paar Sachen nachgedacht.«

»Wenn ich es nicht besser wüsste, würde ich sagen, du hast dich in meinen Augen verloren.«

Ich sprang von der Bank auf. »O Gott, das hab ich nicht. Du bist so eingebildet.«

In der Ferne rollte der Bus heran und ich dankte dem Universum für kleine Gnaden. Ich wurde noch verrückt. Er machte mich total verrückt und ich musste hier weg.

Er betrachtete den Bus mit unverhohlenem Ekel. Er war uralt, und selbst von außen konnte man erkennen, dass er nach Schweiß und zerbrochenen Träumen roch. »Soll ich dich zurück nach Cedar Hill mitnehmen?«

Ich entfernte mich bereits von ihm und versuchte, meine pinken Wangen zu verbergen. Ich winkte über die Schulter hinweg ab. »Nein, danke, Zoolander. Ich lass dich mit deiner Eitelkeit allein.«

»In dem Ding wirst du eingehen. Der ist aus der Steinzeit.«

Ich wackelte queenartig mit den Fingern, als ich in den Bus einstieg.

Meine Gesichtszüge entgleisten. Der Fahrer trug ein Muskelshirt. Eine halb gerauchte Zigarette baumelte in seinem Mundwinkel und er tippte auf ein Schild mit der Aufschrift: *Die Klimaanlage in diesem Bus ist vorübergehend außer Betrieb. Wir entschuldigen uns für die Unannehmlichkeiten.*

Ich ging rückwärts über die Stufen zurück und schluckte meinen Stolz hinunter, während sich bereits Schweißperlen auf meiner Stirn bildeten. Ich wirbelte herum und sah, dass Luca gegen den Bus gelehnt stand, ein breites Grinsen im Gesicht, und seine preisverdächtige Rolle als personifizierte *Selbstgefälligkeit* sichtlich auskostete.

Ich schlenderte auf ihn zu. »Alsooo ... du hattest angeboten, mich mitzunehmen ...«

»Ich wusste, dass du am Ende wieder angekrochen kommen würdest.« Er machte auf dem Absatz kehrt und seine Schadenfreude schwappte mir über seine Schulter hinweg ins Gesicht. »Wie schmecken deine Worte jetzt, Sophie?«

Ich streckte seinem Hinterkopf die Zunge heraus und folgte ihm zu seinem Wagen. »Die Klimaanlage war kaputt.«

»Dann ist dein Stolz also so viel wert wie ein bisschen kühle Luft in deinem Gesicht?«

Ich wischte mir eine Schweißperle von der Stirn. »Hey, Luca?«

Er schaute über die Schulter zu mir zurück und hob eine Augenbraue.

»Halt die Klappe.«

23

Blaue Veilchen

Lucas Wagen war geräumig und weich gepolstert und die Klimaanlage einfach himmlisch. Ich lehnte mich zurück und seufzte, als eine kalte, federleichte Brise mein Gesicht streichelte. Einen Augenblick lang spürte ich nichts außer diesem Gefühl der willkommenen Erfrischung, die die klebrige Hitze verbannte, die mir schon den ganzen Tag über den Rücken kroch.

»Das ist unglaublich«, stöhnte ich. »Ich kann nicht glauben, dass ich wirklich den Bus nehmen wollte.«

Wir fuhren über den Highway, und Lucas rechter Arm lag entspannt auf der Lehne zwischen uns, während der andere oben auf dem Lenkrad ruhte. Wir fuhren schnell, aber es fühlte sich nicht so an. Es fühlte sich … sicher an.

Luca warf mir einen Blick von der Seite zu. »Du bist leicht zufriedenzustellen, Sophie Gracewell.«

Ich zuckte mit den Schultern. »Im Moment versuche ich, mich auf die kleinen Dinge zu konzentrieren, und diese Kleinigkeit ist nett.«

Er nickte und blickte wieder in den Rückspiegel. »Das ist eine gute Philosophie.«

»Danke«, erwiderte ich. »Ist mir eben erst eingefallen.«

Er runzelte die Stirn, stellte den Spiegel richtig ein und drosselte die Geschwindigkeit. Er murmelte irgendetwas, aber ich verstand ihn nicht.

»Was ist denn?« Ich setzte mich auf.

Hinter uns ertönte eine Hupe. Ich drehte mich um und sah ein Auto, das drei Fahrzeuge hinter uns ziemlich unberechenbar ein- und wieder ausfädelte. Es war schwarz, aber ansonsten konnte ich nichts erkennen. Ein Gedanke überdeckte alle anderen, als das Wort *Marino* plötzlich in meinem Kopf schrillte.

Luca drückte wieder aufs Gas und ich wurde in den Sitz geschleudert. »*Cazzo*«, sagte er. »Runter, Sophie.«

Er hielt das Lenkrad mit einer Hand fest, griff mit der anderen unter seinen Sitz und holte eine Pistole heraus. Meine Augen wurden doppelt so groß. »Luca…«

»Ich hab gesagt: runter!«, brüllte er.

Er lenkte den Wagen an den Straßenrand.

Das seltsame Auto war nun nur noch zwei Wagen hinter uns und kurvte von einer Seite des Highways auf die andere. Die entgegenkommenden Fahrzeuge hupten, als es auf ihre Spur fuhr.

Ich rutschte auf den Boden und legte meinen Kopf auf die Sitzkante. Luca hielt die Pistole entsichert in der Hand und blickte mit zusammengekniffenen Augen in den Rückspiegel. Dann machte er das Fenster auf und Gebrüll erfüllte den Wagen.

Meine Knie zitterten auf dem Boden, und meine Hände klammerten sich so fest an meinem Sitz fest, dass meine Finger ganz weiß wurden.

»Komm nicht hoch«, warnte er. »Was auch passiert, komm nicht hoch.«

Das unberechenbare Auto überholte den Wagen direkt hinter uns. Ich konnte es hören, obwohl ich es nicht sehen konnte. Das Gebrüll wurde lauter. Luca steuerte an den Straßenrand, sein Kiefer angespannt. Er blickte in den Seitenspiegel, dann über seine Schulter, die Waffe ausgestreckt, als er das Fenster herunterließ, und dann ... und dann war alles wieder vorbei.

Der Auspuff des Autos hinter uns knallte, der Motor heulte auf, es beschleunigte und ließ das Lachen und die Jubelschreie von fünf feiernden Studenten zurück, als es an uns vorbeirauschte.

Luca zog seine Waffe zurück. »*Dio.*« Er verstaute die Pistole wieder neben seinem Sitz und lehnte sich gegen seine Kopfstütze zurück, während er uns wieder in die Mitte des Highways lenkte. Ich krabbelte wieder nach oben, eine Hand auf meinem Herzen, die andere tief in die Armlehne zwischen uns gekrallt.

»O mein Gott«, keuchte ich. »Ich hab wirklich gedacht, wir sind tot.«

Lucas Fingerknöchel sahen auf dem Lenkrad kreideweiß aus. »Ich dachte, ich wäre ...« Seine Worte blieben ihm im Hals stecken. Er räusperte sich und schüttelte den Kopf und das Haar fiel ihm über die Augen. Er strich es zurück, ließ die Hand jedoch auf seinem Gesicht liegen und fuhr damit über seinen Mund. »Ich dachte, das wären die Marinos«, gestand er, die Stimme durch seine Finger gedämpft.

»Ich auch«, stieß ich aus.

Es war das erste Mal, dass ich seine Besorgnis so eindeutig in seinem Gesicht erkennen konnte, und mir krampfte sich vor lauter Angst, was als Nächstes passieren würde – nicht nur mit mir, sondern mit uns allen –, der Magen zusammen. Das hier war eine Art Testlauf gewesen, falscher Alarm, aber es ermahnte mich auf sehr reale Weise, welche Welt mich immer enger umschloss. Seine Welt. Sein Schicksal.

»In einem anderen Universum könnten wir jetzt beide tot sein«, wurde mir bewusst.

»Sag so was nicht.«

Ich schaute auf meine Hände und spürte wieder einmal die Last all der Dinge, die mich niederdrückten.

Luca fuhr an der nächsten Ausfahrt vom Highway ab und auf den Parkplatz eines Dunkin' Donuts. »Kaffee«, sagte er und rieb sich mit der Hand die Stirn. »Ich brauche ungefähr einen Liter.«

Adrenalin war in jeden Winkel meines Körpers geschossen und ebbte erst jetzt langsam wieder ab. Ich zitterte noch immer, während ich versuchte, mich wieder zu sammeln. Es war seltsam. Wir waren beinahe gestorben. Und trotzdem bestand letzten Endes keine Gefahr, nicht wirklich. Ich kam mir dumm vor, weil ich so überreagiert hatte, aber gleichzeitig war ich auch überglücklich, noch am Leben zu sein.

»Sophie?« Wir standen in der Drive-in-Schlange und Luca starrte mich an.

»Hmm?« Mein Lächeln fühlte sich wässrig an.

»Was willst du?«

Oh, keine Ahnung. Ein Leben führen, bei dem ich nicht andauernd damit rechnen muss, dass alle um mich herum eines viel zu frühen Todes sterben? »Nichts«, antwortete ich und überflog halbherzig die Speisekarte vor dem Auto, ohne sie wirklich zu lesen. »Alles gut.«

Lucas Stimme klang finsterer. »Nichts ist gut.«

Ich spielte an meinen Fingern herum, nur um irgendetwas zu tun. Mein Herz hämmerte immer noch gegen meinen Brustkorb. Ich dachte an die Pistole, die Luca gezogen hatte, an das Auto, das an uns vorbeigerast war. »Ich brauch nur mal eine Minute.«

Luca las die Speisekarte, als wir langsam daran vorbeirollten, eine Hand auf dem Lenkrad, den anderen Ellenbogen auf den Fensterrahmen gestützt. »Okay«, sagte er, »ich treffe hiermit eine Vorstandsentscheidung und bestelle dir einen Donut mit Regenbogenstreuseln, weil du wie jemand aussiehst, der so was mag.«

Empörung kochte in mir hoch. Falls er versuchte, die bizarre Situation, die wir eben erlebt hatten, einfach zu überspielen, dann würde es ganz sicher nicht helfen, mich so herablassend zu behandeln.

»Ich bin kein kleines Kind«, echauffierte ich mich. »Du musst mir gar nichts bestellen.«

Ich spürte, wie meine Verlegenheit meine Wangen zum Glühen brachte. Luca war gerade auf dem Highway bereit gewesen, uns beide mit seinem Leben zu verteidigen, und ich? Ich hatte mich wie eine verängstigte Ratte unters Handschuhfach gekauert. Was zur Hölle war bloß mit mir los? Und wie lange würde es dauern, bis sich meine Beine nicht mehr wie Wackelpudding anfühlten? Ich hatte schon so viel gesehen. Ich hätte mutiger sein müssen, stärker. Aber ich war ein Feigling. Ich war nutzlos.

Wir blieben neben dem Bestellfenster stehen und der Geruch von frisch gebackenem Teig waberte mir entgegen. Ich hielt mir den Bauch, um mein Magenknurren zu unterdrücken, das mich mit einem scharfen Stechen daran erinnerte, dass ich am *Verhungern* war. Verdammt, ich wollte diesen Donut unbedingt. Aber ich hatte ihn nicht verdient.

Ich hatte gar nichts verdient. Ich hatte es so satt, ein Feigling zu sein.

»Du solltest was essen.«

Ich war zu wütend auf mich selbst, um zu antworten. Ich zuckte mit den Schultern und richtete meinen Blick auf das Fenster, während er bestellte.

Ein paar Minuten später waren wir wieder auf dem Highway. Luca trank seinen Kaffee, als sei es nur Wasser. Das Radio spielte ganz leise, und Countrymusik – irgendwas über ein Paar Stiefel und einen Truck – erfüllte das Wageninnere.

Er packte eine braune Tüte aus und legte einen Donut auf das Armaturenbrett über dem Radio. Das Ding war von Regenbogenstreuseln übersät. Die Glasur tropfte immer noch an den Seiten herunter und der köstliche Duft stieg mir in die Nase. Eine ganze Flutwelle der Sehnsucht schwappte durch meinen Körper und mir lief das Wasser im Munde zusammen.

Ohne seine Augen von der Straße abzuwenden oder auch nur ein Wort zu sagen, schubste Luca den Donut einen Zentimeter auf dem Armaturenbrett in meine Richtung.

Ich hielt keine zwei Minuten durch. Dann brach ich ein.

Ich streckte eine zaghafte Hand aus und beobachtete Luca aus dem Augenwinkel. Er konzentrierte sich auf die Straße und summte leise. Ich schnappte mir den Donut, biss ab und genoss die klebrige Zuckermasse, die sich auf meiner Zunge ausbreitete.

Meine Kopfhaut kribbelte. Luca trank noch einen Schluck von seinem Kaffee, und ich bemerkte mit einem Stirnrunzeln, dass er für sich selbst sonst nichts weiter bestellt hatte. Nur einen großen, bitteren Koffeinhelfer. Wie typisch Luca von ihm. Ich legte den Donut wieder aufs Armaturenbrett und schob ihn ein klitzekleines Stück in seine Richtung.

Sein Blick huschte nach links und seine Lippen zuckten für eine flüchtige Sekunde nach oben. Ganz langsam streckte er seine Hand aus, nahm ihn und biss auf der anderen Seite ab, sodass der Donut und all sein zuckriger Glanz noch immer perfekt symmetrisch waren. Ich sah zu, wie er kaute, und starrte auf die Wölbung seines Kiefers. Er blinzelte, ganz langsam und schwer, und ich konnte sehen, dass er es genoss. Ich fühlte mich mies, weil ich ihm das wegnahm, aber ich war schließlich immer noch am Verhungern, und dieser Donut war im wahrsten Sinne des Wortes das Fröhlichste, was mir seit ewigen Zeiten passiert war.

Ich nahm noch einen Bissen und setzte ihn so neben den ersten, dass sich die Linien verbanden. Ein freudiges Stöhnen entwich mir, und ich schloss die Augen und dachte für einen kurzen Moment nur noch an diesen Geschmack. Gott, war das gut.

Ich unterdrückte den Drang, mir auch den Rest in den Mund zu stopfen, und legte den Donut wieder zurück. Luca griff eine Minute später wieder danach. Er kaute schweigend, aber diesmal nickte er, so als würde er meinem Stöhnen von vorhin zustimmen.

So teilten wir uns den Donut – mit winzigen Happen – einmal ich, einmal er, bis nur noch ein Bissen übrig war. Ich schaute mit viel zu großer Verzweiflung zu, wie Luca danach griff. Er war an der Reihe. Wir waren beinahe zu Hause. Der Rest der Fahrt war schnell vergangen, mit Zucker und Grinsen und Seitenblicken, während wir uns ganz langsam durch den spärlichen Donut knabberten und sehr fachmännisch die ganze Scheiße ignorierten, die um unsere beiden Familien herumwirbelte. Wir erwähnten weder Donata noch Jack oder die Waffe, die Luca unter seinem Sitz versteckte. Wir sprachen nicht über das Lagerhaus, die Blutfehde oder die Tatsache, dass wir am Anfang von etwas standen, das nur noch schlimmer werden würde. Wir dachten zwar beide daran, aber die ganze Fahrt drehte sich nur um diesen Donut, um nichts anderes.

Luca nahm einen mikroskopischen Bissen, legte das letzte Stück wieder aufs Armaturenbrett und überließ mir den Rest. Er räusperte sich, und als ich mir den letzten Happen gerade in den Mund gesteckt und hinuntergeschluckt hatte, ohne mir die Mühe zu machen, ihn zu kauen, drehte er sich zu mir um und fragte: »Besser jetzt?«

»Es ist ein Anfang.« Ich wischte mir die Fingerspitzen an meinen Shorts ab, um den klebrigen Zucker loszuwerden. »War das der erste Donut, den du je gegessen hast?«, fragte ich ihn.

Luca warf den Kopf in den Nacken und lachte so schallend, dass ich beinahe aus meinem Sitz fiel.

Er lachte und lachte. Ich konnte alle seine Zähne sehen. Mir war gar nicht klar gewesen, wie breit sein Grinsen sein konnte oder dass sich kaum Falten um seine Augen bildeten, wenn er sich amüsierte. Ich hatte gar nicht gewusst, dass er überhaupt so lachen konnte. Es war so eigenartig, ihn so vollkommen frei von seiner üblichen Ernsthaftigkeit zu sehen.

Ich hatte wirklich Angst, dass er vor lauter Heiterkeit platzen könnte, aber nach einer Weile schüttelte er den Kopf und sein Lachen verebbte allmählich. »Ist das dein

Ernst?«, fragte er und warf mir einen flüchtigen Blick zu, als wir vom Highway fuhren. »War die Frage ernst gemeint?«

»Was?«, fragte ich zurück, meine Augen groß und unschuldig. »Warum lachst du denn so? Sei nicht so unhöflich.«

Er schüttelte den Kopf, noch immer lächelnd, und ich unterdrückte den Drang, ihm mit meiner Faust auf sein Knie zu hauen, um ihm sein Grinsen aus dem Gesicht zu wischen. Es war verwirrend, wenn er sich so benahm. Es machte ihn zu zugänglich. Ich war an den unnahbaren Luca gewöhnt, den scharfzüngigen Luca. Dieser Luca warf mich aus der Bahn.

»Doch, ich hab schon mal einen Donut gegessen«, antwortete er schließlich. »Ich hab auch schon mal Kuchen und Pizza probiert, und ich hab schon mal auf'ner Schaukel gesessen und PlayStation gespielt. Ich bin nicht in einem Metallkäfig aufgewachsen.« Er lachte wieder, aber diesmal leiser. »*Dio, sei divertente.* Was für eine Frage.«

Ich dachte gut über meine nächsten Worte nach. »Ich wollte mich nicht über dich lustig machen. Es ist nur ... du wirkst nur immer wie ... ähm ...«

»Was?« Er schaute mich wieder an. »Ein Spielverderber?«

»Ich weiß nicht«, erwiderte ich und versuchte abzumildern, was ich als Nächstes sagen würde. Die Sache war nur: Im Prinzip *war* es das, was ich hatte sagen wollen. »Na ja, irgendwie schon. Du nimmst alles immer so *ernst*.«

Die Fröhlichkeit verschwand aus seinem Gesicht, aber seine Stimme klang immer noch heiter. »Ich muss alles immer so ernst nehmen, Sophie. Das ist mein Job. Aber das bedeutet nicht, dass ich nicht weiß, wie man sich amüsiert. Oder wie man einen *Donut* isst.«

»Na, dann ist es ja gut«, sagte ich und fand, dass ich seine kleine Schelte verdient hatte. »Betrachte mich als erleuchtet.«

Er schüttelte immer noch den Kopf. »Du bist wirklich was Besonderes.«

Die Stimmung zwischen uns war endlich wieder gelockert. Die Anspannung von vorhin hatte sich gelöst, und ich fühlte mich wohl in der Unbeschwertheit, die ihren Platz einnahm.

»Danke für den Donut«, sagte ich, ließ meinen Blick über all das Grün draußen schweifen und genoss das Gefühl, gesättigt zu sein. »Du hattest recht. Ich liebe Streusel.«

»Ich weiß«, erwiderte er. »Ich hab immer recht.«

Ich rollte mit den Augen. »Klugscheißer.«

»Also, sind wir damit jetzt quitt?«, fragte er und blickte wieder auf die Straße – zu beiden Seiten zogen Felder und Wiesen an uns vorbei, während über uns die Kronen der Bäume um Platz kämpften. »Weil du mich im Lagerhaus gerettet hast, meine ich. Ich dachte, der Donut würde sich gut als Dankeschön machen.«

»Oh, nein, nein, nein«, widersprach ich und ließ mich auf den Sitz zurückfallen. »Die Regeln der Etikette verlangen einen Strauß Blumen. Ein Donut, so leid es mir auch tut, das sagen zu müssen, reicht da leider nicht aus.«

Luca atmete pfeifend durch die Nase aus. »Ist das denn die Möglichkeit?«, erwiderte er, und seine Worte trieften förmlich vor gespieltem Bedauern. »Die Streusel haben ihn doch sicher zu einem angemessenen Dankesgeschenk gemacht?«

Ich schüttelte den Kopf auf dem Leder. »Ich mache die Regeln nicht, Luca. Und wenn wir es ganz genau nehmen wollen, dann hast du mir eigentlich nur einen *halben* Donut geschenkt.« Ich grinste und weidete mich an seinem Stirnrunzeln.

»Na schön.« Der Wagen schlitterte zur Seite, als Luca auf die Bremse trat und uns in einen matschigen Graben am Straßenrand lenkte. Mein Körper wurde vom Sicherheitsgurt aufgefangen, als ich nach vorne geschleudert wurde. Er zog die Handbremse an und stieß die Tür auf.

»Wo gehst du denn hin?«, kreischte ich beinahe, schnallte mich ab und drehte gleichzeitig den Kopf herum. Die Straße war verlassen. Es waren keine Autos hinter uns – nur Felder und Bäume und Matsch zu beiden Seiten.

Luca war bereits aus dem Wagen gestiegen und marschierte auf das Feld neben uns zu. »Warte hier«, rief er über die Schulter zurück. Er duckte sich unter dem Zaun durch und verschwand im Gras. Es streifte an seinen Knien, als er hindurchging, sich nach unten beugte und den Boden absuchte. Er war komplett schwarz gekleidet, ein Klappmesser lugte aus seiner Gesäßtasche, und Luca fuhr mit den Fingern durchs Gras.

Er hatte seinen natürlichen Lebensraum verlassen. Und es machte ihm überhaupt nichts aus.

Ich wartete im Wagen, mit seinen Schlüsseln, seinem Telefon und seiner Pistole, während das Radio immer noch lief, und versuchte, herauszufinden, was zur Hölle er auf diesem x-beliebigen Feld suchte.

Ein paar Minuten später setzte er sich wieder ins Auto und auf seinen Wangen glühten blasse rosafarbene Flecken. Er hielt einen Strauß Blumen in der Hand, an deren Stielen teilweise noch Erde klebte, während sie ihre versammelten Köpfe über seiner Faust übereinanderhängen ließen.

Er hielt sie auf die Armlehne zwischen uns. »Hier«, sagte er, sah mich aber nicht richtig an.

Ein Blumenstrauß. Für mich.

Mir klappte die Kinnlade runter. Ich nahm sie ihm ab, und meine Finger streiften seine Handfläche, als er sie losließ und ich versuchte, das lose Bündel blauer Blumen zusammenzuhalten.

»Danke«, brachte ich schließlich hervor, drehte sie hin und her und überprüfte, ob sie wirklich echt waren. »Du hast mir Veilchen gebracht.«

»Sind sie das?« Er lenkte den Wagen bereits wieder auf die Straße. Ich erhaschte den Anflug eines Lächelns auf seinem Gesicht. Er wusste genau, was sie waren. Streber.

Irgendetwas schwoll in meiner Brust an. Sie waren halb verwelkt, direkt aus der Erde gerupft und mit vereinzelten Grashalmen gespickt, die höchstwahrscheinlich mit winzigen Insekten übersät waren, aber es war der erste Blumenstrauß, den ich je bekommen hatte. Und er war wunderschön.

»Die hab ich mir verdient«, verkündete ich und strahlte über meine Trophäe, während ich sie in meinem Schoß festhielt.

Luca nickte in Richtung Straße, verzog die Lippen und ließ seine weißen Zähne aufblitzen. »Das hast du eindeutig.«

Der Beginn dieses Nachmittags – das Gefängnis, der Schock auf dem Highway, der Schrecken – verblasste mit den Feldern hinter uns.

✳ ✳ ✳

Luca setzte mich kurz nach sechs am Ende meiner Straße ab. Ich schnappte mir meine Blumen, sprang aus dem Wagen und drehte mich um, um ihm zuzuwinken. »Danke fürs Mitnehmen.«

»Gern geschehen.«

Ich gestikulierte die Straße hinunter, in Richtung der Realität, die langsam wieder zurückkehrte. »Wie dem auch sei, ich bin mir sicher, dass du ... noch was im Diner zu erledigen hast.«

Er schüttelte den Kopf, und seine Miene verfinsterte sich wieder, als die ernsten Gedanken an seine Familie zurückkehrten. »Ich beobachte das Diner nicht, Sophie.« Er seufzte ganz leise und legte die Stirn in Falten. »Mein Verantwortungsbereich liegt eher zu Hause.«

»Oh«, sagte ich, und mir wurde bewusst, dass Luca wirklich nur nach Cedar Hill gekommen war, um mir einen Gefallen zu tun. Ein Akt der Freundlichkeit hatte mich davor gerettet, in einem Bus vor Hitze einzugehen. »Danke, dass du meinetwegen einen so großen Umweg gemacht hast.«

Er hob eine Augenbraue. »Du musst deswegen nicht so überrascht sein.«

»Hmm«, neckte ich ihn und tat, als würde ich darüber nachdenken. »Vielleicht bist du doch gar nicht so übel.«

Er lehnte sich über den Sitz und hob einen Finger in die Luft. »Wenn du das irgendjemandem erzählst, werde ich es abstreiten. Ich hab einen Ruf zu verlieren, weißt du?«

»Oh, meinst du diese ganze Arschloch-Sache?«

»Und wo wir gerade von Ruf sprechen: Mach keine Dummheiten«, fügte er hinzu, lehnte sich wieder auf seinem Sitz zurück und löste die Handbremse. »Kämpf gegen deine natürlichen Triebe an.«

Ich sah ihn stirnrunzelnd an. »Und es hätte beinahe so ein nettes Ende genommen.«

Er zuckte mit den Schultern, als ich die Tür schloss. Durch das offene Fenster hörte ich ihn sagen: »Tja, dann wären es aber nicht wirklich wir, oder?«

Er wartete meine Antwort nicht ab, und ich blieb auch nicht stehen und sah seinem Wagen nach, als er davonfuhr, zurück nach *Evelina* und in die Unterwelt. Meine Gedanken schweiften zu dem Safe und all den Geheimissen ab, die er enthielt, und zu Lucas Brüdern, die irgendwo in der Nähe lauerten. Ich setzte mich Richtung zu Hause in Bewegung, die blauen Veilchen fest in der Hand.

Es hatte eine Zeit gegeben, und das war noch gar nicht so lange her, in der ich niemals geglaubt hätte, dass elf Blumen und ein halber Donut meine Stimmung derartig heben konnten. Aber das war vor Jack gewesen, vor dem Diner, vor den Marinos und vor den Falcones. Es war gewesen, bevor mein Vater mich gebeten hatte, verdammt noch mal aus Cedar Hill zu verschwinden.

Meine Schritte wurden langsamer, als mir bewusst wurde, dass ich, um den Wunsch meines Vaters zu erfüllen, meine Mutter darum bitten musste, das Unmögliche zu tun. Ich saß zwischen ihnen – zwischen allem –, sämtliche Wege waren diesig und grau, und ich hatte keine Ahnung, welchen ich wählen sollte. Selbst der Himmel war grau und schwer von dem Sturm, der sich in der Ferne zusammenbraute. Er drückte mich beim Gehen nieder und erstickte mich langsam mit seiner Hitze.

Die Veilchen leuchteten blau und ich hielt sie ganz fest. Ich klammerte mich noch immer an sie, wie an ein völlig abartiges Rettungsboot für meine geistige Gesundheit, als ich unsere Haustür aufschloss und mich plötzlich Donata Marino gegenübersah. Sie stand wie eine von Gucci entworfene Statue auf der Türschwelle unserer Küche.

24

Loyalität

In dem gigantischen menschlichen Pingpong-Spiel, zu dem sich mein Leben im Eiltempo entwickelte, hielt Elena Falcone den einen Schläger in der Hand, Donata Marino den anderen, und ich war der kleine weiße Ball, der ständig hin- und herflog.

Und ich hatte das alles so satt.

Meine Mutter stand hinter Donata in der Küche, die Hände um den Rand des Spülbeckens gekrallt. Donata wirkte steif, ihre geraden Schultern so kantig, dass sie den Hals beinahe von ihrem Körper zu trennen schienen. Sie stand genau zwischen uns, die Fäuste an den Seiten geballt.

Mein ganzer Körper sackte in einer Mischung aus Schreck und Angst zusammen. Die Blumen hingen schlaff neben mir herunter und ihre blauen Köpfe baumelten Richtung Fußboden. Ich zwang mich, Donata anzusehen, obwohl ich bei der Erinnerung an ihren knochigen Griff im Eden einen brennenden Phantomschmerz in meinen Handgelenken spürte. Sie ging zur Seite und gewährte mir Einlass in die Küche.

»Da sind Sie ja, Miss Gracewell.« Sie ließ meinen Namen klingen, als würde er ihr den Mund verbrennen. Ihre dunklen Lider fielen schwer über ihre blutunterlaufenen Augen.

»Schatz.« Meine Mutter sprach das Wort beim Einatmen aus. Ihre Stirn lag in Falten und ihre sonnengebräunte Haut zitterte. Sie sah aus, als würde sie versuchen, ein Rätsel zu lösen.

Ich warf die Blumen mit gezwungener Beiläufigkeit auf die Küchentheke neben mir, und der irrationale Teil in mir fürchtete, Donata könnte spüren, woher – und von *wem* – sie waren. In diesem Moment fühlten sich diese Blumen genauso belastend an wie ein riesiges Neonschild auf meiner Stirn, auf dem *FALCONE-SYMPATHISANTIN* aufleuchtete.

Die Atmosphäre war eigenartig aufgeladen, so als balanciere der ganze Raum auf einer Messerklinge und würde nur auf den Sturz in noch tiefere Dunkelheit warten.

»Mom?« Meine Finger umklammerten das Handy in meiner Hosentasche. Ich hatte es bereits entsperrt. »Was ist hier los? Hat sie dir wehgetan?«

Sie schüttelte den Kopf. Die Ringe unter ihren Augen waren ganz feucht. »Nein, Schatz ... sie hat mir nur erzählt ...«

»Von meiner Tochter«, beendete Donata den Satz und durchbohrte mich mit ihren schwarz umrandeten Augen. »Ich habe deiner Mutter erzählt, was die Falcones mit meinem neunzehn Jahre alten Mädchen gemacht haben.«

»Grauenvoll«, flüsterte meine Mutter. »Diese Jungs ... es ist einfach grauenvoll.«

»Ich habe deiner Mutter erzählt, dass das auch mit dir hätte passieren können ...« Donata machte eine kalkulierte Pause, wartete kurz und fügte dann hinzu: »Und dass es immer noch passieren kann.«

»Oh, Sophie«, stieß meine Mutter aus und fiel komplett

auf Donatas Manipulation herein. Sie legte eine Hand auf ihre Brust. »Es würde mir das Herz brechen.«

»Dir wird gar nichts brechen«, versicherte ich ihr ganz ruhig. »Es tut mir leid, was mit Ihrer Tochter passiert ist«, wandte ich mich an Donata und passte auf, dabei keine Miene zu verziehen. Ich wollte nicht, dass sie wusste, dass ich Sara in dieser Nacht nach dem Eden noch einmal gesehen hatte – und wie nah ich dran gewesen war, sie zu retten. Wie schrecklich ich versagt hatte. »Aber ich kann schon selbst auf mich aufpassen.«

Donata wischte meine Worte mit einem Winken weg und ihre manikürte Hand wedelte zwischen uns hin und her. Meine Mutter sackte noch tiefer in sich zusammen. »Ich will direkt zur Sache kommen. Ich bin hier, um dir zu sagen, was die Marinos von dir erwarten, Sophie.«

»Der Safe im Diner«, erwiderte ich, ohne zu blinzeln.

»Das Geld ist nicht mehr deine Angelegenheit«, entgegnete sie, vollkommen unbeeindruckt, dass ich von dem Safe wusste. »Dein Onkel dachte, du würdest es uns vielleicht bringen – aber ich glaube nicht, dass es bei deiner momentanen Einstellung eine besonders gute Idee wäre, dir diese Aufgabe anzuvertrauen.«

Dann war es also Geld. Es musste eine ganze Menge sein, wenn man bedachte, wie verdammt scharf sie darauf waren, es zurückzubekommen.

»Wir gedenken, uns den Inhalt des Safes selbst zu beschaffen.« Sie zog ihre Lippen zurück und enthüllte eine Reihe vergilbter Zähne – ein Wolf, der darauf wartete, zuzuschlagen. »So ist es ... angebrachter.«

Ich kniff die Augen zusammen. »Was soll das nun wieder heißen?«

»Es soll heißen, dass wir vor den Drohungen der Falcones nicht mehr zurückweichen werden. Wir werden sie mit ihrer eigenen Schlinge aufknüpfen.«

Ihre Erklärung mochte vielleicht vage gewesen sein, aber das Bild war erschreckend lebendig. Ich versuchte, es wegzublinzeln und meine Miene so zu verhärten, dass sie mir nicht anmerkte, wie heftig mein Herz pochte. Es fühlte sich an, als würde es in meinen Hals klettern, aber es sollte mich nicht kümmern. Man sollte es mir nicht ansehen.

Ihr Lächeln wirkte angespannt, ihre Wangen ganz hohl. »Ihre *soldati* beobachten das Diner. Wir wissen genau, wie und wo wir sie erwischen können. Wenn wir uns den Safe holen, holen wir uns auch die Köpfe der Falcones, die ihn bewachen.« Sie schnappte scharf nach Luft, und auf ihrem Gesicht erstrahlte der Triumph, den sie sich jetzt bereits ausmalte. »Wir sind bereit für sie.«

»Ein Hinterhalt«, flüsterte ich. Ich dachte an das Eden, an all den Schmerz und die Wut, die die Falcones mit ihrem Anschlag ausgelöst hatten. Ich stellte mir vor, wie sich die Szene abspielen würde: ein paar Falcones in der Unterzahl, im Diner in der Falle, umzingelt von Donata und ihren Marino-Soldaten. Doms Arroganz. Nics blinde Entschlossenheit. Ich schüttelte den Kopf, und meine Augen wurden ganz groß, als ich ihren vergifteten Plan vor mir sah. Wie konnte sie schon so früh den nächsten Zug machen?

»Das wird ein Blutbad.«

»Und du wirst uns dabei helfen«, gab sie völlig ruhig zurück, so als sei es bereits beschlossene Sache. »Du bist ihre Schwäche.«

»*Ich?*«, stieß ich aus, und die Angst zog sämtliche Farbe aus meinen Wangen. »Wie?«

Ihr Lächeln wurde breiter und die Kanten ihres Gesichts schärfer, bis sie eher wie ein Skelett aussah als wie ein Mensch. »Das wirst du schon sehen.«

»Nein«, spuckte ich aus, »werde ich nicht.« Ich stieß mich von der Küchentheke ab und stellte mich mit bebender Brust in die Mitte der Küche. »Ich werde Ihnen nicht helfen.«

Sie verschränkte die Arme vor der Brust. Es machte mich furchtbar wütend, wie sicher sie sich ihrer Sache war, als sie sagte: »Doch, das wirst du.«

Ich schüttelte den Kopf. »Sie sind verrückt.«

»Das wird deine Aufgabe sein. Wenn wir wiederkommen, um dich zu holen, dann wirst du mit uns gehen. Du wirst uns helfen, sie in die Falle zu locken.«

»Ich will keine Aufgabe«, wehrte ich mich mit fester Stimme. Alles in mir brüllte mich an, wegzulaufen und mich zu verstecken. Es gab nur noch Dunkelheit und Donata, Wut und Eiseskälte, Erwartungen und Konsequenzen. Ich konnte spüren, wie die Wände immer näher kamen und wie mich die stumme Panik meiner Mutter zu erdrücken drohte.

»Wenn du tust, was ich dir sage, wenn die Zeit kommt, dann zeigst du uns damit deine Loyalität, und wir werden uns um euch kümmern.« Ihr Blick huschte zu meiner Mutter hinüber. »Ihr werdet in Sicherheit sein. Wir werden für euch sorgen.«

Meine Mutter ließ den Kopf hängen. Donata hatte sie beschämt. Sie wusste von unseren finanziellen Schwierigkeiten und dass mein Vater nicht da war, und sie setzte es als Waffe gegen uns ein.

»Wenn du sie nicht umbringst, dann bringen sie dich

um.« Sie schaute immer noch meine Mutter an. »Es ist nur eine Frage der Zeit, jetzt, da Jack zur Familie gehört.«

»Was hat er Ihnen angeboten?«, forderte ich sie heraus. »Lassen Sie sich wirklich so einfach kaufen?«

Ein finsterer Schatten huschte über Donatas Gesicht. »Wenn du nicht tust, was ich dir sage, dann liegt deine Loyalität bei ihnen.« Sie schnippte mit den Fingern. »Und wir werden dich töten.«

Die Blumen blitzten in meinem Augenwinkel auf. Ich hätte den Falcones niemals wehtun können. Nicht in tausend Albträumen. »Können Sie mich nicht einfach aus dieser Sache rauslassen?«

Donata blickte wieder meine Mutter an. »Meiner Erfahrung nach sollten bei Angelegenheiten, bei denen es um Leben und Tod geht, alle Beteiligten wissen, was auf dem Spiel steht.«

Meine Mutter hob den Kopf. Ihre Augen waren rot umrandet. Sie sah Donata an, schüttelte den Kopf und seufzte.

Ich sagte nichts. Ich würde sie nicht anlügen und auf ihre Forderungen eingehen, aber ich hatte auch Angst, mich ihr zu widersetzen. Ich musste sie dazu bringen zu gehen, damit ich mich sammeln konnte. Damit ich meine Mutter aus dem eigenartigen Tageskoma aufwecken konnte, in dem sie sich befand. Damit ich einen Weg finden konnte, Luca zu warnen. Ich erinnerte mich wieder an den Rat, den Sara mir im Eden gegeben hatte – ich musste so tun, als ob. Ich musste so tun, als ob, damit Donata ihren Griff wenigstens so weit lockerte, dass ich atmen konnte. Dass ich *nachdenken* konnte.

Donata rührte sich und plötzlich tauchte eine Pistole in ihrer Hand auf. Bevor ich mich bewegen konnte, drückte sie die Waffe an die Halsschlagader meiner Mutter und zwang sie auf Zehenspitzen, indem sie sie nach hinten über das Spülbecken schob. Ich erstarrte und ein halb erstickter Schrei entwich mir.

Meine Mutter würgte ein Wimmern hervor.

Donata spannte den Hahn der Pistole, und ihre Augen bohrten sich in meine, während ich ihr stocksteif gegenüberstand. »Was soll ich tun, Sophie? Wie viel soll wirklich auf dem Spiel stehen?«

»Nicht«, flehte ich. »Ich tue es. Ich tue alles, was Sie wollen.«

Donata stieß noch tiefer mit der Waffe zu und meine Mutter würgte erneut. Ihre Augen traten hervor, die Kapillaren leuchtend rot. Donata lehnte sich über sie, und als sie Nase an Nase waren, sagte sie so ruhig, als seien sie alte Freundinnen: »Vergiss dein Versprechen nicht, Celine.«

»Ich helfe Ihnen«, wiederholte ich. »Ich tue, was Sie verlangen. Aber tun Sie ihr nicht weh.«

Donata zog sich zurück, steckte die Waffe in die Tasche ihres Kleids und strich sich die abtrünnigen schwarzen Strähnen aus der Stirn. Meine Mutter kippte nach vorne, die Hände um ihre Kehle geklammert, während sie keuchend nach Luft schnappte. »Sie sind eine grausame Frau«, spuckte ich aus.

Donata zog die Ärmel ihres Kleids glatt. »Das muss ich sein.«

»Verlassen Sie mein Haus«, sagte meine Mutter. »Sie haben sich klar und deutlich ausgedrückt.«

Ich folgte Donata in den Flur, um mich zu vergewissern, dass sie auch wirklich ging. Ihre Absätze klapperten zielstrebig, und das Geräusch beschwor die Erinnerung an ihre

Schwester wieder herauf, Elena, wie sie in *Evelina* den Korridor der Falcones hinunterstolziert war. Was für ein verworrenes Schicksal diese beiden doch füreinander gesponnen hatten.

Auf der Türschwelle drehte sich Donata noch einmal um und drehte ihren Rücken dem unruhigen Himmel zu, während die Hitze aus der Einfahrt zu uns hereindrängte. Wir starrten einander an. »Wir kommen dich holen.«

Mir drehte sich der Magen um, aber ich blickte sie weiter ganz ruhig an. »Wann?«

»Bald.«

»Ich werde bereit sein«, log ich. In meinem Kopf schwirrte es nur so vor Möglichkeiten, wie ich sie schlagen konnte. Ich würde sie nicht gewinnen lassen. Ich würde nicht ihr Bauernopfer spielen.

Ihre Stimme wurde schwächer und klang weniger durchdringend, während sie die Schultern ein wenig senkte. Sie seufzte leise, und ihre Maske verschob sich, wenn auch nur ein wenig. »Wir sind keine Feinde, Sophie.«

Die Luft war viel zu warm. Ich konnte sie kaum spüren, als ich sie einatmete und mich zu einer weiteren Lüge zwang. »Ich weiß.«

Ihre Stimme veränderte sich erneut und ihre Worte verwandelten sich in etwas Neues – eine Bitte: »Du glaubst vielleicht, dass du einen von ihnen liebst, Mädchen, aber das ist das Spiel der Falcones. Mach nicht denselben Fehler, den meine Schwester begangen hat. Angelo Falcone mag vielleicht einst ein leuchtender Stern gewesen sein, aber er war auch gewalttätig und grausam. Weißt du, was er meiner Schwester in ihrer Hochzeitsnacht geschenkt hat? Den Tod meines Vaters. Elena und mein Vater waren niemals einer Meinung, und dass sie mit Angelo Falcone durchgebrannt ist, hat ihrer Beziehung auch nicht unbedingt geholfen. Aber den Vater eines Mädchens zu töten, nur um ein kleines Ärgernis aus ihrem Leben zu entfernen? Das ist kein Geschenk. Und dennoch hatte sie sich so in seinen glänzenden Augen und seinem Reichtum verloren, dass sie sich daraufhin noch mehr in ihn verliebt hat. Du kannst die Nase rümpfen, weil dein Onkel und ich mit Drogen handeln, aber das Spiel des Mordens um des Mordens willen ist krank. Dieser Weg ist düster und es gibt kein Zurück.

Wenn du das nächste Mal an diese Jungen denkst, dann frage dich, wie viele Väter, Mütter, Söhne und Töchter sie bereits getötet haben. Frage dich, wer die Leiche meiner Tochter in diesen See geworfen hat. Wer ›La nostra vendetta‹ auf ihr Herz geritzt hat.« Ihre Stimme brach, und sie verstummte abrupt, legte eine Hand auf ihren Mund und kniff die Augen fest zusammen. »*Mia bella bimba.*«

»Ich hab nicht…«

»Du wirst uns helfen, sie zu vernichten«, unterbrach sie mich, »und dann werde ich dir die mysteriöse Tatsache verzeihen, dass Valentino Falcone wusste, wohin er seine *soldati* in jener Nacht schicken musste, in der mir meine Tochter genommen wurde.« Sie packte mich am Handgelenk und zog mich zu sich heran, bis mich der Duft ihres Parfums umhüllte.

»Ja«, sagte ich atemlos. »Ich verspreche es.«

»Für Sara.« Eine flüchtige Sekunde lang konnte ich ihre Trauer offen in ihrem Gesicht ablesen – es machte sie älter, es machte sie menschlicher, und irgendetwas krampfte sich bei dem Anblick in mir zusammen. Der Verlust fraß sie innerlich auf. Er trieb sie zu Blutvergießen und, letzten Endes, in den Wahnsinn.

Meine Kehle begann zu zittern, und als ich die Worte aussprach, fühlten sie sich ganz dick und schwer an. »Für Sara«, bekräftigte ich.

»Du musst zur Vernunft kommen.« Sie legte eine Hand auf meine Schulter und drückte sie, als wollte sie mich damit stärken, aber alles, was ich fühlte, waren Angst und Schuld. »*Fidelitate Coniuncti.*«

Sie wandte sich von mir ab, trat in den schweren Abend hinaus und nahm ihren Platz in dem schwarz getönten Konvoi ein. Er war aus dem Nichts aufgetaucht, aber ich wusste, dass er da gewesen war, irgendwo in der Nähe, die ganze Zeit. Die Marinos würden ihre Königin nirgendwo ohne Unterstützung hinschicken. Ich fragte mich, ob Jack auch jetzt bei ihr war und sie umschmeichelte wie ein Schoßhund.

Eine Hand streifte über meinen Rücken, als sich meine Mutter neben mich stellte.

Ich sah zu, wie Donata von uns wegfuhr, und mein Herz hämmerte wie wild in meiner Brust. »Was heißt ›*Fidelitate Coniuncti*‹?«

»Ich weiß es nicht, Schatz.«

Eine vertraute Woge des Bedauerns strömte durch mich hindurch. Ich hätte niemals ins Eden gehen sollen. Ich würde das Bedauern über diese Entscheidung noch mit ins Grab nehmen. Vielleicht wäre Jack am Ende ja doch noch zu mir gekommen, aber es wäre zu meinen Bedingungen geschehen. Es wäre auf meinem Terrain geschehen. Aber jetzt war es zu spät, diese Entscheidung noch zu treffen.

»Was hast du ihr versprochen?«, fragte ich.

»Etwas, von dem ich nicht gedenke, es zu halten.«

Ich drehte mich zu ihr um.

»Ich habe ihr gesagt, dass ich dich davon überzeugen würde zu kooperieren«, fuhr meine Mutter fort. »Sie hat gesagt, dass sie dir wehtun wird, wenn du es nicht tust. Ich hätte ihr auch den Mond vom Himmel versprochen, wenn sie dadurch mein Haus verlassen hätte.«

»Ich werde ihr nicht helfen. Mir ist egal, was sie will. Ich werde niemandem wehtun.«

Meine Mutter wirkte erschrocken. »Natürlich wirst du das nicht.« Sie zog mich in die Dunkelheit des Hauses zurück. »Du lässt dich da in nichts mit hineinziehen. Das ist nicht unsere Welt.«

»Dad sagt, wir sollen aus Cedar Hill verschwinden.«

Sie nickte, und ein Schatten huschte über ihr Gesicht. »Ich sehe jetzt ein, dass er recht hat, Sophie.« Sie zog mich am Arm und nahm meine Hand in ihre. »Du weißt, dass ich alles, was ich tue, nur tue, damit du in Sicherheit bist. Du weißt, dass ich eher sterben würde, bevor ich zulasse, dass dich jemand in Gefahr bringt, oder?«

»Ja«, antwortete ich. »Natürlich weiß ich das.«

»Gut«, seufzte sie leise. »Weil es manchmal schwer ist, zu wissen, was das Richtige ist. Manchmal ... besonders in letzter Zeit, scheint alles so verschwommen. Aber wir haben einander, und das ist alles, was zählt. Es tut mir leid, dass Donata ihre Tochter verloren hat, aber ich habe nicht die Absicht zuzulassen, dass sie mit dem Leben meiner Tochter spielt. Niemals.«

Ich drückte ihre Hand. »Uns passiert schon nichts.«

Sie nickte, aber ihr Blick verlor sich irgendwo hinter meiner Schulter im Nichts. »Wir werden von hier fortgehen. Ich muss nur noch das nötige Geld auftreiben.« Ihre Miene fiel in sich zusammen, aber sie fing sich wieder und brachte ein Lächeln zustande, auch wenn ihre Augen ganz wässrig wurden. »Mir fällt schon was ein, Schatz.«

»Mach dir deswegen keinen Kopf«, beruhigte ich sie. »Mir ist schon was eingefallen.«

In der Küche füllte ich ein Glas mit Wasser und stellte die Blumen hinein. Ich ließ die provisorische Vase auf dem Fensterbrett stehen und schluckte meine Nervosität hinunter. *Wir kommen dich bald holen.* Schon bald würde die Welt in Finsternis versinken. Aber wie bald war bald? Ich würde nicht hier herumsitzen und es herausfinden. Morgen würden meine Mutter und ich von hier verschwinden.

Ich zog mein Handy aus der Hosentasche und wählte Millies Nummer. Sie nahm beim dritten Klingeln ab.

»Was machst du morgen früh?«, fragte ich sie.

»Ich weiß nicht«, antwortete sie, ausweichend wie immer. »Warum?«

»Ich brauche jemanden, der mich nach *Evelina* fährt.«

25

Die Lüge

Als ich aufwachte, war die Sonne bereits irgendwo hinter einer dicken Schicht aus dunklen Wolken aufgegangen und selbst die Luft im Zimmer knisterte. Ich duschte, wusch die Angst und den Schweiß ab, und als ich wieder aus dem Bad kam, in Jeansshorts und einem Tanktop, sah ich etwas weniger aus wie der Tod mit gekräuseltem Haar.

Ich fand meine Mutter in ihrem Zimmer. Sie hatte sich einen Jogginganzug und weiße Turnschuhe angezogen und ihr Haar mit Spängchen hinter den Ohren festgesteckt. Als ich ins Zimmer kam, hörte sie auf, ein T-Shirt zusammenzulegen. Ich konnte ihr niemals erzählen, was ich vorhatte. Ich konnte ihr meine Absichten nicht erklären, weil sie sie nicht verstehen würde und weil sie mich nicht gehen lassen würde. Nicht nach allem, was Donata ihr über die Falcones erzählt hatte. Sie hätte mich für verrückt gehalten, weil ich mich freiwillig in den Mörderpalast begab.

»Ich geh mal ein bisschen raus«, teilte ich ihr mit. »Aber ich bin heute Abend wieder zurück.«

»Wo gehst du denn hin, dass es so lange dauert? Ich dachte, du gehst nur zur Bank ...«

»Ein paar Erledigungen«, sagte ich möglichst beiläufig.

Ich gestikulierte in der Luft herum und hoffte, sie von dem Misstrauen abzulenken, das in ihren Augen aufflammte. »Ich geh zur Bank und hebe mein Erspartes ab. Dann muss ich mich mit Millie treffen und ihr sagen, was los ist. Und ich will noch ein paar andere Sachen besorgen.«

»Oh«, sagte sie verwirrt. »Möchtest du, dass ich mitkomme?«

»Ich finde, du solltest weiterpacken, damit wir uns einen Vorsprung verschaffen können.«

Sie nickte in Richtung der Klamotten, die überall verstreut lagen. »Ja«, pflichtete sie mir stirnrunzelnd bei. »Es gibt noch eine Menge zu tun.«

Ich wandte mich ein Stück von ihr ab und lächelte, ohne jedoch die Freude zu empfinden, die eigentlich dazugehörte. »Ganz genau.«

Als ich die Haustür aufriss, wartete Millie bereits auf mich. »Ich hoffe, du weißt, was du tust«, grummelte sie, als ich ins Auto stieg. Ich hatte gestern Abend dreißig Minuten auf sie eingeredet, um sie zu überzeugen, bis sie endlich an Bord gewesen war.

»Das hoffe ich auch«, erwiderte ich.

»Du weißt, dass du jederzeit bei mir bleiben kannst. Ich kann meinen Dad bitten, euch …«

»Mil«, unterbrach ich sie. »Das hier ist kein Urlaub, es ist eine Blutfehde, und ich hab dir schon tausendmal gesagt, dass ich dich da nicht mit reinziehen werde.«

»Aber was, wenn sie sich weigern, dir zu helfen, Soph?«

Ich ließ mich auf meinem Sitz zurücksinken und starrte durch die Windschutzscheibe auf den tief hängenden grauen Himmel. »Dann muss ich wohl eine Bank ausrauben, schätze ich.«

26

Zuflucht

Nach einer langen Fahrt aus der Stadt blieben wir vor der geschwungenen Einfahrt von *Evelina* stehen. Ich war überrascht, dass wir uns so gut an den Weg erinnert hatten – aber andererseits war es die Kulisse einiger meiner narbenreichsten Erinnerungen.

»Ich bin ganz in der Nähe«, versicherte Millie mir, als ich ausstieg. Wir hatten uns geeinigt, dass ich allein hineinging. So war es sicherer und ich hatte Millie ohnehin schon viel zu tief in diese ganze Sache hineingezogen. »Du schickst mir alle fünfzehn Minuten eine Nachricht. Wenn ich nichts von dir höre, dann schwöre ich bei Gott, dass ich die Polizei anrufen und das Risiko, mit den Konsequenzen leben zu müssen, auf mich nehmen werde.«

»Danke, Mil. Ich schulde dir so viel. Für alles.«

Sie schob die Sonnenbrille auf ihrer Nase hoch und seufzte. »Ich werd dran denken, falls ich irgendwann mal 'ne Niere brauche.«

Ich lief die Einfahrt hinauf und schob meine aufkeimende Angst beiseite, als Millie wegfuhr und verschwand, um sich zu verstecken, irgendwo in der Umgebung.

Die Türklingel läutete im Inneren des Gemäuers. Der

Mann, der die Tür öffnete, war der sanfte Hüne, der versucht hatte, Millie und mich zu beruhigen, als wir das letzte Mal hier gewesen waren … der Falcone, der mir mitten ins Gesicht gelogen hatte, was Saras Schicksal betraf. Paulie. Aber es hätte trotzdem schlimmer kommen können. Es hätte auch sein Bruder sein können. Es hätte auch Felice sein können.

Er blickte hinter mich. »Miss Gracewell. Was für eine Überraschung.«

Er besaß dieselbe formelle Höflichkeit wie sein Bruder, aber nicht mal einen Hauch von dessen schleimiger, passiver Aggressivität. Ich betrachtete seine Hand, die ganz sanft auf dem Türrahmen ruhte. Seine Fingernägel waren leuchtend pink und gelb lackiert.

»Ich schätze, das ist es wohl«, erwiderte ich und versuchte, nicht kindisch oder verletzlich zu klingen, obwohl ich beides in diesem Augenblick im Übermaß empfand. »Ich hab mich gefragt, ob ich mit Luca sprechen könnte?«

Ich konnte seine Verwirrung aufflackern sehen, als sich die Rädchen in seinem Kopf zu drehen begannen und er versuchte, das alles zu begreifen. »Möchten Sie vielleicht hereinkommen, während ich ihn hole?«

»Ja, bitte.«

Seine Slipper bewegten sich lautlos auf dem Marmor, als er den Flur hinunter verschwand. Die Pracht des Hauses überwältigte mich und das Geräusch meines Atems klang lauter als gewöhnlich. Ich betrachtete das Falcone-Wappen auf dem Boden und den dreistöckigen Kristallleuchter, der über meinem Kopf hing und Regenbogen auf die zweigeteilte Treppe warf. Hoch oben an der Wand, in der hinteren Ecke des Foyers, hing ein Bild.

Auf dem Foto trug Felice einen Anzug, und neben ihm stand eine der schönsten Frauen, die ich jemals gesehen hatte. Ihr welliges kastanienbraunes Haar war oben auf ihrem Kopf mit rubinbesetzten Nadeln zusammengesteckt. Sie hatte große blaue Augen und cremefarbene Haut, die eigentlich in eine Covergirl-Werbung gehörte. Sie trug ein Hochzeitskleid aus Spitze, hielt sich an Felices Arm fest und strahlte in die Kamera. Es sah wirklich nach echter Liebe aus, wie ich zugeben musste, und irgendwie schien ihre sanfte Schönheit auch ihn sanfter zu machen. Er wirkte weder Furcht einflößend noch böse, nur jung.

Evelina. Selbst auf dem Foto fiel mir der Glanz ihres Rubinrings ins Auge. Er sah genauso aus wie der im Mausoleum der Falcones. Riesig. *Teuer*. Rot – die Farbe der Liebe. Die Farbe der Gewalt. Was hatte er nur getan, um sie zu vertreiben? Die Buchstaben F und E waren unten in den Bilderrahmen eingraviert und das Wort *Sempre* schimmerte silbern darunter.

Auf ewig, erinnerte ich mich.

Was für eine Lüge.

Luca tauchte aus dem Flur auf, blieb am Fuß der Treppe stehen und hielt mehrere Meter Abstand zwischen uns. »Ich muss ja unwiderstehlich sein. Du kannst dich ja nicht mal vierundzwanzig Stunden von mir fernhalten.«

Ich wandte mich von dem Foto von Felice und seiner Braut ab und holte tief und gleichmäßig Luft. »Ich weiß gar nicht, wie ich das sagen soll …«, begann ich.

Er lehnte am Treppengeländer, während sein Kinn auf seinen verschränkten Armen ruhte. »Versuch einfach, ein Wort hinter das andere zu setzen.«

Sein Tonfall war neckend, aber ich konnte spüren, dass er

mich aufmerksam begutachtete. Ich unterdrückte den Drang, ihm meinen Mittelfinger zu zeigen, und entschied stattdessen, dass es kein Zurück mehr geben würde. Ich sprach die Worte aus, die mich zu einer Feindin der Marinos machen und durch die mein Leben noch mehr auf Messers Schneide stehen würde.

»Donata Marino will, dass ich ihr helfe, deine Familie zu töten.«

Stille breitete sich um uns aus. Luca verzog keine Miene. Er starrte mich nur an und in seinen Augen flackerte kaum Anerkennung auf.

Ich kam zu dem Schluss, dass es am besten war, noch etwas hinzuzufügen, nur für den Fall, dass noch ein Rest von Verwirrung bestand. »Ich werde das aber nicht tun. Offensichtlich.«

Er stieß sich von dem Geländer ab, stellte sich aufrecht hin und wirkte mit einem Mal so viel größer. Als er keinen halben Meter mehr von mir entfernt war, blieb er stehen und betrachtete mich flüchtig, aber nicht so hastig, dass ich es nicht bemerkt hätte. Suchte er nach einer Waffe?

»Was hat sie dir angeboten?«, fragte er mit ruhiger Stimme.

Ich zuckte mit den Schultern. »Schutz, hauptsächlich … vor deiner Familie.«

»Vor uns?«, fragte er. »Aber wir haben überhaupt kein Interesse an dir.«

Irgendetwas daran versetzte mir einen Stich. Ich schüttelte es ab. Er hatte recht. Das war ja genau der Punkt: Die Falcones interessierten sich gar nicht mehr für mich.

»Ich weiß, was sie denkt, Luca«, gab ich zu. »Sie wird mir und meiner Mom wehtun, wenn ich ihr nicht helfe. Wir können nirgendwohin. Wir haben kein Geld, um vor ihnen abzuhauen.« Ich räusperte mich, um das Zittern aus meiner Stimme zu verbannen, dachte dann aber: *Was hat das für einen Sinn?* Luca kannte die Wahrheit. Ich hatte es satt zu versuchen, sie zu verstecken. »Ich hab Angst, Luca. Ich hab wirklich Angst.«

»Wann?«, fragte er, seine Stimme noch immer gelassen. »Wann will sie ihren Schlag gegen uns ausführen?«

In dem Moment traf es mich. Das hier war Luca im Kommandantenmodus. Das hier war der Luca, der seine Pflicht über seine Gefühle stellte. Er bewahrte die Fassung, weil er darauf trainiert war. Ich hatte keine Ahnung, was er wirklich dachte oder fühlte. Ich versuchte, mich in den gleichen Modus zu versetzen, aber ich hatte das Gefühl, als würde eine eiserne Faust mein Herz umklammern. Ich konnte einfach nicht anders, als an meine Mutter zu denken, die zu Hause all unsere Sachen packte und darauf wartete, dass ich mit einem Plan, mit Geld und einem Ausweg zurückkam.

»Bald«, antwortete ich. »Sie hat gesagt, dass sie zuerst mich holen kommt. Sie wollen deine Familie am Diner in einen Hinterhalt locken. Sie will, dass ich ihr dabei helfe.« Ich zögerte, weil mir allein die Andeutung peinlich war, die Absurdität, ihm den nächsten Teil direkt ins Gesicht sagen zu müssen. »Sie denkt, ich sei … eine Schwäche der Falcones.«

Irgendetwas huschte über Lucas Gesicht – ein flüchtiger Schatten, eine unlesbare Emotion. Sein Kiefer spannte sich an, aber davon abgesehen blinzelte er kaum. »Ist das so?«

»Anscheinend.«

»Und sie hat dir das alles erzählt?«

»Ja.«

»Ohne Provokation?«

»Sie will, dass ich ihr helfe«, wiederholte ich und spürte das schwache Glühen meiner Verlegenheit in den Wangen.

Er kniff die Augen zusammen. »Weiß sie, dass du keinerlei Erfahrung mit Waffen hast?«

Ich hielt meine Handfläche hoch und zeigte ihm die Schnittwunde. »Ich dachte, das wäre offensichtlich.«

Er lächelte nicht.

»Sie ist so wütend, Luca«, fuhr ich fort und konnte den Verrat hören, der in meinen Worten mitklang. Donata würde mich dafür einen Kopf kürzer machen. Sie würde mich einen Kopf kürzer machen, nur weil ich durch diese Tür getreten war, aber wenn ich in diesem ganzen Durcheinander meine Hoffnungen überhaupt auf irgendjemanden setzen würde, dann ganz sicher nicht auf sie. »Ihre Trauer treibt sie in den Wahnsinn. Sie will deine Familie zerstören. Schon bald.«

Lucas Augen verfinsterten sich. Er betrachtete mich schweigend.

»Das ist alles, was ich weiß«, sagte ich leise. »Das ist alles.«

Seine Konzentration bröckelte. Ich konnte sehen, wie sich seine Maske lüftete – die Mauern stürzten ein und seine Züge wirkten wieder weicher. Er wuschelte sich mit der Hand durchs Haar und rieb sich mit den Fingern die Schläfen, während er die Augen schloss. »Ein gewagter Schritt für die Marinos«, murmelte er und verzog misstrauisch die Lippen. »Was hat sie bloß vor?«

»Was werdet ihr jetzt tun?«, wollte ich wissen, und bei dem Gedanken an einen Vergeltungsschlag, daran, wie schnell diese Blutfehde eskalieren konnte, wuchs meine Angst nur noch weiter. Falls das Eden als Anhaltspunkt dienen konnte, dann schreckten die Falcones nicht unbedingt vor großen blutigen Gesten zurück. Nichts war zu gewagt für sie.

Er starrte mich an, und sein Tonfall war trügerisch ruhig, als er sagte: »Ich werde nicht zulassen, dass sie meine Brüder verletzt.« Es folgte ein kurzes Schweigen, in dem er vor mir verbarg, was auch immer er dachte, und schließlich fragte er: »Was willst du jetzt tun, Sophie?«

Ich blickte zu Boden, auf den majestätischen roten Falken. Irgendetwas rumorte in meiner Brust, und ich verspürte plötzlich das Bedürfnis, einfach loszuheulen. Ich war keine Marino, aber ich war auch keine Falcone. »Ich hab's dir gesagt. Jetzt gibt es kein Zurück mehr.« Ich hielt inne, sammelte mich und sprach dann aus, mit kaum mehr als einem Flüstern, was wir beide ohnehin bereits sehr genau wussten: »Sie wird mich dafür höchstwahrscheinlich töten, wenn sie es herausfindet.«

Luca senkte den Kopf, aber ich beschloss, ihm nicht in die Augen zu schauen, nur für den Fall, dass ich hemmungslos losheulte. »Sophie, bittest du mich um Schutz?«

Ich wusste, dass er es nicht ohne ein gewisses Unbehagen getan hatte, als er mir vor dem Gefängnis Hilfe angeboten hatte. Ich wusste, dass es nicht leicht sein würde – das hatte er selbst gesagt –, aber jetzt brauchte ich sie. Und selbst wenn es mich meinen Stolz kostete, ihn darum zu bitten, sie alle darum zu bitten, dann würde ich diesen Preis bezahlen, weil meine Mutter und ich völlig verzweifelt waren. Das hier war unsere beste Chance und allein das war schon Furcht einflößend.

»Ich will nur … ich brauche nur einen Platz, an dem meine Mom und ich uns verstecken können, bis das alles vorbei ist.« Ich machte eine Pause und kam dann zu dem, was ich wirklich sagen wollte: »Ich muss verschwinden.«

»Ich bin kein Zauberer.«

»Nein«, stimmte ich ihm zu. »Du bist noch was viel Mächtigeres. Du bist der Vize-Boss der Falcones.«

Er leugnete es nicht. Er begann, auf dem Nagel seines kleinen Fingers herumzukauen, und setzte eine nachdenkliche Miene auf. Ich fokussierte die Narbe über seiner Lippe. Mit einem Mal fühlten sich meine Schultern unfassbar schwer an und drückten mich zu Boden. Warum antwortete er mir nicht? Weil ich verrückt war, darum. Aber ich hatte meinen Zug gemacht. »Ich wollte nicht, dass du deswegen durchdrehst …«

»Ich drehe nicht durch«, schnitt er mir das Wort ab. Tat er nicht, wie mir in diesem Moment bewusst wurde. Er war immer noch vollkommen gelassen, ruhig wie ein See, und ich war unruhig, stürmisch und verzweifelt. »Ich denke nur darüber nach, was ich jetzt machen soll.«

»Was du machen sollst?« Ich stand zwischen ihm und der Haustür, im Fegefeuer, und es war schwer zu sagen, in welcher Richtung sich die Hölle befand.

Ein schiefes Lächeln verzog sein Gesicht. »Wie ich meine Familie davon überzeugen soll, Jack Gracewells Nichte und Michael Gracewells Frau zu beschützen.«

»Oh.« *Tja, wenn du es so ausdrückst …* Ich machte ein langes Gesicht.

Ein Lachen ertönte, hallte von den Wänden wider und kroch mir in den Nacken. Felice tauchte von irgendwo hinter mir auf. »Ist das nicht offensichtlich, Luca?«, fragte er, und seine Stimme füllte das ganze Foyer aus. »Wir müssen den Rat einberufen.«

Das Geräusch weiterer Schritte hallte durch das Foyer – diesmal von über uns. Waren sie alle da gewesen, die ganze Zeit, und hatten uns belauscht?

Nic und Gino tauchten oben an der Treppe auf. »Was ist denn hier los?«, wollte Nic wissen und lugte über den Balkon.

Ich winkte zu ihm hinauf. »Rat mal, wer hier ist«, säuselte ich und fühlte mich monumental unbehaglich.

Er fiel beinahe über die Brüstung. In Lichtgeschwindigkeit flog er die Treppe hinunter und blieb neben Luca stehen. Gino trottete hinter ihm her. »Was ist hier los?«

Felices Lachen war verebbt. »Dieses Mädchen ist eine One-Woman-Show«, sagte er, ohne seine lidlosen Augen von mir abzuwenden. »Die wird uns alle noch lange auf Trab halten, das verspreche ich euch.«

Ich beschloss, mir auf die Zunge zu beißen. Unhöflichkeit würde mich auch nicht weiterbringen.

»Wir berufen den Rat ein«, verkündete Luca Nic.

»Hör auf«, erwiderte Gino ungläubig. »Wieso denn das?«

Nic blickte zwischen Luca und mir hin und her und versuchte, das alles zu begreifen. »Warum?«

Felice gestikulierte mit bester, unnötiger Theatralik in meine Richtung, so als sei ich seine reizende Assistentin. »Deine *geliebte* Persephone Gracewell hat gerade ihre Loyalität geändert und Donata Marino verraten. Wie es scheint, braucht sie Zuflucht.«

»Zuflucht?«, spuckte Gino mit einem ungläubigen Lachen aus. »Heilige Scheiße.«

»Zuflucht?«, wiederholte ich, und mich beschlich das

Gefühl, dass mir die wahre Bedeutung des Wortes entging. »Ist das was Besonderes?«

»Ja«, antwortete Nic, und seine Stirnfalten zuckten, »das ist was Besonderes.«

27

Der Kampf

Zuflucht bedeutete, dass der Beschluss gefasst wurde, jemandem Schutz und Loyalität zuzusichern, der nicht durch Blutsverwandtschaft an die Familie gebunden war. Näher konnte man nicht daran kommen, ein Falcone zu werden, wenn man nicht als einer von ihnen geboren worden war. Luca erklärte mir, dass in einer Abstimmung darüber entschieden werden würde – in einer Mehrheits- entscheidung –, ob man meiner Mutter und mir die Sicherheit bieten würde, um die ich so formlos gebeten hatte. Falls sie einwilligten, würden sie uns ein sicheres Haus zur Verfügung stellen und genug, um zu überleben, bis sie Donata Marino ein für alle Mal zum Schweigen gebracht hatten.

Wir standen im Foyer, die Falcone-Jungs und ich, be- wacht von Felice, während ich zu jeder noch so winzigen Einzelheit meiner Begegnung mit Donata befragt wurde. Ich erzählte ihnen alles, was ich wusste – oder zumindest alles, was sie gesagt hatte –, ohne zu wissen, auf wie viel davon ich mich tatsächlich verlassen konnte. Felice verstand nicht, warum sie mir überhaupt ihr Vertrauen schenken sollte.

Ich konnte das auch nicht wirklich verstehen.

»Das ergibt alles überhaupt keinen Sinn«, bemerkte er. »Nicht bei diesen Marino-Feiglingen.«

Ich hatte Donatas letzte Worte ganz vergessen – *Fidelitate Coniuncti* – und stolperte über sie, als ich ihre Nachricht an mich wiedergab. Luca hob eine Augenbraue, und Felice murmelte: »Interessant.«

»Ist das eine Drohung?«, wollte ich wissen. »Was bedeutet das denn?« Ich hatte es nicht gut genug buchstabieren können, um es zu googeln. Ich konnte es ja kaum aussprechen.

»Es ist Latein«, antwortete Luca unbehaglich. »Es ist keine Drohung.«

Felice holte sein Handy heraus, da seine *consigliere*-Pflichten anscheinend stärker waren als sein Bedürfnis, mich weiter zu verhören. »Ich rufe alle zusammen. Sollte nur eine Stunde dauern, vielleicht auch weniger. Ich spreche auch mit Valentino«, fügte er hinzu, seine letzten Worte an Luca gerichtet. »Er wird das alles äußerst seltsam finden …«

»Er ist paranoid«, erwiderte Luca. »Da steckt nichts dahinter.«

»Da wäre ich mir nicht so sicher.« Felice verschwand und seine Schritte verhallten in einem entfernten Korridor.

»Worum ging's denn da gerade?«, wollte ich wissen.

Luca wich der Frage aus. »Mach dir deswegen keine Sorgen.«

Nic war der einzige der Falcone-Brüder, der nicht die Stirn runzelte. Er wirkte entspannt und ließ die Schultern hängen – ein Soldat, bereit für alles, was auf ihn zukam. »Ich bin froh, dass du zu uns gekommen bist, Sophie«, sagte er aufrichtig. Seine Stimme hatte diesen ruhigen Tonfall, so als wollte er die Distanz zwischen uns verringern, bis es nur noch uns beide gab. »Was Donata tut, ist nicht richtig. Aber sie wird nicht mehr lange am Leben sein. Wir sorgen dafür, dass du aus dieser ganzen Sache rausgehalten wirst, das verspreche ich dir.«

Auch Dom hatte sich inzwischen zu uns gesellt. »Gib keine Versprechen, die du nicht halten kannst, Nic.« Er kippte auf seine Fersen zurück. »Der Rat wird entscheiden.«

»Das weiß ich«, sagte ich an Dom gewandt und versuchte, meine Stimme nicht giftig klingen zu lassen. »Ich weiß, dass das ziemlich unwahrscheinlich ist. Ich hätte nicht gedacht, dass das mit einem solchen Aufwand verbunden ist ... Ich wollte nur ...« Ich drehte mich mit hoffnungsvollem Blick zu Luca um. »Als du gestern zu mir gesagt hast, dass ich mich an deine Familie wenden kann, falls ich jemals in Schwierigkeiten stecke, hätte ich nicht gedacht, dass ich dieses Angebot je würde annehmen müssen. Aber Donata macht mir höllische Angst, und ich hab es satt, meine Sicherheit aufs Spiel zu setzen«, fügte ich hinzu. »Ich nehme deinen Rat an. Ich bin schlau. Ich erkenne an, dass ich aus dieser Sache nicht allein wieder rauskomme.«

Luca legte eine Hand auf seinen Mund und fuhr sich nachdenklich mit den Fingern über das Kinn.

»Gestern?«, fragte Nic. »Was war denn gestern?«

»Wir sind uns zufällig im Stateville begegnet«, antwortete ich hastig, als ich erkannte, dass Luca sich nicht die Mühe machen würde. Er war mit seinen Gedanken woanders. »Er hat mich nach Hause gefahren.«

Warum hatte ich das Gefühl, mich rechtfertigen zu müssen? Warum hatte ich das Gefühl, irgendetwas verstecken zu müssen?

Nic runzelte die Stirn. »Und du bist nicht auf die Idee gekommen, das mir gegenüber mal zu erwähnen, Luca?«

Dom und Gino wechselten einen Blick. »Oh-oh«, trällerte Dom grinsend. »Sieht aus, als hätten Sophie und Luca ohne Nic eine Verabredung im Gefängnis gehabt...«

»Halt die Klappe«, fauchte ich.

»*Calmati.*« Luca riss sich wieder aus seinen Gedanken und klopfte Nic auf den Rücken. »Du musst da nichts hineininterpretieren, Bruderherz. Es war nichts.«

»Nein. Es war nichts«, bestätigte ich und verhärtete meine Worte.

Nics Kiefer spannte sich. Er starrte Luca an, als hätte er ihn am liebsten in Brand gesteckt, und ich spürte, wie die Anspannung im Raum immer weiter wuchs. Nur Dom fand das Ganze lustig. Eine Stunde. Ich würde eine Stunde auf diesen Rat warten müssen, was immer das auch war. Und ich würde es unter dieser albernen Testosteronwolke tun müssen.

Ich ging ins Bad, um mir ein bisschen Wasser ins Gesicht zu spritzen und Millie ein Update zu schicken. Ich fühlte mich ruhiger, besser, klarer. Ich musste einfach nur am Leben bleiben und die Menschen, die ich liebte, ganz nah bei mir halten, bis die ganze Sache vorbei war – bis Donata tot war. Ich versuchte, nicht über die Möglichkeit nachzudenken, dass die Falcones vielleicht einen Fehler machen würden – dass ihr Gegenplan, wie immer der auch aussehen würde, vielleicht nicht funktionierte und dass Jack vor Wut toben und trotzdem kommen und mich holen würde. Ich versuchte, nicht darüber nachzudenken, dass mir die Zuflucht vielleicht verwehrt werden würde und dass meine Mutter und ich all dem allein gegenübertreten mussten.

Als ich wieder ins Foyer zurückkehrte, hatten sich alle zerstreut. Ich folgte dem rechten Flur und dem Gemurmel, das aus dem Herz des Hauses zu mir drang. Auf der Mitte des Korridors schob ich eine Tür auf und folgte den Rufen. Der Raum war riesig und mit allem möglichen Spielzeug ausgestattet: Dartscheiben, Sandsäcke, ein Tischkicker, ein Billardtisch und eine Stereoanlage. Die Wände säumten Sofas und Sitzsäcke, und durch drei große Fenster mit rautenförmigen Fensterkreuzen konnte man den Sturm erkennen, der sich draußen zusammenbraute.

In der Mitte des Zimmers umkreisten sich Dom und Nic. Felice und Luca standen gegen die Wand gelehnt und betrachteten sie mit dem beiläufigen Interesse vorbeiziehender Passanten, während Gino auf einem Sitzsack lümmelte, die Augen halb geschlossen.

»Was ist hier los?«, fragte ich Luca, als Nic gerade Dom flach auf den Rücken warf. Es war ein dumpfer Knall zu hören und Nics triumphierendes Gelächter zerschnitt den Raum.

Luca zeigte in Richtung des kleinen Testosterongefechts. »Relativ sichere Konfliktbewältigung in einem Haus voller Mörder«, erklärte er. »Wann immer wir Streit haben, tragen wir ihn im Sparringraum aus. Wenn es einen Sieger gibt, ist der Streit vorbei.«

»Worüber haben sie sich denn gestritten?«

Luca antwortete mir nicht.

»Dom hat ein loses Mundwerk«, erläuterte Felice. »Und du bist ein leichtes Ziel.«

»Oh«, sagte ich. *Arschloch.*

Dom war wieder auf den Beinen. Er holte zu einem Schlag gegen Nic aus. Nic schützte seinen Kopf mit den

Händen, und Dom nutzte seine Ablenkung, um Nic mit seinem Fuß quer über die Beine zu treten, wodurch er beinahe das Gleichgewicht verlor.

»Pass auf deine Knie auf, Nicoli!« rief Luca und verriet damit, wie sehr ihn diese Prügelei in Wahrheit interessierte. »Mach dir keine Sorgen um dein Gesicht, *bel ragazzo!*«

»Keine Hilfe«, rief Dom und ging erneut auf Nic los. Diesmal wurde er nach hinten gestoßen, und seine Schuhe quietschen über den Holzboden, als er versuchte, nicht umzufallen.

Felice war völlig hingerissen von dem Kampf. »Nics Beinarbeit ist zu schwerfällig«, murmelte er in Lucas Richtung.

»Er ist stärker als Dom«, konterte Luca. »Soph, was denkst du?«, fragte er und drehte sich zu mir um.

Ich hatte gerade auf meinem Handy nachgesehen, wie spät es war, und versuchte, die Angst zu unterdrücken, die immer wieder in mir aufstieg. Es wurde allmählich spät, die Luftfeuchtigkeit war quälend hoch, und ich wollte nach Hause, bevor es losging. Ich wollte raus aus Cedar Hill, bevor der Sturm losbrach.

Hatte er mich gerade *Soph* genannt?

»Ich glaube, Nic wird gewinnen«, sagte ich und versuchte, ruhiger zu klingen, als ich mich in dem Moment fühlte. »Aber das liegt hauptsächlich daran, dass ich will, dass Dom verliert.« Ich hoffte, dass Nic ihm richtig auf die Fresse hauen würde, und dann würde ich auf ihn zeigen und lachen und rufen: *Ha! Du bist ein Loser, Dom Falcone!*

»Pass auf deine Knie auf!«, rief Luca noch einmal. »Das ist seine Taktik!«

»*Stai zitto!*«, fauchte Nic, sprang auf Dom zu und versuchte, ihn an der Taille zu packen und umzuwerfen. Sie fingen an, miteinander zu ringen, und ich sah, wie Nic den Kopf hob und mich zum ersten Mal bemerkte. Er zog Dom nach hinten und balancierte dabei auf den Fußballen wie ein Boxer.

Luca neigte den Kopf ganz dicht an meinen, und ich konnte sehen, wie sich Nics Gesicht veränderte, als er zu uns herüberschaute. »Wenn Dom den Kopf richtig schüttelt, spritzt er vielleicht genügend Haargel durch die Gegend, dass Nicoli darauf ausrutscht«, murmelte er. »Und dann bin ich hundert Dollar ärmer.«

Mein Lachen entwich als lautes, beinahe anstößiges Schnauben, und ich musste mir eine Hand auf den Mund klatschen, um das Geräusch zu unterdrücken. Nic sah wieder zu uns herüber.

Luca hob zwei Finger und zeigte damit auf seine Augen. »Konzentrier dich, Bruder!«

Aber es war zu spät. Dom hatte sich bereits auf Nic gestürzt und packte ihn von der Seite. Er klemmte Nics Kopf unter seinem Arm ein und rang ihn zu Boden. »Gib auf!«, brüllte Dom, und sein Befehl wurde von seinem Lachen überdeckt. »Ich hab dich! Ich hab gewonnen!«

Nics Stirn war auf den Boden gedrückt, und nachdem er sich mehrere Sekunden lang erfolglos gewehrt hatte, klopfte er auf den Boden und ergab sich. Fluchend sprang er auf die Beine und bürstete seine Klamotten mit den Händen ab.

Luca stieß sich von der Wand ab, ging auf die beiden zu und fuchtelte ärgerlich mit den Händen in der Luft herum. »Was war das denn? Ich hab dir doch gesagt, dass du dich konzentrieren sollst. Du lässt dich zu leicht ablenken.«

»*Du* hast mich abgelenkt!« Ich war ehrlich schockiert, wie wütend Nic war. Ich wusste ja, dass er verloren hatte, aber es war schließlich nur ein Spiel, und es war ja nicht so, dass er verletzt worden wäre.

»Hör auf, dich wie ein Baby zu benehmen«, erwiderte Luca kühl. »Du hast mich hundert Dollar gekostet.«

»Warum kämpfst *du* dann nicht gegen mich?«, schlug Nic vor und funkelte ihn an. »Wenn du so wahnsinnig clever bist, besiegst du mich bestimmt.«

Luca winkte dankend ab. »Sei nicht so kindisch. Wir müssen jetzt sowieso los.«

Nic wischte sich sein nasses Haar aus den Augen. »Wir haben noch Zeit. Da dir dein Geld ja so am Herzen liegt, warum versuchst du dann nicht, es zurückzugewinnen? Fünfhundert Dollar für den Sieger!«

Fünfhundert Dollar. Wow! Ich hätte für fünfhundert Dollar gegen ihn gekämpft. Sein Onkel hatte mich für weniger verprügelt. Und das Geld hätte ich gut gebrauchen können, um aus der Stadt zu verschwinden.

Luca biss nicht an. »Du bist so angespannt«, sagte er. »Komm mal wieder runter.«

Ich erkannte den Ausdruck in Nics Augen – diesen feurigen Starrsinn. *Oh-oh.* Er provozierte Luca trotzdem weiter. Es war, als hätte sich in ihm ein Schalter umgelegt und irgendetwas ausgelöst, und jetzt konnte er nicht mehr zurück. »Du bist zu weich, stimmt's? Wie kannst du diese Familie führen, wenn du nicht mal einen Schlag abwehren kannst?«

Dom und Felice wechselten vielsagende Blicke.

»Was soll das?«, fragte Luca. »Was ist denn in dich gefahren?«

Für den Bruchteil einer Sekunde huschte Nics Blick zu mir herüber. »Du weißt, worum es hier geht.«

Luca schüttelte den Kopf. »Du bist verrückt geworden, Bruderherz.«

»Oder vielleicht bist du auch nur weich geworden.«

»Ooooh«, sagte Dom und stachelte die beiden an. »Das war eine Kampfansage. Willst du wirklich zulassen, dass er dich so respektlos behandelt, Luca?«

»Hältst du auch irgendwann mal die Klappe?«, blaffte ich Dom an. »Im Ernst. Werd erwachsen!«

Doms Lippen schmatzten in einem widerlichen Luftkuss. »Das ist deine Schuld, *bella puttana*.«

Ich zeigte ihm den Mittelfinger. »*Vaffanculo!*«

Felice lachte. »Die *Americana* kann Italienisch!«

Die Stimmung wirkte nicht mehr so spielerisch und die Gedanken an frühere Wetten lösten sich in der Hitze von Nics Aggressivität auf. Er bohrte Luca einen Finger in die Brust. »Du bist zu schwach«, sagte er. »Du igelst dich hier bei Valentino wie ein glorifizierter Leibwächter ein. Du hast deinen Biss verloren. Du stehst schon zu lange am Spielfeldrand.«

Luca machte einen Schritt zurück. »Vorsichtig«, warnte er. »Überleg dir gut, was du sagen willst.«

»Ich hab's schon kapiert«, erwiderte Nic und drängte sich in die persönliche Distanzzone seines Bruders. »Du willst nicht, dass ich dich in Verlegenheit bringe.«

Er ließ nicht locker. Dom stieß inzwischen Schlachtrufe aus, und Felice lachte schallend, seine Aufmerksamkeit ausschließlich auf die Brüder gerichtet.

Luca platzte der Kragen.

»Das reicht!«, brüllte er, und seine explodierende Wut

überraschte uns alle. Er war wild, tobend, gefährlich. Ich presste mich mit dem Rücken gegen die Wand und wünschte mir, ich hätte die Zeit zurückdrehen können, um diesen Raum gar nicht erst zu betreten und diese ganze Sache – was auch immer sie war – gar nicht erst auszulösen. »Wenn du noch ein einziges Wort sagst, Nicoli, dann schlag ich dich k. o. *Non mettermi alla prova!*«

Selbst Dom wirkte jetzt nervös. Felice hatte aufgehört zu lächeln. Eine feindselige Atmosphäre breitete sich aus, und ich hatte das Gefühl, dass eine dunkle Wolke über uns schwebte. Das hier war der losgelassene Luca. Das hier war pure, greifbare Wut. Sie verwandelte ihn in etwas anderes. *Sag kein Wort, Nic. Halt einfach die Klappe.*

Nic vibrierte förmlich vor Energie. Er zog eine Show ab. Sein Gesicht verzerrte sich zu einem Grinsen und zweiunddreißig strahlend weiße Zähne funkelten Luca an. »Du kannst doch nur große Töne spucken, Luca. Du könntest noch nicht mal Igancio umhauen.«

Luca stürzte sich auf ihn und ihre Körper prallten mit einem dumpfen Schlag aneinander. Luca steckte den ersten Schlag seitlich an seinem Kopf ein. Er wurde zur Seite geschleudert und mir krampfte sich der Magen zusammen. Ich schrie auf sie ein, dass sie aufhören sollten, aber sie waren völlig aufeinander fixiert und tauschten Schläge aus, als würden sie auf einen Sandsack einhauen.

Luca war viel schneller als Nic, und ich konnte seine Bewegungen nur noch als schwarze Streifen wahrnehmen, während er seinen Bruder flink umkreiste. Es schien ihm ganz leicht zu fallen, so als sei es ihm in Fleisch und Blut übergegangen, bei Bedarf in den schnellen Vorlauf zu schalten. Seine Vergeltung kam in sechs blitzschnellen Schlägen in Nics Magengrube, gefolgt von einem Haken an sein Kinn. Sie knockten ihn fast komplett aus, aber er rappelte sich wieder auf und schwankte hin und her.

Die beiden trennten sich voneinander, und ich hatte den Eindruck, dass Luca Nic Zeit gab, sich ein wenig zu erholen, während er in weiten Kreisen um seinen Bruder herumtänzelte. Nic versetzte Luca einen Roundhouse-Kick und erwischte ihn mit voller Wucht an der Schulter, woraufhin er das Gleichgewicht verlor. Luca sammelte sich sofort wieder, stürzte sich auf Nic und packte ihn am Hals. Heftig keuchend zwang er ihn zu Boden und sein schwarzes Haar fiel in Strähnen über seine Augen. Nic trat mit den Füßen gegen Lucas Seite und er taumelte fluchend rückwärts. Seine Schusswunde. Was für ein mieser Tiefschlag! Ich verspürte den plötzlichen Drang, Nic eine saftige Ohrfeige zu verpassen, und war überrascht, wie wütend ich auf ihn war. Die beiden benahmen sich furchtbar kindisch, einer unreifer als der andere. Es war ein fairer Kampf.

Dom und ich brüllten nun beide. Luca umklammerte Nics Knie und warf ihn um, und sie flogen gemeinsam rückwärts und knallten gegen die Wand. Nic rutschte auf dem Boden aus, und Luca nutzte seinen unsicheren Stand, schlang einen Arm um seinen Hals und hielt ihn im Schwitzkasten.

Sie fielen zusammen auf den Boden. Luca drehte Nic herum, presste sein Knie in den Rücken seines Bruders und riss seinen Arm Richtung Zimmerdecke. Nic war zwischen Luca und dem Boden eingeklemmt, den ganzen Körper seltsam verdreht. Er keuchte heftig und sein Gesicht war ganz rot vor Schmerzen. Wenn er nicht aufpasste, würde Luca ihm den Knochen brechen.

»*Basta*«, knurrte er in Nics Ohr. »Okay? Es reicht.«

Nic gurgelte irgendetwas. Luca hatte gewonnen, aber er schien darüber nicht glücklicher zu sein als wir. Er ließ seinen Bruder los und Nic kippte auf den Boden und hielt sich behutsam den Arm.

Im nächsten Moment sprang Nic wieder auf die Beine und versuchte, Luca an seinem Hals niederzuringen. Er verschätzte sich jedoch, und Luca wirbelte herum, das Gesicht wutverzerrt. Er warf sich auf Nic, schleuderte ihn erneut zu Boden, landete auf ihm und platzierte je eines seiner Beine links und rechts neben seinem Oberkörper, sodass Nic nicht mehr aufstehen konnte. Sie brüllten einander auf Italienisch an und jetzt mischte sich auch Dom ein. Er versuchte, Luca von Nic herunterzuziehen, hatte jedoch nicht genügend Kraft, und meine Bemühungen halfen auch nicht. Felice tat, was er schon die ganze Zeit über getan hatte – er schaute zu.

Nic spuckte auf den Boden. Luca holte sein Messer heraus, klappte es auf und rammte es in das Holz neben Nics Kopf. Dann zog er sich heftig schnaufend zurück, und ich konnte sehen, wie sich der Schock in Nic ausbreitete und Sprachlosigkeit sein Gesicht verzerrte. Das Messer schimmerte weniger als zehn Zentimeter von seinem Kopf entfernt.

»Es reicht.« Luca fletschte die Zähne. »Du hattest deine Show.«

Er stand auf, und diesmal war er vorsichtiger und drehte Nic nicht noch einmal den Rücken zu. Der Kämpfer in ihm verschwand fast sofort wieder, und er verwandelte sich in sein ruhiges Selbst zurück, zupfte sein T-Shirt zurecht und ließ seinen Nacken kreisen, bis er knackte. Er war völlig fertig – er ließ die Schultern hängen, und sein Oberkörper war zur Seite geneigt. Ich wusste, dass seine Wunde schmerzte, aber das hätte er niemals zugegeben.

Nic rappelte sich ebenfalls auf. Seine Wangen glühten feuerrot und er keuchte schwer. Er sah mich nicht an. Er sah niemanden an. Ohne ein Wort zu sagen, duckte er sich wie ein Footballspieler zusammen, der zu einem Tackle ansetzt, und stürmte mit voller Wucht auf Luca los. Er warf ihn nach hinten und ihr gemeinsamer Schwung trug sie bis zum Fenster. Jetzt brüllten wir alle, aber Nic war außer sich vor Wut, wie ein Tier mit Mordlust. Er schob Luca immer weiter rückwärts, während sich sein wilder Kampfschrei mit unserem Gebrüll vermischte. Schließlich ließ er von seinem Bruder ab und Luca rauschte durchs Fenster. Das Glas zerbrach in eine Million Splitter, die auf ihn herabregneten, als er über das Fensterbrett kippte.

Ich kreischte, als wir zu ihm rannten. Nic stand einfach nur da und schaute aus dem Fenster auf seinen Bruder hinunter, der in einem Bett aus Glasscherben lag, die mit seinem eigenen Blut verfärbt waren.

»*Sei fuori di testa*«, herrschte Dom Nic an. »Was zur Hölle hast du dir dabei gedacht?«

Lucas Augen fokussierten sich wieder, als er sich aufsetzte und begriff, dass Blut über seine nackten Arme tropfte. Sein Gesicht war völlig zerschnitten, und dunkelrote Tropfen rannen über seine Wangen und auf seinen Hals. Er drückte eine Hand auf die Wunde an seiner Seite. Ich hoffte, dass sie durch den Kampf nicht wieder aufgeplatzt war.

Felice stellte sich zwischen uns, legte eine Hand auf den Mund und sah zu, wie Luca wackelig wieder auf die Beine kam. Er schüttelte den Kopf und ließ ein lautes »Tss, tss, tss« vernehmen. »Mein Fenster«, seufzte er. »Das war venezianisches Glas.«

28

Der Blick

Luca kletterte durch das Fenster wieder herein. Ich konnte nicht fassen, dass er einfach so zurückkam, als sei nichts gewesen. Schweigend starrte er auf all die dünnen Linien seines Bluts, die seinen Körper überzogen. Er sah Nic nicht an, und Nic entschuldigte sich auch nicht bei ihm. Er war zu sehr damit beschäftigt, sich mit Dom zu streiten.

Luca tat meine Bedenken mit einem Schulterzucken ab und drängte sich an uns vorbei.

»Hey!«, rief ich ihm nach.

»Ich geh mich sauber machen.«

»Du bist verletzt«, teilte ich seinem Hinterkopf mit, während er sich entfernte. »Du musst in ein Krankenhaus.«

Er fuchtelte mit der Hand in der Luft herum und verschwand im Flur. »Mir geht's gut.«

Von wegen.

Ich ging aus dem Zimmer, folgte ihm die Marmortreppe hinauf und versuchte, die Gefühle zu entschlüsseln, die sich in mir meldeten. Ich war besorgt – sicher, sein Gesicht blutete, und seine Arme waren zerschnitten. Aber da war auch Wut – auf Nic, weil er sich wie ein Riesenarschloch aufgeführt hatte, als er erst Lucas Wunde als Zielscheibe benutzt

313

und ihn dann auch noch aus dem Fenster geworfen hatte. Aber ich empfand auch noch etwas anderes, das ich nicht richtig einordnen konnte. Die Gefühle wirbelten nur so durch mein Inneres und machten mir ein wenig Angst. Ich wunderte mich darüber, wie entschlossen ich einen Fuß vor den anderen setzte, weil ich Luca auf keinen Fall aus den Augen verlieren wollte, der die Stufen immer weiter hinaufstieg und meinen Schatten gar nicht beachtete.

Ich beobachtete ihn ganz genau – wie er sich die Seite hielt, wie kraftlos seine langsamen Schritte wirkten. Er hatte angefangen, die Glassplitter aus seinen Armen zu zupfen, riss sich die Haut dabei noch weiter auf und entfernte die Scherben, ohne auch nur ein einziges Mal zusammenzuzucken. Er war so vieles für seine Brüder: ihre Konstante, ihr Beschützer, weise und konzentriert – und loyal. Er war für seine Familie so wichtig, und trotzdem, wenn er verwundet war, zog er sich in sich selbst zurück.

Das war nicht richtig.

Er hatte sich entschieden, Nic nicht verbal oder körperlich zu bestrafen, obwohl ich wusste, dass er zu beidem fähig war. Bei dem Gedanken daran hätte ich am liebsten jemanden angebrüllt. Warum kam niemand, um sich zu vergewissern, dass es ihm gut ging? Warum glaubte er, es sei vollkommen akzeptabel, einfach so wegzugehen und das Ganze allein zu durchleiden, wenn jeder vernunftbegabte Mensch in eine Notaufnahme gefahren wäre, um sich die Glassplitter aus der Haut entfernen zu lassen?

Er verschwand in einem Zimmer im zweiten Stock. Ich blieb neben der Treppe stehen und fragte mich, was ich jetzt tun sollte. Er würde nicht wollen, dass ich ihm dorthin folgte. Aber hier ging es nicht darum, dass er das Gesicht wahrte – hier ging es darum, sicherzugehen, dass er nicht genäht werden musste, dass sämtliche Blutungen gestoppt waren und er sich wieder voll und ganz erholen würde. Hier ging es darum, ihm die Fürsorge zu geben, die er verdiente, und ihn nicht alleinzulassen, damit er das alles in unnötig stoischer Ruhe einsam durchlitt.

Ich klopfte an seine Tür.

Zögernd öffnete er sie. Er tupfte sich mit einem Waschlappen das Blut vom Gesicht. Als er mich sah, hielt er inne, den Lappen an seinen Kiefer gepresst, und seine Augen wurden ganz groß. »Sophie?«

Ich wartete nicht darauf, dass er zur Seite ging und mich ins Zimmer ließ. Stattdessen quetschte ich mich an ihm vorbei und nahm gar nicht wirklich wahr, wie groß sein Zimmer war oder das Bett oder die Farbe an den Wänden oder den riesigen Kleiderschrank oder irgendetwas anderes, das mir unter anderen Umständen vielleicht wichtig gewesen wäre. Stattdessen drehte ich mich zu ihm um und plapperte drauflos, bevor er mich wieder rausschmeißen konnte. »Ich weiß, du hast gesagt, dass es dir gut geht, und ich bin mir sicher, dass das auch stimmt, aber ich werde nicht einfach da unten warten, wenn ich gerade erst gesehen habe, wie du durch ein verdammtes Fenster gesegelt bist. Es ist nicht richtig, dass du ganz allein hier oben bist, und es ist mir egal, wenn du mir sagst, dass ich gehen soll, aber ich musste erst mal mit eigenen Augen sehen, dass es dir wirklich gut geht und dass du nicht das Gefühl hast ... nicht das Gefühl hast ... Was? Warum schaust du mich so an?«

»Wie denn?«

Sein Blick war so durchdringend, als würde er versuchen, die einzelnen Stränge meiner Seele aufzudröseln. In dem

Moment wurde mir bewusst, warum das Blau in seinen Augen so strahlend war, warum sie selbst in einem Zimmer mit zwanzig Falcones immer herausstachen und warum sie mir blauer vorkamen als jedes andere Augenpaar, das ich je gesehen hatte. Seine Iris waren von einem dünnen schwarzen Ring eingefasst, einer dunklen Umrandung, die dafür sorgte, dass das strahlende Himmelblau nicht überschwappte. »Es ist nur ... du ... du starrst mich so an«, antwortete ich mit viel leiserer Stimme, als ich beabsichtigt hatte.

Ein Muskel zuckte in seinem Kiefer. Er schluckte. »Ich starre dich an, wann immer ich will.«

Warum war mir mit einem Mal so heiß? Es war, als würde sich meine Lunge nicht mehr richtig mit Luft füllen. »Hast du die ganzen Glassplitter rausgekriegt?«, wechselte ich das Thema.

Luca ließ den Waschlappen sinken und ich konnte den Schnitt direkt unter seiner Wange sehen. Er war nicht tief, aber er blutete immer noch ein bisschen. »Ich weiß es nicht«, antwortete er sanft. »Ich kann es nicht sehen.«

Ich ging auf die Zehenspitzen, und ohne wirklich darüber nachzudenken oder es zu wollen, bewegte ich mich näher zu ihm und wackelte unsicher hin und her, während ich versuchte, die Wunde zu untersuchen. Sein Aftershave schwebte über mich hinweg und ich atmete den Duft tief ein.

»Und?«, wollte er wissen, und seine Stimme klang mit einem Mal ganz heiser. »Werd ich's überleben?«

»Ich bin mir nicht sicher. Lass mich das mal genauer anschauen.« Ich unterdrückte ein Lächeln und streckte den Hals, kippte aber auf meinen Zehenspitzen um und fiel auf ihn. Ich legte meine Handflächen auf seine Brust, um mich abzufangen, und seine Hände schossen nach oben und legten sich auf meine. Ich konnte das unregelmäßige Pochen seines Herzschlags unter meinen Fingerspitzen spüren.

Ich blickte auf unsere Hände – meine blassen unter seinen glatten olivfarbenen. Seine Finger ließen meine so winzig wirken. Mein ganzer Körper bebte. Ich konnte spüren, dass er mich beobachtete und darauf wartete, dass ich ihm in die Augen schaute.

Ich konnte mich nicht von ihm lösen. Tatsächlich war mir die Nähe zwischen uns noch nicht nah genug. Langsam hob ich den Blick. Lucas Lächeln zupfte sanft an seinen Lippen.

»Vielleicht schaue ich dich ja an«, flüsterte er. »Vielleicht habe ich das schon immer getan.«

Und dann küsste er mich.

Zuerst langsam und sachte, unser Atem unregelmäßig, während er mit seinen Fingern durch mein Haar fuhr und mich näher zu sich zog. Ich öffnete die Lippen und spürte, wie seine Zunge meine streifte, suchte, noch mehr wollte. Die Leidenschaft machte uns mutiger, wilder, und ich sank in seine Arme, als unser Kuss intensiver wurde. In diesem Moment, mit der Wärme seiner Lippen auf meinen und seinem Herzschlag, der gegen meine Fingerspitzen trommelte, hatte ich das Gefühl, nach Hause zu kommen.

29

Die Unterbrechung

Als es an der Tür klopfte, schreckten wir auf. Wir lösten uns mit einem Satz voneinander, die Augen weit aufgerissen und heftig keuchend.

Was zur Hölle taten wir hier eigentlich?

Das war verrückt. Es war so verrückt.

Aber es *fühlte* sich nicht verrückt an.

Nic platzte ins Zimmer. »Luca, warum zur Hölle dauert das so …« Er warf mich beinahe um. »Sophie … hier bist du … was machst du denn hier drin?«, fragte er, und seine Stimme klang vor Überraschung ein wenig schriller.

»Ich?«, fragte ich und hörte, wie quietschend es klang. *Oh, ich betrüge dich nur.* »Ich hab den Schaden begutachtet, den *du* angerichtet hast.« Ich räusperte mich und fragte mich, ob meine Wangen immer noch rot und meine Lippen noch geschwollen waren. »Es geht ihm gut, wenn auch nicht dank dir.«

»Alles in Ordnung«, sagte Luca. Er kämmte sich mit einer Hand durchs Haar und versuchte, die abstehenden Strähnen zu bändigen. Es war schwer, dabei nicht kreideweiß zu werden, wie angefasst er jetzt klang und wie unbeständig sein Atem immer noch ging. »Sie hat die Glassplitter rausgeholt.«

»Okay«, erwiderte Nic und kniff die Augen zusammen. »Tut mir übrigens leid.«

Es folgte eine sehr lange, sehr tiefe Stille, während der ich mir vorstellte, wie Nic nur fünf Sekunden früher ins Zimmer platzte und Luca den Kopf abhackte. Was machte ich hier? Was fühlte ich?

Alles. In meinem Körper pulsierten alle möglichen Emotionen auf einmal, und das führte dazu, dass ich mich völlig vergessen hatte – und die Gefahr, in der meine Familie und ich immer noch schwebten.

Dumm. Ich war so dumm.

»Mach dir deswegen keinen Kopf«, sagte Luca. Er richtete den Blick auf mich. Er war undurchschaubar.

Noch vor weniger als einer Minute waren wir in innigen, leidenschaftlichen Küssen gefangen gewesen, und jetzt hatte ich das Gefühl, dass er kaum noch wusste, wer ich war. Bereute er es? Tat ich es? Drehte er innerlich genauso durch?

»Lass uns gehen«, sagte Nic und stellte sich zwischen Luca und mich, sodass sein Bruder das Zimmer vor uns verließ. »Alle warten unten.« Er sah mich an, als er hinzufügte: »Es wird alles gut werden. Wir werden nicht zulassen, dass du und deine Mutter den Marinos allein gegenübertreten müsst. Du musst nicht so besorgt dreinschauen.«

»Besorgt« war eine kolossale Untertreibung.

Ich hatte gerade Nics *Bruder* geküsst.

Ich würde in die Hölle kommen.

Ich legte eine zitternde Hand auf mein Herz. Mir war ganz schwindelig – ich stand in einer Grube meiner eigenen Dummheit und versuchte zu verhindern, dass der Kuss, der mich aus meiner Welt gerissen und dafür gesorgt hatte, dass

ich sogar meinen eigenen Namen vergaß, in einer Endlosschleife vor meinem geistigen Auge ablief.

Heilige Scheiße.

Ich hatte Luca Falcone geküsst.

Luca Falcone hatte *mich* geküsst.

Was ...?

Wir befanden uns im ersten Stock. Wann waren wir die
Treppe hinuntergegangen? Luca ging immer noch vor uns,
und seine Schultern drehten sich von mir weg, als er den
nächsten Treppenabschnitt hinunterging. »Wo ist Valentino?«, fragte er über die Schulter.

»In seinem Büro«, antwortete Nic achselzuckend. »Irgendwas Dringendes, das nicht warten konnte.«

Luca nickte, ohne sich umzudrehen, und setzte seine
Schritte schnell und leicht auf die Stufen, als er von uns
davoneilte. Als wir das Ende der Treppe erreichten, wim-
melte es im Foyer von Mafiosi. Ich blieb stehen, die Hand
fest um das Geländer gekrallt. Alte Männer mit zer-
knautschten Gesichtern und gravierten Gehstöcken tummelten sich neben ihren jüngeren Abbildern mit ernsten
Augenbrauen und geschürzten Lippen. Das Attraktivitäts-
niveau war ganz eindeutig unnatürlich. Ich sah beneidens-
wert olivfarbene Haut und glänzendes dunkles Haar im
Überfluss.

Und all das nur wegen meiner Wenigkeit.

Bevor mein Leben so beschissen und gefährlich geworden war, war ich fast nie ans Telefon gegangen, wenn meine
Mutter mich angerufen hatte, und hatte auch nur ganz selten meine Mailbox abgehört. Die Falcones hingegen schienen immer und überall erreichbar zu sein. Sie waren sofort
gekommen. Und jetzt standen sie da und schüttelten sich

gegenseitig im Foyer die Hände, während ihr Gelächter um sie herum hallte. Es war schwer, ihren Unterhaltungen zuzuhören oder welche Grüße und Geschichten sie austauschten, da die meisten Falcones, vor allem die älteren, Italienisch sprachen. Niemand bemerkte, dass ich am Fuß der Treppe stand. Das hier waren Macht und Familie in Union, und die Stärke ihres Bandes schien die ganze Villa auszufüllen und erinnerte mich daran, wie allein und verletzlich meine Mutter und ich wirklich waren.

Ein Rat wurde, wie Nic mir erklärt hatte, gar nicht so selten einberufen, aber um eine Zuflucht ging es dabei so gut wie nie. In der Geschichte der Falcone-Dynastie hatte er nur von einem einzigen Antrag auf Zuflucht gehört – ein wohlhabender Schmuggler in Sizilien, der Ärger mit einem rivalisierenden Mafia-Clan gehabt und bei Lucas Urgroßvater um Unterschlupf für sich und seine junge Familie gebeten hatte. Aber ich war eine Gracewell und hatte kein Vermögen zu bieten. Ich war keine Sizilianerin. Und das Tüpfelchen auf dem mörderischen I war mein unveränderlicher Status als die Nichte jenes Mannes, der möglicherweise Calvino Falcone erstochen hatte – und als Tochter des Mannes, der Angelo erschossen hatte.

Luca verschwand in der Menge, schüttelte Hände, küsste Wangen und vergrößerte die Distanz zwischen uns immer weiter, bis ich mich schließlich fragte, ob ich mir den Moment dort oben zwischen uns nur eingebildet hatte. Gino und Dom kamen an mir vorbei. Dom zwinkerte mir zu und ich zeigte ihm den Stinkefinger.

Felice erschien und begann, alle einen breiten Flur hinunterzulotsen. Luca führte die Meute an, tauschte Höflichkeiten mit einem alten Mann mit weißem Zuckerwattehaar aus und bot einer gebeugt gehenden Dame mit ledriger, dunkler Haut seinen Arm an.

Nic blieb bei mir, aber das machte das Ganze nur noch schlimmer. Ich schickte Millie ein kurzes Update exklusive des Kusses, während sich die Schuldgefühle wie ein Messer in meine Eingeweide bohrten. Trotzdem: Zwischen Nic und mir herrschte bereits solches Misstrauen, dass ein Teil von mir schon gegen die bloße Vorstellung rebellierte, dass ich mich deswegen schlecht fühlen sollte.

Ich trottete ihm nach und folgte der Prozession aus Pantene-Pro-V-Haar und teuren Anzügen, als jemand meinen Namen rief.

Ich machte auf dem Absatz kehrt.

Und sah Valentino in der Mitte des Foyers.

Nic blieb an meiner Seite, bis Valentino ihm mit einem Winken bedeutete, dass er sich entfernen sollte, woraufhin er pflichtschuldig verschwand, guter Soldat, der er war.

Valentinos Blick wirkte verschlossen, seine Lippen angespannt. Er war nicht in guter Stimmung. Felice hatte ihm ganz offensichtlich die Nachricht übermittelt, dass die Marinos vorhatten, seine Familie zu vernichten.

Er war gut gekleidet, mit dunklem Anzug und Krawatte. An seiner rechten Hand trug er einen dicken goldenen Ring. Ich bemerkte ihn, als er mich mit einem Finger zu sich winkte. Ich folgte seiner Aufforderung, weil er der Boss war – und weil wir beide wussten, dass ich etwas von ihm wollte.

»Hallo«, begrüßte ich ihn, als mir klar wurde, dass er das Schweigen nicht als Erster brechen würde. Ich stand weit genug von ihm entfernt, dass wir einander direkt in die Augen schauen konnten.

»Hallo?«, wiederholte er, setzte ein Stirnrunzeln auf und verzog den Mund. »Ist das alles, was du zu sagen hast?«

Okay. Er war sauer.

»Hör mal, ich wusste nicht, dass ich diese ganze Sache auslösen würde, wenn ich hierherkomme und euch um Hilfe bitte.« Ich gestikulierte hinter mich. »Das war wirklich nicht meine Absicht. Ich musste einfach nur irgendwas versuchen. Nach dem, was Donata …«

»Sophie«, unterbrach Valentino mich. »Hast du wirklich geglaubt, ich würde es nicht herausfinden?«

Ich legte eine Hand auf meinen Mund. Waren meine Lippen immer noch rot und geschwollen? Hatte er es irgendwie gesehen? Wo waren in diesem Haus die Kameras versteckt? »W-was?«, stammelte ich.

»Und du besitzt die Frechheit, mit der kompletten Familie Falcone in diesem Zimmer zu sitzen und zu erwarten, dass Nic dafür stimmt, dir Zuflucht zu gewähren?«

»I-ich, nein, tu ich nicht. Nic will nur, dass ich in Sicherheit bin, genauso, wie ich will, dass er …«

»Weißt du, ich habe schon die ganze Zeit etwas vermutet«, schnitt er mir erneut das Wort ab. Seine Stimme klang giftig. »Aber bis eben wusste ich nicht genau, was es war.«

»Hör mal, ich bin nur aus einem einzigen Grund hier. Ich habe deiner Familie Informationen gegeben, und ich würde es wirklich zu schätzen wissen, wenn wir es einfach dabei belassen könnten, und nur dabei.« In meiner Brust flatterte ein ganzer Schwarm wilder Schmetterlinge gegen meine Rippen.

Valentino erhob sich aus seinem Stuhl, streckte den Rücken durch und ließ seine Halswirbel knacken. Das krachende Geräusch hallte in der Stille wider. »Ich werde das nicht für dich geheim halten. Nicht in einer Million Jahre.«

Schön, von mir aus. Er konnte es Nic sagen. Ich brauchte ihre verdammte Zuflucht, das war alles, was wirklich zählte. »Okay«, sagte ich, »schon kapiert. Du bist sauer. Die anderen werden wahrscheinlich auch sauer auf mich sein. Aber ich bin wegen meiner Mutter und mir hergekommen, und allein darauf konzentriere ich mich im Moment.«

»*Sei pazzo.*« Er sah mich an, als seien mir Hörner gewachsen. Er deutete hinter mich, wo die anderen warteten. »Wenn du in dieses Zimmer gehst, bin ich nicht dafür verantwortlich, was sie mit dir tun werden.«

Okay, wir haben wohl heute unseren fiesen Tag? Nic mochte vielleicht wütend werden, wenn er es herausfand, aber ich bezweifelte, dass die meisten anderen Falcones deswegen einen Aufstand machen würden. Kümmerte es sie wirklich so sehr, welche Beziehungen die anderen außerhalb der Familie hatten? Oder hatte ich falsch eingeschätzt, wie weit ihr Kodex tatsächlich reichte? In Gedanken wanderte ich wieder zu meiner Mutter zurück und sah sie vor mir, wie Donata sie mit einer Pistole am Hals über das Spülbecken gedrückt hatte.

»Ich lass es drauf ankommen.«

»Felice schießt dir womöglich sofort in den Kopf.«

Seine Reaktion war so dramatisch, dass ich sie zuerst für einen Scherz hielt, aber in seiner Stimme schwang nicht ein Hauch von Amüsiertheit mit – sein Tonfall klang musikalisch und säuselnd, aber seine Worte waren eiskalt. Er war völlig ausdruckslos und beobachtete meine Reaktion ganz genau, als er hinzufügte: »Und ich werde ihn nicht aufhalten.«

»Felice?« Mein Entsetzen brachte meinen Puls zum Rasen. Ich hatte allmählich das Gefühl, wir befänden uns auf ganz anderen Planeten. »Warum zur Hölle sollte Felice das kümmern?«

»Sei nicht so ignorant, Sophie. Du hast meine Intelligenz schon genug beleidigt.« Valentinos Grinsen stellte ganz hässliche Sachen mit seinem Gesicht an. Lucas Gesicht. Er ruinierte Lucas Gesicht. »Felice wird das am allermeisten kümmern.«

Ich wusste, dass sich nie vorhersagen ließ, wie temperamentvoll Felices verbale Reaktionen ausfallen würden – oder seine nonverbalen, wenn wir schon dabei waren. Aber irgendetwas passte hier ganz eindeutig nicht zusammen. Die Feindseligkeit in Valentinos Blick war zu übermächtig, seine Worte zu ernst. »Warte mal ...«, sagte ich, wagte mich näher an ihn heran und beobachtete, wie er mich beobachtete. »Wovon sprichst du da?«

Er zögerte nicht. Er blinzelte nicht mal. »Du weißt ganz genau, wovon ich spreche, Sophie.«

Tat ich das? Unbehagen grummelte in mir. Wild entschlossen wappnete ich mich innerlich, verängstigt, aber bereit, die Sache endlich hinter mich zu bringen. Es war nur ein Kuss. Ein dummer Fehler. Wenn er sonst noch irgendwas zu sagen hatte, dann sollte er es mir gefälligst ins Gesicht sagen, aber ich würde dieses Spielchen nicht mit ihm spielen, nicht, wenn meine Mutter zu Hause auf mich wartete. »Ich will mich einfach nur erklären und mein Anliegen vorbringen.«

»Das wirst du auch müssen, jetzt, wo ich dich habe.« Valentinos Augen verengten sich, als er auf mich zurollte und die Räder seines Stuhls geräuschlos über das Falcone-

Wappen unter uns glitten. »Du hast dein Todesurteil besiegelt, als du hergekommen bist.«

»Vielleicht«, erwiderte ich, drehte mich um, um ihm zu folgen, und versuchte, mir nicht anmerken zu lassen, wie viel Angst ich hatte. »Vielleicht war es aber auch sowieso schon besiegelt.«

Ohne sich umzudrehen, sagte er: »Du hast Blut im Gesicht.«

In der Dunkelheit des langen Korridors schrubbte ich mir wie wild mit den Fingern die Wange und wischte den Fleck von Lucas Blut ab, der sich bei unserem Kuss auf meine Haut gedrückt hatte.

Ganz am Ende des Flurs klopfte Valentino einmal an die Tür. Er senkte die Stimme und fügte mit kaum mehr als einem Flüstern hinzu: »Für diese letzten paar Minuten hast du noch dein Geheimnis und dein Leben. Genieße es, solange es dauert.«

Gänsehaut breitete sich auf meinen Armen aus, als ich nach ihm in den Raum schlurfte, und wieder einmal fragte ich mich mit steigender Panik, ob Valentino tatsächlich den Kuss gemeint hatte.

30

Das Geheimnis

Die Versammlung fand in einem Raum im hintersten Teil des Hauses statt. Ein riesiger Tisch aus lackiertem dunklen Holz erstreckte sich über die gesamte Länge des Zimmers. Das Ölgemälde aus der Priestly-Villa in Cedar Hill – Valentinos Darstellung des Racheengels – hing in der Mitte des Raums, während sich eingerahmte Bilder anderer Falcones, alle bereits tot, über einem langen Regal darunter aneinanderreihten. Calvinos Bild schmiegte sich zwischen Angelos und das eines alten Mannes ohne Haare – Rico Falcone, wie ich annahm, da er der jüngste Todesfall bei den Falcones gewesen war.

Valentino blieb am Kopfende des Tisches stehen, woraufhin sämtliche Falcones, einer nach dem anderen – Frauen und Männer, Ältere und Teenager –, wie bei einem Dominoeffekt eine Prozession bildeten, die auf ihn zuführte. Er streckte eine Hand aus, und seine Lider senkten sich langsam, als sich jeder von ihnen tief verbeugte, seinen Ring küsste und italienische Grußworte murmelte, bevor er sich wieder abwandte und seinen Platz einnahm. Ich drückte mich mit dem Rücken gegen die Wand.

Der Rat wurde zur Ordnung gerufen. Felice saß zu

Valentinos Linker, Luca zu seiner Rechten. Er hatte nicht ein einziges Mal in meine Richtung geblickt. Er schaute starr geradeaus und die Muskeln in seinem Kiefer zitterten vor Anspannung.

Nic zwinkerte mir zu, bevor er seine Aufmerksamkeit wieder seinem ältesten Bruder zuwandte. Ich wünschte, ich hätte seine Zuversicht teilen können.

Valentino räusperte sich. »Willkommen, ihr alle, zu dieser Versammlung, die unvergesslich zu werden verspricht.« Er ließ seinen Blick zu mir hinüberwandern.

Ich sah in diese azurblauen Augen und erkannte, dass sich meine eigene Hoffnungslosigkeit darin widerspiegelte.

»Heute erinnern wir an jene, die ihr Blut gegeben haben, um diese Familie zu beschützen.« Er legte eine Hand auf seine Brust und senkte den Kopf. »Wir denken an Calvino und Rico. *Ora riposano in pace.*«

Leises Gemurmel breitete sich an dem langen Tisch aus, als auch die anderen Falcones ihre Hände auf ihr Herz legten, genau, wie Valentino es getan hatte. *»Ora riposano in pace.«*

Valentino riss den Kopf hoch und der friedliche Moment war vorbei. Er sah mich direkt an, als er sagte: »Wir sind heute hier versammelt, um eine ernste Angelegenheit zu besprechen, bei der es um Donata Marino und die ganze Familie Marino geht.«

Von irgendwo am hinteren Ende des Tischs war ein Zischen zu hören. Elena zog die Lippen zurück und zeigte ihre Zähne, als der Name ihrer Schwester genannt wurde. Valentino zeigte auf mich. »Für alle, die es noch nicht wissen: Darf ich euch Sophie Gracewell vorstellen, die Tochter von Michael Gracewell?«

Luca sah mich zum ersten Mal an. Seine Miene war verschlossen.

»Sie ist heute zu uns gekommen, um uns um Zuflucht zu bitten, um Schutz für ihre Mutter und für sich selbst«, fügte Valentino mit einem höhnischen Grinsen hinzu.

Ein Mann mit buschigem weißen Bart, der ein Stück weiter entfernt am Tisch saß, sagte: »So viel Aufhebens wegen so einer Nichtigkeit, Valentino. Natürlich bieten wir ihr Zuflucht an – für uns ist das keine große Sache.«

»Sollte man meinen«, murmelte Felice.

Draußen sanken die Sturmwolken immer tiefer. Der Raum war wie aufgeladen und die Haare auf meinen Armen stellten sich auf. Die Bedeutung der ganzen Situation sank allmählich in mein Bewusstsein.

»Das ist lächerlich«, schrie Elena. Ihre Hände flogen in die Luft und sie gestikulierte wild über ihrem Kopf herum. »Diese Leute sind die Familie des Mannes, der deinen Vater getötet hat, Valentino. Sie haben ganz gewiss keine Zuflucht verdient.«

Ein Mann mit hochtoupiertem weißen Haar und einem von Falten durchzogenen Gesicht knallte seine offene Handfläche auf den Tisch. »Wir bestrafen keine Unschuldigen«, sagte er mit vom Alter ganz heiserer Stimme. »Elena, du lässt zu, dass deine persönlichen Gefühle deine Schutzpflicht überschatten. Das ist die Aufgabe der Falcones.«

Ihre Stimme verhärtete sich. »Das ist schon seit langer Zeit nicht mehr unsere Aufgabe, Tommaso.«

Ich beobachtete Valentino. Er und Felice hatten die Köpfe zusammengesteckt. Seine Lippen bewegten sich schnell und Felice riss seine Augen immer wieder ganz weit auf. Er funkelte mich an, und ich hatte das Gefühl, das Gewehr eines Scharfschützen sei auf meine Stirn gerichtet. Luca saß ein Stück von den beiden Flüsternden entfernt, den Mund zu einer starren Linie verzogen, während sein Zwillingsbruder seinen Körper zu Felice neigte und seine gedämpfte Unterhaltung mit ihm fortsetzte.

Auf der anderen Seite des Tischs sagte Dom: »Ich sage, wir schicken sie zurück zu Donata. Wir haben alle Informationen, die wir brauchen. Was Sophie von jetzt an tut, sollte uns nicht interessieren.«

»Sehr richtig«, pflichtete Elena ihm mit Frust in der Stimme bei. »Wenigstens nimmt eines meiner Kinder Vernunft an.«

Ich konnte den Ausdruck auf Felices Gesicht nicht einordnen, aber er war vollkommen freudlos. Er starrte mich so durchdringend an, dass ich die Hitze unter meiner Haut spüren konnte. Ich hob das Kinn, wild entschlossen, unter seinen Einschüchterungsversuchen nicht zusammenzubrechen.

Irgendjemand knallte eine Faust auf den Tisch und der Schreck holte mich wieder in die Gegenwart der Unterhaltung zurück. Ginos Wasserglas war umgekippt und auf seinem Schoß ausgelaufen. Luca stand auf, die Handflächen auf dem Tisch abgestützt. »Ich verdanke Sophie Gracewell mein Leben. Bedeutet das wirklich *gar nichts*, Mutter? *Con tutto il rispetto, si sbaglia.*«

»Das entschuldigt noch lange nicht ihre Blutsverwandtschaft!«, brüllte jemand, dessen Stimme ebenso erhitzt klang wie die der anderen. »Wir haben Calvino gerade erst begraben. Haben wir alle wirklich so schnell vergessen, wie und wo er gestorben ist? Haben wir alle so schnell vergessen, dass er durch die Hand von Jack Gracewell gestorben ist?«

»Das Mädchen ist noch ein Teenager. *Una innocente*«, hielt Paulie dagegen, und mein Herz ging vor Dankbarkeit auf. »Wir müssen glauben, dass sie hier ist, um uns zu helfen. Sie hat uns die Nachricht von Donatas Plan gebracht.«

»Die unzuverlässige Nachricht«, entgegnete ein junger Mann mit rasiertem Schädel und sehr auffälliger Nase. Er fingerte an der Goldkette an seinem Hals herum. »Wer weiß, ob sie sich das nicht nur ausgedacht hat, um uns auf ihre Seite zu ziehen?«

»Donata hat Sophie im Visier«, sagte Luca. »Wir wissen nicht, wie ihre Pläne aussehen und wozu sie sie benutzen will. Wir wissen nicht, ob sie plant, sie zu töten.«

Na ja, er hatte es nach dem, was passiert war, vielleicht nicht geschafft, mich richtig anzuschauen, aber wenigstens kämpfte er für mich. Ich stieß einen leisen Seufzer der Erleichterung aus. Das Wort des Vize-Bosses der Falcones musste in diesem Raum doch Gewicht haben.

»Donata wird keine Zeit mehr haben, irgendwen für irgendwas zu benutzen«, warf Gino ein, »weil wir diese Marino-Schlampe töten und ihren Kopf über dem Kamin aufspießen werden.«

»*Dio*«, murmelte eine alte Frau direkt gegenüber von mir. »Ist das also aus uns geworden?«

»Gino«, wies Elena ihn zurecht. »Pass auf deine Ausdrucksweise auf.«

Er senkte den Kopf und verschränkte die Arme wie ein schmollendes Kind. »Du hast dich auch nicht beschwert, als Nic Sara mit all den *cazzate* auf ihrer Haut in den See geworfen hat.«

Ich verspürte einen plötzlichen Anflug von Übelkeit. Es war *Nic*. Nic hatte Sara Marino in den See geworfen. *Er* hatte diese Worte in ihren Körper geritzt. Ich legte eine Hand auf meinen Mund und konzentrierte mich darauf, mich nicht zu übergeben. Ich war freiwillig hierhergekommen. Mir war klar gewesen, dass die Möglichkeit bestand, dass noch mehr schreckliche Wahrheiten ans Licht kamen. Es war *ihre* Welt. Aber das hier … *das* hätte ich niemals erwartet.

Ich starrte Nic an. Er brüllte seinen Bruder an, seine Augen blitzten vor Wut, und sein Brustkorb senkte und hob sich heftig. Niemand am ganzen Tisch schien auch nur im Entferntesten überrascht zu sein. Gott. Wer war dieser Junge? Das Ganze war inzwischen so viel größer als er und ich. Hier ging es nicht um sein Herz – hier ging es um seine Seele. Vielleicht hatte die penetrante Stimme in meinem Kopf ja recht, vielleicht konnte er nicht mehr gerettet werden. Vielleicht konnte es keiner von ihnen. Ich spürte eine plötzliche, erschütternde Traurigkeit in mir. Ich musste all meine Kraft zusammennehmen, um auf den Beinen zu bleiben und den Mund zu halten.

»Beruhigt euch«, sagte Valentino und winkte in Nics Richtung, der Gino noch immer auf Italienisch anbrüllte. »Nic hat nur einen direkten Befehl ausgeführt. Gino, du weichst von unserem Thema ab.«

Natürlich. Valentino hatte die Schnitzereien und die Wasserbestattung angeordnet. Und trotzdem thronte er wie ein Engel über der Versammlung: klar, rein, wunderschön … tödlich. Er war wirklich der Schlimmste von allen. Ein Puppenspieler: nur Verstand, kein Herz.

Lucas Stimme erhob sich über das aufkommende Stimmengewirr. »Dank Sophie haben wir die Oberhand. Ich glaube, dass es am besten ist, wenn wir sie und ihre Mutter aus Cedar Hill wegbringen.«

»Wir verstecken sie«, warf Nic ein, »und gewähren ihrem Vater Schutz vor Franco Marino im Gefängnis.«

»Ihrem *Vater?*«, kreischte Elena. »Bist du *verrückt* geworden, Nicoli? Was für ein Unsinn.«

»Jack ist derjenige, den wir wollen«, sagte Paulie.

Elenas Stuhl quietschte rückwärts über den Boden. Nun erhob sie sich auch und lehnte sich über den Tisch. »Wer sind wir denn, dass wir einer Gracewell vertrauen – nach allem, was sie getan haben? Wer sind wir denn, dass wir den Worten vertrauen, die meine eigene Schwester an sie gerichtet hat? Donata hat in ihrem ganzen Leben noch nie die Wahrheit gesprochen. Bei ihr ist alles immer ein Trick.«

»Sophie ist nicht Donata«, erwiderte Paulie ruhig.

»Sie spricht aber für sie.« Elena verzog ihre Lippe. »Vergisst du deine Brüder so leicht, Paulie?«

Paulie klatschte die Handflächen auf den Tisch, aber seine Stimme blieb täuschend bedächtig. »Verwende meine Brüder nicht gegen mich, Elena. Ich weiß sehr gut, was wir verloren haben.«

Ein alter Mann mit von Leberflecken übersäter Haut und einer großen Knollennase klopfte mit dem Griff seines Klappmessers seitlich an sein Glas. »*Silenzio!*«, rief er mit starkem, rollendem Akzent. »*Calmatevi, tutti voi.*«

Valentino hob die Hände und sofort herrschte Ruhe. Elena und Luca setzten sich wieder.

»Ignacio«, sagte Valentino. »Du hast das Wort.«

Der alte Mann senkte dankbar den Kopf. Er schob sich

vom Tisch weg und sah einzelne Familienmitglieder an, während er sprach. »Als mein Bruder Gianluca noch am Leben war, hätte er nicht erlaubt, dass ein Rat in derartiges Chaos ausartet. Wir müssen eine ganz klare Entscheidung treffen. Das Schicksal und die Sicherheit dieses Mädchens, wer immer sie auch sein mag, wurden dieser Familie anvertraut. Was hat es für einen Sinn, wenn wir uns wie *bambini* streiten? Jemand soll für sie sprechen und dann werden wir wie Erwachsene entscheiden. Aber ich werde nicht hier sitzen und mir dieses kindische Durcheinander anhören.«

»Weise Worte«, sagte Tommaso. »Sophie Gracewell will sich dieser Familie anschließen, sie will, dass wir ihr Zuflucht gewähren. Wer wird für sie sprechen?«

Valentino schob sich in seinem Stuhl ein Stück zur Seite, holte einen Umschlag hervor und reichte ihn Felice. Ohne das Papier herauszuholen, lugte Felice hinein. Dann schaute er wieder Valentino an und sein Ausdruck war finster.

Nic erhob sich. Sein Blick war gefasst, die Hände vor ihm gefaltet. Er ragte er über den Falcones auf wie ein Soldat auf Wachposten. »Ich werde für sie sprechen, da ich sie am besten kenne.«

»Und weil du sie vögelst!«, rief Dom dazwischen, und seine Worte lösten sich in schallendem Gelächter auf. Auch Gino schüttete sich wie ein Kind vor Lachen aus, und ich spürte, wie mein Gesicht knallrot wurde.

»*Vaffanculo!*«, zischte Luca. »Zeig ein wenig Respekt!«

»Lassen wir die Wahrheit für sich sprechen«, konterte Dom mit höhnischem Grinsen. »Er will sie zu seiner *comare* machen!«

Ich wusste nicht, was *comare* bedeutete, aber aus der feurigen Wut in Nics Augen konnte ich ablesen, dass es als

Beleidigung gemeint war. Ich verspürte das überwältigende Bedürfnis, mich über den Tisch zu werfen und Dom in seine dämliche Fresse zu hauen.

»*Smettila!*«, sagte Nic. »Oder ich komme zu dir rüber und stopfe dir eine Faust in dein Maul.«

»Sprich!«, forderte Ignacio ihn auf. Er verzog die Lippen, und das Stirnrunzeln, das darauf folgte, wirkte so ernst, dass mir ein kalter Angstschauer über den Rücken jagte.

Valentino wandte sich an Nic und machte eine Kreisbewegung mit seiner Hand. »Fahr fort«, sagte er leidenschaftslos. Er starrte mich wieder an.

Ich konnte beinahe sehen, wie sich die Zahnräder in seinem Kopf drehten. Ich sah auf meine Hände. Wenn er es sagen wollte, dann sollte er es *einfach sagen* – und aufhören, mich so herablassend zu behandeln.

Lucas Lippen waren zu einer schmalen Linie verzogen, sein durchdringender Blick auf Nics Profil gerichtet, als der zu sprechen begann.

»Wir wissen, was Donata treibt, aber wir haben immer noch Schwierigkeiten, Jack Gracewell zu folgen. Er kommt vielleicht nie wieder zurück nach Cedar Hill, jetzt, wo die Marinos seine Angelegenheiten für ihn erledigen. Wenn es darum geht, ihn aufzuspüren, ist Sophie das beste Mittel, das wir haben. Wir wären Narren, sie einfach gehen zu lassen, wenn sie uns so viel zu bieten hat.«

»Und nicht zu vergessen, dass du sie vögelst!«, grölte Dom erneut dazwischen.

Diesmal sprang Luca von seinem Stuhl auf, stürzte sich auf ihn, packte ihn am Hemdkragen und zog ihn um Doms Hals zusammen.

»Luca«, rief Valentino ihn zur Besinnung, und seine

Augenbrauen zogen sich mit einem Stirnrunzeln zusammen. »Was tust du denn da?«

Doms Gesicht lief violett an. »*Calmati!*«, fauchte er Luca an. »Was hat das Ganze überhaupt mit dir zu tun?«

»Benimm dich deinem Alter entsprechend, *idiota di merda.*« Luca stieß ihn weg und ließ sich heftig fluchend wieder auf seinen Stuhl fallen.

»Bist du fertig, Nic?«, fragte Valentino.

Nic wirkte unsicher. Da waren wir schon zwei. Hatte er das alles ernst gemeint, dass er mich und meine Loyalität ausnutzen wollte? Oder hatte er das nur gesagt, weil er wusste, dass sie es hören wollten? Er war so undurchsichtig, die Mission seiner Familie so tief in seinem Inneren verwurzelt, dass es schwerfiel, beides voneinander zu trennen.

»Ja«, antwortete er und rieb sich den Nacken, als er sich wieder setzte. »Was gäbe es sonst noch zu sagen?«

»Können wir nicht einfach abstimmen?« C. J. war der Jüngste im Raum und er schien sich kolossal zu langweilen. Ich nahm an, dass er sich durch den Mord an Sara Marino den Platz an diesem Tisch verdient hatte.

»Wartet.« Luca stand auf, ging um den Tisch herum, blieb hinter Paulie stehen und richtete seine Aufmerksamkeit auf seine Mutter. »Nic hätte nicht für Sophie sprechen müssen, indem er sie als Waffe darstellt, über die wir verfügen können. Sophie sucht nach dem Guten und Gerechten in der Welt, genau wie wir es tun. Ihre Loyalität wird nicht durch Blut bestimmt, sondern dadurch, was richtig oder falsch ist. Sie hat diese Familie noch nie verraten, und selbst in Zeiten, in denen ihre Loyalität auf die Probe gestellt wurde, hat sie zu den Falcones gehalten. Sie hat ihr Leben riskiert, um meines zu retten. Nun können wir uns bei ihr revanchieren. Hier geht es nicht darum, wie sie uns von Nutzen sein kann, sondern um unser gemeinsames Gewissen – und darum, ob wir das Richtige tun werden.«

Im Raum hatte sich Stille ausgebreitet. Valentinos Augen waren geschlossen, sein Stirnrunzeln ein wenig tiefer. Die Worte gefielen ihm nicht, das konnte ich spüren. Ich konnte spüren, wie sein Missfallen auf mich zuschwappte, wie eine Flutwelle. Neben ihm saß Felice, aus dessen Blick ebenfalls Misstrauen und Vorsicht sprachen.

»Eloquente Worte, Luca«, erwiderte Paulie. »Du bist wahrlich der Sohn deines Vaters.«

Elena trommelte mit den Fingernägeln auf den Tisch und alle Köpfe drehten sich in ihre Richtung. »Eloquent oder nicht, mein Sohn«, begann sie, »es bleibt nach wie vor die Frage, ob sie uns diesmal nicht doch verraten wird.« Als sie ausatmete, klang es wie ein verstörender Warnpfiff, der irgendetwas in mir auslöste.

Ich hatte genug davon, dass mein Name ständig in den Dreck gezogen wurde. Außerdem schwieg ich nun schon seit so langer Zeit, dass ich damit meinen persönlichen Rekord aufgestellt haben musste. Ich trat einen Schritt nach vorne und räusperte mich, um mich und meinen Namen zu verteidigen, bevor sie noch weiter darauf herumtrampelte. »Ich bin kein Verräter. Ich weiß, wie wichtig *omertà* ist. Ich habe noch nie mit der Polizei über irgendetwas gesprochen, was Sie oder mein Onkel tun. Ich bin heute mit diesen Informationen hierhergekommen, weil ich gehofft habe, dass Sie meiner Mutter und mir im Gegenzug dafür ebenfalls helfen. Ich habe nie versucht, einen von Ihnen zu hintergehen, trotz allem, was Sie getan haben – und da waren in der Vergangenheit ein paar echt finstere Sachen dabei.«

»Finster?«, grummelte der junge Mann mit dem glatt rasierten Schädel.

»Paradebeispiel: Meine Entführung und der Versuch, mich umzubringen.«

Das brachte ihn zum Schweigen.

Ich zwang das Zittern in meiner Kehle hinunter. »Ich liebe meine Mutter mehr als alles andere auf der Welt. Donata Marino hat gedroht, uns zu trennen, falls ich nicht tue, was sie verlangt. Jack hat sich im Schoß der Familie Marino eingenistet. Seine Vendetta gegen diese Familie ist stärker denn je. Sie kommen mich holen und sie wollen Sie zerstören. Ich bin hierhergekommen, um Sie um Schutz zu bitten, weil ich mich nicht selbst schützen kann. Aber das bedeutet nicht, dass ich schwach bin. Es bedeutet, dass ich schlau bin.«

»Dann schlägst du also vor, dass wir euch Schutz für *nichts* anbieten?«, blaffte Elena mich an. »Du willst unsere Aufmerksamkeit und unsere Ressourcen ausnutzen, weil du dich in etwas eingemischt hast, das dich überhaupt nichts angeht?«

»*Wir* sind doch der Grund dafür, dass sie überhaupt darin *involviert* ist«, unterbrach Luca sie.

»Nein.« Das Wort war so klein, dass es beinahe in dem aufbrausenden Streit verloren ging. Aber ich hatte das erwartet. Ich hatte – wie allem Anschein nach auch eine Menge anderer Leute – schon darauf gewartet, dass Felice endlich den Mund aufmachte.

Luca drehte sich zu ihm um. »Was meinst du damit: ›nein‹?«

Felice erhob sich und seine plötzliche Größe zog sämtliche Aufmerksamkeit in dem Raum auf sich. Mit einer

Hand rückte er seine Krawatte zurecht, während er in der anderen den Umschlag hielt, den Valentino ihm gegeben hatte. »Ich meine damit, dass wir nicht der Grund dafür sind, dass sie in diese Welt hineingezogen wurde.« Seine Stimme klang völlig emotionslos, seine Worte ruhig und sicher, als er sich zu mir umdrehte und fortfuhr: »Sophie ist schon seit ihrer Geburt ein Teil dieser Welt.«

Einer nach dem anderen drehten sich auch die anderen Köpfe in meine Richtung.

Übermächtige Stille breitete sich aus.

Nic durchbrach sie. »Was?«

Mehrmals hallte ein »*Was?*« als Echo wider.

»Was?«, warf auch ich selbst als Zugabe ein.

Valentino setzte sich in seinem Stuhl zurück und bildete mit den Fingerspitzen ein Dreieck vor seinem Mund. »Ich habe dir zehn Minuten gegeben, Sophie. Ich habe dir die Gelegenheit gegeben, reinen Tisch zu machen, was dich selbst betrifft, aber du hast sie verstreichen lassen. Du kannst es jetzt selbst zugeben«, bot er mir mit beinahe belustigter Gleichgültigkeit an, »oder du kannst es Felice für dich sagen lassen.«

Mit einem Mal war ich mir absolut sicher, dass Valentino nicht von *dem Kuss* sprach, und was immer sich auch in diesem Umschlag befand, es war kein Beweis dafür, was zwischen mir und Luca geschehen war.

»Valentino …«, begann ich und versuchte, die dreißig Augenpaare zu ignorieren, deren Blicke sich in meine Haut bohrten. »Ich hab wirklich keine Ahnung, wovon du sprichst. Ich glaube, hier liegt ein Missverständnis vor …«

»Oh, es hat durchaus ein Missverständnis gegeben, Persephone«, unterbrach mich Felice. »Aber warum lösen wir das nicht hier und jetzt auf? Erzähl uns, *bugiarda*, zu welchem Zeitpunkt deiner erbärmlichen Romanze mit meinem Neffen du ihm erzählen wolltest, dass du in Wahrheit *eine Marino* bist?«

Der Vorwurf traf mich wie ein Schlag ins Gesicht. Ich taumelte rückwärts, halb lachend, halb stammelnd, voller Ungläubigkeit. Mir klappte die Kinnlade herunter, als ich nach einer Antwort suchte. Es fiel mir unendlich schwer, die richtigen Worte zu finden, um auszudrücken, wie verrückt Felices Behauptung war. Das hier war Rufmord von der allerübelsten Sorte. »Aufhören«, war alles, was ich hervorbrachte. »Hören Sie auf.«

Die Stille knisterte förmlich, als sich Felice über den Tisch zu mir lehnte. »Ich *wusste* doch, dass ich diese Augen von irgendwoher kenne.« Er zeigte direkt auf mich, und ich nahm ganz verschwommen wahr, dass sich alle anderen ebenfalls in meine Richtung lehnten. »Das sind die Augen von Vincenzo Marino. Das sind dieselben Augen, in die ich geblickt habe, als ich auf den Abzug gedrückt und ihm den Schädel weggeblasen habe.«

Alle schnappten gleichzeitig nach Luft.

Ich musste beinahe lächeln. Sein Plan war so dumm, so *abartig*, dass er niemals funktionieren würde. So konnte er mich niemals in Misskredit bringen. Ich rollte mit den Augen – meinen *verfänglichen* Augen –, damit alle sehen konnten, wie dämlich ihr *consigliere* wirklich war.

»Was ist hier los, Felice?«, fragte Elena. »Was willst du damit sagen?«

»Du hast es doch selbst schon unzählige Male gesagt, Elena. Irgendetwas *stimmt* mit diesem Mädchen nicht. Du hast es in jener Nacht im Krankenhaus gesehen.«

Elena richtete sich ein wenig in ihrem Stuhl auf und sprang auf Felices lächerliche Hetzrede an. »Ja… aber das …«

Felice funkelte mich an. »Ich frage dich das nur einmal. Bist du oder bist du nicht die Enkeltochter von Don Vincenzo Marino?«

»Sie wissen, dass ich das nicht bin«, knurrte ich ihn an. »Hören Sie auf mit diesem Mist. Sie wissen doch, wer mein Vater ist.«

»*Jetzt* weiß ich es«, schleuderte er mir entgegen, und seine plötzliche Lautstärke erschreckte mich ein wenig. »Auch wenn es viel länger gedauert hat, als mir lieb gewesen wäre, habe ich endlich die vermissten Marinos gefunden.«

Ich stürzte mich nach vorne und warf mich über den Tisch, während in meiner Lunge all die Beschimpfungen brannten, mit denen ich ihn am liebsten bedacht hätte. »Sie sind doch krank«, fauchte ich. »Solche Lügen zu erfinden, nachdem ich euch echte Informationen geliefert habe, die eurer Familie helfen könnten. Das ist ein ganz neuer Tiefpunkt, sogar für Sie.«

Gemurmel breitete sich aus – skeptisch, zögerlich –, während sich sämtliche Köpfe zwischen Felice und mir hin- und herdrehten.

»Anfangs hat das alles keinen Sinn ergeben«, fuhr Felice fort, wandte sich dabei wieder an seine Familie und ließ mich einfach links liegen.

Ich richtete mich auf und sammelte mich wieder. Ich würde hier nicht durchdrehen. Ich würde nicht auf sein Niveau sinken.

»Warum sollte Donata Marino Jack Gracewell bei sich aufnehmen? Wir wissen schon seit Langem, wie privat die

Familie Marino tatsächlich ist. Die Verbindung der beiden ergibt keinen Sinn. Ihr Interesse an diesem Mädchen ergibt *keinen Sinn*. Und trotzdem waren ihre letzten Worte an sie *Fidelitate Coniuncti!* Unglaublich!«

»Felice«, knurrte Luca. »Du gehst zu weit.«

Felices Augen funkelten, verzweifelt, suchend. Er drehte sich zu Valentino um. »Sag es ihnen«, bat er ihn. »Überzeuge sie.«

Valentino faltete die Hände auf dem Tisch und sein Ring blitzte im Schein der Lampen auf. »Bevor unser Vater getötet wurde, hat er Nachforschungen zu Michael Gracewells Vergangenheit angestellt. Ich habe Unterlagen gefunden, die sein steigendes Interesse an der Familie Gracewell belegen, aber in fast der Hälfte geht es nicht um Jack und das Goldene Dreieck. Er scheint ein Puzzle zusammengesetzt zu haben und Jack war nur ein Teil davon.« Er fuhr sich mit der Zunge über die Zähne, machte eine Pause und legte sich die Worte im Kopf zurecht. Alle – ich eingeschlossen, trotz der Absurdität der ganzen Situation – hingen dem Boss förmlich an den Lippen. »Es gibt keine Unterlagen zu der Zeit, als die Gracewells noch Kinder waren. Michael Gracewell taucht zum ersten Mal im Alter von sechzehn Jahren in der Mittelstufe einer Highschool in Milwaukee auf. Ein Austauschschüler aus Chicago ohne familiären Hintergrund. Bis heute wusste ich nicht, was all das zu bedeuten hat oder wonach mein Vater bis kurz vor seinem Tod suchte. Die meisten von uns hatten die Legende der verschwundenen Marinos längst vergessen.«

»Nicht alle von uns«, warf Felice mit tödlich leiser Stimme ein.

Valentino ignorierte die Unterbrechung. »Ich habe nie

daran gedacht, die Recherchen meines Vaters zu den Gracewells mit den Marinos in Verbindung zu bringen, bis Jack Gracewell sich ausgerechnet an Donata Marino gewandt hat, damit sie ihn vor uns beschützt. Bis Donata Marino einem gewöhnlichen *Americano* mit stagnierendem Drogengeschäft ihre Tür geöffnet hat. In dem Moment habe ich begonnen, einiges infrage zu stellen.«

»Das ist doch lächerlich!«, sagte ich und ließ meinen Blick über die ebenso ungläubigen Mienen schweifen. »Ich weiß ganz genau, wo ich herkomme. Jack und mein Dad sind nach Milwaukee zu ihrer Großmutter gezogen, als sie noch klein waren. Ihre Eltern sind bei einem Autounfall ums Leben gekommen, als er …«

»Sechzehn war«, beendete Felice den Satz für mich und erhob sich. »Ich weiß. Ich war dort.« Er ahmte mit dem Daumen und Zeigefinger eine Pistole nach und richtete sie auf meinen Kopf. »Aber es war kein Autounfall, glaub mir.«

Ich schüttelte den Kopf. Dieser Typ litt unter Wahnvorstellungen. Ich würde nicht zulassen, dass er mich mit diesen Lügen zerstörte. Nicht, wenn ich Zuflucht brauchte. Nicht, wenn ich eine Mutter hatte, an die ich denken musste.

»Weißt du, Vincenzos Söhne waren an jenem Tag nicht da«, fuhr er fort. »Die beiden waren verschwunden und ich konnte meinen Job nicht zu Ende bringen.« Er schnippte mit den Fingern. »Sie hatten sich einfach in Luft aufgelöst.«

»Jack und mein Vater sind aber keine Zwillinge«, konterte ich.

Felice zuckte mit den Schultern. »Das waren die Marinos auch nicht. Aber mit Zwillingen wird es zu einer besseren Geschichte. So lässt sich der Anschlag der Marinos auf meinen eigenen Vater an dem Tag, als Luca und Valentino geboren wurden, besser rechtfertigen.«

»Sie klammern sich an Strohhalme«, sagte ich. »Das wissen Sie selbst. Alle können das sehen.« Ich klang mir meiner Sache allmählich weniger sicher, aber nur, weil er so überzeugend war. Das bedeutete aber noch lange nicht, dass er auch recht hatte. Er war vollkommen irre.

»Du bist entweder eine gute Lügnerin oder eine törichte Närrin«, sagte Felice und kam näher auf mich zu. Ich beobachtete seine Hände und erwartete fast, dass eine richtige Pistole darin auftauchte. Er hielt sie jedoch dort, wo ich sie sehen konnte, und hob sie hoch, als er fragte: »Weißt du, warum dein Vater meinen Bruder ermordet hat? Weil ich nämlich glaube, dass ich es nun endlich verstehe.«

»Es war ein Unfall.« Ich blinzelte die Tränen weg, die sich in meinen Augen bildeten.

Felice verlor die Beherrschung und seine Stimme bebte. »Findest du das nicht auch *seltsam?*«

»Er hat in jener Nacht Jack aufgelauert«, sagte ich und wiederholte, was Felice mir vor einigen Wochen selbst erzählt hatte. »Das haben Sie selbst gesagt.«

Felice wandte sich den anderen zu: »Wer hier glaubt, dass Michael Gracewells Mord an Angelo ein ›Unfall‹ war?«, fragte er und zeichnete dabei Anführungszeichen in die Luft.

Eiskalte Stille breitete sich aus. Nic wandte den Blick ab. Auch Luca sah mich nicht an.

Felice drehte sich wieder zu mir um. »Hast du dich nie gefragt, wozu dein Vater wirklich fähig war?«

Ich verweigerte ihm die Antwort und bedachte ihn stattdessen mit meinem verächtlichsten Blick.

»Ich habe mir meine eigenen Gedanken gemacht, aber ich wusste es nicht mit Sicherheit. Die Wahrheit ist, dass mein Bruder mir nie erzählt hat, wohin er in dieser Nacht gegangen ist. Ich wusste, dass er irgendetwas vorhatte, deshalb musste ich ihm folgen, wie ein *scarafaggio!*« Er begann zu schwitzen. Die Lüge brach sich Bahn. »Dein Vater hat Angelo getötet, weil er wusste, wer er wirklich war! Angelo hätte euer perfektes kleines Leben zerstört.«

Dreißig Köpfe drehten sich in meine Richtung. Allgemeine Verwunderung breitete sich aus – dunkle italienische Augen weiteten sich überrascht, Kinnladen klappten herunter. Unruhiges Flüstern breitete sich am ganzen Tisch aus. Sie fielen darauf herein. Sie würden gegen mich abstimmen.

»Sie lügen!«, brüllte ich. »Hören Sie auf!«

Luca sprang aus seinem Stuhl auf, um sich zwischen Felice und mich zu stellen. »Hör sofort damit auf, Felice«, warnte er. »Was du tust, ist nicht richtig.«

»Luca.« Valentinos ruhige Stimme bereitete der Aufregung ein abruptes Ende. Es war bemerkenswert: Wann immer er sprach, klebte der ganze Raum geschlossen an seinen Worten. Luca ließ von Felice ab und stellte sich stattdessen neben seinen Zwillingsbruder.

An Felice gewandt sagte Valentino: »Zeig ihnen das Foto.«

Felice ließ mich keine Sekunde aus den Augen. »Mit Vergnügen.«

Er zog ein Blatt Papier aus dem Umschlag, den er noch immer in der Hand hielt, und schob es über den Tisch. Ich machte vorsichtig einen Schritt nach vorne und blickte über Ginos Schulter, um es mir anzuschauen. Wir alle reckten die Hälse, um es sehen zu können.

»Biometrische Daten aus Stateville«, verkündete Felice für alle, die es nicht sehen konnten. »Sie halten die unveränderlichen Kennzeichen der Häftlinge fest, wenn sie im Gefängnis eintreffen. Valentino hat ein paar seiner Kontakte spielen lassen. Diese E-Mail ist vor dreißig Minuten angekommen.«

Felices Worte dröhnten im Hintergrund meines Bewusstseins. Ich war viel zu sehr damit beschäftigt, auf ein Foto meines Vaters zu starren. Es sah aus wie sein Verbrecherfoto, aber in diesem hatte er kein Hemd an, und es waren insgesamt drei Bilder: eins von der Seite, auf dem das Kleeblatt auf seinem Arm nur ganz klein und verschwommen zu erkennen war. Er hatte mir erzählt, er hätte es sich zusammen mit einem Freund an seinem achtzehnten Geburtstag stechen lassen – eine warnende Geschichte über Trunkenheit. Sein Rücken war nackt, und auf dem Foto, das ihn von vorne zeigte, befand sich direkt über seinem Herzen ein Wappen mit einem schwarzen Handabdruck darin. Darunter standen die Worte *Fidelitate Coniuncti.*

Donatas letzte Worte an mich.

»Loyalität bindet uns«, übersetzte Valentino. Er war nicht mal in der Nähe des Fotos, aber ich war mir sicher, dass er es bereits sehr ausführlich betrachtet hatte. »Das Familienmotto der Marinos.«

»Das«, sagte Felice und tippte mit dem Zeigefinger auf das Tattoo auf dem Foto, »ist das Wappen der Marinos. Jeder Marino, seit Anbeginn der *Cosa Nostra*, hatte dieses Wappen irgendwo an seinem Körper tätowiert. Viele von uns in diesem Raum haben es aus nächster Nähe auf ihren Leichen gesehen.« Er schnappte vor Aufregung glucksend nach Luft. »Er hat es verdeckt, kluger Junge. Aber diese hier kann er nicht loswerden.« Er bewegte seinen Finger und drückte ihn auf die körnigen, leblosen Augen meines Vaters. »*Das* sind die Augen von Don Vincenzo Marino.« Er hob den Kopf und ließ seinen Finger durch die Luft wandern, bis er nur noch zwei Zentimeter von meinem Gesicht entfernt war. »Und das da auch.«

31

Das Leben

Ich wich von dem Tisch zurück. Es fiel mir schwer, ruhig zu bleiben. Noch schwerer, als das zu glauben, was Felice sagte. Ich hatte dieses Wappen schon unzählige Male gesehen, an heißen Sommertagen, wenn mein Vater im Garten gearbeitet hatte oder wenn er morgens aus der Dusche gekommen war. Er hatte mir erzählt, dass er und Jack sich als Teenager das gleiche Tattoo hatten stechen lassen – um sich immer an den anderen zu erinnern, ganz egal, wo auf der Welt sie am Ende landeten. Damit sie niemals vergaßen, woher sie kamen.

Damit sie niemals vergaßen, woher sie kamen.

Im Raum war es totenstill. Ich taumelte rückwärts, drückte mich gegen die Wand und spürte ihre Kühle durch mein Tanktop. Ich würde in Ohnmacht fallen. Ich würde getötet werden.

Felice nutzte die erstaunte Stille für sich aus. »Wenn ihr diese Unterlagen betrachtet, zusammen mit den Recherchen, die Angelo zusammengetragen hat, dann werdet ihr sehen, dass das Geburtsdatum, das man im Gefängnis von Michael Gracewell notiert hat, genau dasselbe ist wie das unseres guten alten Vince Marino Jr., des Jungen, der vor all den Jahren einfach so vor meinen Augen verschwunden ist. Die vermissten Marinos mögen auf dem Papier vielleicht nicht mehr existieren, aber sie leben immer noch direkt vor unserer Nase. Und ich würde mein eigenes Blut und meine Knochen darauf verwetten, dass die Nähe zu dieser Familie kein Zufall ist. Ich habe ihren Eltern eine Kugel in den Kopf gejagt, und deshalb hat der kleine Vince Marino eine Kugel in Angelo gejagt, und Antony hat Calvino im Eden mit fünf Messerstichen erledigt. Die ganze Zeit über haben wir uns gefragt, was Gracewell Donata anzubieten hatte. Es war schlicht und ergreifend seine wahre Identität. Ein Marino bleibt immer bei den Seinen.«

Und damit brachen die noch sitzenden Falcones in wildes Gemurmel aus. Das Blatt wendete sich. Felice gewann. Chaos brach aus. Ich würde darin untergehen. »Nein«, beharrte ich und schüttelte energisch den Kopf. »Nein, das ist nicht wahr. Das kann nicht wahr sein.«

»Lügnerin!« Elena sprang von ihrem Stuhl auf. »Wir haben dich erwischt! Gib es zu! Gib zu, dass dein Vater Vince Marino ist. Gib zu, dass dein Onkel Antony Marino ist.« Sie zeigte mit dem Finger auf mich. »Gib zu, dass *du*, Sophie *Marino*, eine dreckige Lügnerin bist.«

»Ich bin keine Lügnerin!«, schrie ich. »Ich weiß überhaupt nichts darüber!«

Finstere Blicke bohrten sich in mich. Sie warteten darauf, dass ich etwas sagte, dass ich den Wahnsinn rechtfertigte, einfach in ihr Haus gekommen zu sein und zu erwarten, dabei mit dem Leben davonzukommen.

Sie würden niemals glauben, dass ich unschuldig war. Nicht mehr. Wie konnte ich nicht wissen, woher ich kam? Wie konnte ich nicht wissen, wer ich war?

Wie konnte ich das nicht wissen?

Wie hatten sie mir das nicht erzählen können?

»Es ist nicht wahr«, sagte ich schwach und hörte den Zweifel in meinen Worten. »Es kann nicht wahr sein.«

Luca drehte sich zu seinem Bruder um. »Valentino?«, fragte er leise. Aus seinen Augen sprach plötzlich unerwartete Verletzlichkeit und am liebsten hätte ich dabei meinen Kopf gegen die Wand geknallt. »Ist das wahr?«

Im Raum wurde es wieder totenstill. Valentino nickte. »*È la verità.*«

Luca drehte sich ganz langsam wieder um. Seine Miene war nun wieder völlig verschlossen. Er war im Kommandantenmodus. Dann fragte er mich so schlicht, als würde er mich nach meinem Alter fragen: »Bist du eine Marino?«

»Ich …«

»Du hast Valentino doch gehört«, ging Nic dazwischen, den die letzte Minute sichtlich mitgenommen hatte. Er richtete den Blick an die Decke und fuhr sich mit den Fingern durchs Haar. »Sie ist eine verfluchte Marino.«

Ich schob mich rückwärts zur Tür.

»Dann sind wir uns also einig?«, brüllte Felice über die wieder aufsteigende Unruhe hinweg. »Ich kann sie töten?«

»Nein!«, schrie Luca und streckte die Arme in seine Richtung aus. »Beruhige dich wieder, Felice.«

»Alle beruhigen sich wieder, und niemand bewegt sich!«, befahl Valentino, und erneut breitete sich Stille im Raum aus. »Wir müssen eine Entscheidung treffen.«

Renn, sagte eine Stimme in meinem Kopf. *Renn und bleib nicht stehen. Bleib nicht mal stehen, wenn sie dir die Beine unter dem Körper wegschießen.*

»Nicoli.« Felices Stimme klang wie eine schrille Glocke. »Lassen wir Nicoli über ihr Schicksal entscheiden.«

»Felice«, warnte Valentino. »Das hier ist kein Spiel.«

Felice zog seine Pistole und wedelte damit über seinem Kopf herum. »Ich will wissen, was stärker ist«, verkündete er dem Raum. »Loyalität oder Liebe.« Er richtete die Waffe auf meinen Kopf und spannte den Hahn. »Ich will, dass Nicoli mir sagt, was ich mit der Marino in unserer Mitte tun soll.«

»*Basta*«, ging Luca dazwischen, seine Stimme kaum mehr als ein Knurren.

»Felice«, sagte Paulie.

Valentino sagte nichts. Und Felice hielt seine Waffe weiter erhoben.

Nic ging auf mich zu, jedoch ohne Felice die Schussbahn zu verstellen. Er neigte den Kopf zur Seite und seine Miene war unlesbar. »Sie kann bleiben, wenn sie sich beweist. Sie muss einen Marino töten. Wir können ihre Verbindung zu ihnen ausnutzen.«

Luca stellte sich neben Nic, die beiden Brüder Schulter an Schulter, und sie beide sahen mich an, als hätten sie mich vorher noch nie wirklich gesehen.

Vielleicht hatten sie das auch nicht.

»Geh«, formte Luca stumm mit den Lippen. »Jetzt.«

Ich nutzte ihr provisorisches Schutzschild – egal, ob es als solches gedacht war oder nicht –, riss die Tür auf und rannte, so schnell ich konnte, nach draußen. Ich drehte mich nicht um, um nachzusehen, ob sie mir folgten, oder um mir das immer lauter werdende Gebrüll und das Quietschen der Stühle anzuhören. Ich sprintete und sprintete, bis meine Lunge brannte und meine Beine zitterten, und dann holte ich mein Handy heraus und rief Millie an.

In meinem Kopf drehte sich alles. Es konnte nicht wahr

sein. Das Schicksal war nicht so grausam. Meine eigenen Eltern waren nicht so unaufrichtig, so etwas vor mir geheim zu halten. Dieses Geheimnis war zu mächtig. Zu unmöglich.

Und trotzdem blitzte dieses Tattoo immer wieder vor meinem geistigen Auge auf. Ein Schleier aus Staub hob sich von längst vergessenen, uralten Streits – all die Male, als meine Eltern geglaubt hatten, ich würde schlafen. All die Male, als mein Vater über seine Schulter geblickt oder an einem Fenster in unserem Haus gestanden und in die Dunkelheit gestarrt hatte. Das nagende Gefühl, dass es einfach nicht richtig gewesen war, was er Angelo Falcone angetan hatte. Die Angst, die in seinen Augen flackerte, jetzt, da er im Gefängnis war, und das Gefühl, dass etwas Mächtiges bevorstand und er es nicht aufhalten konnte. Die Puzzleteile fügten sich überall um mich herum zusammen ... und irgendwie ... irgendwie schien all das auf einmal gar nicht mehr so unmöglich zu sein.

Für den Moment war ich den Falcones entwischt und mit dem Leben davongekommen. Aber ich wusste, dass es ohnehin verwirkt war, sobald Donata herausfand, was ich getan hatte. Wenn die Loyalität uns binden sollte, dann war ich die schlechteste Marino in der Geschichte, weil ich sie gerade an nur einem Nachmittag völlig zerstört und Donatas unmittelbare Pläne, die Falcones zu vernichten, ihren Erzrivalen direkt auf die Nase gebunden hatte. Ich steckte zwischen zwei blutdürstigen Mafia-Familien fest, und im Laufe eines Tages hatte ich sie mir beide zu Feinden gemacht.

Millie tauchte auf, als ich bereits gut einen Kilometer von Felices Haus entfernt war. Ich eilte am Straßenrand entlang, hielt mich jedoch eng an den dicht stehenden Bäumen, nur für den Fall, dass ein feindlicher Geländewagen heranrollte und man mir eine Kugel in den Kopf jagte. Ich warf mich in den Wagen, kauerte mich zusammen und bedeckte meinen Kopf mit den Händen. Halb weinte ich, halb war ich am Ersticken.

»Was ist passiert?«, wollte Millie wissen. »Was zur Hölle ist da drin passiert?«

»Fahr einfach, bitte«, flehte ich sie an. »Ich muss sofort nach Hause.«

Sie trat das Gaspedal durch, und nach einer Minute setzte ich mich wieder auf und blinzelte in den dunkler werdenden Himmel hinauf. Es war später, als ich gedacht hatte. Millie wartete darauf, dass ich etwas sagte.

Es gab nur eins zu sagen.

Ich hatte in meinem Kopf alles zusammengefügt. Das Tattoo. Das Interesse an Jack, an mir. Saras Grübchen. Die Verbundenheit, die ich mit ihr gespürt hatte. Donata hatte in jener Nacht im Eden nach Antony gerufen. Er hatte bereits hinter ihr gestanden und versucht, mich in ihre Familie zu locken, in ihre Geschäfte. Er war mein einziger Onkel und trotzdem kannte ich ihn überhaupt nicht.

Alles, was ich zu wissen geglaubt hatte, veränderte sich.

Es gab nur eine Möglichkeit, wie ich es jemals mit Sicherheit wissen konnte. Nur einen Menschen, den ich nach der Wahrheit fragen konnte. Und sie war zu Hause und packte unser Leben zusammen, damit sie sich ihr nicht stellen musste.

»Millie?« Ich stieß ein zitterndes Seufzen aus. »Ich glaube, ich bin eine Marino.«

»*Was?*«

»Ich glaube, der richtige Name meines Dads ist Vince.

Ich glaube, er und Jack sind die verschwundenen Marinos.«
Ich begann zu hyperventilieren, und meine Hände klammerten sich um meinen Hals, während ich versuchte, mich wieder zu sammeln. »Sag was«, flehte ich Millie an. Das musste aufhören. Ich musste wieder ein normales Leben führen. Ich musste mich beruhigen. »Sag irgendwas.«

»Warte«, keuchte Millie. »Warte, warte, warte. Moment mal. Warte. Bedeutet das, dass du und Nic irgendwie … verwandt seid? Habt ihr die ganze Zeit über, also … inzestuös miteinander rumgemacht?«

Okay. Alles, bloß nicht das. *Igitt. Gott. Nein.* Ich ließ mich auf meinem Sitz zurückfallen und mein Ekel kämpfte gegen meinen drohenden Nervenzusammenbruch.

»Okay, sorry, meine Schuld«, sagte sie und hob beschwichtigend die Hand. »Aber zu meiner Verteidigung: Diese Mafia-Stammbäume sind unglaublich kompliziert und ich befasse mich ehrlich gesagt nur mit den heißeren Mitgliedern.«

»Ich bin nicht mit Donata verwandt«, sagte ich, als mir zumindest diese kleine Gnade bewusst wurde. »Sie hat in die Familie eingeheiratet.«

»Aber ist sie jetzt nicht der Boss der Marinos oder so?« Millie stieß einen leisen Pfiff aus. »Verdammt, die Gute ist echt ambitioniert.«

»Mil«, stöhnte ich, während ich den Kopf zwischen meine Knie steckte und die Augen zusammenkniff. »Mein ganzes Leben wurde gerade im wahrsten Sinne des Wortes auf den Kopf gestellt, und du musst bitte einfach über irgendwas anderes sprechen, okay? Irgendwas anderes. Bitte lenk mich einfach ab. Du musst für mich dafür sorgen, dass das aufhört.«

»Okay.« Ich hörte, wie sie nach Luft schnappte, und nachdem sie einen Moment lang überlegt hatte, fragte sie: »Wusstest du, dass man das Baby von einem Puffin, einem Papageientaucher, Puffling nennt?«

TEIL IV

Eine vor ihrer Zeit ausgesprochene
Wahrheit ist gefährlich.

Griechisches Sprichwort

32

Der Schlüssel

Ich platzte zur Haustür hinein und erwartete beinahe, dass meine Mutter dahinter auf mich wartete. Aber sie saß im Wohnzimmer, eine Tasse in der einen Hand, ihr Telefon in der anderen.

»Da bist du ja!« Sie sprang auf und schüttete Tee auf ihr Shirt. »Ich hab dich schon ein paarmal angerufen. Du hast gesagt, dass du in ein paar Stunden wieder zurück bist, Sophie. Ich hab mir Sorgen gemacht.«

Wut kochte in mir hoch. Ich holte tief Luft und beruhigte meine Atmung.

»Bin ich eine Marino?«

Die Tasse zerschmetterte auf dem Boden. Die Scherben kratzten an meinen Füßen und es blutete ein wenig. Ich wandte mich von ihr ab und stampfte nach oben.

»Schatz«, stammelte sie. »Bleib hier.«

»Ihr habt mich angelogen«, rief ich über die Schulter zurück. »Ihr habt mich mein ganzes Leben lang angelogen.«

Ich stürmte in ihr Zimmer und zog den Stuhl ihres Schminktischs vor den Kleiderschrank.

Sie stand in der Tür und der Schreck war ihr ins Gesicht geschrieben. »Was machst du da?«

Ich stieg auf den Stuhl und begann, die alten Klamotten meines Vaters durch die Luft zu werfen und seine Seite des Kleiderschranks zu durchwühlen. Ich suchte nach einer halb vergessenen Erinnerung an meine Kindheit. Eine Schachtel, die ich einmal entdeckt hatte, als ich zwei Wochen vor Weihnachten nach meinen Geschenken gesucht hatte. Ich hatte eine schwarze Schachtel gefunden, an den Ecken ganz abgenutzt, die mir mein Vater sofort aus der Hand gerissen hatte. Er hatte mir verboten, diese Schachtel jemals zu öffnen.

Tja, was sollte ich sagen? Jetzt würde ich sie verdammt noch mal ganz sicher öffnen.

»Hör auf.« Meine Mutter stand neben mir und zerrte mich am Arm. »Können wir nicht einfach darüber reden?«

Ich wirbelte herum und schleuderte einen weiteren Stapel Hemden auf den Boden. »Worüber willst du denn reden? Darüber, dass Dad einer der verschwundenen Marinos ist? Dass sein richtiger Name Vince ist? Dass wir die ganze Zeit zur Mafia gehört haben und niemand auf die Idee gekommen ist, es mir zu erzählen? Ist es das, worüber du reden willst?«, brüllte ich sie an. »Weil ich mir nämlich nicht vorstellen kann, wie du mir das alles erklären willst!«

Ihre Augen weiteten sich in ihrem blassen Gesicht. »W-was?«

»Ich weiß es!«, verkündete ich. »Ich weiß, was ich bin.«

Sie taumelte rückwärts und brach auf ihrem Bett zusammen. Ich wühlte weiter durch den Kleiderschrank meines Dads, Fach für Fach, auf der Suche nach der Schachtel.

»Du solltest es niemals erfahren«, sagte sie, und ihre Stimme war kaum mehr als ein Flüstern. »Dein Vater hat dieses Leben vor langer Zeit hinter sich gelassen ... Er hätte niemals geglaubt, dass es ihn eines Tages wieder einholen würde.«

Ich ballte eine Jeans in meinen Händen zusammen und drehte mich zu ihr um. »Aber das hat es, hab ich recht?«

Sie konnte mich nicht ansehen. »Jack hat sich nie so weit von dieser Welt entfernt wie dein Vater. Er hat Misstrauen auf sich gezogen. Und dann … dann hat Angelo Falcone angefangen, Ermittlungen über sie anzustellen, und …«

»Er hat ihn umgebracht.« Ich legte meinen Kopf auf das oberste Regalbrett des Kleiderschranks, während der Stuhl unter mir kippelte. »Dad hat ihn in dieser Nacht absichtlich getötet und du wusstest das!«

»Sophie …«

»Lüg mich nicht an! Hör auf, mich anzulügen!«

»Er hat es mir erzählt, bevor sie ihn mitgenommen haben«, gab sie zu. »Er sagte, er musste es tun, damit du in Sicherheit bist, Sophie. Er konnte nicht riskieren, dass es herauskommt. Er wollte, dass du ein glückliches Leben führst. Nicht so eins wie seins. Er hat seine Eltern an diese Welt verloren.«

»Du wusstest, dass er ihn ermordet hat«, schrie ich. »Und es hat dir nichts ausgemacht!«

»Es hat mir sehr wohl etwas ausgemacht!« Sie rappelte sich auf.

Ich blickte auf ihr tränenüberströmtes Gesicht hinunter und sah die Verzweiflung in ihren Augen.

»Warum glaubst du wohl, dass ich ihn nicht besuche? Warum glaubst du wohl, dass ich seine Briefe nicht beantworte? Warum glaubst du wohl, dass ich es einfach nicht mehr *ertrage*, ihn auch nur anzusehen, Sophie? Es macht mir schreckliche Angst. Ich kann nicht aufhören, daran zu denken. Ich hasse diese Welt. Ich hasse alles, wofür sie steht.«

Wo war diese verdammte Schachtel? Ich schnappte mir ihr Hochzeitsalbum aus dem obersten Fach und warf es auf den Boden. »Und warum hast du ihn dann *geheiratet?*«

»Ich wusste nichts über seine Vergangenheit, als ich ihn geheiratet habe! Er und Jack wurden von ihrer Großmutter aufgenommen. Sie haben ihre Identitäten offiziell geändert. Er war ein Gracewell, als ich ihn kennengelernt habe.«

»Okay«, sagte ich und zwang die Ruhe in meinen Körper. »Und wann hast du herausgefunden, dass er der Erbe einer blutrünstigen Mafia-Familie ist?«

»Nach einigen Jahren.«

Ich kämpfte gegen den Drang an, sie bei den Schultern zu packen und zu schütteln. »Und warum zur Hölle bist du dann bei ihm geblieben?«

»Weil ich schwanger war!«

Der Stuhl unter mir kippelte wieder. Hastig packte ich eines der Regalbretter, um das Gleichgewicht zu halten.

»Ich war schwanger und ich war verliebt«, fuhr sie fort. »Ich wollte ihn nicht dafür bestrafen, woher er kam. Er hatte sich ein ehrliches Leben aufgebaut. Er hatte seine Familie seit Jahren nicht gesehen. Niemand hätte es jemals herausgefunden, Sophie«, fügte sie hinzu, und ihre Stimme klang härter. »Ich habe mich in jemanden verliebt, der sich ein anderes Schicksal wünschte als das, in das er hineingeboren worden war. In einen Mann, der liebevoll und lustig und loyal und beschützend war. Und als die Wahrheit herauskam, habe ich ihn immer noch geliebt, weil selbst mein Wissen darüber, wer er einmal gewesen war, nichts daran änderte, zu wem er geworden war. Ich habe ihn geliebt, Sophie, trotz seiner Familie. Fällt es dir so schwer, das zu glauben?«

Ich zögerte und die Worte blieben in meiner Kehle stecken. Sie hatte sich in einen Mafioso verliebt.

War das wirklich so schwer zu glauben?

Nein. Es war ganz leicht zu verstehen. Zu leicht.

Ich widmete mich wieder meiner Suche. »Du hättest mir alles erzählen sollen, nachdem Donata gestern gegangen ist«, sagte ich. »Sie war sich sicher, dass du das tun würdest.«

»Ich weiß«, gestand sie.

»Aber das hast du nicht.«

Sie fuhr sich mit den Händen durchs Haar und fettige Strähnen fielen ihr in die Stirn. »Ich wusste nicht, was ich tun sollte, Sophie. Dein Vater hat mir das Versprechen abgenommen, dass ich es dir niemals erzähle. Dass ich es bis zu meinem letzten Atemzug geheim halten würde. Aber dann ... ist Jack in Teufels Küche geraten und zu ... Er ist zu Donata gegangen, ausgerechnet, und er hat das Geheimnis enthüllt. Und damit hatte sie dich plötzlich im Visier. Sie wusste, wer du bist. Sie meinte, aus reiner Höflichkeit würde sie *mir* erlauben, es dir zu erzählen. Ich hab ihr gesagt, dass ich das tun würde.«

»Hast du wirklich geglaubt, dass du das noch länger vor mir verstecken kannst?«, fragte ich sie.

»Ich musste es versuchen«, erwiderte sie, und ihre Stimme brach. »Ich musste es versuchen.«

»Wovor hattest du denn solche Angst?«, wollte ich wissen und war mikroskopisch weniger wütend. Es war gar nicht so schwer, die Lage meiner Mutter zu verstehen. Kein Wunder, dass sie so schlecht mit alledem zurechtgekommen war. Sie hatte ein so großes Geheimnis mit sich herumgetragen, dass es sie zerstört hatte. »Es mir zu sagen, hätte doch nicht das Ende der Welt bedeutet.«

Sie schüttelte den Kopf. »Man kann etwas nicht begraben, wenn es ständig wieder heraufgeholt wird. Wir mussten so weitermachen, das Leben leben, das wir uns aufgebaut hatten. Ich hatte Angst, dass du zu ihnen gehen würdest. Dass sie dich in ihre Welt hineinziehen würden und dass du in ihnen eine Familie mit Geld und Schutz und Unterstützung sehen würdest – eine Familie, die du nie wirklich hattest. Und dann hat Jack uns den Geldhahn zugedreht, und die Rechnungen haben sich gestapelt, und als Donata hergekommen ist, dachte ich, sie würde es dir erzählen, und dass du mich verlassen würdest, weil ich dich hintergangen habe.«

Ich beugte mich nach unten und nahm ihre Hand. »Ich würde dich niemals verlassen!«

»Ich wollte das Richtige tun, das, was für dich am *besten* ist …« Sie schüttelte den Kopf und ihre Augen waren von Traurigkeit erfüllt. »Aber ich wusste einfach nicht, was das ist, Sophie.«

»Was hast du damit gemeint, dass Jack uns den Geldhahn zugedreht hat?«

»Jack kümmert sich um die Finanzen des Diners«, antwortete sie. »Er hat aufgehört, uns unseren Anteil zu schicken, und dir ging es nicht gut genug, um zu arbeiten. Ich war viel zu durcheinander, um meine eigenen Aufträge zu erledigen … und …«

»Ich wäre wieder arbeiten gegangen, Mom. Du hättest es mir schon früher sagen müssen.«

»Deine Gesundheit ist mir wichtiger.«

Ich ging auf Zehenspitzen und nahm meine Suche wieder auf. Ich empfand eine Mischung aus Triumph und

Angst, als meine Finger über etwas Hartes und Staubiges in der hintersten Ecke des Kleiderschranks strichen. Ich zog die Schachtel nach vorne und balancierte sie vorsichtig, als ich sie aus dem Schrank nahm. Ich stieg vom Stuhl und ließ sie aufs Bett fallen.

»Schatz …«, begann sie. »Ich glaube, wir sollten das langsam angehen …«

Ich öffnete die Schachtel und schüttete ihren Inhalt auf dem Bett aus. »Wir haben keine Zeit für ›langsam‹.«

Die Vergangenheit meines Vaters breitete sich auf der Bettdecke aus.

»Gott«, stieß ich aus, als ich nach der vergilbten Geburtsurkunde griff, die vom Northwestern Memorial Hospital ausgestellt worden war, und die verblasste Schrift las.

Vincenzo Alessio Marino
Geburtsdatum: 12. September 1971
Vater: Vincenzo Carmine Marino
Mutter: Linda Mary Harris

Ich strich mit dem Daumen über das Geburtsdatum meines Vaters.

Mein Vater, Vincenzo Marino jr.

Ich schluckte schwer.

Mein Blick fiel auf einen ausgeschnittenen Zeitungsartikel. Ich nahm ihn hoch. Er war vom 14. November 1987. Ich überflog ihn kurz und versuchte, mich von seiner Grausamkeit zu lösen, davon, wie nah er mir wirklich war.

ZWEI TOTE BEI MAFIAMORD:
DIE BLUTFEHDE DAUERT AN

Die Leichen von Vincenzo Marino, dem Boss der Mafia-Familie Marino, und seiner Frau, Linda Harris, wurden gestern Nachmittag in ihrem Haus in Hyde Park entdeckt. Sie wurden im Stil einer Exekution erschossen. Ihre Söhne, Vincenzo jr. und Antony, waren zum Zeitpunkt des Anschlags nicht im Haus.

Vincenzo Marino wurde in Sizilien geboren, zog im Teenageralter jedoch mit seiner Familie nach Chicago. Linda Harris stammte aus Wisconsin und war irischer Abstammung. Sie studierte Kunst in New York, bevor sie den berühmt-berüchtigten Mafia-Don kennenlernte und heiratete.

Vincenzo Marino war der Kopf der Organisation Die Schwarze Hand und aufgrund des erfolgreichen Stahlunternehmens, das er gemeinsam mit seinen Brüdern besaß und leitete, unter dem Spitznamen »Eiserne Hand« bekannt. Die Morde werden mit Rivalitäten zwischen verschiedenen Gangs in Verbindung gebracht, wobei eine Quelle des FBI auf die rivalisierende Mafia-Familie Falcone hindeutet, die für den Doppelmord verantwortlich gewesen sein soll.

Die Todesfälle in der Familie Marino sind die jüngsten in einer Reihe von Mord- und Vermisstenfällen in Mafia-Kreisen im Laufe des vergangenen Jahres. Die Blutfehde hat seit ihrem Ausbruch bereits elf Falcones und sechzehn Marinos das Leben gekostet. Die Ermittlungen dauern an.

Unter dem Artikel befand sich ein körniges Foto von Vincenzo Marino und seiner Frau, Linda Harris. Meinen Großeltern. Sie waren förmlich gekleidet und lächelten über etwas, das sich außerhalb des Bildes befinden musste. Sie war wunderschön. Er sah genauso aus wie mein Vater. In meinem ganzen Leben hatte ich erst ein einziges Foto von ihnen gesehen – einen Urlaubsschnappschuss von früher, als mein Vater noch ein Kind gewesen war. Er hatte behauptet, es sei zu schmerzhaft für ihn, sich die anderen Fotos anzuschauen. Aber jetzt lagen sie unter mir verstreut, zig Polaroids des Marino-Bosses und seiner Frau, von Jack und meinem Vater, lächelnd und lachend, mit albernen Hüten und Kerzen ausblasend, wie sie all die normalen Dinge taten, die normale glückliche Familien eben so tun. Das hier waren keine Versagereltern, wie man es mir immer erzählt hatte.

»Wo waren Dad und Jack?«, fragte ich, während ich mir die Fotos anschaute. »In dem Artikel steht, dass sie nicht im Haus waren, als sie getötet wurden.«

Mir war nur allzu bewusst, dass meine Mutter hinter mir lauerte. Ihr schwerer Atem erfüllte die Stille. Sie war in Panik und versuchte, es sich nicht anmerken zu lassen, während ich versuchte, sie nicht anzuschreien. Es war ein filigraner Tanz.

»Lindas Familie hat sie versteckt. Sie waren schon vor den Morden in Milwaukee. Dein Großvater hat vermutet, dass ein Anschlag auf ihn bevorstand, und wollte kein Risiko eingehen. Und Linda wollte nicht von der Seite ihres Mannes weichen.«

»Und dafür ist sie gestorben.«

»Ist sie.«

Sie war aus Liebe gestorben.

Aus Dummheit.

»Nennst du Dad ›Vince‹ oder ›Michael‹?«

»Für mich war er immer nur Michael.«

Ich lachte, aber es lag keine Heiterkeit darin.

»Sophie …«

»Warum ist Dad nach Chicago zurückgekommen?«, unterbrach ich sie. »Hatte er Todessehnsucht oder so was?«

Sie seufzte. »Ich war hier auf dem College, als wir uns kennengelernt haben. Ich wollte hierbleiben und eine Familie gründen, und als ich von seiner Vergangenheit erfahren habe, meinte er, die Gefahr sei vorüber. Und dass die Falcones niemals herausfinden würden, wer er war.«

»Trotzdem, warum das Risiko eingehen?«

»Ich weiß es nicht, Schatz.« Sie setzte sich aufs Bett und brachte einen Stapel Fotos durcheinander. Ich griff nach dem Schlüssel, der darunterlag. Er war schwer und aus Messing, mit einer dicken Schleife am Ende, in der sich das Metall in miteinander verbundene Schnörkel teilte. »Er wollte Michael Gracewell sein. Er hat geglaubt, dass wir damit durchkommen.«

»Tja, sind wir aber nicht«, erwiderte ich, und Bitterkeit schlich sich in meine Stimme, während ich den Schlüssel in meiner Hand hin und her drehte. Er wirkte edel und sah irgendwie wichtig aus. Was zur Hölle machte er im Kleiderschrank meines Vaters?

»Nur weil Donata es dir gesagt hat, heißt das nicht, dass es auch die anderen Familien herausfinden werden.«

Ich hob den Blick. »Donata hat es mir nicht gesagt.«

Sie verzog das Gesicht. »Was?«

Ich stand auf, den Schlüssel immer noch in der Hand. »Sondern die Falcones.«

Ich weiß nicht, warum ich die Überraschung in den Augen meiner Mutter in diesem Bruchteil einer Sekunde so genoss, warum es mir ein gutes Gefühl gab zu wissen, dass es Geheimnisse gab, die auch sie nicht kannte. Es war ziemlich billig und gemein, aber so fühlte ich mich nun mal. Dumm. Von meiner eigenen Identität getrennt.

Sie sprang vom Bett auf. »Nein.«

»Doch«, entgegnete ich.

Sie schüttelte den Kopf. »Aber wie …?«

Ich quetschte den Schlüssel in meiner Faust und fegte den Rest der Fotos vom Bett. Jetzt, da ich all das gesehen hatte und es mit Sicherheit wusste, kochte die Wut wieder in mir hoch. »Weil ich zu ihnen gegangen bin«, sagte ich, und heiße Tränen bildeten sich in meinen Augen. »Weil ich dachte, sie seien unsere einzige Hoffnung! Weil ich dachte, dass wir Schutz vor den Marinos brauchen! Ich bin zu ihnen gegangen, weil ich dachte, dass sie uns helfen können, und als ich gegangen bin, hat Felice Falcone mir ›Marino!‹ hinterhergebrüllt.« Ich schluchzte schwer und ununterbrochen, und beinahe erstickte ich daran.

»Nein«, kreischte meine Mutter. »Sie können es nicht wissen.«

»Alle wissen es!«, schrie ich. »Alle wissen es, und wir sitzen wie Ratten in der Falle und können darauf warten, getötet oder in dieser blöden Blutfehde benutzt zu werden! Du hättest es mir sagen sollen!«

»Ich wollte dich beschützen!« Jetzt schrie sie auch.

Panik erfasste uns beide. Wir sahen unser Schicksal vor uns – hoffnungslos, unausweichlich. Wir hatten sämtliche Brücken hinter uns abgerissen. Die Geheimnisse hatten uns den Weg abgeschnitten.

»Ich hab mir deswegen die Haare gerauft. Aber wie hätte ich riskieren können, es dir zu sagen? Nach dem Lagerhaus … nachdem sie uns so nah gekommen waren und du so mutig und gut gewesen warst … Die Falcones hatten dich nicht mehr im Visier – sie waren dir etwas *schuldig*. Ich dachte, wir könnten das alles einfach hinter uns lassen. Ich dachte, unser Geheimnis sei immer noch sicher. Wie hätte ich meinem kleinen Mädchen sagen können, dass die Familie, aus der sie kommt, so krank und kaputt ist, nach allem, was wir durchgemacht hatten? Wie hätte ich dir so das Herz brechen können?« Sie weinte noch heftiger als ich.

»Ich hatte nie eine Wahl«, sagte ich, und meine Schultern wurden von einem gewaltigen Schluchzen geschüttelt. »Ich hab die ganze Zeit eine Lüge gelebt. Für mich gab es nie einen Ausweg und ihr alle wusstet das!«

»Wir wollten dir einen Ausweg *geben*«, beharrte sie. »Ich wollte das mehr als alles andere, Schatz.«

Irgendetwas rührte sich in mir, als Nics vergessene Worte wieder in mein Bewusstsein drangen und mich umhüllten. Die Welt wurde plötzlich ganz dunkel. »Ich bin durch Blut gebunden, Mom.« Meine Stimme klang tödlich ruhig. »Es *gibt* keinen Ausweg.«

»Oh, Sophie.« Sie fuhr sich mit den Händen über das Gesicht. »Weißt du, dass du für mich das Allerwichtigste auf der Welt bist? Ich liebe dich.«

»Ich weiß«, erwiderte ich niedergeschlagen. »Das weiß ich. Ich liebe dich auch.«

Ich sank auf den Boden und sie sank mit mir. Der Schlüssel fiel zwischen uns auf den Teppich. »Ich hab versucht, dich zu beschützen«, wiederholte sie und nahm meine Hände in ihre.

»Und ich hab versucht, dich zu beschützen«, entgegnete ich. »Und jetzt sind wir erledigt.«

Sie wischte sich mit den Handrücken über die Wangen. »Nein.« Sie stand auf und zog mich mit sich. »Wir gehen. Wir müssen gehen. Und zwar noch heute Nacht.«

»Sie werden uns finden, Mom. Es gibt keinen Ausweg aus diesem Leben. Verstehst du das denn nicht? Jack hat das ganze Geld im Diner deponiert. Er hat alle Ressourcen der Welt.« Ich hob den Schlüssel auf und schwang ihn zwischen uns hin und her. »Er hat seinen verdammten Safe in *unserem Diner*. Donata beobachtet uns. Ich weiß genauso wenig wie du, was die Falcones tun werden, aber ich weiß, dass wir nicht genug haben, um ihnen zu entkommen. Wir könnten uns nirgends verstecken. Ich sollte eine Wahl treffen und ich habe die falsche Wahl getroffen.«

Nics Worte schrillten in meinem Kopf. *Sie ist eine verfluchte Marino.*

Der Ausdruck auf Lucas Gesicht.

Meine Mutter nahm mir den Schlüssel aus der Hand. »Tja, dann holen wir uns diese Ressourcen eben«, sagte sie, und ihre Stimme überschlug sich ein wenig. »Wenn sie uns schon wie Marinos behandeln, dann können wir uns auch wie welche benehmen.«

Ich starrte auf den Schlüssel. »Auf keinen Fall.«

»Auf jeden Fall«, widersprach sie. »Es ist der einzige Weg.«

»Wir können ihr Geld nicht nehmen!«, zischte ich. »Bist du verrückt?«

»Ja! Ich bin verrückt vor Sorge und das hier ist der einzige Ausweg. Wir holen es uns und sichern uns den Vorsprung, den wir brauchen.«

Ich schüttelte den Kopf. »Dad würde niemals…«

»Dein Vater ist nicht hier!«

Wir beugten uns über den Schlüssel und gingen im Kopf sämtliche Möglichkeiten durch, auf die uns die ganze Sache heute Nacht um die Ohren fliegen konnte. Die Unterwelt kreiste uns von allen Seiten ein. Wir mussten abhauen. Fressen oder gefressen werden.

»Es ist zu gefährlich«, flüsterte ich. »Die Falcones beobachten das Diner. Sie werden uns töten.«

»Nein, werden sie nicht. Sie werden uns noch nicht mal verdächtigen. Sie suchen nach Jack, schon vergessen?«

»Du hast sie nicht gesehen.« Ich musste an das Entsetzen in Nics Augen denken. An den Moment, in dem er mich angesehen hatte als hätte ich ihn verraten. »Du weißt nicht, wozu sie fähig sind.«

Sie steckte den Schlüssel in ihre Hosentasche. »Ich kenne das Risiko, Sophie. Wir haben noch ein bisschen Zeit. Donata glaubt, du wärst auf ihrer Seite, schon vergessen? Sie hat gesagt, dass sie erst hierherkommt, um dir ihren Plan zu erklären. Und noch ist sie nicht da. ›Bald‹ ist nicht heute Nacht.«

»Dann gehe ich. Du stehst Schmiere und ich gehe rein.«

Sie schüttelte den Kopf. »Du bist keine Diebin, Sophie.«

»Du auch nicht!«

»Das ist meine Aufgabe. Ich muss dich beschützen. Ich muss dafür sorgen, dass du in Sicherheit bist.«

Plötzlich hatte ich einen Flashback von Sara Marino, wie sie im Eden versuchte, sich das Blut aus den Armen zu kratzen.

Wir haben dieses Blut in uns.

»Nein. Ich bin die Marino, schon vergessen?«

Sie kniff die Augen ganz fest zusammen. »Du gehst da nicht rein, Sophie.«

»Na schön«, schnaubte ich. »Aber dann gehst du auch nicht.«

»Schatz ...«

»Es ist viel zu gefährlich. Lass uns einfach ins Auto steigen und losfahren. Lassen wir das Geld, wo es ist. Wir finden einen anderen Weg.«

Eine schwere Stille breitete sich zwischen uns aus. Sie kaute auf ihrer Lippe herum und dachte nach. Und dann, endlich, ließ sie die Schultern sinken und sagte: »Pack eine Tasche. Wir sprechen weiter darüber, wenn wir im Auto sitzen.«

Ich ließ die Puzzleteile der Vergangenheit meines Vaters zurück – das zerbrochene Geheimnis, das er vor mir verborgen hatte –, ging in mein Zimmer und warf mein ganzes Leben in einen Koffer.

Ich fischte gerade ein Paar Shorts unter meinem Bett hervor, als die Haustür mit einem Schlag zuknallte. Mein Herz tat ebenfalls einen Schlag.

Meine Mutter war bereits rückwärts aus der Einfahrt gefahren, als ich unten ankam. Sie raste davon, und ich blieb allein zurück und schrie dem Hinterteil ihres Wagens nach, als die ersten Regentropfen fielen und den Sturm ankündigten.

Sie würde den Safe ausrauben.

Sie würden sie umbringen.

33

Der Safe

Ich kümmerte mich nicht um den Regen auf meinen Wangen oder um den Wind, der mir durchs Haar peitschte, als ich durch die Dunkelheit rannte. Ich dachte weder an die Blitze, die den Himmel erleuchteten, noch hörte ich den Donner, der wie Trommelfeuer dröhnte. Häuser zogen verschwommen an mir vorbei und die Bäume waren nichts als grüne Streifen unter den Straßenlaternen.

Ich ignorierte den beinahe lähmenden Drang, stehen zu bleiben, mich nach vorne zu beugen und mich zu übergeben. Bald spürte ich meine Anstrengung nur noch wie kleine Nadelstiche, die in meinen Beinen kribbelten, während ich mich immer weiter Richtung Diner zwang, zu meiner Mutter. Ich rannte schneller als jemals zuvor, und jeder Schritt pochte in meinen Rippen und rief alte Wunden wieder an die Oberfläche. Ich stürmte auf den Parkplatz. Das Auto meiner Mutter parkte versteckt in der hintersten Ecke, die von den Straßenlaternen nicht erleuchtet wurde. Es war zwar nicht gerade die perfekte Tarnung, aber wenigstens hatte sie es überhaupt versteckt. Ich konnte zwar keine Spur von den Falcones erkennen, aber ich war nicht dämlich genug zu glauben, dass sie sich nicht trotzdem irgendwo hier befanden, wenn sie nicht sogar bereits im Gracewell's waren. Wenn ich in den vergangenen Wochen eines gelernt hatte, dann, das Unerwartete zu erwarten.

Und niemandem zu vertrauen.

Ich rannte auf das Diner zu und konnte die Augen förmlich spüren, die sich auf meinen Rücken richteten. Ich schwang die Eingangstür unter dem Vordach auf und stöhnte, weil sie nicht abgeschlossen war. Ich sperrte sie hinter mir ab und folgte dem Geräusch von wildem Rascheln und Scheppern hinter die Theke und bis in die Küche. Meine Mutter schleuderte Töpfe und Pfannen aus den Schränken.

»Ich hab dir doch gesagt, dass du nicht herkommen sollst!«

Sie riss den Kopf hoch. Ihre Augen funkelten und ihre Hände wühlten weiter durch das Holzregal. »Wo ist dieser verdammte Safe?«

Was zur Hölle war nur in sie gefahren?

»Nein«, sagte ich. »Auf keinen Fall. Wir nehmen ihr Geld nicht. Wir müssen von hier verschwinden.«

»Hör auf, Sophie. *Denk nach*«, drängte mich meine Mutter. »Wir wurden in die Ecke gedrängt. Du hast es selbst gesagt: Du bist durch Blut gebunden. Wir wissen beide, was das bedeutet. Sie werden so oder so nach dir suchen. Zumindest haben wir auf die Art überhaupt eine Chance.«

Ich blickte mich in der Küche um. Sie war geradezu unheimlich still und die Geräusche unseres Atems vermischten sich mit dem Tropfen des Wasserhahns. Ich konnte meinen eigenen Herzschlag hören.

»Wir können das nicht tun, Mom. Sie werden uns töten.

Sie werden dich töten.« Die Vorstellung flimmerte hinter meinen Augen und vibrierte in meiner Kehle. »Ich kann dich nicht auch noch verlieren.«

»Sie werden uns nicht finden.« Sie gestikulierte in Richtung Gastraum. »Sie sind nicht hier, Schatz. Schau dich doch um.«

»Die Falcones ...«

»Die Falcones interessieren sich nicht für das Geld.«

Ich geriet ins Schwanken. Ich wusste, dass es stimmte. Sie hatten mehr Geld, als sie ausgeben konnten. Für sie ging es hier nur um Jack.

»Wo ist der Safe?«, flehte meine Mutter. Sie keuchte heftig und unsere gemeinsame Panik wuchs immer weiter. »Ich weiß, dass du Angst hast. Ich weiß, dass das hier nicht das Richtige ist, aber es ist die einzige Möglichkeit für uns, es zu schaffen. Jack hat uns jahrelang das Geld aus der Tasche gezogen. Wir nehmen uns nur, was er uns schuldet. Wir nehmen uns nur genug, um zu verschwinden. Du bist mein Kind. Du bist meine ganze Welt. Ich werde nicht zulassen, dass sie dich mir wegnehmen.«

Ich schaute in ihre wässrig-blauen Augen, auf ihr brüchiges Lächeln, und wurde schwach. Ohne dieses Geld würden wir es nie weit genug von hier fort schaffen und das wussten wir beide. Jetzt waren wir sowieso schon hier – der Schaden war bereits angerichtet.

»Wir müssen uns beeilen.« Ich streckte meine Hand aus. »Gib mir den Schlüssel.«

Die Schränke erstreckten sich entlang der kompletten schwarzen Wand über der Arbeitsplatte und endeten direkt vor der Hintertür. Man hätte einen ganzen Menschen in einem von ihnen verstecken können. Millie und ich hatten oft darüber diskutiert, ob wir es versuchen sollten, aber die meisten waren für gewöhnlich verschlossen, und Ursula wurde immer sauer, wenn wir versuchten, irgendwo hochzuklettern. Sie hätte Millie einmal fast gefeuert, als sie uns dabei erwischt hatte, wie wir in der Küche »Der Boden ist aus Lava« gespielt hatten.

Ich kletterte auf den Herd und balancierte auf der Kante der Arbeitsplatte, während ich die Tür des hintersten Schranks aufriss und die Linoleumplatte entfernte, um den Safe freizulegen. Es war ein breiter, klobiger Kasten mit einem dicken Schloss aus Messing.

»O mein Gott.« Meine Mutter stand unter mir. »Der ist ja riesig.«

»Kannst du bitte Schmiere stehen?«

Ich drehte den Schlüssel dreimal herum und ein lautes Klicken hallte in der Küche wider.

Natürlich hatte mein Vater von diesem Safe gewusst. Ich war offiziell nicht überrascht.

Ich zog die schwere Tür auf und stieß einen Fluch aus, der als Echo zu mir zurückschallte. Im Inneren starrte mich ein kleinerer Metallsafe an, dessen Front von einem dicken runden Zahlenschloss dominiert wurde. Ich hätte beinahe meinen Kopf dagegengeknallt. »Das soll doch wohl ein verfluchter Witz sein!«

»Was ist denn?« Die Stimme meiner Mutter klang sehr weit entfernt.

»Noch ein Safe!« Eine treffliche Ode an Jacks andauernde Paranoia, von seinem Status als ständiger Reizfaktor in meinem Leben ganz zu schweigen. »Für den hier brauchen wir eine Kombination!«, rief ich. Der blöde Schlüssel nützte gar nichts ohne die Kombination. Ich war nur zehn Sekunden davon entfernt, mir meine Mutter zu schnappen und verdammt noch mal einfach zu verschwinden.

Ich zog meinen Kopf wieder aus dem Schrank. Meine Mutter stand zwischen der Küche und dem Gastraum und blickte mit zusammengekniffenen Augen durch die vom Regen benetzten Fenster in die Dunkelheit. Wenn die Falcones dort draußen waren, dann betrachteten sie uns ganz offensichtlich nicht als Bedrohung. Ich wusste nicht, ob ich deswegen dankbar oder ein klein wenig beleidigt sein sollte.

»Versuch's mit deinem Geburtstag«, rief sie zurück.

Mit zitternden Händen gab ich mein Geburtsdatum ein. Ich versuchte es mit Jacks Geburtstag. Mit dem Geburtstag meines Vaters. Ich probierte es mit dem Geburtstag meiner Mutter. »Nein!« Ich knallte mit dem Kopf gegen das kalte Metall. »Nein, nein, nein!«

Verdammt. Panik tobte in mir. Meine Finger zitterten und in meiner Kehle war kein Tropfen Feuchtigkeit mehr übrig. Es musste irgendwas Wichtiges sein. Wenn Jack und mein Vater beide einen Schlüssel hatten, dann musste es etwas sein, dass sie beide miteinander verband. Sicher. *Sicher.* Wie das Tattoo, von dem ich genau wusste, dass sie es beide hatten.

Ich zog mich wieder zurück und plötzlich ging mir ein kleines Licht auf.

Der Tag, an dem ihre Eltern ermordet wurden.

Ich dachte angestrengt nach. Der Zeitungsartikel war am 14. November erschienen.

Ich gab 111387 ein und hörte mehrmals ein lautes Klicken. »Ja!«, sagte ich triumphierend. Ich drückte die Klinke und der Safe öffnete sich langsam. Ich setzte mich nach hinten ab, als die Tür nach außen aufschwang. »Ich hab's!«, rief ich. Meine Stimme hallte mit einem metallenen Echo wider, als ich mit dem Kopf tief in die Geheimnisse von Jack und meinem Vater abtauchte.

Im Inneren war das Geld zu kleinen Türmchen aufgestapelt. Ich schätzte, dass sich mindestens fünfhunderttausend Dollar darin befanden, aber es waren so viele Stapel, dass es auch gut das Doppelte oder Dreifache hätte sein können. Mehr Geld, als ich je wieder auf einem Haufen sehen würde. Es war wie im Film.

»Heilige Scheiße«, murmelte ich. Meine Hand schwebte über einem der Geldstapel. Wie viel mochte allein dieser eine wert sein? Zehntausend Dollar? Zwanzigtausend? Ich ließ ihn auf die Arbeitsplatte fallen. Wir würden nur einen mitnehmen.

Sie würden es wahrscheinlich kaum bemerken, redete ich mir ein. Und außerdem waren wir so oder so tot. Zumindest würden wir auf die Art nicht arm sterben.

Okay, vielleicht lieber zwei Stapel. Ich holte einen weiteren heraus und verdrängte das Gefühl der Panik in mir.

Ich schob den Rest des Geldes beiseite, steckte den Kopf wieder hinein und versuchte, den alten, muffigen Geruch zu ignorieren. Schmutziges Geld roch schlecht. Es befanden sich auch noch andere Sachen im Safe. Mit großen Augen schaute ich mich um und wühlte durch verschiedene Papiere. Dann sah ich die Klappmesser. Falcone-Klappmesser mit Namen, die ich nicht kannte. Ernesto. Alberto. Piero.

Was zur Hölle?

Ich hielt ein Blatt Papier ans Licht. Es war eine Liste mit Namen in der Handschrift meines Vaters. Ich erkannte die meisten von ihnen. *Felice, Evelina, Ernesto, Alberto, Piero, Angelo, Paulie, Calvino, Elena, Gianluca, Valentino, Giorgino,*

Dominico, Nicoli. Neben jedem Namen befand sich ein anderes Zeichen, das dunkelste neben Evelina.

Hinter den Klappmessern, ganz an der Rückwand des Safes, lag ein Ring. Es war ein Rubinring – blutrot, und er leuchtete selbst in der Dunkelheit. Ich nahm ihn aus den Schatten des Safes und holte ihn ans Licht, um das Wort lesen zu können, das darin eingraviert war, zwischen einem verschnörkelten E und F.

Sempre

Evelinas Ring.

Ich schluckte die Galle hinunter, die meinen Mund flutete, und steckte den Ring ohne nachzudenken in meine Hosentasche. Meine Beine gaben unter mir nach, und ich taumelte rückwärts, fiel vom Stuhl und knallte mit der Hüfte gegen den Herd. Als ich mich wieder aufrappelte, starrte ich meinem Onkel direkt ins Gesicht.

Er stand in der Tür zwischen der Küche und dem Diner. Meine Mutter war zu einem Häuflein an seinen Füßen zusammengesunken.

»Du solltest besser nicht das tun, wovon ich denke, dass du's tust«, sagte er ruhig.

»Mom!« Ich stürmte durch den Raum und hockte mich neben ihren bewusstlosen Körper. »Was zur Hölle hast du mit ihr gemacht?«

Der Regen und der Wind peitschten so laut, dass ich ihn nicht hatte kommen hören. Falls es einen Kampf gegeben hatte, hatte er ihn schnell beendet, und ich war ganz offensichtlich zu sehr damit beschäftigt gewesen, meine Nase in den Safe zu stecken, um irgendetwas zu bemerken.

Jack – *Antony* – schaute zu mir herunter, und seine dunklen Augen wirkten schwer. »Sie hätte geschrien. Ich wollte keine Aufmerksamkeit auf uns ziehen.«

»Du hast sie k. o. geschlagen!« Ich funkelte ihn an. »Was zur Hölle stimmt bloß nicht mit dir?« Ich schleppte ihren schlaffen Körper in die Küche, weg von Jacks matschigen Stiefeln, und lehnte meine Mutter gegen die Kücheninsel. »Mom?«, sagte ich und schubste sie sanft an. »Wach auf, Mom.«

»Also, wie ich sehe, hast du den Schlüssel deines Vaters gefunden«, brummte Jack. »Ich nehme an, du weißt jetzt alles.«

»Gerade als ich dachte, ich könnte nicht noch angewiderter sein«, fauchte ich. »Ich weiß alles über dich, *Antony*.«

»Gut. Das wurde auch Zeit.« Er drängte sich an mir vorbei, völlig unbeeindruckt, dass ich seinen richtigen Namen benutzt hatte, und zog eine Reisetasche unter der Theke hervor. Er hob die Geldstapel auf, die ich auf die Arbeitsplatte hatte fallen lassen, und hielt sie hoch. »Wie ich sehe, hast du beschlossen, mich zu beklauen.«

Ich ließ auch noch den letzten Tropfen Gift in meine Antwort einfließen. »Ich bin eine Marino, stimmt's? Warum sollte ich mir nicht das nehmen, was mir gehört?«

Er lachte bellend. »Eine wahre Marino hätte den ganzen Safe geleert.«

»Tja, ich schätze, ich eigne mich wohl nicht ganz so zur kranken Verbrecherin.«

»Du bist so theatralisch.« Seine Bewegungen wirkten hastig, als er das Geld mit dicken Fäusten voll in die Tasche steckte.

»Vergiss die Klappmesser nicht«, spuckte ich aus. »So

charmante Andenken. Ich bin mir sicher, dass sich all die Falcones in ihren unmarkierten Gräbern umdrehen.«

»Das ist die Angelegenheit deines Vaters«, schnaubte er und stieg auf die Arbeitsplatte, um noch weiter in den Safe fassen zu können. »Rache war schon immer eher sein Ding. Ich will nur Geld verdienen.«

O Gott.

»Er war die ganze Zeit in die Sache verwickelt?« Meine Stimme klang unglaublich weit entfernt – hohl und zitternd. Ich schluckte den Rest meiner Reaktion hinunter. Nicht hier. Nicht jetzt. Diese brennende Wunde des Verrats ging zu tief. Ich würde mich später damit auseinandersetzen.

Jack unterbrach sein Geraschel und schaute sich um. Er zuckte schwer mit den Schultern und in seinen Augen blitzte etwas Seltsames auf. »Sie haben uns alles genommen, Sophie. Ich dachte, du könntest das verstehen.«

Ich hielt meine Stimme so ruhig, wie ich konnte. »Ich *verstehe*, dass sie dich schon bald töten werden, und weißt du was? Ich finde, du hast es verdient.«

Ich tätschelte meiner Mutter die Wange. Eine Beule bildete sich oben auf ihrem Kopf. Jack hatte ihr einen harten Schlag verpasst. Ich konnte sie nicht hier rausschleppen, oder? Vielleicht sollte ich meinen Kopf auch einfach irgendwo dagegenknallen und mit ihr ins Land der Träume abdriften, in dem ich einen Namen und eine Familie hatte, die immer noch einen Sinn ergaben.

Ich versuchte angestrengt, nicht an den Ring in meiner Hosentasche zu denken. Versuchte, nicht an meinen Vater mit seinem ergrauenden Haar und seinen melancholischen Augen zu denken, der im Gefängnis verrottete. Auch wenn er es verdiente, dort zu sitzen, wie sich herausgestellt hatte. Und ich versuchte *wirklich* angestrengt, nicht vor meinem Onkel zu weinen.

Er warf den nächsten Geldstapel in die Reisetasche, tastete das Innere des Safes ab und vergewisserte sich, dass er alles herausgeholt hatte. »Und was ist mit deinem Dad?«

»Lass ihn da raus.« Ich hatte nicht einmal annähernd genügend Energie, um diese Büchse der gebrochenen Versprechen zu öffnen. Am liebsten hätte ich meine Hände an seinem Kragen festgekrallt und ihn angeschrien. Aber ich konnte ihn nicht erreichen. Er saß hinter Gittern. In Sicherheit.

Jack entwich ein weiteres zischendes Lachen. Er knallte die schwere Messingtür zu und schloss sie ab. »Newsflash, Persephone, wir sitzen hier alle gemeinsam in der Scheiße. Dein Vater und ich sind einer so schuldig wie der andere. Du kannst dir nicht einfach aussuchen, welchen von uns du hasst.«

Meine Mutter rührte sich immer noch nicht, und langsam, aber sicher verzweifelte ich. Weiße Schlitze zeigten sich unter ihren schweren Augenlidern. Ich strich ihr Haar nach hinten und fühlte den Puls an ihrem Hals. Er war schwach, aber gleichmäßig. »Du musst aufwachen«, flüsterte ich, während sich Tränen in meinen Augen bildeten. »Du musst jetzt bitte für mich aufwachen.«

Jack verdeckte den Safe wieder mit der Linoleumplatte und machte die Schranktür zu. Als ich aufblickte, stand er direkt über mir. Die Reisetasche hing über seiner Schulter und in seinen Augen funkelte neue, wahnsinnige Entschlossenheit auf.

»Geh einfach«, sagte ich und presste die Worte mit der

letzten Kraft hervor, die ich in mir hatte. Ich würde nicht an die Klappmesser denken. Ich würde nicht daran denken, was diese Liste bedeutete. Oder woher der Rubin kam. Ich würde nicht daran denken, wie viele Lügen mein Vater mir erzählt hatte.

Jack besaß die Unverschämtheit zu lachen. »Wir wissen beide, dass ich nicht ohne dich hier weggehe, Soph.«

»Ich kann dir nicht dabei helfen, die Falcones zu töten. Donata wird nicht …«

Jack spuckte ein ungläubiges Lachen aus. »Du hast doch nicht wirklich geglaubt, dass Donata ernsthaft erwartet hat, dass du jemanden *tötest*, oder?«

Ich wurde kreidebleich. »Sie hat gesagt, dass sie will, dass ich ihr helfe.«

»Du weißt ja noch nicht mal, wie man eine Pistole benutzt, ganz davon zu schweigen, wie man einen Menschen tötet. Um Himmels willen, du bist siebzehn Jahre alt.«

»Aber wie sollte ich denn dann …?«

»Mach dir deswegen keine Gedanken«, unterbrach mich Jack amüsiert. »Du hast es bereits getan, Soph. Du hast ihr bereits geholfen.«

»Ich …« Die Worte verließen mich. »Sie wusste, dass ich zu ihnen gehen würde«, ging mir ein Licht auf. »Sie wollte, dass ich zu ihnen gehe.«

Sie hat mich ausgetrickst.

Aber warum? Ich verstand es nicht – ich konnte das Ausmaß ihres Plans einfach nicht begreifen. Ich war zu nah dran und es ergab einfach alles keinen Sinn. Aber ich wusste, dass ich Mist gebaut hatte.

»Donata ist eine sehr intelligente Frau«, bemerkte Jack voller Bewunderung. »Du solltest sie nicht unterschätzen.«

384

Meine Mutter stöhnte, und mir wurde allmählich klar, dass es unmöglich sein würde, dass wir beide ohne Jack hier rauskamen.

Als hätte er meine Gedanken gelesen, sagte Jack: »Du kannst nicht weglaufen, also versuch es gar nicht erst.«

»Warum?«, fragte ich und hörte, wie kindlich meine Stimme klang. »Warum bin ich so wichtig?«

»Weil du zur Familie gehörst«, erwiderte Jack. »Und die Familie hält zusammen.«

»Wir wollen aber nicht zu dir gehören, *Antony*, wir bleiben lieber unter uns.«

»Tja«, sagte er und ignorierte immer noch, dass ich seinen richtigen Namen benutzte, während er an mir vorbei und zum Fenster auf den sturmumtosten Parkplatz hinausschaute. »Donata trommelt alle Marinos zusammen. Sie will dich im Schoß der Familie wissen, wo sie dich im Auge behalten kann. Weißt du, was das bedeutet?«

»Was?«

»Es bedeutet: dumm gelaufen.«

Wir funkelten einander an, während meine Mutter neben mir zusammenzuckte – Don Vincenzo Marinos Augen blitzten einander wie Spiegelungen an, von Misstrauen erfüllt.

Der Regen trommelte gnadenlos auf das Dach. Donner grollte und rollte immer dichter heran, während die Fenster zitternd in ihren Rahmen schepperten. Ich konnte meinen Herzschlag in den Fingerspitzen fühlen. Ein bedrohliches Gefühl krampfte mir den Magen zusammen, als mich eine neue Erkenntnis traf: Es war niemand mehr übrig, der uns helfen konnte. Ich musste die Polizei anrufen. Ich musste das Risiko eingehen.

»Du hättest es mir erzählen müssen«, sagte ich. »Ich hatte die Wahrheit verdient.«

»Ich hab geschworen, dass ich es dir erzähle, falls einer von uns jemals seine Tarnung aufgibt.«

»Du hast deine Tarnung aufgegeben.« Vorsichtig zog ich mein Handy aus der Hosentasche.

»Ich hab versucht, es dir im Eden zu sagen, aber du wolltest ja nicht zuhören«, erwiderte er gereizt. »Was spielt das überhaupt für eine Rolle? Jetzt weißt du es doch. Wir sind schon viel zu lange davongelaufen. Es ist an der Zeit, dass wir aufstehen und kämpfen.«

»Ich will aber nicht kämpfen.« Ich entsperrte mein Handy.

Jacks Aufmerksamkeit huschte zwischen dem Parkplatz und der Stelle hin und her, an der ich neben meiner Mutter hockte. Als er draußen etwas bemerkte, kniff er die Augen zusammen.

Ich begann zu wählen, das Handy an meiner Seite versteckt, aber Jack wirbelte plötzlich herum und entriss es mir unsanft. Er schlug mir mit der flachen Hand ins Gesicht. »Was machst du da, verdammt noch mal?«, spuckte er aus. »Du rufst die Polizei an – bist du irre? *Willst* du getötet werden, ist es das?«

Ich stürzte mich auf ihn, aber er packte meine Fäuste, als ich damit auf ihn einhauen wollte. »Geh einfach«, brüllte ich. »Worauf wartest du denn noch?«

»Beruhig dich!«, blaffte er mich an. Ich warf mich gegen ihn, aber er hielt mich ganz fest und zerrte mich in Richtung der Bestellzone hinter der Kasse. Er zog sein Handy aus der Hosentasche. Wen auch immer er anrief, er antwortete schon nach dem ersten Klingeln. Jack sprach leise und hastig, während sein Blick durchs Diner huschte, und ignorierte meine Mutter, die erneut zu stöhnen begann. »Sie sind in Bewegung«, sagte er. »Drei.« Eine weitere Pause, und dann: »Pass auf den Vordereingang auf, aber ich glaube eher, dass sie hinten reinkommen.«

Ich blickte über die Schulter. Durch das Fenster in der Ferne erhellte ein Blitz drei dunkle Gestalten am hinteren Ende des Parkplatzes. Die Falcones kamen. Wir saßen in der Falle.

Jack zerrte mich in die Küche zurück. Ein seltsamer Teil von mir war froh darüber, dass meine Mutter ausgeknockt war und von alledem nichts mitbekam. Wenn unser Ende schon bevorstand, dann würde sie seinen Schrecken zumindest nicht durchleben müssen. Wenigstens hatte sie nicht alles gesehen: die Klappmesser, den Ring, die Wahrheit. Wenigstens wusste sie nicht, wie krank ihr Mann wirklich war – wie er uns beide hinters Licht geführt hatte. Wenigstens war ihr Herz noch ganz.

Auf der anderen Seite der Küche befand sich die Hintertür. Sie war zu und abgeschlossen und bestand aus schwerem Metall – undurchdringlich.

»Was willst du jetzt machen?«, fragte ich und versuchte erfolglos, ihn wieder in den Bestellbereich des Diners zu lotsen – in dem sich das Telefon befand.

»Wir werden sie töten«, antwortete er. »Und dir endlich beibringen, was Loyalität bedeutet.«

Seine Augen wirkten wie bodenlose Tümpel, verseucht von seinem hinterhältigen Plan. Ich versuchte, mich aus seinem Griff zu lösen, aber er packte noch fester zu. Er schlich sich auf die andere Seite der Küche, durch die Bestellzone, um noch einmal aus den Fenstern sehen zu können. Regenvorhänge drückten sich gegen die Scheiben, aber ansonsten war draußen alles still.

Oder zumindest hatte es den Anschein.

Ich musste hier raus. Wenn ich es hier rausschaffte, konnte ich ein Auto anhalten. Ich konnte uns von hier wegbringen. Ich wehrte mich gegen ihn.

»Du kannst gehen«, warnte er. »Aber du wirst dein Glück mit den Mördern da draußen versuchen müssen.«

Aus der Küche ertönte ein ohrenbetäubender Knall – irgendetwas war mit der Metalltür kollidiert. Jack hatte recht gehabt: Die Falcones kamen hinten rein, weil sie glaubten, ihre Versuche, ihn zu schnappen, würden so in der Dunkelheit der Gasse verborgen bleiben.

Ich nutzte die Ablenkung und rannte durch den Kassenbereich. Das wütende Donnern von Jacks Verfolgung spornte mich nur noch mehr an. Ich sprintete durch den Gastraum und schob im Rennen Tische hinter mir zur Seite, in der Hoffnung, ihn dadurch auszubremsen. Wild entschlossen sprang er über sie hinweg.

Ich erreichte die Vordertür und schaffte es mit zitternden Händen, das Schloss zu öffnen. Jack zog mich am T-Shirt. Wir rangen miteinander, und er riss mich nach hinten und packte mich an den Schultern. »Sie werden dich umbringen!«

Ich stampfte mit dem Fuß auf. »Lass mich los!«

Zwei laute Knalls zerrissen draußen die Luft. Näher als Donner, Furcht einflößender als Blitze. Ich taumelte rückwärts und prallte mit dem Kopf gegen Jacks Brust. Er packte mich erneut am Arm, zerrte mich mit sich und warf dabei einen Tisch um.

Ein weiterer Knall dröhnte hinter uns in der Küche,

als die Tür unter ihren Versuchen, sie einzuschlagen, heftig schepperte.

Sie waren überall.

Die Eingangstür schwang vor uns auf, und Donata Marino stürmte ins Diner, begleitet von einem heftig wirbelnden Windstoß und Regen.

»Da bist du ja«, sagte sie und hob ihre Pistole. »Durch einen glücklichen Zufall bist du bereits genau da, wo ich dich haben wollte.«

»Sie haben mich angelogen!«, spuckte ich aus. »Sie haben mich benutzt!«

»Wie eine Brieftaube.« Sie kam einen Schritt näher und versperrte mir den Weg. Ich konnte die Regentropfen erkennen, die an ihren Wangen hinunterrannen. »Als würde ich jemals erwarten, dass du den Jungen verrätst, der dir Blumen schenkt und dich ansieht, als wärst du etwas wert.«

Ich glotzte sie mit offenem Mund an.

»Meine Augen sind überall, Sophie.« Sie schüttelte den Kopf. »Und ich bin keine Idiotin.«

»*Warum?* Warum haben Sie mich dorthin geschickt?«

»Verstehst du denn die Strukturen der Macht immer noch nicht, du dummes Mädchen?« Sie ließ ihre Waffe sinken und steckte sie in die Tasche. Ihr Lächeln war nur ein herablassender Schlitz aus roten Lippen. »Unser Angriff heute Nacht ist nur so gut wie das hochrangigste Mitglied, das wir töten.« Ihr Lächeln wurde breiter, als sie sah, dass sich die Erkenntnis langsam auf meinem Gesicht abzeichnete.

Sie wusste, dass sie Valentino niemals erreichen würde. Aber Valentino war nur die Hälfte eines Ganzen.

Deshalb …

»Luca ist das Ziel«, flüsterte ich.

Sie nickte. »Ich wollte, dass der Vize-Boss davon erfährt, dass wir kommen, damit er selbst aus dieser Villa hervorkriecht und Seite an Seite mit seinen Brüdern steht, wo ich ihn erwischen kann.«

Als sie die Tür hinter sich schloss, erhaschte ich einen Blick auf Gino Falcone, der schlaff im Türrahmen lag, während seine Pistole locker in seiner Hand steckte und sich tiefrote Rinnsale über seinem T-Shirt ausbreiteten.

In diesem Sekundenbruchteil wurde mir bewusst, dass ich den schwersten aller Fehler begangen hatte und dass wir heute Nacht alle dafür bezahlen würden.

34

Das Gas

Donata packte mich am Kragen und zerrte mich wie einen Hund mit sich. »Die anderen sind an der Hintertür?«, fragte sie Jack. In der Küche ertönte ein weiterer Knall, und sie lächelte, als ihre Frage damit beantwortet wurde. Sie deutete mit einer schnellen Geste hinter sich. »Giorgino Falcone war zu sehr damit beschäftigt, mit seinem Handy herumzuspielen, um mich zu bemerken. *Imbecille.* Libero und Marco bewachen die Vordertür. Die anderen sind unterwegs. Die Falcones haben Verstärkung dabei, deshalb müssen wir schnell sein.«

Gott. So viele von ihnen schlichen durch die Dunkelheit und nutzten den Schutz, den der Sturm ihnen bot.

Ich wand mich aus Donatas Griff und versuchte, meinen Hals zu recken, um die Tür sehen zu können. Sie stieß mich zurück in die Küche, wo Jack die aus allen Nähten platzende Reisetasche auf die Kücheninsel hievte. Die Augen meiner Mutter waren geschlossen, aber sie stöhnte immer noch leise, während die Realität langsam wie durch einen Filter zu ihr zurückrieselte, Stück für Stück. Donata ignorierte sie.

»Sophie, ich werde für dich tun, was ich für meine

Schwester vor all diesen Jahren nicht tun konnte. Ich werde diese Dämonen aus deinem Kopf vertreiben. Heute Nacht beginnt das Leben, für das du bestimmt warst. Heute Nacht wirst du eine Marino.«

Die Tür schepperte erneut und diesmal bildete sich in ihrer Mitte eine Delle.

Jack streckte sich über den Herd und schaltete das Gas an, einen Ring nach dem anderen. Ich sah zu, wie die Luft über ihnen zu flirren begann.

»Was zur Hölle tust du da?« Dann traf mich die Erkenntnis wie ein Nagelbett im Rücken. Bevor ich ihnen jedoch etwas zurufen konnte, hatte Donata eine Hand auf meinen Mund geklatscht und drückte mir die Luft ab, die ich einzuatmen versuchte.

»Familienangelegenheiten«, sagte sie, und ich spürte ihr lächelndes Flüstern auf den Härchen in meinem Nacken. »Ich möchte dir etwas erklären, Sophie.« Sie atmete so schwer, dass ich mich selbst nicht mehr denken hören konnte. »Als ich noch ein kleines Mädchen war, hat mir meine Schwester meine Lieblingspuppe geklaut, während ich in der Schule war, und ihr alle Haare abgeschnitten. Als ich nach Hause kam, habe ich zwei Tage und zwei Nächte lang vor Wut getobt. Dann, am dritten Tag, habe ich ihr mitgeteilt, dass ich als Rache zum Schuppen in unserem Garten hinausgehen, den Stall darin öffnen und ihrem Lieblingskaninchen den Kopf abhacken würde.«

Ich wehrte mich noch heftiger, aber sie hielt mich unten und sprach noch schneller weiter. »Elena hatte entsetzliche Angst. Sie wollte wissen, wann ich es tun würde. Aus Gründen der Fairness teilte ich ihr mit, dass ich es in zwei Wochen tun würde, am vierzehnten Tag, und dass ich warten würde, bis sie eingeschlafen war, damit sie mich nicht davon abhalten konnte.«

Das Gas breitete sich mit erschreckender Geschwindigkeit im Raum aus. Ich konnte das schwefelartige Brennen bereits wahrnehmen, das sich an die Innenseite meiner Nasenlöcher klebte. Es folgte der nächste Knall – und diesmal hörte ich Nics Stimme durch den Donner und den Regen. »Marino, du Feigling! Mach auf!«

Nic. Ich machte die Augen zu. *Verdammt.*

Donata sprach immer noch weiter. »Anstatt erst am vierzehnten Tag zu kommen, verbrachte sie daraufhin jede dieser Nächte dort draußen in ihrem Schlafsack und wartete auf mich. Nachdem sie wusste, dass ich es tun würde, konnte sie einfach nicht anders. Sie konnte die Spannung nicht ertragen, den Gedanken daran, nicht mit Sicherheit zu wissen, wann oder wie ich zuschlagen würde. Ihr Beschützerinstinkt trieb sie in diesen kalten, feuchten Schuppen hinaus, und ihre Angst hielt sie dort fest. Sie raubte ihr den Schlaf, ihre geistige Gesundheit ... Und trotzdem, als der Tag gekommen war, nahm ich mir den Kopf, genauso wie ich es ihr geschworen hatte.«

Jack rannte durch die Küche. Er hatte die Pinnwand aus Kork von der Wand genommen und sie neben dem Herd eingeklemmt, und nun ließ er alles Brennbare, das er finden konnte, auf den Boden fallen und warf Tischdecken und Servietten auf die Arbeitsplatten, als würde er mit Luftschlangen spielen.

»Wie du siehst, Sophie«, sagte Donata, »war Elena schon immer sehr berechnend, vorsichtig ... und *vorhersehbar*.« Ich konnte das Lächeln in ihrem letzten Satz förmlich spüren. »Gianluca Falcone ist mit allen Fasern der Sohn seiner

Mutter. Er wird immer dort hingehen, wo die Bedrohung am größten ist. Und darum weiß ich auch, dass er sich in diesem Moment hinter dieser Tür befindet.«

Wie als Antwort darauf schepperte die Tür erneut und diesmal löste sich eine Angel.

Donatas Lachen erschallte. »Der Vize-Boss ist Valentinos bester Schutz. Er tritt nur aus dem Schatten seines Bruders, wenn er weiß, dass echte, greifbare Gefahr droht. Vorsicht hat ihn heute Nacht hierhergeführt, und seine Vorsehbarkeit wird ihn umbringen.«

Ich kniff die Augen fest zusammen. Luca würde Valentino mitten in einer Blutfehde nicht alleinlassen.

Das ist unmöglich.

Von der anderen Seite der Küche beobachteten wir, wie die Metalltür langsam nachgab. Hinter uns war der Durchgang frei; wir waren sicher vor der Zerstörung, die Jack vorbereitete. Während sich der ganze Schrecken ihres Plans vor meinen Augen präsentierte, hallte Jacks psychotisches Gelächter durch die Küche und stieg gemeinsam mit dem Gas immer weiter auf.

»Kommt ruhig rein, Jungs!«

35

Die Explosion

Ich riss den Kopf nach hinten und knallte ihn gegen Donatas Schlüsselbein.

»Hör auf«, fauchte sie und versuchte, mich noch fester an sich zu drücken. »Sonst spalte ich deinen Schädel hier am Herd und lasse dich mit deinen beiden Freunden verbrennen. Wenn du nicht für uns bist, dann bist du gegen uns.«

Auf der anderen Seite des Raums kam meine Mutter taumelnd auf die Beine, eine Hand an ihren Kopf gepresst, während sie sich mit der anderen den Bauch hielt. Als ich den glasigen Ausdruck in ihren Augen und die Art sah, wie sich ihr Mund vor Schmerzen verzerrte, spürte ich nur noch Angst und Entsetzen.

»Sophie?«, lallte sie und reagierte kaum auf die Tatsache, dass ich von Donata Marino festgehalten wurde. Sie blinzelte zweimal und zuckte zusammen. »Was ist hier los?«

Als sie den beißenden Geruch bemerkte, wurden ihre Augen ganz groß. Sie schnupperte in die Luft und verzog die Lippen. »Oh«, stieß sie keuchend aus und wirbelte zu Jack herum. »Was tust du denn?« Sie schwankte an meinem Onkel vorbei und steuerte direkt auf den Herd zu.

Ein weiterer metallisch-dumpfer Schlag ertönte und der ganze Boden vibrierte. Das Schloss brach aus der Tür.

Meine Mutter griff nach einer der Gasplatten. Jack stürzte sich auf sie. Er packte sie am Ellenbogen, riss sie nach hinten und knallte ihren Kopf gegen die Kücheninsel. Sie rutschte zu Boden und hinterließ einen verschmierten Blutstreifen auf dem Holz.

Ich schrie so laut in Donatas Hand, dass ich mich fast selbst erstickte. Meine Knie gaben unter mir nach, aber sie hielt mich oben und drückte mich an ihren Körper.

Jack riss zuerst die Gasleitung hinten aus dem Herd und dann aus der Wand. Sie löste sich mit einem Ploppen und die Luft rundum begann zu flirren. Jack hustete heftig, schnappte mich und zerrte mich rückwärts, während ich über den Küchenboden zappelte, weg von den Dämpfen, die uns allmählich umhüllten.

Donata griff nach der Reisetasche und zog sich in den Kassenbereich zurück, während mein Onkel mich gegen sich drückte. Meine Mutter lag reglos ausgestreckt zwischen dem Herd und der Kücheninsel.

»Lass mich los!«, kreischte ich. »Lass mich ihr helfen!«

Er hielt mich in der Küchentür fest, unsere Rücken dem Gastraum zugekehrt, unsere Gesichter der Metalltür, die plötzlich aufschwang. Durch den dichten Gasschleier tauchten Luca und Nic in der Tür auf, und auch der letzte Funke Hoffnung in mir schwand und erlosch schließlich ganz.

Die Gasse erstreckte sich in der Dunkelheit hinter ihnen, die Mülltonne war auf die Seite gekippt. Überall lag Abfall herum. Wind und Regen fegten in den Raum und der tosende Sturm rauschte immer lauter um uns.

Die Falcone-Brüder hoben ihre Pistolen.

In einem Sekundenbruchteil schob Jack mich vor sich, bis ich sein Kinn auf meinem Kopf spüren konnte, während sein lauter Atem durch mein Haar fuhr. »Na los doch«, rief Jack. »Erschießt uns, wenn ihr wollt.«

Luca senkte seine Waffe.

Nic zögerte.

Der Augenblick schien sich ins Unendliche auszudehnen. In jenem Moment, in dem selbst der Donner unterdrückt schien, hing mein ganzes Leben von der Gnade von Nic Falcones Finger am Abzug ab. Ich starrte in den Lauf seiner Pistole, betrachtete die beiden schwarzen Kreise, einer still auf dem anderen ruhend, und konnte die Nähe meines eigenen Todes spüren.

»Nicoli«, warnte Luca.

Nics Arm zuckte. »Ich kann ihn trotzdem erwischen.«

»Nicoli.«

In meinen Augen brannten Tränen. »Das Gas«, krächzte ich. »Das Gas ist an.«

Nics Augen weiteten sich; er hatte verstanden. Schließlich bemerkte auch er den Geruch, die dicke Luft, und zuckte zusammen. Er ließ seine Waffe sinken.

Die Tür knallte hinter den beiden zu und schaukelte in ihren gebrochenen Angeln.

»Du bist Abschaum, sie so zu benutzen«, sagte Luca zu Jack. Er schob sich ein Stück nach vorne und bewegte sich, ohne es offensichtlich wirken zu lassen. »Du musst früher oder später hier rausspazieren, und wenn du es tust, dann werden wir dich erwischen.«

»Ihr würdet Sophies Leben nicht riskieren.«

Luca hob die Augenbrauen und seine Füße schoben sich lautlos auf uns zu. »Aber du schon?«

Jack packte mich noch fester und drückte seinen Arm um meine Kehle, bis ich würgen musste. Die Lichter in meinem Gehirn flackerten und die Ränder meines Blickfelds verschwammen mit schwarzen Flecken.

Vage erkannte ich die Hand meiner Mutter, die sich an die Kücheninsel krallte, als sie versuchte, sich vom Boden hochzuhieven. Ihr Haar war blutverklebt, aber ihr Mund bewegte sich ganz langsam und testete verschiedene Silben.

»Wollt ihr rausfinden, wozu ich fähig bin, ihr Dreckschweine?«, fragte Jack.

Luca verzerrte den Mund. »Ich werde dich ausweiden, Marino.«

Jack bewegte sich mit alarmierender Schnelligkeit und stieß mich rückwärts durch die Tür. Ich taumelte Richtung Gastraum des Diners, als er die Tür hinter uns zuknallte.

»Mom!«, kreischte ich, als Donata aus der Dunkelheit hinter mir auftauchte und ihr brennendes Zippo-Feuerzeug durch die Durchreiche warf.

Die Explosion knallte in grellem Orange. Sie dehnte sich in der gesamten Küche aus und zerschmetterte sämtliche Fenster mit einem donnernden, hallenden Schlag. Die Wände bebten, und ich wurde nach hinten geschleudert und rutschte über die Bestelltheke und den Boden des Diners.

36

Inferno

Die Küche loderte in grellen Flammen. Dunkler grauer Rauch waberte durch die Durchreiche. Das Holz knisterte und brach in riesigen Splittern ab, die auf den Boden prasselten.

Hinter mir hatten Jack und Donata mit der Reisetasche die Eingangstür erreicht. Das Haar meines Onkels war angesengt, sein Gesicht von der Explosion ganz schwarz. Er beugte sich vornüber und klammerte sich am Türrahmen fest. »Komm schon!«, keuchte er mir zu. »Wir müssen hier weg!«

»Meine Mom ist da drin!«

Ich taumelte schreiend auf die Küche zu.

Heulte.

Kreischte nach ihr.

»Sie ist tot, Mädchen«, brüllte Donata.

Jacks Stimme übertönte ihre. »Komm jetzt!«

Ich ignorierte sie beide, und diesmal kam mein Onkel nicht zurück, um mich zu holen. Sie stürzten in die Nacht hinaus, mitsamt ihrer gesicherten Beute.

Durch die Durchreiche konnte ich eine dichte Wand aus Flammen sehen, die die Küche in zwei Teile teilte. Sie züngelten an der rechten Seite, neben dem Herd, breiteten sich entlang der hölzernen Arbeitsplatten aus und verschlangen die Tischdenken und das Korkbrett. Ich schob mich näher heran und durch die sengende Hitze wurden meine Augen ganz wässrig.

Nic und Luca saßen gegeneinandergebeugt auf der anderen Seite des Raums. Sie waren durch die Explosion nach hinten geschleudert worden. Lucas Kopf hing auf seiner Schulter. Seine Augen waren ganz glasig. Nic saß zusammengesackt neben ihm. Keiner der beiden bewegte sich.

Meine Mutter war nicht bei ihnen. Sie hatte sich zum Zeitpunkt der Explosion in der Nähe der Tür befunden. Ich reckte mich, um herauszufinden, ob sie es in die Dunkelheit geschafft hatte, aber die Gasse war entsetzlich weit entfernt und meine Sicht durch das dichte Feuer ganz verschwommen. Ich rief nach ihr, aber die Flammen wehrten sich gegen meine Worte und verschlangen sie.

Ich schnappte mir einen Lappen aus einem Regal unter der Theke und hielt ihn mir übers Gesicht, als ich die Küchentür aufstieß und das Feuer auf mich zuschwappte und mich wieder nach hinten zwang. Ich bedeckte mein Gesicht, während ich über den Boden rutschte und schließlich mit dem Kopf hinten gegen die Theke knallte. Der Durchgang bestand nur aus dickem schwarzem Rauch, der über meinen Kopf hinweg in den Gastraum des Diners rollte.

Ich ging auf die Knie, schob mich durch die Tür, hielt meinen Kopf tief unter den Rauch gebeugt und drückte mir den Lappen fest auf den Mund. Die Luft war quälend trocken, und meine Lunge fühlte sich an, als würde sie in sich zusammenfallen, schwarz und verkohlt. Meine Mutter war nicht in der Küche – ich konnte sie durch die Flammen und den Rauch nirgends erkennen. Mir wurde bewusst, dass sie schon bald nach mir suchen würde. Ich musste hier raus, bevor sie wieder reinkam. Also ignorierte ich das Brennen in meiner Brust und steuerte direkt auf die Jungs zu, wobei ich mich links an der Wand hielt, während ich über die heißen Fliesen krabbelte.

Das Feuer tobte wie ein wildes Biest und kam immer näher, während ich über den Boden robbte und mir die Hände an Scherben zerschnitt, weil überall um mich herum Gläser zerbarsten und zersplitterten. Die Hintertür war durch die Explosion aus ihren Angeln gerissen worden. Die Gasse dahinter zwinkerte mir durch bernsteinfarbene Flammenkronen zu.

Als ich die Jungs erreichte, war Luca wieder halb bei Bewusstsein. Sein Kopf wackelte auf seiner Brust hin und her, während er versuchte, ihn zu heben. Nic saß immer noch reglos in sich zusammengesunken. Ich packte Luca bei den Schultern und schüttelte ihn.

»Luca!« Ich schlug ihm ins Gesicht. »Wach auf!«

Er rührte sich, und seine Augen glänzten stumpf, als er mich erkannte.

Ich schüttelte ihn noch einmal. »Steh auf! Wir müssen hier raus.«

Das Feuer kroch immer näher auf unseren kauernden Kreis zu und die Flammen brannten heiß auf meinem Rücken. Töpfe und Pfannen fielen scheppernd zu Boden und rollten gegen meine Knöchel, während beißender Gestank die Luft erfüllte.

Luca hustete heftig. Ich zog ihn an den Schultern, und er beugte sich nach vorne und kämpfte sich selbstständig auf die Knie.

Wir drehten uns zu Nic um und krabbelten links und rechts neben ihn. Luca hob den zusammengesackten Oberkörper seines Bruders hoch, bis er nach vorne blickte. Seine Augen waren jedoch noch immer geschlossen und seine Stirn war schwarz gefärbt. Luca schüttelte ihn, seine Bewegungen vor Angst und dämmernder Vorahnung ganz hektisch. Was, wenn er nicht wieder aufwachte? Was, wenn die Explosion zu viel für ihn gewesen war?

Ich drückte Nics Hand und versuchte, ihn aufzuwecken. Luca schrie ihn an, aber ich konnte nicht hören, was er sagte. Ich packte Nics Handgelenk und hatte Mühe, seinen Puls zu finden. Er pochte nur schwach unter meinen Fingern.

Hinter mir ertönte ein überwältigender Knall, und ich warf mich nach vorne, als die Halterung einer Lampe in zwei Teile zerplatzte und sie mit einem mächtigen Scheppern zu Boden fiel. Splitter bohrten sich hinten in meine Arme.

Ich konnte Luca immer noch nicht hören, aber ich konnte von seinen Lippen ablesen. »Wir müssen ihn hier wegbringen!«

Ich krabbelte über Nics Körper und nahm seinen linken Arm, während Luca seinen rechten packte. Wir zogen gemeinsam an ihm, kippten nach hinten und zerrten ihn mit uns. Ich biss die Zähne zusammen und schnappte heftig nach Luft, als der Rauch den Sauerstoff in unseren Lungen erstickte. Wir schoben uns rückwärts, wo die Flammen die Schränke über dem Herd verkohlten. Nic war unfassbar schwer. Seine Arme und Beine streckten sich über den Fußboden aus und wackelten über Asche und Staub, während wir uns langsam der Tür näherten. Meine Augen brannten so höllisch, dass ich sie kaum noch offen halten konnte, aber dann spürte ich plötzlich einen kühlen Luftzug ganz in der Nähe. Wir hatten es fast geschafft. Wenn wir nur die Türschwelle erreichten, dann konnte meine Mutter uns helfen, Nic nach draußen zu ziehen.

Ein Hängeschrank zerbarst in einer Explosion aus Orange und Rot, und ich machte einen Satz zur Seite. Luca verlor das Gleichgewicht und fiel auf mich. Nics Beine begannen zu zucken. Er hob den Kopf, kippte aber nach hinten, bis er an die Decke emporstarrte. Er blinzelte heftig und versuchte, sich zu orientieren. Sein Mund klappte auf, und seine Brust bebte heftig, als er schwarzen Schleim auf sein Hemd spuckte.

Ich konnte die kühle Luft im Nacken spüren. *Nur noch fünf Schritte. Ignorier die Hitze. Denk nicht an die Schmerzen.* Und dann waren wir draußen, taumelten rückwärts in den durchnässten Müll und durch spritzende Pfützen. Nic lag auf der Seite, seine Hand im Dreck vergraben, und versuchte, das Gleichgewicht zu halten, während er angestrengt würgte. Luca stand über die Mülltonne gebeugt.

Ich hob den Kopf und blickte mit zusammengekniffenen Augen in die Dunkelheit. Alles, was ich sehen konnte, war Rot. Das Feuer hatte mir meine fünf Sinne geraubt. Ich blinzelte hektisch. Da war nichts als Müll, nur ich und Nic und Luca … und niemand sonst.

»Mom?« Ich torkelte in die Gasse und ließ den Blick durch die Dunkelheit schweifen, obwohl die Flammen mein Sichtfeld immer noch prägten wie Schablonen. »Mom?«

In meiner Kehle war kein Tropfen Feuchtigkeit, und ich hatte keine Energie mehr, um meine Zunge zu bewegen.

Sie selbst konnte mich nicht hören, nicht über den Donner und das Feuer, aber … es spielte keine Rolle. Weil sie nicht da war – sie war nicht hier draußen. Sie war nicht hier!

Ich drehte mich um. Die Tür war halb von Flammen umschlossen, aber ich konnte ein Stück weit durch den Rauch sehen. Ich war klein genug, um hindurchzupassen. Ich rannte los, warf mich in das bernsteinfarbene Loch und landete mit ausgestreckten Armen auf dem Boden.

Hinter mir schrie Luca meinen Namen.

Ich richtete den Blick auf die Kücheninsel in der Mitte. Gierige Flammen verschlangen ihren hölzernen Sockel. Noch bot sich eine schmale Gasse, aber der Teil der Küche, der noch nicht vom Feuer erfasst war, schwand immer schneller. Ich krabbelte auf die Insel zu und umkreiste das Brandnest. Schon jetzt brannten meine Wangen und mir fielen die Augen zu. Mein Kopf wurde schwer und kippte nach vorne. Aber ich hätte schwören können, dass ich eine Stimme gehört hatte, ein leises Raunen inmitten des Infernos. Rief sie meinen Namen?

Ich zwang mich noch tiefer in die Hitze vor. War das ihr Schuh, direkt vor mir, hinter den Flammen? Hatte sie Turnschuhe getragen? Ich zwang mich, die Augen zu öffnen, und suchte nach dem möglichen Trugbild. Dann wurde ich wieder zurückgeworfen, als sich die Hitze wie kochendes Wasser über mich ergoss. Das Feuer züngelte an meinen Ellbogen und stach unerbittlich auf mich ein.

Ich erreichte die andere Seite der Kücheninsel. Jemand rief definitiv meinen Namen. War sie das? War ich ihr nah? Ich konnte nur den Fußboden sehen, mit schwarzem Ruß verschmierte Fliesen. Die Arbeitsplatten waren eingestürzt und schossen Holzsplitter in die Mitte der Küche. Messer und Gabeln zwickten und stachen mich, während ich über sie hinwegkrabbelte. Blutrinnsale tropften an meinen Armen hinunter und zischten in der Hitze. *Da. Wieder dieser Fuß.* Ich war hinter den Flammen gefangen und der Fleck aus weißem Gummi bewegte sich nicht.

»Mom«, rief ich, aber es kam nichts als Rauch aus mir heraus. Der Raum drückte mich nach unten und presste mich zu Boden.

Irgendwo über meiner Schulter rief jemand nach mir. Es war nicht sie. Es war lauter, tiefer, weiter entfernt. Ich fixierte den Schuh und versuchte, meine Augen offen zu halten. Es war unmöglich. Alles war bernsteinfarben. Glühte, brannte, kreischte in grellem Bernstein. Ich musste würgen, aber wenn ich nur diesen Schuh erreichen konnte, dann konnte ich mir ihr Bein schnappen. Ich konnte sie aufwecken. Sie würde zu mir zurückkommen und wir würden gemeinsam hier rauskrabbeln.

Die Schreie schwangen sich über das Feuer auf. Da war so viel Geschrei und es kam immer näher. Kam es von mir? Von ihr? Ich konnte es nicht sagen.

Wo war der Schuh hin?

Da!

Ich stürzte nach vorne, aber das Feuer peitschte auf mich ein, und ich brach hinter den Flammen zusammen. Meine Lunge füllte sich mit Rauch. Ich keuchte heftig, während mein ganzer Körper verzweifelt nach Luft schnappte. Aber da war keine. Ich riss den Kopf hoch, suchend, aber er war zu schwer. Er kippte wieder nach unten.

Ihr Fuß war hinter den roten und orangenen Zungen verschwunden. War es überhaupt ein Fuß gewesen?

Irgendetwas knackte, ich warf mich nach unten, und

meine Wangen knallten auf den Boden. Ich hatte die Orientierung verloren. Es tat weh, das letzte bisschen Luft einzuatmen, das noch da war. Ich war von einem Kreis aus Flammen umzingelt. In welche Richtung ging es nach draußen? Ich kroch über die Fliesen und kauerte mich ganz fest zu einem Ball zusammen. Ich konnte spüren, wie die Flammen an meiner nackten Haut züngelten.

»Mom!«

Es kam nichts heraus.

»Hilfe! Irgendjemand!«

Klamme Hände packten meine Fußgelenke und zogen mich rückwärts. War sie hinter mir? Ich konnte mich nicht mehr daran erinnern, in welcher Richtung sie lag. Ich hörte Brüllen und Streit. Die Hände gehörten ihr nicht – diese Hände waren rau, und sie umfassten meine brennende Haut ganz fest.

Ich krallte mich wieder voran und ließ mich auf den Boden fallen. Die Hände zerrten mich wieder zurück. Sie wanderten zu meiner Taille und dann zu meinen Schultern. Ich glitt immer weiter rückwärts und mein Körper schabte über die Fliesen.

»Nein!«, keuchte ich. »Nein. Nein.«

Ein Hauch warmer Luft strömte in meine Lunge, aber trotzdem glühte noch alles. Der Fußboden war kühl unter meiner Wange. Meine Augen fielen zu. Ich würde mich ausruhen, nur einen Moment lang. Ich würde mich vom Schlaf aus diesem Albtraum reißen lassen. Ich befand mich in einem Traum und der Traum verbrannte mich bei lebendigem Leib.

37

Sirenen

Der Wind peitschte meinen geschundenen Körper. Ich zuckte zusammen und irgendetwas rollte an meinem Kinn hinunter. Die Luft war zu kalt, um sie einzuatmen. Mein Kopf fühlte sich an, als würde er in zwei Teile zerspringen. Schmerzen pulsierten in meinen Gliedern und zwangen mich zu Boden.

Denk nach. Konzentrier dich.

Ich versuchte, mein Hirn wieder einzuschalten.

Der Boden war rau unter meinen Beinen. Der Druck war von meinem Brustkorb verschwunden. Mein Hinterkopf kratzte gegen irgendwas. Ich lag auf dem Rücken. Ja.

Die Lichter hinter meinen Augen brannten immer noch grell, aber das Tosen kam von irgendwo hinter mir. Die Hitze war ganz nah, aber nicht mehr so nah wie vorher. Der Wind wehte mir das Haar ins Gesicht. Es blieb an meinen Lippen kleben. Wassertropfen kribbelten auf meinen Wangen. Es regnete. Ich war draußen. Ja. Ein Chor aus neuen Geräuschen durchschnitt die Nacht.

Sirenen. Ich versuchte, mir vorzustellen, was eine Sirene bedeutete. *Krankenwagen. Löschfahrzeuge. Streifenwagen.* Wir waren in Sicherheit.

»Sophie!« Diese vertraute Stimme, weich wie Honig. *Nic. Ja, richtig. Nic ist hier.*

Da waren noch andere Geräusche – Scheppern, Rufen. Ich hörte Diskussionen – ernste, wütende Diskussionen. Eine weibliche Stimme. »Sophie? Sophie, kannst du mich hören?«

Meine Mutter?

Nein. Nicht sie.

Da waren noch mehr Worte, wichtige Worte, die überall um meine Ohren schwirrten. Angestrengt versuchte ich zuzuhören. Rauch in der Lunge. Gasleck. Explosion. Noch eine. Noch eine Person. *Eine Person ist noch drin.*

Meine Aufmerksamkeit riss ab. Ich stürzte aus der Realität in eine andere. Meine Glieder schmerzten nicht mehr. Alles war schwerelos. Die Stimmen schwebten weit von mir weg, die Wärme erreichte mich kaum noch.

Ich fiel, fiel in schwarze Dunkelheit.

Und dann flackerte ein Licht auf. Die Stimme meiner Mutter rief nach mir. Das Feuer umschloss sie, aber es war nicht mehr heiß.

»Sophie? Kannst du mich hören?«

Ich taumelte vorwärts und fiel vor ihre Füße. Sie ging neben mir auf die Knie und ihre großen blauen Augen schwammen vor Tränen. Ihre Lippen bewegten sich, aber ich konnte ihre Stimme nicht hören. »Sophie, kannst du die Augen für mich aufmachen?«

Sie zog mich zu sich heran. Ich schlang die Arme um ihren Hals und erwartete ihr weiches Haar und den sanften Duft ihres Lavendelparfums. Ihre Arme fühlten sich an wie Schilfrohr, schleimig und kalt. Sie fielen von mir ab, verwelkten auf dem Boden. Ich runzelte die Stirn und wich zurück. Ihr Haar war klebrig und feucht, und ihr Parfum roch nach nasser Erde. Ich schmeckte Asche in meinem Mund. Ich blinzelte und ihr Gesicht verschwand. Ich drehte mich um und Dunkelheit ummantelte mich.

»Sophie?«

Mein Körper zerriss innerlich. Innen rauschte die Hitze durch mich hindurch und versengte alles. Außen lagen meine Arme und Beine ausgestreckt in Pfützen und zitterten vor Kälte.

Wo war sie?

Wo war ich?

38

Die Tragödie

**GASEXPLOSION ZERSTÖRT FAMILIEN-DINER
FRAU DES BESITZERS STIRBT IM FEUER**

Ein Mensch wurde getötet, drei weitere verletzt, als eine Explosion und ein daraus resultierendes Feuer in der Sonntagnacht das örtliche Familien-Diner Gracewell's in Cedar Hill dem Erdboden gleichmachten.

Celine Gracewell, die Ehefrau des Besitzers Michael Gracewell, befand sich zum Zeitpunkt der Explosion im Gebäude und wurde noch an Ort und Stelle für tot erklärt. Ihre Tochter und zwei ihrer Freunde befanden sich ebenfalls im Restaurant. Berichten zufolge kehrte Gracewells Tochter ins Feuer zurück, um ihre Mutter zu retten, jedoch ohne Erfolg.

Vorläufige Untersuchungen deuten darauf hin, dass ein Gasleck für die Zerstörung verantwortlich ist und ein Feuer ausgelöst hat, das sich schnell im Rest des Gebäudes ausbreitete. Die Polizei hat noch keine offiziellen Angaben zur Ursache der Explosion gemacht, die Untersuchungen dauern an. Darüber hinaus wollen die Behörden auch mit Jack Gracewell sprechen, dem derzeitigen Manager des Diners, der seit dem Vorfall nicht mehr zu erreichen ist.

Das Gracewell's befand sich an der Ecke Foster und Oak in der Innenstadt von Cedar Hill und war seit fünfzehn Jahren ein beliebtes Familienrestaurant.

Celine Gracewell, 43, ortsansässige Schneiderin und Teilhaberin des Diners, stand zum Zeitpunkt der Explosion in der Nähe des Gaslecks und war Berichten zufolge sofort tot. Seit der Explosion haben Nachbarn und Freunde Zeichen ihrer Anteilnahme an der Unglücksstelle hinterlassen. Als am heutigen Morgen städtische Arbeiter und Experten des Elektrizitätswerks Schutt und Überreste durchsuchten, versammelten sich zahlreiche Menschen auf der Straße, um der Verstorbenen die letzte Ehre zu erweisen.

Ursula Nguyen, seit zehn Jahren stellvertretende Managerin des Diners, war untröstlich, als sie ihren Kranz neben den anderen niederlegte. Über Celine Gracewell sagte sie: »Sie war ein wunderbarer Mensch. Immer ein Lächeln auf den Lippen, immer glücklich. Es ist ein so schrecklicher Verlust für die gesamte Nachbarschaft. Ihre Tochter tut mir so unendlich leid.«

Rita Bailey, seit Langem in Cedar Hill ansässig, war sichtlich erschüttert, als sie den Ort der Zerstörung besuchte und bemerkte: »Ich bin völlig außer mir. Wie hätte das irgendjemand kommen sehen können? Das ist eine solche Tragödie.«

Einzelheiten zu Celine Gracewells Beerdigung wurden noch nicht veröffentlicht. Es ist nicht bekannt, ob das Diner wieder aufgebaut werden soll.

TEIL V

»Ich komme, um euch ans andere Ufer zu führen,
in die ewige Finsternis,
in Hitze und Frost.«

Dante Alighieri, *Inferno*

39

Dunkelheit

Sie sagten mir, ich stünde unter Schock.

Ich fühlte den Schock nicht. Da war nur diese Leere, so als hätte mich jemand auf den Kopf gestellt und geschüttelt, bis alles herausgefallen war. Meine Arme waren ganz rot und auf der Haut erstreckten sich Blasen von meinen Handgelenken bis zu den Ellenbogen. Ich konnte sie nicht spüren. Ich betrachtete die weiße Gaze, die meine Haut bedeckte und über den schreiend roten Wunden lag. Eine Krankenschwester schnitt die Spitzen meines versengten Haars ab. Sie schmierten Salbe auf meine Ohren. Ich hatte gar nicht bemerkt, dass sie verbrannt waren. Sie gaben mir Tabletten und ich nahm sie ein.

Wenn sie mit mir sprachen, senkte sich ihr Tonfall, und ich konnte sehen, wie aufgeplatzte Lippen übertriebene Silben formten. *Können wir irgendjemanden für dich anrufen?* Zusammengekniffene Augenbrauen. *Verstehst du, was ich sage, Sophie?* Eine sanfte Hand auf meiner. *Gibt es jemanden, bei dem du bleiben kannst?*

Eine Polizistin brachte mich nach Hause. Ich erinnere mich nicht mehr, wie spät es war, als ich die Tür hinter mir zuknallte. Ich schleppte mich nach oben, mein Hirn immer noch von dichtem Nebel umhüllt. Ich setzte mich unter die Dusche und spürte, wie kalte Tropfen den Rauch wegspülten, der an meiner Haut klebte. Mein Körper war von roten Flecken übersät. Das Shampoo schäumte den ranzigen Geruch der Verrottung weg, bis ich wieder aus der Dusche stieg, nackt und zombieartig, und in ein leeres Haus trat, ohne zu verstehen, warum es leer war.

✳ ✳ ✳

Als der Morgen graute, krallte sich die Trauer mit ihren langen Fingern in meinem Kopf fest und riss mich aus meinem totengleichen Schlaf. Die Erkenntnis traf mich wie ein greller Sonnenstrahl, der durch meine Vorhänge fiel, und ich schreckte hoch und hustete schwarzen Schleim über mein Kopfkissen.

Schreie brachen aus meiner Brust, als der Schmerz durch meinen Körper tobte und sämtliche Erinnerungen gegeneinanderprallten, bis sie überall war. Ihr Gesicht brannte sich auf die Innenseite meiner Augenlider, wenn ich blinzelte.

Ich brach auf dem Boden zusammen und schlang die Arme ganz fest um meine Knie, bis ich so klein war, wie ich mich nur machen konnte. Tränen sammelten sich in mir, stauten sich in meiner Brust auf, aber ich konnte sie nicht freilassen. Ich konnte nicht heulen, nicht weinen, und so bluteten die Tränen in mir, eiskalt und unvergossen.

Ich schlief allein. Ich vermisste das sanfte Trippeln der Pantoffeln meiner Mutter im Flur, ihr Gesicht, das in meiner Tür auftauchte und mir eine gute Nacht wünschte. Die Dunkelheit war ein Geschenk, aber die Stille, die sie begleitete, war erdrückend.

40

Der Anruf

Die Zimmerdecke verschwamm und geriet aus dem Fokus. Ich rollte mich aus dem Bett und stellte mich vor meinen Kleiderschrank. Beißend drängte sich die Trauer wieder an die Oberfläche und stach mir in die Seiten. Ich sank auf den Boden, hielt mich am Teppich fest und wartete auf die Tränen, die nie kamen. Stattdessen schwollen sie in meiner Brust an und drückten gegen meine Rippen nach außen wie tausend winzige Hände.

Unten waren Stimmen zu hören. Es war schon spät und die Sonne ging bereits unter. Es dauerte eine Minute, bis mir wieder einfiel, welcher Tag heute war – Samstag. Ich hatte Samstage immer geliebt. Töpfe klapperten in der Küche. Mrs Bailey kochte wieder mal Abendessen. Sie war keine gute Köchin, aber sie war jeden Tag vorbeigekommen, seit es passiert war. Sie hatte sich hinter mich gestellt, und ich fühlte mich schlecht, weil ich in der Vergangenheit so harsch über sie geurteilt hatte. Millie war unten. Sie hatte mir jeden Tag zur Seite gestanden, und obwohl mir nur wenig einfiel, was ich zu ihr sagen konnte – oder zu irgendjemandem –, schenkte es mir in den dunkelsten Momenten ein wenig Trost, ihren vertrauten Akzent durch das Haus tönen zu hören.

Ich scrollte durch mein Handy. Sie hatten es nach jener Nacht auf dem Parkplatz gefunden. Sie glaubten, es sei durch die Explosion dort gelandet – wobei die Elektronik wie durch ein Wunder überlebt hatte –, aber ich wusste es besser. Er hatte es für mich dort zurückgelassen. *Denk nicht an ihn.*

Ich sah vier verpasste Anrufe von einer unbekannten Nummer und klickte wieder auf den Startbildschirm. Meine Mutter und ich starrten mich an, ein identisches falsches Grinsen im Gesicht, während sich unsere Köpfe berührten und unser Haar zu einem einzigen goldenen Lichthof verschmolz.

Der Druck auf meiner Brust wurde stärker. Ich steckte mein Handy wieder weg und kroch zurück ins Bett. Es hatte keinen Sinn, überhaupt noch aufzustehen, wenn der Tag bereits wieder zur Neige ging. Ich drehte mich auf die Seite und blickte starr an die Wand. Flammen krochen in meine Gedanken und glühende Hitze pulsierte durch meine bandagierten Arme. Ich blinzelte, bis mir vor Anstrengung der Kopf dröhnte und die Flammen schließlich verschwanden.

Unten klingelte das Festnetztelefon. Ich wurde von einem Hustenanfall geschüttelt, spuckte und keuchte in mein Kopfkissen und versuchte, das Husten zu unterdrücken. Als ich mich wieder vom Kissen löste, war mir ganz schwindelig. Der Druck wurde wieder schlimmer und krampfte sich um meine Brust zusammen, bis ich das Gefühl hatte, meine Lungenflügel würden zusammengequetscht wie kleine Papierkugeln. Ich schrumpfte zusammen, zog die Knie an meine Brust und neigte den Kopf nach unten.

»Schläfst du?« Millie stand in der Tür.

Ich hob den Kopf und blinzelte, bis ich sie scharf sehen

konnte. Ihr Haar war oben auf ihrem Kopf zusammengebunden und ihr Gesicht vor Erschöpfung ganz verzerrt.

»Ich bin wach.«

Sie schob sich ins Zimmer, das Telefon in der Hand. »Es ist wieder dein Dad ...«

»Nein.«

Sie lehnte sich gegen meinen Nachttisch. »Du musst mit ihm reden, Soph.«

Ich schüttelte den Kopf. Meine Stimme zitterte. »Ich kann nicht, Mil.«

Sie verzog das Gesicht und ihre Besorgnis verwandelte sich in Kummer. »Ihr braucht euch jetzt gegenseitig, Soph. Du kannst das nicht allein durchstehen. Das musst du nicht.«

Ich stellte mir vor, wie es wäre, meinen Vater an meiner Seite zu haben, ihn zu umarmen und mir keine Sorgen darüber zu machen, dass uns die Gefängniswärter auseinanderrissen. Wie wundervoll es wäre, dieser Flut der Trauer begegnen zu können, jeder der Anker des anderen. Aber das war vor alledem gewesen. Wenn ich ihn mir jetzt vorstellte, sah ich nur Vince Marino vor mir. Ich sah einen Lügner.

»Ich bin nicht allein«, murmelte ich. »Ich hab dich.«

Sie nahm meine Hand in ihre. »Ich weiß aber nicht, was ich machen soll, Soph. Ich weiß nicht, wie ich es besser machen soll. Bitte.« Sie drückte meine Hand. »Du musst mit ihm reden.«

Es klang vernünftig, aber Millie wusste ja auch nicht, was ich wusste. Sie hatte nicht gesehen, was ich im Diner gesehen hatte. Die Klappmesser. Den Rubinring. Mein Vater hatte mir mein ganzes Leben lang Lügen erzählt. Er hatte seine Maske so eng getragen, dass ich nie auf die Idee gekommen war, dahinterzuschauen.

Sie ersetzte ihre Hand in meiner durch das schnurlose Telefon. »Sprich mit ihm«, drängte sie mich. »Er bekommt nicht viel Zeit für diese Anrufe, und er versucht schon die ganze Woche, dich anzurufen, Soph. Bitte, sprich mit deinem Dad.«

Sie ging, und ich blickte auf das Telefon in meiner Hand und lauschte der entfernten, brummenden Stimme eines Mannes, den ich gar nicht wirklich kannte.

»Soph? Hier ist Dad. Bist du da?«

Ich öffnete die Schublade meines Nachttischs und holte Evelinas Ring heraus. Ich hatte ihn in einem Moment des Wahnsinns in meine Hosentasche gesteckt. Es war das Einzige, was ich mit nach Hause genommen hatte. Alles andere war nur noch Schutt und Asche.

»Soph? Ich weiß, dass du da bist. Kannst Du bitte abnehmen?«

Ich betrachtete den Ring, der in meiner Handfläche glitzerte. Der Rubin war blutrot. *Sempre.* Aber nichts blieb für ewig.

»Komm schon, Soph.«

Ich drückte den Hörer an mein Ohr. »Hallo Vince.«

Ich hörte, wie er scharf nach Luft schnappte. »Soph …«

»Hey, willst du mal was Lustiges hören?«, unterbrach ich ihn. »Ich bin eine *Marino.*«

»Ich weiß, dass du wütend bist …«

»Und *wusstest* du auch«, fuhr ich fort und hob meine Stimme, »dass im Diner ein geheimer Safe war?«

Die Atmung meines Dads ging schneller, und ich konnte beinahe spüren, wie seine Panik die Leitung sprengte. »Hör mal, ich hab um Freigang gebeten. Ich werde versuchen, rauszukommen, damit wir beide …«

»Und *wusstest* du auch«, fuhr ich fort, und meine Stimme klang dabei noch höher, »dass ich einen Haufen Falcone-Trophäen gefunden habe, bevor deine Marino-*Familie* unser ganzes Leben niedergebrannt hat? Ein Klappmesser für jedes unmarkierte Grab, wette ich.« Ich übertönte seine Antworten und wurde immer schriller und lauter. »Wusstest du, dass da auch ein Rubinring drinlag? Wusstest du, dass dieser Ring der verschwundenen Frau von Felice Falcone gehört? Wusstest du, dass da auch eine Liste mit Falcone-Zielen in deiner Handschrift dabei war? Wusstest du, dass Angelo Falcone in Wahrheit ermordet wurde? Und wusstest du, dass du mein ganzes Leben lang nichts als ein *beschissener Lügner* warst?«

Seine Antwort ging im Äther verloren. Ich schleuderte das Telefon gegen die Wand, wo es zerbrach und in lauter Plastikscherben auf den Boden fiel.

Ich knallte den Ring auf den Nachttisch. Ich hatte geglaubt, dass ich mich danach besser fühlen würde, aber das tat ich nicht.

Aber zumindest wusste er es jetzt.

Jetzt gab es keine Lügen mehr zwischen uns.

41

Die Unwillkommenen

Millie schlich sich eine halbe Stunde später wieder in mein Zimmer. Ihre Augen huschten zu dem zerbrochenen Telefon, und sie kniff sie mit einem Ausdruck des Verständnisses zusammen, als sie über die Überreste stieg. »Dann … ist das also nicht so gut gelaufen«, bemerkte sie.

»Du hast ja keine Ahnung.«

Sie seufzte schnaubend, neigte den Kopf zur Seite und betrachtete das erbärmliche, zusammengekauerte Häuflein Elend, das ich abgab. Schließlich sagte sie: »Ich finde, du solltest versuchen, mal aufzustehen.«

Es war nicht das erste Mal, dass sie diesen Vorschlag machte. Es war auch nicht das zehnte Mal.

Ich starrte auf die weißen Flecken auf meinen Fingernägeln. »Was hätte das für einen Sinn?«

Sie setzte sich ans Ende meines Betts. »Leben, Sophie. Zu leben ist der Sinn.«

»Ich lebe doch«, murmelte ich.

»Nein. Du existierst.«

Ich hob den Blick, brachte aber das leise Lächeln, das ich ihr zeigen wollte, nicht zustande. »Wo ist der Unterschied?«

»Du kennst den Unterschied«, erwiderte sie sanft. Sie

wirkte so klein und müde am Ende meines Betts. Sie hatte sich die Ärmel ihres Kapuzenshirts über die Hände gezogen und ihr Gesicht war ganz verzerrt. Schuldgefühle stiegen in mir hoch.

»Du musst nicht deine ganze Zeit hier bei mir verbringen, Mil.« Ich gestikulierte um mich herum – auf das Durcheinander meines Zimmers, das Durcheinander meines Lebens. »Ich weiß, dass das deprimierend ist. Ich weiß, dass ich in Sachen beste Freundin gerade einiges zu wünschen übrig lasse. Und das schon seit einer ganzen Weile.«

»Soph«, schalt sie mich. »Du weißt, dass ich nirgendwohin gehe. Was für eine Art von Freundin wäre ich denn dann?«

»Die Art, die ich auch bin?« Ich zuckte mit den Schultern. »Du solltest nicht hier mit mir in der Dunkelheit sein.«

»Ich glaube, der ganze Sinn, eine gute Freundin zu sein, *liegt darin*, in der Dunkelheit zu sein. Ich werde dein Licht sein, bis du es selbst wieder sein kannst. Wie klingt das?«

Jetzt brachte ich doch ein Lächeln zustande, und einen Moment lang hatte ich das Gefühl, mir würde das Herz ein ganz kleines bisschen aufgehen. »Und darin bist du wirklich sehr gut«, versicherte ich ihr.

»Tja.« Sie grinste mich an. »Wichtige Sachen mache ich gern hundertfünfzigprozentig.«

Ich lehnte mich auf mein Kopfkissen zurück, während die Stille uns umhüllte. Millie legte sich auf die Seite und betrachtete mich im schwächer werdenden Licht. Ich wusste, was nun kommen würde, noch bevor sie es aussprach – das Unausweichliche. »Also«, begann sie und malte Kreise auf die Bettdecke, »die Schule fängt ja nächste Woche wieder an.«

Sie hätte genauso gut einen frischen Haufen Abfall auf mein Gesicht schütten können. Ich schnitt eine Grimasse. »Ich würde mir lieber die Augen rausreißen und sie aufessen.«

»Es ist unser letztes Jahr. Das wird lustig.« In ihrer Behauptung lag, wenn überhaupt, nur wenig Überzeugung.

Ich stellte mir meine dumpfen Schritte in den Korridoren vor, das donnernde Scheppern der Spinde zwischen den einzelnen Stunden, das hirnlose Geschnatter, das die Luft erfüllte, die seelenerschütternde Finsternis meines Lebens in diesen vier Wänden. Wenn ich vorher nur ein Gesprächsthema gewesen war, dann würde ich jetzt zur Hauptattraktion aufsteigen. »Ich bin noch nicht so weit.«

Millie packte mein Bein durch die Bettdecke. »Du musst dafür *sorgen*, dass du so weit bist, Soph. Du musst die Zähne zusammenbeißen und es einfach tun, okay? Es ist das letzte Jahr. Und dann verändert sich alles. Du schaffst das. Wir schaffen das beide.«

Ich erwiderte nichts. Die Unterhaltung hatte mich erschöpft, und in dem Moment war mir einfach nicht danach, das Thema Schule noch weiter zu diskutieren. Nach einer Weile gestand sich Millie ihre Niederlage ein und rollte vom Bett. Ich verkroch mich noch tiefer darin und meine Launenhaftigkeit war mir ein wenig peinlich. Sie stand auf und ging zur Tür. Ich konnte spüren, dass sie zögerte, während ihre Finger leise über das Holz kratzten.

»Was ist?«, fragte ich.

Sie wägte ihre Worte vorsichtig ab und begann ganz langsam, so als sei sie sich immer noch unsicher, ob sie überhaupt etwas sagen sollte. »Ich weiß, dass du mir gesagt hast, dass du noch nicht über diese Nacht sprechen willst.

Und ich habe versucht, das zu respektieren. Aber ich weiß einfach nicht, wie ich dir das noch länger verschweigen soll ...«

Ich setzte mich auf. »Mir was verschweigen?«

»Die Falcone-Jungs sind unten. Ehrlich gesagt, sind sie schon seit einer ganzen Weile da, aber ich wusste, dass du nicht daran erinnert werden wolltest ... was passiert ist ...« Sie verstummte und betrachtete ihre Schuhe. »Ich wollte es dir eigentlich nicht sagen, aber ich denke, du solltest es wissen. Sie werden nicht wieder verschwinden. Sie wollen nicht, dass du ohne Schutz bist ... für den Fall ...«

Für den Fall, dass er *zurückkommt, um mich zu holen.*

Millie hielt mich für verrückt, weil ich der Polizei nichts von Jack und Donata erzählt hatte. Ich hatte durchaus mit dem Gedanken gespielt, in meinen dunkelsten Momenten, aber ich wollte zwei Dinge, die ich nicht bekommen würde, wenn ich sie verpfiff: für sie ein Schicksal, das schlimmer war als das Gefängnis, und für mich mein Überleben.

Millie wirkte unbehaglich. »Nic meinte, er geht nicht, bevor er dich nicht gesehen hat. Mrs Bailey versucht schon die ganze Woche, ihn mit Geschirrtüchern zu verscheuchen.«

Die ganze Woche.

Stirnrunzelnd blickte ich auf meine Bettdecke und konzentrierte mich auf das verschnörkelte Muster. Die Schmerzen waren zu einem dumpfen Pochen in meiner Brust abgeflaut. Seit dem Feuer hatte ich nicht viel an Nic gedacht, aber es gab ein paar Dinge, die gesagt werden mussten, und vielleicht war es ja an der Zeit, die Sache zu erledigen. »Kannst du ihm sagen, dass er hochkommen soll?«

Millie stürmte in den Flur hinaus und die Treppe hinunter. »Nic?«, rief sie, und zum allerersten Mal bemerkte ich das tiefe Timbre einer weiteren Stimme, als mir erst wirklich bewusst wurde, dass sie wahrscheinlich schon die ganze Zeit da gewesen war.

Als Nic in meiner Zimmertür auftauchte, wirkte er blasser, als ich ihn je gesehen hatte. Sein Haar war völlig zerzaust, und seinen Kiefer zierten eine Woche alte Bartstoppeln, die ihn viel älter wirken ließen. Sein Arm war von oben bis unten einbandagiert und um seine Hand war ein weiterer Verband gewickelt.

Er machte keinerlei Anstalten, in mein Zimmer zu kommen, obwohl ich an seinem leichten Hin- und Herschwanken erkennen konnte, dass er es gern wollte. Wie musste ich für ihn aussehen? Wie eine wilde Bestie, zum Angriff bereit, oder wie ein verwundetes Tier im Käfig?

Er fingerte an dem Kreuz herum, das um seinen Hals hing, und schob es an der Kette hin und her, sodass ein schwaches, schleifendes Geräusch die Stille durchbrach.

»Wie geht's dir?« Die Worte klangen kratzig. Der Rauch hatte ihm übel mitgespielt.

Zur Antwort breitete ich die Arme ganz weit aus: Ich sah aus, als hätte mich jemand rückwärts durch einen Acker voller Dünger gezerrt, bevor mich ein Blinder aus dem Fundus einer Mülldeponie eingekleidet hatte.

»Es tut mir leid«, sagte er leise. »Es tut mir so leid, dass sie nicht mehr da ist.«

Denk nicht an sie. Ich unterdrückte meine Gedanken und sah stattdessen Nic an. Es war unmöglich, nicht an das letzte Mal zu denken, als ich ihn gesehen hatte. Ich erinnerte mich an die Delle, die die Mülltonne in der Metalltür der Küche hinterlassen hatte, an das Aufblitzen in Nics

Augen, als er sich meinem Onkel gestellt hatte. *Denk nicht an Jack.*

Ich hatte Nics leblosen Körper aus dem Feuer gezogen, das mein Leben zerstört hatte ... *Denk nicht an das Feuer.* Ich hatte ihm geholfen, anstatt sicherzugehen, dass meine Mutter in Sicherheit war. Ich hätte mich vergewissern sollen, aber das hatte ich nicht. Ich hätte ihr zuerst helfen sollen, aber das hatte ich nicht. *Denk nicht an sie.* Er hatte mich von ihren weißen Turnschuhen weggezogen, als ich schon fast nah genug dran gewesen war, um sie zu berühren.

»Sophie?« Nics Oberkörper lehnte sich über die Türschwelle und seine Finger gruben sich in den Türrahmen.

»Was?«

Er blinzelte, überrascht von meiner Schroffheit. »Ich mach mir Sorgen um dich.«

Jetzt, da er mir gegenüberstand, wurde mir bewusst, dass ich ihn nicht sehen wollte. All unsere Erinnerungen waren schlechte Erinnerungen – ich konnte mich nicht mehr an die guten erinnern, konnte nicht so tun, als würde durch seine Küsse all die Dunkelheit verschwinden. Alles war jetzt viel zu klar.

»Du musst keine Marino mehr sein«, sagte er leise. »Nicht, wenn du keine sein willst.«

»Ich war nie eine Marino«, schoss ich zurück. »Und das weißt du.«

Er wandte verlegen den Blick ab. Er hatte geglaubt, ich hätte ihn die ganze Zeit angelogen – ich konnte es in seinen Augen sehen.

»Und ich bin jetzt verdammt noch mal ganz sicher auch keine Marino«, fügte ich hinzu und konnte das Gift in meinen Worten hören.

»Komm mit mir zurück«, bat er. »Wir werden deine Mutter gemeinsam rächen. Wir werden sie für all das töten, was sie uns genommen haben. Du wirst deine Rache bekommen, das verspreche ich.«

Was für ein Ansinnen, jemanden in tiefster Trauer so trösten zu wollen – mit dem Versprechen von Tod und Zerstörung –, und trotzdem fühlte ich mich davon angeheizt. Das hier war Nic. Es gab Dinge, die er mir niemals würde geben können – er würde niemals echtes Mitgefühl für mich empfinden –, aber das hier war seine Welt, und von all den Versprechen, die er mir je gegeben und gebrochen hatte, wusste ich, dass er dieses halten würde. Und das brachte seine ganz eigenen Komplikationen mit sich, denn so sehr er es auch für mich tun wollte, würde er es in Wahrheit doch nur für sich selbst tun.

»Gino«, erinnerte ich mich. »Sie haben Gino erschossen.«

Nics Miene verfinsterte sich. »Er liegt im Krankenhaus. Er kämpft.«

»Oh.« Ich nickte, und ein Anflug von Erleichterung stieg in mir auf. Eine kleine Gnade. »Gut.«

»Dafür werden sie auch bezahlen«, fügte er mit harter Stimme hinzu.

Zum allerersten Mal sah ihn richtig an – alles an ihm, wirklich, wahrhaftig. Ich blickte an den Wangenknochen vorbei, an den leuchtenden Augen und an seinen sanft geschwungenen Lippen. Ich hatte gesehen, wie sein Körper wieder zum Leben erwacht war, wie sich seine Finger um Kehlen geschlungen hatten, wie seine Hand ein Messer erhoben hatte, wie seine Taten von mörderischen Absichten geleitet wurden.

Sein T-Shirt war über seiner Taille ein wenig ausgebeult.

Selbst jetzt, in Zeiten der Trauer, trug er eine geladene Waffe mit sich herum. Er war ein Mörder – er hatte schon früher getötet und würde wieder töten, und es würde ihm nicht den Schlaf rauben. Nic war raue, herzzerreißende Leidenschaft in Person, und er konnte sie nicht in gewisse Bereiche seines Lebens einlassen und aus anderen heraushalten. Ich bedeutete ihm etwas, sicher, aber andere Dinge bedeuteten ihm auch etwas. Und das waren dunklere, gewalttätige Dinge, die ausmachten, wer er im Kern seines Wesens wirklich war. Er hatte Sara Marino in den See geworfen. Er hatte Worte der Warnung in ihre Haut geritzt. Und hier stand er nun und schimmerte im dämmrigen Licht – ein Engel, direkt der Hölle entsprungen.

Ja, ich würde ihm etwas sagen. Ich würde ihm das Einzige sagen, was ständig in meinem Hirn pochte. Ich würde ihm sagen, was gesagt werden musste.

Die Worte kamen mir laut und klar über die Lippen. »Du hast gezögert.«

»Was?«

»Du hast deine Waffe nicht gesenkt.«

»Wovon sprichst du denn da?«

Vorsichtig holte ich die Erinnerungen an diese Nacht hervor. »Im Diner, als du und Luca durch die Hintertür gekommen seid, hattet ihr beide eure Waffen erhoben. Ich hab in den Lauf deiner Pistole geblickt, als du sie mit absoluter Selbstsicherheit auf meinen Kopf gerichtet hast.«

Verständnis zeichnete sich auf Nics Miene ab und sie entspannte sich wieder. »Aber ich hätte doch nie auf dich geschossen.«

»Mein Kopf war im Weg.«

»Ich bin sehr zielsicher.«

»Das war die falsche Antwort.«

»Und was ist die richtige Antwort?«

»Die Tatsache, dass du das nicht weißt, sagt schon alles.«

»Ich bin ein guter Schütze«, protestierte er.

Ich funkelte ihn an. »Ich wäre jetzt gern allein.«

»Was?«

»Du hast mich gesehen. Ich bin eindeutig noch am Leben. Ich kommuniziere nicht mit irgendwelchen ›verfluchten Marinos‹, wie du sie genannt hast. Ich schiebe mir Essen in den Mund und trinke regelmäßig Wasser. Du kannst jetzt also wieder nach Hause gehen.«

»Aber ich will dir helfen, Soph. Das ist nicht gut ...«

»Nic«, seufzte ich. »Du kannst nichts für mich tun.«

»Ich liebe dich«, sagte er flehentlich.

Die Worte trafen mich mitten in die Brust. Er hatte das vorher noch nie zu mir gesagt, und jetzt schwebte es zwischen uns, bloßgelegt, am dunkelsten Tiefpunkt meines Lebens. Zwischen uns gab es nichts als die Wahrheit – die kalte, harte Wahrheit – und diese drei kleinen Worte, die sich mit einem Mal so mächtig anfühlten. Ich hatte sie schon hören wollen, solange ich mich zurückerinnern konnte. Ich hatte mir immer jemanden gewünscht, der mich so ansah wie Nic in diesem Moment. Aber jetzt, wo ich all das hatte ... fühlte es sich hohl an. Es fühlte sich falsch an. Und ich wusste in meinem tiefsten Inneren, dass ich nicht in ihn verliebt war. Ich war es nie gewesen. Ich war in die Vorstellung von Liebe verliebt gewesen, und zu einem Zeitpunkt in meinem Leben, an dem ich so wenig davon besessen hatte, hatte er einfach meine Schutzmauern überrannt und sich in diese Vorstellung verwandelt. Ich wusste gar nicht, was oder wer er in Wirklichkeit war.

»Du kennst mich doch gar nicht«, erwiderte ich leise.
»Nicht richtig. In unserer ganzen gemeinsamen Zeit ging es nur darum, gegen all diese verrückten Widerstände anzukämpfen. Es ging nur um Hindernisse, nicht um uns beide.«

»Ich weiß, was ich fühle«, bekräftigte er beharrlich.

Ein kleiner, zerbrochener Teil von mir hätte am liebsten laut gelacht. »Du konntest mich ja noch nicht mal *ansehen*, als du dachtest, ich sei eine Marino.«

»Ich wurde überrumpelt«, verteidigte er sich.

»Wenn man jemanden liebt, dann lügt man ihn nicht an. Man richtet auch keine Waffe auf seinen Kopf. Und man kehrt ihm nicht den Rücken zu, wenn er am verletzlichsten ist.« Ich schluckte schwer. »Das ist keine Liebe.«

Er schüttelte den Kopf.

»Ich glaube, du liebst nur die Vorstellung von mir«, flüsterte ich. Die Worte laut auszusprechen tat weh, aber ich spürte auch ein leises Kribbeln der Erleichterung, so als sei das kranke Märchen, das ich unbedingt hatte wahrmachen wollen, endgültig vorbei, und das war in Ordnung so. Ich versuchte nicht mehr, ihn zu ändern, versuchte nicht mehr, mich selbst zu verändern, damit ich zu ihm passte. »Aber wir sind nicht die Richtigen füreinander, oder? Wir lügen uns doch nur immer wieder an und tun uns gegenseitig *weh*.«

Nics Fingerknöchel knirschten am Türrahmen. »Ich hab dir doch gesagt, dass ich dir niemals wehtun würde.«

»Es gibt mehr als nur eine Art, jemandem wehzutun.«

»Ja.« Sein Gesicht verzerrte sich von Verwirrung zu etwas anderem, das ich nicht einordnen konnte. »Gibt es.«

Ich rieb mir mit den Händen das Gesicht und fühlte mich mit einem Mal furchtbar erschöpft.

»Wir können ja ein andermal weiter darüber sprechen«, sagte er leise. »Wenn du dich wieder besser fühlst.«

Ich wollte ihn nicht mehr ansehen. Wie konnte ich das, wenn ich wusste, dass ich zu ihm gegangen war, wenn ich stattdessen zu meiner Mutter hätte gehen sollen? Wie konnte ich mich bei ihm anlehnen, wenn sich das Bild von ihm und seiner erhobenen Waffe in mein Gehirn eingebrannt hatte? Er würde seine Pflichten immer über alles andere stellen. Er war zuallererst Soldat und erst an zweiter Stelle Mensch.

Als ich nichts erwiderte, holte er ganz tief Luft und fügte hinzu: »Wir haben gehört, dass dein Onkel und Donata in New York sind und sich mit Lieferanten treffen. Ich weiß nicht, wie ihre Pläne aussehen, aber wenn du dich wieder dazu in der Lage fühlst, denke ich, dass wir über deine Sicherheit sprechen sollten.«

»Er wird nicht wieder hierher zurückkommen«, sagte ich. »Nicht nach dem, was er getan hat. Das ist zu gefährlich für ihn.«

»Ich bin mir da nicht so sicher.«

Ich warf mich auf mein Kissen zurück, während sich die Angst und Wut in mir einen erbitterten Zweikampf lieferten. »Ich muss jetzt allein sein, Nic.«

»Ich komme wieder, wenn es dir besser geht.« Er blieb noch einen Moment in der Tür stehen. »Und, Sophie? Danke, dass du mir das Leben gerettet hast.«

Anstatt ihres, dachte ich, als sich meine Brust vor Bitterkeit zusammenkrampfte. Was sollte ich darauf erwidern? *Gern geschehen?* Aber es spielte keine Rolle. Er war bereits in den Flur verschwunden. Etwas Saures verdrehte mir den Magen. Auch nur ansatzweise über diese Nacht zu sprechen, hatte sämtliche Tore geöffnet, und nun schlängelten sich die Bilder wie Schlangen in mein Gedächtnis, und ich musste sie aussperren und meine Ohren verschließen, um sie fernzuhalten.

Noch nicht. Nicht jetzt.

Ich wartete, bis ich hörte, wie Nics dumpfe Schritte das Fußende der Treppe erreichten, bevor ich den Kopf zwischen meinen Knien vergrub, auf meinem Bett vor und zurück schaukelte und versuchte, meine Gedanken zu beruhigen. *Denk an was anderes. Denk an irgendwas anderes.* Aber es war so schwer – jede Faser meines Herzens schien mit meiner Mutter verbunden zu sein, mit dem Diner, mit meinem Onkel. Ich bohrte die Fingernägel in meine Handflächen und konzentrierte mich auf die kleinen Halbmonde des Schmerzes. Die Minuten verstrichen, ganz langsam, und die dunkle Wolke in mir wurde immer schwerer. Die Sonne war inzwischen verschwunden. Es wurde bereits dunkel und darin lag zumindest ein zarter Hauch der Erleichterung.

42

Der Zusammenbruch

»Sophie?«

Ich riss den Kopf hoch.

Luca stand in meinem Zimmer. Er war mir so nah, dass seine Knie mein Bett streiften. Warum hatte ich seine Anwesenheit überhaupt nicht gespürt?

Ich setzte mich auf, von meiner Bettdecke umhüllt. Sein Haar war aus seinem Gesicht gekämmt und seine blauen Augen leuchteten unnatürlich im Halbdunkel. Sein Mund wirkte ganz schief und verzerrt, aber ansonsten sah er gut aus. Rauch zu inhalieren, bekam ihm offensichtlich ganz gut.

Ich hatte nicht die Kraft, entrüstet zu sein. »Ich will allein sein, Luca.«

Er schaute zur Tür und biss auf seiner Unterlippe herum. »Warum hast du dich denn wie ein Eskimo eingepackt?«

»Wie bitte?«

Er deutete auf die Bettdecke, die ich mir über den Kopf und die Schultern gezogen hatte. »Das kann nicht gut für deine Verbrennungen sein. Du musst doch total überhitzt sein.«

»Mir geht's gut.«

Er durchbohrte mich mit seinem Blick. »Wirklich?«

»Ich kann mich nicht erinnern, dich nach hier oben eingeladen zu haben.«

Er ließ sich auf den Boden sinken, setzte sich auf meinen Teppich, lehnte sich zurück und stützte sich auf den Handflächen ab. »Komm schon, Sophie. Du müsstest doch allmählich wissen, dass ich es mir zur Gewohnheit gemacht habe, an Orten aufzutauchen, an die mich niemand eingeladen hat.«

Sein Blick war abschätzend, und ich hatte das schreckliche Gefühl, dass er direkt in meine Seele blickte. In diesem Moment kam mir der – ziemlich unpassende – Gedanke, dass dies das erste Mal war, dass er mehr als nur ein paar Worte zu mir gesagt hatte, seit er seine Finger in mein Haar gekrallt und seine Lippen auf meine gepresst hatte. *Hör auf.*

Ich verkroch mich noch tiefer unter meiner Eskimo-Decke. »Was machst du hier?«

»Ich warte«, antwortete er.

Ich schüttelte die Decke ab und warf sie hinter mich. »Und worauf wartest du?«

»Das hier.«

»*Das hier?*«

»Auf eine Unterhaltung, Sophie. Du musst mal mit jemandem reden.«

Eine wertvolle goldene Minute lang war ich von nichts als Ungläubigkeit erfüllt. »*Jetzt* willst du mit mir reden?«, fragte ich.

Er verzog das Gesicht. »Was meinst du denn damit?«

»Nichts hat sich verändert«, erwiderte ich. »Ich bin immer noch eine Marino.«

Er zeigte auf sich. »Und ich bin ein Falcone. Wen interessiert's?«

»Dich, Luca. An jenem Tag bei euch zu Hause.« Ich war deswegen nicht wirklich wütend – es ergab Sinn, wenn man die Umstände betrachtete –, aber es musste trotzdem erwähnt werden, vor allem, weil ich verdammt noch mal ganz sicher nicht den *anderen* Grund erwähnen würde, aus dem er sich während des Rats so merkwürdig verhalten hatte. »*Dich* hat es interessiert«, wiederholte ich und versuchte, das Stechen zu unterdrücken, das sich mit der Erinnerung meldete.

Er lehnte sich näher zu mir. »Da kannst du verdammt noch mal sicher sein, dass es mich interessiert hat«, knurrte er. »Es hat mich interessiert, dass die Marino, die mit einer roten Zielscheibe auf der Stirn vor meiner versammelten Familie stand, die einzige Marino in der Geschichte ist, die mir je etwas bedeutet hat und je etwas bedeuten wird.«

»Oh«, sagte ich. Unter dem dumpfen Schmerz der Trauer flackerte noch etwas anderes in mir auf. »Dann hat dir der … der Name gar nichts bedeutet?«

»Der Name nicht.« Er hielt meinem Blick stand, unerschütterlich, ohne zu blinzeln. »Nur das Mädchen.«

Ich blickte auf meine Hände hinunter, die auf der Bettdecke gefaltet waren. »Du bist wirklich nicht wie sie«, murmelte ich.

»Nein«, sagte er. »Bin ich nicht.«

Ich dachte an meine eigene Familie. An den Safe, die Klappmesser, den Ring. Evelina. *Gott.* An all die Dinge, die ich wusste. Und an all die Dinge, von denen ich mir wünschte, ich wüsste sie *nicht.*

Ich schüttelte den Kopf. »Wenn du wüsstest, wie tief ich in diese Marino-Sache verstrickt bin …« Ich verstummte und meine Worte verpufften in Atemlosigkeit. Es war einfach alles zu viel, um darüber nachzudenken.

Er schenkte mir ein verschwörerisches Lächeln. »Wenn du wüsstest, wie tief ich in diese Falcone-Sache verstrickt bin ...«

Ich schnitt eine Grimasse. »Du weißt schon, was ich meine.«

»Ich werde dich nicht verurteilen«, sagte er. »Du bist immer noch derselbe Mensch. Also, bitte«, er lehnte sich wieder zurück, und diesmal war sein Lächeln ganz sanft, »mach dir keine Sorgen wegen dem ganzen anderen Kram, Marino.«

»Okay, Falcone.« Ich blickte ihn finster an und er blickte ebenso finster zurück. »Aber ich möchte im Moment wirklich lieber allein sein. Wenn du also glaubst, ich würde hier sitzen und dir mein Herz ausschütten, dann liegst du falsch.«

»Schon okay.« Er zuckte mit den Schultern und schaute an mir vorbei durch die kleine Lücke zwischen meinen Vorhängen. »Wusstest du, dass es heute Nacht einen Blutmond geben wird? Du solltest deine Vorhänge aufmachen, damit du ihn sehen kannst.«

»Meinst du das im Ernst?«

Er hob die Augenbrauen, und seine Augen wirkten dadurch unglaublich riesig und noch blauer als sonst. »Hast du etwa noch nie einen gesehen?«, fragte er zurück. »Der Mond sieht aus, als sei er in rote Farbe getaucht worden, und er leuchtet so hell, dass man die Sterne kaum noch sehen kann. Es gehört zu diesen Naturphänomenen, die einen daran erinnern, wie ... was? Warum siehst du mich denn so an?«

»Okay, Mufasa. Ich hab's kapiert.«

Luca klappte die Kinnlade herunter, und ich hatte das

absurde Gefühl, dass sich ein Lachen in meinen Wangen bildete. »Bitte entschuldige, dass ich versucht habe, dir die Wunder des Universums näherzubringen.«

»Du musst dir damit bei mir keine Mühe machen, du Naturfreak. Spar dir das für die Weltraum-Doku auf, die du ganz offensichtlich drehen willst.«

Er schüttelte den Kopf. »Siehst du, was passiert, wenn ich versuche, ernst zu sein? Du trampelst auf meinen Träumen herum.«

»Ich trample nicht darauf herum, ich mache mich über sie lustig. Das ist ein Unterschied.«

»Ist es?«

»Er ist sehr subtil.«

»Also, lässt du mich jetzt ausreden?«

Ich kehrte wieder zu mir selbst zurück und die Heiterkeit löste sich aus meinen schmerzenden Wangen. Hatte ich etwa gelächelt? Ich legte die Stirn in Falten und tadelte mich selbst. Mit einem Mal stieg ein brüllender, stechender Schmerz in mir auf, der verlangte, gefühlt zu werden, und ich rieb mir die Brust, um ihn dadurch vielleicht ein wenig zu lindern.

Luca plapperte immer noch. Was hatte er vor? Glaubte er wirklich, ich würde mich für Astrologie interessieren, und das in solchen Zeiten? »Was machst du immer noch hier?«, unterbrach ich ihn. »Ich meine, mal ernsthaft.«

Er verlor den Faden. Ich beobachtete, wie er seine Worte abwog, und war überrascht, wie sehr ich mich schon an seine subtile Körpersprache gewöhnt hatte. »Wir haben etwas sehr Schweres durchgemacht, Sophie. *Du* hast etwas sehr Schweres durchgemacht.«

»*Und?*«

»*Und?*«, wiederholte er nachdrücklich. »Ich mache mir Sorgen um dich.«

»Musst du nicht.« Das Stechen bohrte sich tiefer. Ich legte mich auf den Rücken und blickte an die Zimmerdecke empor.

»Du hast mir das Leben gerettet, Sophie. *Schon wieder*«, fügte er nach einer kurzen Pause hinzu, so als könnte er es selbst kaum glauben. Ich war mir nicht sicher, was ihn mehr schockierte: die Tatsache, dass er dem Tod immer wieder von der Schippe sprang oder dass *ich* ihn immer wieder rettete.

»Damit steht's 2:1 für mich«, erwiderte ich ohne die geringste Heiterkeit. »Du schuldest mir eine große Geste.«

»Ich dachte, es wäre ein Blumenstrauß.«

»Bei einem Mal ist es ein Blumenstrauß. Zwei sind eine große Geste.«

»Was immer du willst.«

»Verschwinde. Ist das groß genug für dich?«

»Das ist zu groß.«

Ich atmete lautstark in Richtung Decke aus.

»Was hat's eigentlich mit dieser alten Dame in deiner Küche auf sich? Sie ist schon die ganze Woche hier. Als ich sie gefragt hab, ob sie deine Großmutter ist, hat sie mich einen nutzlosen Heiden genannt und mir gesagt, dass ich mich um meine eigenen Angelegenheiten kümmern soll. Millie musste sie dazu zwingen, uns reinzulassen, und als Nicoli versucht hat, sich ein Sandwich zu machen, hat sie eine Gabel nach ihm geworfen. Als jemand, der schon viele Gabeln nach seinem Bruder geworfen hat, würde ich davon abraten. Er hat wirklich ein sehr aufbrausendes Temperament ...« Luca redete immer weiter, füllte die Leere mit

Worten und noch mehr Worten und wartete darauf, dass ich anbiss.

Ich schüttelte die Bettdecke auseinander und breitete sie mit einem Stöhnen wieder über mir aus. Er konnte bis in alle Ewigkeit in meinem Zimmer sitzen und von mir aus ein Loch in meinen Teppich brennen, aber wenn er glaubte, dass er mich dazu bringen konnte, mich ihm gegenüber zu öffnen, hatte er sich geirrt.

Er änderte seine Taktik. »Was hast du eigentlich vorhin zu Nicoli gesagt? Ich hab ihn noch nie so zerknirscht gesehen. War es wegen der Sache mit seinem Bart? Damit sieht er richtig unheimlich aus, oder? Noch ein paar Tage, und er verwandelt sich in Rasputin. Das ist übrigens ein historischer Verweis. Sehr lustig, das versichere ich dir …«

Ich hatte irgendwann mal ein Geschichtsprojekt über Rasputin gemacht. Ich musste unwillkürlich lächeln, biss mir jedoch sofort auf die Innenseite der Wange und konzentrierte mich auf den Schmerz, während ich mir das Gesicht meiner Mutter vorstellte.

Schließlich verstummte Luca – mein Schweigen hatte ihn geschlagen. Ich konnte seine Nähe immer noch spüren. Ich roch den sanften Duft seines Aftershaves in der Luft und nahm jeden seiner Atemzüge und jede seiner leisen Bewegungen sehr bewusst wahr.

Aber eigentlich rührte er sich gar nicht, holte noch nicht mal sein Handy heraus. Er saß nur da und starrte in die Dunkelheit – aber wozu? Nach zehn Minuten setzte ich mich wieder auf und wühlte mich unter der Bettdecke hervor, um mich aus der klebrigen Hitze darunter zu befreien. Ich setzte mich zu ihm hin. »Verstehst du einen Wink mit dem Zaunpfahl?«

»Tue ich«, antwortete er. »Aber das bedeutet nicht, dass ich mich auch entsprechend verhalten muss.«

»Tja, es ist aber völlig unangebracht, dass du hier bist. Das hier ist mein Zimmer.«

Er hob die Augenbrauen. »Du warst doch auch in *meinem* Zimmer.«

Da. Dann erinnerte er sich also doch. Es schien ihm zwar nichts zu bedeuten, aber zumindest hatte er es nicht vergessen. »Tut mir leid«, fügte er schnell hinzu, senkte den Kopf und strich sich mit der Hand übers Kinn. »Das hätte ich nicht sagen sollen.«

Wir saßen schweigen da. Nach einer Weile wandte er sich von mir ab, legte sich auf den Teppich zurück und verschränkte die Arme unter dem Kopf. Ich betrachtete sein Profil, die Selbstsicherheit seines Blicks, seine gerade Nase. Schließlich wandte ich mich auch ab. Was für ein Zeitpunkt, um sich von etwas so Oberflächlichem ablenken zu lassen.

Wieder dachte ich an meine Mutter. Ich erinnerte mich daran, wie ich sechs Jahre alt gewesen war und den Eiswagen verpasst hatte, als er an unserem Haus vorbeigefahren war. Ich war ihm nachgerannt, und gerade als er am Ende unserer Straße um die Kurve verschwunden war, war ich gestolpert. Als Blut über meine Beine getropft war, fing ich an zu weinen. Meine Mutter hatte gerade mit einer ihrer Kundinnen telefoniert und mich durchs Fenster beobachtet. Sie war nach draußen geeilt und hatte ihre Arme um mich geschlungen. Ich hatte den Duft von Lavendel und Sonnenmilch riechen können. *Nicht weinen, mein Schatz.* Wir waren zum nächsten Supermarkt gefahren und hatten unseren Einkaufskorb mit Wassereis in allen erdenklichen Farben gefüllt. Zu Hause hatten wir alles in den Gefrierschrank gepackt, bis er beinahe übergequollen war. Sie hatte über meine blau gefrorenen Lippen gelacht. *Jetzt hast du immer was in Reserve und musst dem Eiswagen nicht mehr nachrennen, wenn du ihn mal verpasst.*

Da – wieder dieser Schmerz, stechend und bohrend. Ich schnappte nach Luft und sank in mich zusammen.

»Denkst du an sie?«, fragte Luca.

Ich antwortete nicht.

Ich hatte gehört, wie er sich bewegte, und seine Umrisse aus dem Augenwinkel wahrgenommen. Er saß wieder aufrecht. »Es heißt, wenn man die Trauer in sich behält, dauert es länger, bis man sie überwunden hat.«

Ich machte den Mund auf, schloss ihn dann jedoch wieder. Ich hatte nichts zu sagen.

Seine Stimme klang nun weicher und ernster. »Als mein Vater gestorben ist, hab ich drei Wochen lang nicht geweint. Es war nicht so, dass ich nicht traurig gewesen wäre. Ich war trauriger, als ein Mensch in meiner Vorstellung jemals hätte sein können. Ich hatte das Gefühl, irgendetwas würde mich innerlich aushöhlen und versuchen, sich mit langen Krallen aus mir herauszugraben. Selbst Schusswunden verblassen im Vergleich dazu.« Er lächelte ein wenig schief. »Aber aus irgendeinem Grund konnte ich nicht darüber sprechen und ich konnte deswegen auch nicht weinen. Es war, als wäre alles in mir eingeschlossen gewesen, und je länger das so blieb, desto mehr hatte ich das Gefühl, es würde mich zerreißen. Ich hab mich die ganze Zeit gefragt, was mit mir nicht stimmt, warum ich nicht auf dieselbe Art trauern konnte wie meine Brüder. Warum ich es nicht einfach fühlen konnte … und es herauslassen.«

»Und warum konntest du nicht?«

»Ich weiß es nicht«, antwortete er. »Ich glaube, ich hatte zu viel Angst davor zu weinen. Ich hatte keine Ahnung, dass sich Trauer fast genauso anfühlt wie Angst. Ich hatte schreckliche Angst vor einem Leben ohne meinen Vater. Er war ein Teil meiner Identität, und als er von uns gegangen ist, war es, als hätte er ein Stück von mir mit sich genommen.«

»Den besten Teil«, flüsterte ich und verspürte eine Woge des tiefen Mitgefühls.

»Ja«, murmelte er. »Den besten Teil.«

»Glaubst du, das hat er wirklich?«

»Vielleicht.« Er drehte den Kopf. Wir schauten einander noch immer nicht an, aber jetzt konnte ich den Großteil seines Gesichts sehen. Seine Stirn lag in Falten. Er war in einer anderen Zeit, an einem anderen Ort gefangen. »Aber damals ist mir nie der Gedanke gekommen, dass er auch einen Teil von sich zurückgelassen hat, in mir.«

»Seinen besten Teil?«

Ich erhaschte einen Blick auf sein flüchtiges Lächeln. »Das würde ich gern glauben.«

Mondstrahlen schlichen sich durch die Lücke zwischen den Vorhängen und fielen auf den Teppich. Ich konnte Lucas Hände sehen, die in ihrem weißen Licht erstrahlten.

Ich ertappte mich dabei, wie ich näher an ihn heranrückte, den Hals reckte, um sein Gesicht besser sehen zu können, und mir wünschte, er würde mich auch ansehen. »Wird es irgendwann leichter?«

»Ich weiß es nicht«, gab er zu. »Sie behaupten zwar immer, dass es besser wird, aber ich glaube, der Schmerz wird nicht erträglich, weil er leiser oder schwächer wird, sondern nur, weil man sich daran gewöhnt, dass er da ist. Das Leben geht weiter und du gehst mit.«

Ich runzelte die Stirn und rieb mir die schmerzende Stelle in meiner Brust. »Ich kann mir nicht vorstellen, dass ich mich je daran gewöhnen werde«, bemerkte ich.

Er drehte sich zu mir und betrachtete mich in der Dunkelheit. Das Mondlicht schien auf sein Gesicht und brachte das tiefe Kobaltblau seiner Augen zum Strahlen. »Du wärst überrascht, aus welchem Holz du geschnitzt bist.«

»Das glaube ich nicht.«

»Ich schon.«

Meine Kehle begann zu zittern. »Wie mache ich das?«

Luca ging auf die Knie und wir lehnten uns auf Augenhöhe zueinander. Er berührte mich nicht, aber ich hatte das Gefühl, dass er es gern wollte. Ich wollte, dass er es tat. Seine Hände schwebten ganz dicht neben meinen. »Du musst den Schmerz annehmen, Sophie. Hab keine Angst davor. Lass zu, dass er über dich hinwegströmt. Benutze ihn als Kraftquelle, um dich anzutreiben.«

»Ich will aber nicht an diese Nacht denken.«

»Das musst du aber, früher oder später.«

»Ich hätte sie retten müssen.«

»Das konntest du nicht.«

»Ich hab es nicht genug versucht.«

»Sophie.« Luca kam noch näher. Ich war überwältigt von seinem Geruch, frisch und vertraut. Meine Finger begannen zu zittern. Ich konnte spüren, wie die Mauern zu wackeln begannen, wie die Dinge, die ich zu verbergen versucht hatte, an die Oberfläche drängten. »Als ich dich aus diesem Feuer gezogen habe, warst du fast schon tot. Selbst wenn du sie erreicht hättest, wäre es für euch beide zu spät gewesen.«

Ich starrte ihn mit offenem Mund an, und in meinem

Hinterkopf blitzte etwas auf. Ich erinnerte mich wieder an das Gefühl von Händen um meine Knöchel, meine Schultern, meine Taille, die mich von ihr wegzogen. »*Du* hast mich rausgezogen?«

Er setzte sich nach hinten ab. »Was dachtest du denn, wer das war?«

»Warum hast du mich nicht zu ihr gelassen?«

»Du hättest es nicht mehr geschafft.«

Meine Stimme veränderte sich. »Warum hast du mich von ihr weggerissen?«

Auch seine Stimme klang nun anders. Wut, Angst, Beharrlichkeit verzerrten seine Worte. »Weil du bei lebendigem Leib verbrannt wärst. Du hast genau das getan, von dem ich dir gesagt hatte, dass du es nicht tun sollst. Du bist von der Klippe gesprungen.«

»Ich hab versucht, sie zu retten!«

»Du hättest dich selbst umgebracht!«

Die Mauern stürzten ein und die Bilder jener Nacht explodierten in meinem Kopf. »Sie hat nach mir gerufen.«

Lucas Bewegungen veränderten sich. Sie wurden langsamer, entschlossener. »Sie hat nicht nach dir gerufen.«

»Ich hab sie gehört.«

»So ein Feuer kann deine fünf Sinne ganz schön durcheinanderbringen.«

»Nein, das stimmt nicht.« Ich musste die ganze Zeit an diese weißen Turnschuhe denken.

Luca legte seine Hände links und rechts neben meine Beine und seine Finger krallten sich in das Bettlaken. »Sophie«, sagte er leise, »deine Mutter hat ihr Leben durch die Explosion verloren. Sie war zu dicht beim Herd, als es passiert ist.«

Ich richtete mich auf, wich vor ihm zurück. Ich löste mich von allem, und das ganze Zimmer drehte sich, als die Erinnerungen über mich hereinbrachen. »Ich hätte sie retten können, aber du hast mich von ihr weggerissen!«

Er schüttelte den Kopf.

Das Feuer loderte in meinem Kopf. Meine Arme brannten. Ich konnte versengtes Haar auf meinen Lippen schmecken. Vor dem Feuer kam die Explosion, vor der Explosion kam das Gas, und vor dem Gas kam Jack. Und davor ... kam alles andere. Ein tobender Krieg. Ich klammerte mich an den letzten Faden meines Verstands. »Sie haben dich zu sich gelockt. Sie wussten, dass du kommen würdest, um deine Brüder zu beschützen.«

»Ja.«

Wie konnte er so ruhig bleiben? Dachte er denn gar nicht an all die Dinge, an die ich denken musste? Spürte er nicht das Brennen dieser Erinnerungen, wie Flammen?

»Du hättest eigentlich cleverer sein müssen.«

»Ich weiß.«

»Meine Mutter ist tot.« Es war das allererste Mal, dass ich es laut aussprach. Ich hatte das Gefühl, mich selbst auszupeitschen. Meine Augen brannten.

»Ich weiß«, erwiderte er sanft.

»Sie wollten dich vernichten. Sie wollten mir eine Lektion erteilen. Und dafür haben sie sie umgebracht. Sie hätte gar nicht dort sein sollen.« Alles stürzte über mir zusammen, und ich spürte, wie glühend rote Wut in mir tobte. Die Worte sprudelten nur so aus mir heraus, aneinandergereiht in hastigen Sätzen. »Wenn du und Nic nicht reingekommen wärt, dann hätten sie es nicht getan. Ich hab euch gesagt, dass Donata kommt. Ich hab euch gesagt, dass sie etwas plant, aber ihr wolltet einfach nicht zurückweichen – ihr wolltet nicht klein beigeben! Ihr musstet alles riskieren, wegen irgendeines blöden Spiels der Ehre, das am Ende nicht das Geringste bedeutet! Wenn ihr nicht im Diner gewesen wärt, es nicht *beobachtet*, nicht auf sie gewartet und versucht hättet, *ihnen wehzutun,* anstatt zu versuchen, euch selbst zu schützen, dann wäre das alles nicht passiert. Wenn ihr Falcones Sara Marino nicht ermordet hättet – wenn ihr nicht darauf *bestehen* würdet, alles und jeden zu töten –, dann wäre Mom jetzt nicht tot. Ihr hättet ihnen nicht folgen sollen. Ihr hättet euch nicht gewaltsam Zutritt zum Diner verschaffen sollen. Warum konntet ihr diese ganze Sache nicht einfach auf sich beruhen lassen?«

Luca erhob sich wieder.

Ich stand ebenfalls auf. »Du kannst nicht einfach gehen, bevor du das alles gehört hast«, brüllte ich.

Er stand einfach nur da, seine Brust direkt mir zugewandt. Sein Blick war unerschütterlich. »Ich weiß«, erwiderte er. »Sag einfach, was immer du sagen musst.«

»Behandle mich nicht so herablassend!« Mein Gesicht war ganz nass, und ich stellte überrascht fest, dass ich weinte. Tränen tropften über meinen Hals und versickerten im Kragen meines T-Shirts. »Seit deine Familie in mein Leben getreten ist, ist alles schiefgelaufen!«

»Es tut mir leid.«

»Und jetzt habe ich nichts mehr.« Ich schluchzte so heftig, dass mir die Worte im Hals stecken blieben. Ich musste husten, und als es sich in ein Keuchen verwandelte, beugte ich mich vornüber und schluchzte und spuckte auf mein Bett.

Luca streckte seine Hand nach mir aus, aber ich schlug sie weg. »Ihr habt mein ganzes Leben zerstört.«

»Das war nie unsere Absicht, Sophie.«

Ich wich zurück und knallte mit den Knien gegen den Nachttisch. Ich strich mit den Händen über mein Gesicht und wischte die Feuchtigkeit weg. »Ihr habt mich ausgelöscht.«

Er schob sich auf mich zu. »Ich weiß, wie das ist, Sophie.«

»Nein.« Ich schlug gegen seine Brust. »Weißt du nicht. Du spielst andauernd mit dem Leben von Menschen. Du hast wahrscheinlich genauso viele genommen, wie du betrauert hast. Du bist daran gewöhnt, dass der Tod eine Möglichkeit ist, du lebst schon immer in seiner Nähe. Meine Mutter und ich haben in *diesem* Haus gelebt, an *diesem* friedlichen Ort, und wir haben uns nur Gedanken darüber gemacht, ob es Schweinekoteletts zum Abendessen gibt, ob wir die Miete aufbringen können und dass wir das Auto reparieren lassen müssen, und wir haben gehofft, dass die Spülmaschine nicht wieder den Geist aufgibt! Sie hatte es nicht verdient, so zu sterben.«

»Ich versuche nicht …«

»Du hast Brüder und Cousins und Onkel und eine Mutter, die dich lieben!«, unterbrach ich ihn. »Trotz all der schlimmen Dinge, die du tust, hast du eine ganze Familie, die zu dir steht, und ich habe niemanden.«

»Sophie …«

»Ich habe geglaubt, ihr würdet uns vor ihnen beschützen«, würgte ich mit erstickter Stimme hervor.

»Wir *werden* dich beschützen, Sophie. Komm mit mir«, drängte er, »damit er dir nichts mehr anhaben kann.«

»Begreifst du das denn nicht?«, fragte ich und hörte, dass meine Stimme immer höher und beinahe manisch klang. »Er *hat* mir schon was angetan.« Ich stieß Luca weg, und er taumelte rückwärts und hielt sich die Seite. Seine Wunde. Schmerz flackerte in seinen Augen auf.

»Lass es einfach raus«, presste er zwischen zusammengebissenen Zähnen hervor. »Lass alles raus.«

»Es rauslassen?«, erwiderte ich. »Ich soll meine ›Gefühle‹ rauslassen, ist es das, was du meinst? Wie wär's damit ...« Ich schubste ihn erneut.

Er schwankte und seine Hände klammerten sich noch enger um seinen Oberkörper.

»Ich.« Ich schubste ihn noch einmal, fester, und er prallte gegen den Kleiderschrank. »Hasse.« Ich schubste ihn wieder. »Dich.«

Er biss die Zähne zusammen. »Okay.«

»Nicht okay«, brüllte ich ihn an. »NICHTS VON ALLEDEM IST OKAY.« Ich krallte beide Hände in mein T-Shirt und knüllte den Stoff in meinen Fäusten zusammen. »Warum hab ich dich gerettet? Wenn es nur dazu geführt hat?«

Ich stieß ihn noch mal und diesmal knallte er mit dem Kopf gegen den Kleiderschrank. Seine Augen weiteten sich, zwei große Flecken aus leuchtendem Blau, überschattet von seinem Stirnrunzeln. Ich spürte einen Anflug von etwas Unangenehmem – Bedauern? Reue? Ich hatte nicht gemeint, was ich gesagt hatte – nicht wirklich –, aber die Worte waren auch nicht dem logischen Teil meines Gehirns entsprungen.

»Es tut mir leid«, wiederholte er atemlos.

Ich starrte auf meine Hände, die sich noch immer in mein T-Shirt krallten. Ich wich vor ihm zurück und betrachtete meine Finger. Sie zuckten und ballten sich immer wieder zu Fäusten. Dann sah ich Luca an. Sein Körper neigte sich auf seine verletzte Seite. Seine Augenlider standen auf Halbmast. Auf wie viele verschiedene Arten hatte ich ihm wehgetan? Wie weit konnte ich gehen? Er ließ es zu – obwohl er mich mit Leichtigkeit hätte aufhalten können, tat er es nicht. Ich hatte mich mit jedem Tropfen Gift, den ich in mir hatte, auf ihn gestürzt, und fühlte nicht mal einen Hauch der Erleichterung, die ich erwartet hatte. Ich fühlte mich wie eine kaputte Version meiner selbst. Meine Mutter war tot, und ihre Abwesenheit war bitter und grausam.

Ein vertrautes Gefühl der Panik ergriff mich. Ich wusste nicht, was ich tun sollte, wie ich ihn dazu bewegen sollte zu gehen, wie ich ihm sagen sollte, dass es hierbei gar nicht wirklich um ihn ging. Es ging um sie. Die Tränen brachen sich ein zweites Mal Bahn und diesmal strömten sie noch heftiger und schneller über meine Wangen. Erstickte Schreie entwichen meiner Kehle, und mir wurde bewusst, dass ich hyperventilierte. *Ich hab einen Nervenzusammenbruch,* wurde mir voller Entsetzen klar. *Ich drehe durch.*

Luca sprang auf mich zu, und ich dachte, er würde sich endlich revanchieren und mir dasselbe antun, was ich ihm eben angetan hatte Aber das tat er nicht. Er schlang seine Arme um mich, drückte mich an seine Brust und hielt mich ganz fest. Ich ließ mich in seine Umarmung fallen und spürte, wie meine Beine schwach wurden. Ich war so erschrocken, dass ich zuließ, dass er mich festhielt, während ich seinen festen Körper unter meiner Wange spürte und sich unsere wild pochenden Herzen aneinanderdrückten.

Er sagte etwas zu mir, in mein Haar, und seine Stimme klang leise und drängend, aber ich konnte ihn nicht verstehen. Etwas in mir zerbrach – er hatte den Ballon in meiner

Brust zum Platzen gebracht und der Druck löste sich endlich. Meine Schreie wurden von seiner Brust gedämpft,
während meine Tränen Flecken auf seinem T-Shirt hinterließen. Ich atmete seinen Geruch ein, und meine Finger
pressten sich auf sein Schlüsselbein, als sich seine Hände
sanft auf meinen Rücken drückten und mich zusammen-
hielten, während mein Körper von Schluchzern geschüttelt
wurde.

Aber es war nicht genug. Ich brauchte ihn noch näher
bei mir. Ich musste mich völlig vergessen. Ich hob den Kopf,
und er legte seine Hände auf mein Gesicht und wischte mir
mit den Daumen zärtlich die Tränen unter den Augen weg.

»Es wird alles gut«, flüsterte er, und seine Fingerspitzen
fühlten sich ganz warm auf meiner Haut an. Er legte seine
Stirn auf meine. »Ich werde nicht zulassen, dass er dir noch
mal wehtut.«

Mein Atem blieb in meiner Kehle stecken. Ich packte
den Kragen seines T-Shirts und hob mein Kinn. Seine Lippen streiften meine.

»Sophie«, hauchte er. »Wir können nicht ...«

»Bitte«, sagte ich und schlang meine Hände um seinen
Hals. »Ich brauche das.« Was auch immer er hatte sagen
wollen, es ging zwischen uns verloren, denn plötzlich presste ich meine Lippen auf seine, während er seine Finger in
meinen Haaren vergrub und mich so intensiv küsste, dass es
mir die Luft zum Atmen nahm. Das hier. Das hier war es,
was ich brauchte. Ich drückte meinen Körper gegen seinen,
fuhr mit den Fingern durch sein Haar, zog ihn näher zu mir
heran und atmete in ihn hinein. Er stöhnte, als er seine
Zunge in meinen Mund schob, sein Kuss noch tiefer wurde
und er mich an der Taille packte und herumwirbelte. Seine

Hände fanden meine, und unsere Finger spreizten sich gemeinsam, als er sie über meinen Kopf hob und am Kleiderschrank festhielt. Er lehnte sich gegen mich, nahm auch den letzten Zentimeter des Raums zwischen uns mit seinem Körper ein und wischte all die schlimmen Erinnerungen weg.

Er schnappte an meinen Lippen nach Luft, und ich lächelte, als all der Schmerz und die Dunkelheit in unserem Kuss verbrannten. Er machte mich ganz schwindelig. Er brachte mich dazu, alles zu vergessen.

Aber es war viel zu schnell wieder vorbei. Plötzlich löste er sich von mir, heftig keuchend, und krallte eine Hand in seine Brust.

»Es tut mir leid«, sagte er mit weit aufgerissenen Augen. »*Cazzo.* Ich hätte das nicht tun sollen.«

»Ich hab das getan«, korrigierte ich ihn und atmete zitternd aus, während ich mich vom Kleiderschrank löste. »Ich war das.«

»Ich kann das nicht tun.« Er wich ein Stück zurück. »Das ist nicht richtig.«

Ich wich ebenfalls zurück. Was hatte ich mir dabei gedacht? Was hatte ich *getan?* Ich sah völlig durcheinander aus, ich *war* völlig durcheinander. Ich hatte seit Tagen nicht mehr richtig geschlafen. »Du willst nicht«, sagte ich und spürte, wie der Schmerz wieder zurückkehrte und sich Trauer und Wut zu einem Cocktail der Verlegenheit und des Bedauerns mischten. »Ist schon okay.«

»Natürlich will ich«, erwiderte er mit beinahe kreischender Stimme. »Ich will das mehr als alles andere. Ich wollte das *immer.* Das ist ja das Problem.«

Ich zwang mich, zu ihm hochzusehen.

Seine Miene war schmerzverzerrt. »Ich werde deine Trauer nicht ausnutzen, Sophie. So bin ich nicht.«

Ich nickte und spürte, wie die betäubende Wirkung seines Kusses allmählich abebbte. Die Erinnerungen strömten wieder in meinen Kopf zurück und die Wolken bildeten sich von Neuem in mir, schwer und unnachgiebig. Ich war zu erschöpft, um mich zu streiten.

Luca redete immer noch. Ich zitterte am ganzen Körper.

Ich konnte das Gesicht meiner Mutter sehen, ihre ausgestreckten Beine, den glasigen Ausdruck in ihren Augen. Und ich hasste es. Ich hasste ihn und seine Familie und alles, was sie mir angetan hatten, und dann hielt er mich wieder fest, und mir wurde bewusst, dass ich noch mehr Tränen weinte, obwohl ich überhaupt keine mehr hätte übrig haben sollen. Seine Arme waren zu stark für mich, ich konnte mich nicht aus ihnen lösen und hatte das Gefühl zu ersticken, und dafür wollte ich ihm wehtun und ihn anbrüllen und ihm sagen, dass er mich loslassen sollte. Aber ich wusste, dass es nicht wirklich um Luca ging, und das wollte ich ihm auch sagen, aber letzten Endes konnte ich ihm gar nichts sagen. Ich stieß ihn weg, stolperte rückwärts und fiel zu einem Häuflein Elend auf meinem Bett zusammen.

»Sophie.« Seine Stimme klang rau. Ich konnte spüren, dass er neben dem Bett auf und ab ging, aber ich blickte nicht zu ihm hoch.

»Geh weg«, flehte ich. »Geh einfach. Bitte. Ich muss allein sein. Ich brauche Zeit.«

»Okay«, gab er schließlich nach. »Wenn du irgendwas brauchst ...«

»Ich hab alles«, erwiderte ich hastig.

Luca zog sein Klappmesser aus seiner Gesäßtasche und

legte es neben mich aufs Bett. »Nur für den Fall«, murmelte er.

Ich fuhr mit den Fingern über die Gravur, über die geschwungenen Buchstaben, die ich so gut kannte. *Gianluca.* »Ein Falcone-Messer für ein Marino-Mädchen«, flüsterte ich. »Ist das wirklich das, was dein Großvater gewollt hätte?«

Er zog noch etwas aus seiner Hosentasche. »Ich bin nicht mein Großvater.« Er streckte seine Hand zwischen uns aus, und mein Blick fiel auf Evelinas Rubinring, der in seiner Handfläche ruhte. »Und du bist nicht dein Vater.«

Ich blickte auf den leeren Nachttisch. Er musste den Ring genommen haben, als ich geschmollt hatte. Gott. Er wusste es. *Er wusste es.*

»Das Leben hat dir ohnehin schon übel mitgespielt«, sagte er leise und schloss seine Finger um den Ring. »Du musst nicht auch noch für seine Fehler bezahlen, Sophie.« Er ging zur Tür und blieb im Flur noch einmal stehen. »Wenn du bereit bist, dann komm zu uns. Wir werden dir Zuflucht gewähren, Sophie. Ich werde für dich bürgen, vor der Familie und vor meinem Bruder.« Er lehnte seinen Kopf gegen den Türrahmen und lächelte traurig, als er hinzufügte: »Vergiss nicht: Ich schulde dir immer noch eine große Geste, Marino-Mädchen.«

Mein Lächeln war ganz wässrig. Warum fiel es mir nur so verdammt schwer, ihn anzuschauen? »Bitte, geh einfach.«

Und das tat er.

43

Der Blutmond

Als sie alle wieder gegangen waren, ließ ich mich von meinen Erinnerungen überfluten. Diesmal schob ich sie nicht wieder weg. Die Tränen waren endlich gekommen, und mit ihnen ein wenig Erleichterung. Ich duschte und zog mich an. Die bohrende Stille und das konstante Gefühl der Einsamkeit in mir waren erdrückend, und ich schnappte mir meinen Kapuzenpullover und ging in den Garten. Ich setzte mich ins Gras und ließ meine Gedanken in die Weite wandern, aus mir selbst hinaus. Der Blutmond stand tief am Himmel über mir, von roten Wellen und Rillen gezeichnet. Graue Flecken überzogen seine Außenhülle und wanden sich zu tiefroten Flüssen. Ich legte mich auf den Rücken und schob die Hände unter den Kopf. Die Blumen meiner Mutter bestäubten die Luft mit süßem Duft und vertrieben die beißenden Erinnerungen an Asche und Staub.

Meine Gedanken an das Feuer, an Jack, an Mietkosten, Vormunde und eine Zukunft, die auf Messers Schneide balancierte, schmolzen dahin. Die Bilder von Flammen und Rauch lösten sich in der milden Nachtluft auf, und die Erinnerung an meine Mutter umhüllte mich, diesmal ganz sanft, wie eine Decke, die sich über der Erde ausbreitete. Ich blickte auf, vorbei an meinem Haus und der Traurigkeit innerhalb seiner Mauern. Ich war so müde, jeder Muskel vor Anspannung völlig erschöpft. Ich brauchte einen Plan, das wusste ich, aber meine Gedanken bluteten nur in die Dunkelheit aus, die mich umgab. Es gab nur noch den Mond und das sanfte Flüstern einer warmen Brise. Und in diesem stillen Trost der großen weiten Welt und der Schönheit, die auf mich herabblickte, schlief ich ein.

Als ich wieder aufwachte, stand die Sonne hoch am Himmel. Auf meinen Armen zeichneten sich die Abdrücke von Grashalmen ab, und mein Haar war in geknickten Wellen an meinem Hinterkopf getrocknet. Mein Handy klingelte. »Unbekannt« leuchtete auf dem Display auf, als ich mit dem Finger darüberwischte.

Meine Stimme klang noch ganz rau und verschlafen. »Hallo?«

»Sophie?«

Ich hätte das Telefon beinahe in meiner Faust zerquetscht. *»Jack?«*

»Ich muss mit dir reden.«

»Machst du Witze?« Ich setzte mich kerzengerade im Gras auf und blinzelte, bis ich meine Umgebung wieder klar erkennen konnte, während mein Kopf zu explodieren drohte. »Die Polizei sucht nach dir«, sagte ich, und meine Stimme klang dabei ganz schwer und wässrig. »Mom ist tot, wusstest du das, du selbstsüchtiges Arschloch?«

Jacks Ton war geschäftsmäßig. »Das war ein Unfall«, erwiderte er schnell. »Du weißt, dass ich nicht wollte, dass das passiert. Die ganze Situation ist uns entglitten.«

Ich unterdrückte den Drang, mich zu übergeben. »Du hast es zugelassen. Du bist ein Mörder.«

Seine Reaktion wurde von einem langen Seufzen begleitet. »Du bist in Trauer, das verstehe ich, aber dafür ist später
noch genügend Zeit. Wir müssen uns irgendwo treffen.«

Er war vollkommen durchgeknallt und lebte nicht mehr
in der Realität, wenn er wirklich dämlich genug war zu
glauben, dass ich jemals wieder irgendetwas mit ihm zu tun
haben wollte. »*Bist du verrückt?* Hast du jetzt tatsächlich
den Verstand verloren?«

»Donata will, dass ich dich zu ihr bringe. Es sind ein paar
wichtige Dinge im Gange. Wir sind Marinos, Sophie, vergiss das nicht. Und Marinos halten zusammen.«

Er *hatte* den Verstand verloren.

»Wie konntest du so lange warten, bevor du mich angerufen hast? Wie konntest du einfach so abhauen? Wie
konntest du ihr das antun?« Aber warum machte ich mir
die Mühe? Es gab nichts, was er hätte sagen können, keine
Worte, die wiedergutgemacht hätten, was er getan hatte.

»Ich hab die ganze Woche versucht, dich zu erreichen.«
Jack lallte, und mir wurde klar, dass er wahrscheinlich high
oder betrunken war, oder beides. »In Cedar Hill war's zu
heiß für mich, aber das legt sich jetzt allmählich. Hör mir
zu«, sagte er, »ich bin dein gesetzlicher Vormund. Ich habe
mit Donata gesprochen und ich hab sie überzeugt. Du hattest in dieser Nacht nur Angst, du wusstest nicht, was du
tust, du bist schließlich immer noch ein Kind. Wir haben
einen Job für dich. Wir werden uns um dich kümmern – du
bekommst Geld und Schutz. Aber wir brauchen dich auch.
Ein junges Mädchen, das niemand verdächtigen würde,
genau wie Sara. Du wirst unsere neue Geheimwaf...«

»Wag es ja nicht, mir zu nah zu kommen«, unterbrach
ich ihn. »Du bist pures Gift, Jack.« Ich erstickte beinahe am

Rest des Satzes. Wie verzweifelt ich mir doch wünschte, meine Hände um seinen Hals legen und zusehen zu können, wie er litt. Ich dachte an das Versprechen, das Nic mir gegeben hatte, und irgendetwas flammte in mir auf. Ich wollte, dass Jack bezahlte.

»Wir sprechen später darüber«, sagte er. »Du musst nicht mehr allein sein.«

»Das ist *deine* Schuld!«, fauchte ich ihn an. Meine Fingernägel gruben Kerben in meine Handfläche. Ich zitterte, und jede Faser meines Herzens war so von Hass erfüllt, dass ich glaubte, ich müsste mich doch noch übergeben.

Seine Stimme wurde lauter. »Es tut mir leid wegen deiner Mom. Ich war mir sicher, dass das Feuer die Falcones erledigen würde, aber ich hab mich verkalkuliert. Ich habe einen Fehler gemacht, Sophie. Aber es ist immer noch genügend Zeit, ihn wiedergutzumachen. Vertrau mir, ich versuche nur, dich zu beschützen. Ich will dafür sorgen, dass du in Sicherheit bist. Die Zukunft lässt sich nicht vermeiden. Wenn du nicht für uns bist, dann bist du gegen uns, und Donata wird nichts weniger akzeptieren als deine hundertprozentige Kooperation. Nicht nachdem du im Diner so zögerlich warst. Mach es dir nicht schwerer, als es sein müsste.«

Ich legte auf und knallte das Telefon auf den Boden. Wut und Angst schossen durch meinen Körper. Er würde nicht aufhören. Er war auf Droge, profitgeil und korrupt, und er hatte mich im Visier. Nic hatte recht. Entweder würde ich mich ihm anschließen oder die Marinos würden mir bei lebendigem Leib die Haut abziehen.

Wie weit war New York entfernt? Wie viel Zeit hatte ich? Ich erinnerte mich an Donata Marinos kalten Blick.

Was würde sie mir antun, wenn ich mich weigerte, ihr zu helfen?

Ich schloss die Hintertür hinter mir ab und stapfte die Treppe hinauf. Ich würde nicht länger wie eine lebende Zielscheibe hier rumsitzen. Ich würde nicht dasselbe Schicksal erleiden wie meine Mutter.

44

Die Flucht

Ich war im oberen Badezimmer und quetschte meine Feuchtigkeitslotion in meinen ohnehin bereits vollen Rucksack, als ich hörte, wie draußen eine Autotür zuknallte. Ich stürmte in das Zimmer meiner Mutter und ignorierte das schale Gefühl der Depression, das an den nach Lavendel duftenden Gardinen zu kleben schien. Ich stellte mich ans Fenster und blickte auf die Haustür hinaus, wo der Kopf meines Onkels zu sehen war. Er hatte New York bereits verlassen, als er mich angerufen hatte. Ich hatte nie einen Vorsprung gehabt.

Ich war zu spät.

Scheiße. Ich schlich mich zurück in mein Zimmer und steckte Lucas Klappmesser in meine Hosentasche. Die Türklingel ging, fast unmittelbar gefolgt von mehreren donnernden Schlägen. Mein Handy vibrierte in meiner Hosentasche.

Als ich die Treppe halb unten war, drehte sich ein Schlüssel in der Haustür. Ich hätte mir beinahe die Zunge abgebissen, als die Tür vor mir aufschwang, und schluckte einen Fluch hinunter. Jack stampfte ins Haus, und ich erstarrte mit einer Hand auf dem Treppengeländer und der anderen auf meinem Herzen.

Wir starrten einander an. Alles in mir sehnte sich

schmerzlich danach, mich auf ihn zu stürzen, meine Hände um seinen Hals zu schlingen und zuzuschauen, wie das Licht in seinen Augen erlosch. Ich hasste ihn, und meine Wut brodelte mit solcher Hitze in mir, dass es sich anfühlte, als würde sie meine Haut durchbrennen und mich zerreißen. Würde er mich mit Gewalt mitnehmen oder konnte ich noch fliehen? Ich musste nachdenken, mich konzentrieren. Ich durfte das hier nicht vermasseln.

Langsam ging ich auf ihn zu, zwang einen Fuß vor den anderen, zwang die tobenden Tentakel meiner flammenden Wut zurück in meinen Körper und löschte sie, eins nach dem anderen. Ich musste mich zusammenreißen und die Feindseligkeit lange genug unterdrücken, um von ihm weg-zukommen. Und genau das würde ich tun, selbst wenn es einen Teil von mir zerstörte. Ich würde nicht zulassen, dass mich meine Gefühle an Donata Marino auslieferten. Ich würde nicht zulassen, dass sie mich davon abhielten, meine Mutter zu rächen.

Jacks Körper schien sich förmlich in den schmalen Flur zu pressen. Es gab keine einzige Lücke – nicht eine Stelle, die sein Schatten nicht berührte. »Sophie.« Ein einziges Wort: nicht ärgerlich, aber streng.

»Jack.« *Antony*, erinnerte ich mich selbst. Aber ganz egal, wie die Wahrheit aussah, für mich würde er immer Jack bleiben. Ein Lügner. Ein Feigling. Das Wort Antony schmeckte bitter in meinem Mund. Meine Finger drückten sich fest in meine Handflächen, bis sich die Fingerspitzen wieder nach außen bogen.

Er machte die Tür hinter sich zu. »Du hast mir nicht aufgemacht.«

Ich spürte, wie meine Stimme vor Angst bebte, deshalb

zwang ich mich, höher zu sprechen, lauter. »Ich war oben. Kannst du nicht mal zwei Minuten warten?«

Da. Diese typische Teenager-Patzigkeit. Jack seufzte schnaubend, und ich sah, wie er die Schultern sinken ließ. Er glaubte, das hier würde leicht werden. Er glaubte, ich würde meine Meinung ändern. *Idiot.*

Er machte einen Schritt auf mich zu, und ich musste all meine Willenskraft zusammennehmen, um mich nicht auf ihn zu stürzen.

»Bist du bereit, mit mir zu kommen?«

Wir wussten beide, dass es keine Bitte war. Er erlaubte mir nur die Illusion eines freien Willens, um der guten alten Zeiten willen.

»Hab ich eine andere Wahl?« Mürrisch, aber nicht unbeugsam. Es war ein schmaler Grat.

»Nein. Du kommst entweder mit oder sie wird dich umbringen.« Ein Seufzen, ein Aufblitzen des Mannes, den ich einst gekannt hatte. »Und wir haben schon genug verloren.«

Wir. Ich spielte mit dem Gedanken, ihn anzuspringen und ihm die Augen auszukratzen. Vielleicht würde ich ja eins schaffen, bevor er mich von sich werfen konnte.

»Du musst jetzt mitkommen«, sagte er.

Konzentrier dich. Ich stampfte mit dem Fuß auf. »Das ist *so* unfair.«

»Beeil dich und pack eine Tasche. Ich warte hier unten.«

Ich schob das Kinn nach vorne. »Können wir nicht einfach hierbleiben?« Bei der Vorstellung, dass er sich auch nur in der Nähe des Orts befand, an dem meine Mutter zum letzten Mal gelacht und gelebt hatte, hätte ich am liebsten laut geschrien, aber er erwartete bestimmt ein wenig Widerstand gegen den Umzug, und wenn ich nicht wieder mit dem Fuß aufstampfte, würde er Verdacht schöpfen und mich womöglich bewachen, während ich packte.

»Wir gehen wohin, wo's netter ist«, erwiderte er ungeduldig. »Näher an die Geschäfte.«

»Wohin denn?«, nörgelte ich.

»Kannst du bitte einfach packen? Ich erzähl's dir später. Libero und Marco warten im Auto.«

Ich konnte nicht fliehen. *Doppelte Scheiße.* Aber wenigstens hatte er dieses mörderische Skelett nicht in die Nähe des Hauses meiner Mutter mitgebracht. Ich wusste nicht, wie viel meine bereits bröckelnde Selbstbeherrschung noch ertragen konnte, und der Gedanke, mit einem Küchenmesser auf Donata Marino loszugehen, war einfach zu verlockend.

»Na schön.« Ich trottete die Stufen hinauf und blinzelte die Tränen der Wut weg, die ungehemmt über mein Gesicht strömten, als ich mich von ihm abwandte.

Ich ging in mein Zimmer und starrte aus dem Fenster, während ich von Hoffnungslosigkeit erfüllt wurde. Mein Blick fiel auf das hölzerne Rankgitter, das an der hinteren Mauer emporkroch – das letzte Gartenprojekt meiner Mutter. Langsam, ganz vorsichtig, entfalteten sich die Fäden eines Plans in meinem Kopf. Ich musste hinten rausgehen. Es war meine einzige Chance – meine letzte Chance.

Ich öffnete das Fenster in meinem Zimmer, schwang meine bereits gepackte Tasche hinaus und streckte den Arm so aus, dass sie in einem Busch rechts neben der Küche landete, abseits des Fensters. Dann stopfte ich alte Handtücher und Sweatshirts in einen Rucksack, um ihn voll aussehen zu lassen. Ich trampelte eine Weile hin und her und stampfte mit den Füßen auf der Decke über Jacks Kopf auf, damit er glaubte, ich hätte einen Wutanfall.

Nach zehn Minuten ging ich wieder nach unten. Er hatte sich nicht aus dem Flur bewegt. Er scrollte durch sein Handy und warf einen flüchtigen Blick auf die Tasche, die ich neben seinen Füßen fallen ließ, wobei ich aufpasste, ihm nicht näher zu kommen als unbedingt nötig. Ich wich wieder ein Stück zurück und verschränkte die Arme vor der Brust. »Bitteschön.«

»Gut«, sagte er und steckte das Handy in seine Tasche. »Du bist kooperativ. Ich wusste, dass du noch zur Vernunft kommen würdest. Es war alles nur ein schrecklicher Unfall, Soph. Die falsche Person ist gestorben, aber mach dir keine Sorgen: Wir werden diese Mistkerle noch mal angreifen und diesmal werden sie nicht mit dem Leben davonkommen.«

Innerlich lachte ich höhnisch. Er wusste ganz offensichtlich nicht, dass ich diejenige gewesen war, die sie gerettet hatte. Mann, er war so ein Vollidiot.

Ich zwang mich zu einem Schulterzucken. »Was auch immer. Ich kann die Miete nicht allein aufbringen, und wir wissen beide, dass ich sonst nirgendwohin kann.«

Der Anflug eines Lächelns huschte über seine Lippen, und ich ertappte mich dabei, wie ich mich fragte, wie es wohl wäre, es ihm aus dem Gesicht zu schneiden und zuzusehen, wie die Farbe aus seinen Lippen verschwand. Ich lächelte, als sich das Bild in meinem Kopf formte. Eines Tages würde ich es herausfinden.

Jack öffnete die Haustür und warf sich meine Tasche über die Schulter. »Fertig?«, fragte er, und sein Tonfall wirkte bereits leichter.

Ich zögerte. »Ich muss mal pinkeln.«

Er hob die Augenbrauen. »Was? Warum bist du denn nicht oben gegangen?«

»Ich war zu sehr damit beschäftigt, mich für dich zu beeilen!«

»Na schön. Aber mach schnell.«

Ich schloss mich im Badezimmer unter der Treppe ein und begutachtete das Fenster. Es war zu klein, um hindurchzupassen. Ich hatte meine Zierlichkeit überschätzt. Verdammt. Ich drehte den Wasserhahn auf und fluchte so laut, dass er mich hören konnte. »Kannst du mir bitte aus dem Schrank oben im Flur Klopapier bringen?«

Mein Herz pochte wie wild in meiner Brust.

Bitte, bitte, bitte.

Ich hörte ein lautes, spitzes Seufzen, gefolgt von schweren, donnernden Schritten auf den Stufen. Vorsichtig öffnete ich die Badezimmertür, schloss sie leise wieder hinter mir und rannte in die Küche und zur Hintertür hinaus. Bestenfalls hatte ich ein paar Sekunden.

Ich schnappte mir meine Reisetasche aus dem Busch, in dem sie gelandet war, und raste ans Ende des Gartens. Dort warf ich die Tasche über die Mauer und begann, hinaufzuklettern, wobei ich die Füße auf dem Gitter absetzte, während ich mich mit den Händen im Beton festkrallte. Ich war bereits halb über der Mauer, meine Füße schabten auf der einen Seite gegen Holz und meine Finger klammerten sich auf der anderen an den Stein, als Jacks Stimme hinter mir ertönte.

Er rannte los, und ich hatte Mühe, meinen Körper über die Mauer zu hieven, aber schließlich rutschte ich über die Kante und schob mich weiter. Aber dann war Jack plötzlich unter mir, streckte sich nach meinem Fuß aus und schlang die Finger um meinen Knöchel. Mit einem kreischenden Urschrei trat ich aus und hielt mich mit den Händen fest, während ich mich gegen ihn stemmte. Er ließ mich trotzdem nicht los. Mit meiner freien Hand auf der anderen Seite der Mauer zog ich Lucas Messer aus meiner Gesäßtasche und klappte es auf. Jack riss an meinem Knöchel. Ich rutschte mit der ausgestreckten Klinge auf ihn zu und zog sie ihm so kräftig ich konnte übers Gesicht.

Er fiel nach hinten und schrie auf, während Blut aus seinem Auge quoll und über seine Finger strömte, als er sie auf sein Gesicht drückte. Er fuchtelte blind nach mir, aber ich hatte es geschafft, mich rittlings auf die Mauer zu setzen, und rollte mich bereits darüber, aus seiner Reichweite.

Ich landete mit einem dumpfen Schlag auf der anderen Seite. Der Fall war ziemlich tief gewesen und der Aufprall presste mir die Luft aus den Lungen. Ich steckte das Messer wieder weg, duckte mich, rollte mich zur Seite, schnappte mir meine Tasche und stolperte zwischen eine kleine Ansammlung von Bäumen, die mich verbargen, während ich mich an die Mauer drückte, die in eine weitere, größere Straße mit Häusern überging. Hinter mir hingen Jacks Schmerzensschreie schwer in der Luft, und ich nutzte den Adrenalinschub, den sie mir verschafften.

Ich sprintete an einer endlosen Reihe kastenförmiger Häuser vorbei, hüpfte in einen nahen Garten und bahnte mir meinen Weg hinter ein gedrungenes Holzhaus mit abbröckelnder Veranda. Dahinter verlor ich mich in einem weitläufigen Gebüsch, warf meine Tasche über eine Mauer nach der anderen und jagte der Sonne hinterher, die vor mir unterging, bis ich zu müde war, um noch irgendetwas anderes zu tun, als mich irgendwo in der endlosen Reihe von Häusern hinter einen kleinen Gartenschuppen zu hocken. Ich zog die Beine an den Körper, schrumpfte zu einer Kugel zusammen und wartete darauf, dass mich die Dunkelheit vor Jack und seinen Marino-Killern versteckte.

Ich holte mein Handy heraus und rief Millie an.

»Soph?« Sie räusperte sich und klang, als hätte ich sie geweckt. »Ist alles okay?«

»Ja«, antwortete ich leise, als mir bewusst wurde, dass ich unbefugt auf ein fremdes Grundstück eingedrungen war. »Ich wollte dir nur sagen, dass ich für eine Weile aus der Stadt verschwinde.«

»Was? Warum? Was ist denn passiert?«

»Beruhig dich«, sagte ich hastig, um ihre Panik im Keim zu ersticken, bevor Millie total ausrasten konnte. »Ich lebe nur ein bisschen, Mil. Ich lebe, genauso wie du's mir gesagt hast.«

Panik vibrierte in ihrer Stimme. »Soph, du machst mir Angst. Wovon sprichst du denn da? Als ich das gesagt hab, hab ich damit nicht gemeint: ›Verlass die Stadt‹, ich hab gemeint: ›Steh auf und geh mal mit mir Mittag essen‹, oder so. Das hier ist definitiv nicht das, was ich gemeint habe.«

»Ich weiß.« Ich lächelte in mein Handy. »Ich breche auch nicht zu irgendeinem großen Abenteuer auf, um mich selbst zu finden.«

»Oh«, stieß sie aus, und in ihrer Stimme schwang Erleichterung mit. »Ich dachte schon, du willst mich für die Pyramiden oder den Grand Canyon verlassen oder so.«

»Jack ist in Cedar Hill.«

Sie schnappte erschrocken nach Luft. »Scheiße.«

»Ja«, stimmte ich ihr zu. »Ich gehe irgendwohin, wo er mich nicht finden kann … bis ich es will.«

»Und was genau soll das bedeuten?«

Ich wog meine Antwort sorgfältig ab. Es gab Dinge, die

sie verstehen würde, und andere, die sie definitiv nicht verstehen würde, und das, was ich vorhatte, fiel in die zweite Kategorie. »Es bedeutet, dass ich untertauche, bis die Gefahr vorüber ist.«

»Dann tauch doch hier unter, Soph. Du weißt, dass du bei mir immer willkommen bist ...«

Ich musste lächeln, weil wir beide wussten, dass das nicht funktionieren würde, aber sie hatte es trotzdem angeboten, weil sie nun mal so ein Mensch war. Unerschrocken. Loyal. »Du bist wirklich eine unglaubliche Freundin, Mil.«

»Selber«, gab sie zurück.

»Ich glaube, im Moment gewinnst du haushoch, was den Einsatz für unsere Freundschaft angeht.«

Ihr Lachen schallte in der Leitung. »Du hattest auch so deine Momente, Gracewell.«

Gracewell. Ich zuckte zusammen. Dieses Wort. Diese Lüge.

Es stand für gar nichts.

»Wir stehen das gemeinsam durch«, verkündete sie, füllte die Stille aus und riss mich wieder aus der drohenden Spirale der Wut und Enttäuschung, an die ich mich schon allzu sehr gewöhnt hatte.

Ich ignorierte ihren unerschütterlichen Optimismus, auch wenn sich ein Teil von mir wünschte, ihr glauben zu können. »Ich glaube, der Sinn und Zweck, eine gute Freundin zu sein, ist es, seine Freundin oder ihre Familie nicht in Gefahr zu bringen, wenn es sich vermeiden lässt.«

»Mir passiert schon nichts.« Sie klang nicht besonders überzeugt, aber das musste sie auch nicht, weil *ich* von zwei Dingen vollkommen überzeugt war: Jack war unglaublich wütend und er war darüber hinaus unglaublich gefährlich.

Das machte ihn unberechenbar. Und wenn Millie mich bei sich aufnahm, dann geriet sie damit auch in seine Schusslinie, und das würde ich niemals zulassen.

»Das Risiko werde ich nicht eingehen«, erwiderte ich entschieden. »Und das weißt du auch.«

»Wo willst du denn hin? Was willst du denn tun? Wo bist du jetzt überhaupt? Hat Jack …?«

»Mil«, unterbrach ich sie. »Ich habe einen Plan, mach dir keine Sorgen. Ich verspreche dir, dass ich dir alles erzählen werde, sobald ich kann, okay?«

»Okay«, lenkte sie nach kurzem Schweigen schließlich ein, doch ihre Stimme klang skeptisch. »Aber was immer auch passiert, lass mich nicht im Stich.«

Allein bei dem Gedanken daran verkrampfte sich meine Brust. »Niemals.«

»Weil ich das Examensjahr nämlich nicht ohne dich durchstehe. Das würde mir das Herz brechen, Soph. Es würde mir meine Seele entreißen.«

»Ich weiß«, versicherte ich und besänftigte sie mit einem herzhaften Lachen. Ihre Dramen waren die einzigen, die ich freiwillig in mein Leben lassen würde. »Mach dir keine Sorgen«, neckte ich sie, »ich werde mit dir durch die Finsternis gehen.«

»Gut«, sagte sie und ahmte meinen Tonfall nach. »Denn du bist mein Licht.«

»Du bist so kitschig.«

»Da stehst du doch drauf.«

»Ich weiß.«

45

Der Anfang

Ich wartete an der Haustür des *Evelina* und zählte die Herzschläge, bis sich die Tür öffnete. Neunzehn.

»Sophie.« Luca trat aus der Dunkelheit.

»Ich hab gehofft, dass du es bist.«

Er grinste hämisch. »Was soll ich sagen? Ich *bin* nun mal der Liebling der meisten.«

Ich schluckte die Retourkutsche hinunter, die ich ihm unter normalen Umständen gegeben hätte – *passt dein komplettes Ego wirklich in dieses eine Haus?* Stattdessen gab ich ihm die Entschuldigung, die ich ihm schuldig war. »Hör mal, ich hab das alles nicht so gemeint, was ich da in meinem Zimmer zu dir gesagt hab. Ich war nur so traurig und in Panik und wütend wegen allem. Und, na ja, du warst da, und es ist einfach so aus mir rausgeplatzt, und ich konnte es nicht aufhalten …«

»Sophie.« Luca hob stirnrunzelnd eine Hand. »Bitte entschuldige dich nicht für die Form, die deine Trauer an diesem Abend angenommen hat.«

»Aber ich war echt gemein.«

»Tja, du bist eigentlich immer gemein, ich bin also schon daran gewöhnt.«

Ich warf ihm einen vernichtenden Blick zu und er verschluckte ihn mit einem Grinsen. Ich hatte ganz vergessen, wie entwaffnend sein Lächeln sein konnte. Es war seine größte Waffe.

»Jack ist gekommen und wollte mich holen«, sagte ich.

Seine Miene verfinsterte sich. Er ließ den Blick abschätzend über meinen Körper wandern. »Hat er dir wehgetan?«

»Nein, aber ich glaube, ich hab ihm mit deinem Klappmesser ein Auge rausgeschnitten.«

Seine Augenbrauen verschwanden unter seinen zerzausten schwarzen Haarsträhnen. »Ach wirklich?«

Der Grund meines Besuchs schwebte zwischen uns. Er kannte ihn, aber ich wusste, dass ich ihn aussprechen musste. Ich musste ihn real werden lassen, damit es weitergehen konnte. Und er musste ihn hören.

»Ich bin jetzt ganz allein«, sagte ich leise. Die Erkenntnis stach mich mitten ins Herz, und sie laut auszusprechen, schien mir all meine Energie zu rauben. »Zum allerersten Mal bin ich wirklich und wahrhaftig ganz allein.«

Luca schob sich ein wenig näher zu mir, so als würde er versuchen, uns in einer Blase einzuschließen, in der all das Böse mich nicht erreichen konnte. Wir hätten in diesem Moment überall auf der Welt sein können, weil ich nur ihn sehen konnte. »Willst du hierbleiben?«, fragte er. »Bei uns?«

Das war er – der erste Schritt. Ich wandte mich von der Sonne ab und meinem Schicksal zu. Ich musste die Worte aussprechen. Ich musste sie real werden lassen.

Ohne zu zögern oder zu blinzeln, antwortete ich: »Wenn ihr mich hierbleiben lasst, dann werde ich euch helfen, sie zu töten.«

Er starrte mich mit offenem Mund an. »Ist das ein Witz?«

»Ich habe in meinem ganzen Leben noch nie etwas so ernst gemeint.«

»Marino«, sagte er mit leicht zitternder Stimme. »Das ist wirklich finster.«

Ich hielt seinem Blick stand, eisig blau und funkelnd. Zum allerersten Mal hatte ich ein Ziel, das ich mit stählerner Härte und Leidenschaft verfolgen würde. Ich wusste, was ich zu tun hatte. Ich hatte meine Wahl getroffen. Der Weg *war* finster, aber nun gab es kein Zurück mehr.

Das hier war meine Welt. Es war schon immer meine Welt gewesen. Es war an der Zeit, dass ich aufhörte, mich gegen sie zu wehren, und begann, in ihr zu leben.

Während Tropfen vom Blut meines Onkels noch immer an meinen Fingerspitzen klebten, stand ich auf der Schwelle zur kriminellen Unterwelt, dem Vize-Boss der Falcones gegenüber, und besiegelte mein Schicksal.

»Ich will keine Marino sein, Luca.«

Er trat rückwärts ins Foyer zurück und ich folgte ihm nach drinnen.

»Okay«, erwiderte er, und seine Augen waren immer noch fest auf mich gerichtet. »Dann sei etwas anderes.«

Wir standen einander auf dem Wappen der Falcones gegenüber, während sich eine seltsame neue Wärme in meiner Brust ausbreitete.

»Irgendwelche Vorschläge?«, fragte ich.

»Eine Sache würde mir einfallen.«

Danksagungen

Mom, dieses Buch ist für dich. Danke für die Briefe an die Zahnfee, für die Besuche in der Bücherei, für die magischen Reisen und die Musicals. Danke, dass du mich in ein kleines Samtkleid gesteckt und mich zu einer Vorstellung von *Schwanensee* mitgenommen hast, als ich drei Jahre alt war. Ich weiß, dass du eine Menge seltsamer Blicke von einer Menge Leute geerntet hast, weil du ein kleines Kind dabeihattest, aber ich erinnere mich noch an jede Sekunde. Danke, dass du mich immer ermutigt hast, meine Träume zu verfolgen und auch die verrückteren Seiten des Lebens anzunehmen.

Dad, du bist eine dieser verrückteren Seiten meines Lebens. Danke, dass du so liebevoll und intelligent, so lustig und total durchgeknallt bist, einfach alles auf einmal. Danke, dass du mir beigebracht hast, dem Leben mit Humor und Sensibilität zu begegnen und so oft wie möglich zu lachen. Ich glaube, ich habe all die Jahre mit deinen lächerlichen (aber eindrucksvollen) Akzenten und deiner (offen gesagt beunruhigenden) Besessenheit von Süßigkeiten zusammengesammelt und in diese Bücher gepackt. Du bist wirklich der beste Dad der Welt, und jetzt steht es hier schwarz auf weiß, was bedeutet, dass es die Wahrheit ist!

Colm und Conor, ihr seid mir die Liebsten. Danke, dass ihr mich auf dieser ganzen Reise so liebevoll unterstützt und mir so viel Spaß bereitet habt. Colm, du bist die Stimme der Vernunft in meinem Leben, unfehlbar positiv und großzügig mit deiner Zeit und deinen Ratschlägen, und dafür danke ich dir. Conor, Du bist unglaublich lustig, seltsam und skurril, aber auf gute Art. Wir wissen beide, dass du eines Tages in einem meiner Bücher enden wirst, und ich freue mich schon jetzt auf die Zeit, in der wir beide darauf anstoßen können (und darauf, dass du mich deswegen nicht verklagst). Ihr seid die besten Brüder, die ich mir je hätte wünschen können: die perfekte Mischung aus Humor, Intelligenz, Freundlichkeit... und einem Hauch von Zwielichtigkeit.

An meine Agentin, Claire Wilson: Danke, dass du immer in meiner Ecke stehst und die Aufregung und Begeisterung bei jedem Schritt des Wegs aufrechterhalten hast. Es überrascht mich nicht, dass du einen ganzen Hexenzirkel eifriger Unterstützer um dich geschart hast. Vielen Dank auch an Lexie und alle bei Rogers, Coleridge & White dafür, dass sie sich für diese Buchreihe eingesetzt und die Mafia-Liebe verbreitet haben!

Ich weiß zwar nicht viel über Hexenzirkel, aber ich hab so das Gefühl, dass »Claires Hexenzirkel« einer der besten ist, die's da draußen gibt. Danke euch allen für eure Inspiration, Freundschaft und allgemeine Genialität, ganz besonders an meine Stag Sisters Alice Oseman, Lauren James, Melinda Salisbury, Sara Barnard und die wunderbare, liebe Alexia Casale und den zum Schreien komischen Gary Meehan.

Allen bei Chicken House: Ich werde euch bis in alle

Ewigkeit dankbar dafür sein, dass ihr Sophie und ihrer Reise ein so warmes Zuhause gegeben und diese durchgeknallte Schriftstellerin mit ihr zusammen aufgenommen habt! Barry Cunningham, du bist direkt meiner Abschlussarbeit am College entsprungen und warst in Fleisch und Blut sogar noch magischer. Danke, dass du meinen Traum wahr gemacht hast! Rachel L. und Kesia, dem grandiosesten Lektoren-Team überhaupt: Danke, dass ihr meinen ersten Entwurf gelesen und darüber diskutiert habt und euch dann mit meiner Lieblingsantwort wieder bei mir gemeldet habt: »Aber was wäre, wenn DIESES VERRÜCKTE DING passieren würde?!?!« Keine Idee ist mit euch an meiner Seite zu groß oder zu einschüchternd! Und, noch viel wichtiger: an Sophies Seite! Rachel H., Jazz, Laura M. und Laura S., ich danke euch tausendmal für eure unerschütterliche Begeisterung und Unterstützung für diese Bücher. Und dafür, dass ihr meine unzähligen E-Mails – in denen es einfach um alles ging, von Schriftarten bis zu schwankenden Loyalitäten in *Vampire Diaries* – mit solcher Geduld und Freundlichkeit ertragen habt!

In diesem Buch geht es ebenso sehr um Freundschaft wie um Liebe. Ich hätte niemals das Selbstvertrauen gehabt, mit dem Schreiben anzufangen, oder die Energie, damit weiterzumachen, wenn ich meine unglaublichen Freunde nicht gehabt hätte – meine »Millies«, und die besten platonischen Romanzen, die ich jemals hatte! Jess, danke, dass du meine Schwester und meine Freundin bist. Ich weiß nicht, was ich ohne dich in meinem Leben anfangen würde – ich würde zwar nicht die ganze Zeit an diesen Waschbären-Videos kleben, aber ich weiß, dass ich sehr viel unglücklicher wäre, als ich es bin. Katie, zwanzig Jahre, und du bist mich immer noch nicht los! Ha! Danke, dass du die Art von Freundin bist, die mich nur anruft, damit ich zuhören kann, wie du heulst und kreischst, während du versuchst, einen Weberknecht in deinem Zimmer umzubringen. Ich schätze dieses Trauma wirklich sehr, beinahe so sehr, wie ich dich schätze. Susan, du bist wirklich urkomisch – eine wahre Explosion der Farben und der Freude. Was würde ich nur ohne diese Sprachnachrichten tun, bei denen du mir immer wieder einfach nur ins Ohr miaust? Ändere dich niemals! NIEMALS. Becky, fachmännische Seglerin, Turniertänzerin, Läuferin, Yoga-Fan und wahrscheinlich noch irgendwas anderes Willkürliches, wenn das hier veröffentlicht wird: Ich bin so froh, dass wir vor all den Jahren diesen »Schwester-Schwester«-Moment im Sommerlager hatten. Du bringst so viel Abenteuerlust und Positives in mein Leben. Sheila, es gibt so vieles, was ich hier über unsere Freundschaft schreiben könnte, aber auch eine Menge, was ich wahrscheinlich lieber nicht schreiben sollte … Was soll ich sagen? Ich bin nicht abergläubisch, oder höchstens ein kleines bisschen. Ich werde den Tag nie vergessen, an dem sich unsere Blicke über den Labortisch hinweg trafen und ich dachte: »Dieses Mädchen sieht aus wie 'ne Fee«, direkt gefolgt von: »Die ist echt lustig. Ich werde sie zwingen, meine Freundin zu werden.«

Aidan, ich weiß, dass Krimis für Jugendliche normalerweise weit außerhalb deines Interessensgebiets der knallharten faktenreichen Biografien von Sportlern und anderen wahllosen Leuten liegen, von denen ich noch nie gehört habe, und deshalb weiß ich es wirklich zu schätzen, dass du diesen Büchern so offen begegnet bist und dich in die Figuren hineinversetzt hast. Es macht mich glücklich, zu wissen, dass sie nun alle in dein (verstörenderweise) unfehlbares Gedächtnis eingebrannt sind. Ich weiß, dass du mittlerweile Staranwalt bist, aber für mich wirst du immer der liebe Junge bleiben. Steph, als du dich umgedreht hast und auf dem Kopf balanciert bist, um den Begriff »Fledermaus« darzustellen, hast du mir den wahren Wert von »Extrem-Scharade« beigebracht. Wo auch immer du auf dieser Welt bist und was immer du auch Neues vollbringst, du machst mich jedes Mal unermesslich stolz. Danke für »Lego-Kopf!« Und danke im Voraus für die Burg, die du für mich entwerfen wirst. Bitte betrachte dies als verpflichtenden Vertrag. Katie O'B. und Becca, ich danke euch beiden, dass ihr mich bei diesem langen Prozess von Anfang an so sehr und mit solcher Begeisterung unterstützt habt, dass ihr so positiv und ein Teil jedes Schritts wart. Aoife, ich liebe es, welche Ausmaße und welche Begeisterung unsere Unterhaltungen annehmen – Drachen, Fantasy, Filme, fiktive Länder und allgemeines geteiltes Fangirltum. Ich kann es nicht erwarten, was die Zukunft für dich und dein grandioses Talent bereithält. Louise, ich weiß, dass unsere Lebern Todfeinde sind, aber du bist die wunderbarste Freundin überhaupt. Ich kann es nicht erwarten, gemeinsam mit dir auf unserer Burg den Ruhestand zu genießen, wo wir ein völlig abgeschiedenes und einfach widerwärtiges Leben führen werden.

An Sam und Mims: Danke für all die verrückten (und sehr geschmackvollen) Abenteuer. Wir haben Dinosaurier entdeckt und die größte Pekannuss der Welt, Fahrten im Heißluftballon erlebt, abgeschiedene Hütten und Friendsville besucht, und es gibt keine zwei anderen Menschen auf der ganzen Welt, mit denen ich mitten in der Nacht lieber in einem Fahrstuhl in Nashville feststecken würde als mit euch. Ich werde dieses Band zwischen uns immer hoch schätzen – und diese sechsundachtzig Wapitis, die uns auf unseren Reisen begleitet haben.

Sinead, danke, dass du mir dabei geholfen hast, diesem Buch eine Form zu geben, dass du die Figuren wirklich verstanden und ihre jeweiligen Wege ausführlich mit mir diskutiert hast. Es gibt wirklich keine bessere Kombination als Nutella-Waffeln mit Mord-Plausch! Danke, dass ich mir bei dir Ideen holen durfte. Immer wieder und wieder und wieder. Möge das noch lange so weitergehen.

Ich würde ein ganzes Buch voller Danksagungen schreiben, wenn ich könnte. Danke an all meine Freunde, an die Freunde meiner Freunde und die Freunde meiner Familie, hier und in aller Welt, die mich bei dieser Reihe seit ihrer Veröffentlichung unterstützt haben, mir Bilder, Updates, Reaktionen und ermutigende Nachrichten geschickt haben. Ich habe solch unglaubliches Glück, euch alle zu haben. Und danke an meine Familie, meine grandiosen Tanten und Onkel und Cousins und Cousinen (und Cousins und Cousinen zweiten und dritten Grades): Ihr seid wirklich mit die besten und coolsten Leute, die ich kenne, und ich fühle mich sehr stolz (und sehr selbstzufrieden), sagen zu können, dass ich mit so grandiosen Leuten verwandt bin.

Als ich aufs Dominican College in Taylor's Hill ging, war mir das unglaubliche Glück vergönnt, zwei brillante Englischlehrer zu haben. Danke, Miriam Maher und Geoff Drea, dass Sie mir gezeigt haben, wie man die Kraft der Geschichten für sich nutzt und wie wichtig Kreativität ist. Ich wusste nicht, wie viel Glück ich hatte, Sie als meine Lehrer zu haben, als ich noch zur Schule ging, aber jetzt weiß ich es und kann wirklich nur meiner Glücksfee danken.

Gerry Morrisey, außergewöhnlicher Feuerwehrmann, geschätzter Einwohner von Hazelwood und Besitzer der süßesten Hunde, die ich je gesehen habe: Zuallererst möchte ich Ihnen dafür danken, dass Sie Ihre Zeit einem so mutigen und wichtigen Beruf widmen, und zweitens dafür, dass Sie mir all die Feinheiten und Einzelheiten eines Brands erklärt haben und meiner vielen, vielen Fragen niemals müde wurden.

Und zu guter Letzt danke ich all den Bloggern, Buchhändlern und Lesern, die *Vendetta* mit so offenen Armen aufgenommen haben, zu Hause und im Ausland. Ich schulde euch allen meine stetig wachsende Dankbarkeit. Danke, dass ihr online und offline davon erzählt und die Begeisterung auch während des Wartens auf *Inferno* am Leben gehalten habt. Danke für alles, was ihr aus Liebe zum Lesen und einfach deshalb tut, weil Bücher so phänomenal sind. Ich liebe es, ein Teil dieser wundervollen, leidenschaftlichen Kultur zu sein.